柳鸣九文集

卷 13

雨果论文学

磨坊文札

海天出版社（中国·深圳）

图书在版编目（CIP）数据

柳鸣九文集.13,雨果论文学·磨坊文札/柳鸣九译.
—深圳:海天出版社,2015.6
ISBN 978-7-5507-1327-7

Ⅰ.①柳… Ⅱ.①柳… Ⅲ.①柳鸣九—文集②文艺理论—文集③短篇小说—小说集—法国—近代 Ⅳ.
① I217.2 ② I0-53 ③ I565.44

中国版本图书馆 CIP 数据核字（2015）第 052837 号

柳鸣九文集.卷13
LIUMINGJIU WENJI JUAN 13

出 品 人	陈新亮
项目负责人	于志斌
选题策划	林星海
责任编辑	张小娟
责任校对	梁克虎
责任技编	蔡梅琴
装帧设计	李松璋

出版发行	海天出版社
地　　址	深圳市彩田南路海天综合大厦（518033）
网　　址	www.htph.com.cn
订购电话	0755-83460202（批发）　0755-83460239（邮购）
设计制作	深圳市斯迈德设计企划有限公司（0755-83144228）
印　　刷	深圳市新联美术印刷有限公司
开　　本	787mm×1092mm　1/16
印　　张	24
字　　数	311 千
版　　次	2015 年 6 月第 1 版
印　　次	2015 年 6 月第 1 次
定　　价	82.00 元

海天版图书版权所有，侵权必究。
海天版图书凡有印装质量问题，请随时向承印厂调换。

柳鸣九在纪念雨果诞生200周年大会上

柳鸣九主编的二十卷《雨果文集》

柳鸣九所译《雨果论文学》

柳鸣九所译《磨坊文札》的各种版本

目 录

雨果论文学

译本序	003
论司各特	
——关于《昆汀·杜渥德》	022
论拜伦	
——纪念他的逝世	031
《克伦威尔》序	039
《短曲与民谣集》序	100
《欧那尼》序	105
《秋叶集》序	110
《留克莱斯·波日雅》序	117
《玛丽·都铎》序	122
《心声集》序	126
《光与影集》序	129
《莎士比亚论》（选译）	135

磨坊文札

都德的短篇创作	213
前　言	221
安　居	223
波凯尔的驿车	226

高尼勒师傅的秘密	230
赛甘先生的山羊	
——致巴黎的抒情诗人皮埃尔·格兰哥尔先生	236
繁　　星	243
阿莱城的姑娘	248
教皇的母骡	253
桑居奈尔的灯塔	263
塞米朗特号遇难记	269
海关水手	276
菊菊乡的神甫	281
一对老年夫妻	288
散文诗	296
毕克休的文件包	302
金脑人的传奇	
——致一位要听快乐故事的夫人	308
诗人米斯塔尔	312
三遍小弥撒	
——圣诞故事	320
橘　　子	
——即兴之作	329
两家旅店	333
到米利亚纳去	
——旅行随笔	338
蝗　　虫	349
可敬的戈谢神甫的药酒	353
在卡玛尔克	363
思　　念	373

雨果论文学

〔法〕维克多·雨果 著　　柳鸣九 译

译本序

一

在文学史上,维克多·雨果(1802~1885)主要是诗人、小说家、剧作者,而不是专门的理论批评家。但是,雨果作为19世纪法国浪漫主义运动的领袖人物,作为文学史上一位成就很高的浪漫主义作家,他的理论文字既是当时浪漫主义运动重要的理论文献,也是浪漫主义文艺思想的一个理论标本。今天对我们仍有的意义。

雨果作为诗人的创作活动开始得很早。以1822年的《短曲初集》为标志,他不到20岁便已作为一个引人注目的诗人出现于文坛了,而他在理论批评方面的活动,则正式开始于1819年,这正是法国文学史上浪漫主义文学运动形成的年代。

一般文学史家都认为,法国浪漫主义文学运动主要是发生在19世纪20年代至40年代这一时期。当然,也应该看到,早在19世纪初,新文学运动的倾向便已经显露出来了,人们不再只注视着本国的古典主义传统,而开始把眼光投射到国境之外去寻求新的东西。当时,斯达尔夫人便在她的论著里,介绍和赞扬德国和北欧的富有浪漫主义的灵感和诗情的文学,拜伦、司各特、席勒、蒙苏里这些浪漫主义作家的作品也开始被广泛地介绍到法国,并且受到很大的欢迎。这都说明了法国本国原来的古典主义文学不再能满足新时代新精神的要求，人们不得不去借鉴和借用外国的反映了相应的精神或有相似的精神表现的作品，正如司汤达所说的："古典主义是只能给当代人的祖先以愉快的文学，而浪漫主义则是能给予当代人以愉快的文学。"① 虽然1789年资产阶级革命以后，新的时代就产生了对新文学的要求，但紧接革命之后是一连串动荡不宁的日子，用拉法格的话来说，当时"政治危机和革命喧扰消磨了大家的精神，使人无暇顾及任何严肃的文学问题"②，即使已经出现了具有"日后浪漫派文学将要加以发展和夸大的一切优点与缺点的萌芽"③、并风靡一时的两部作品：《阿达拉》与《勒内》，但浪漫主义文学运动仍然还没有形成。直到20年代，才出现了成批的浪漫主义诗人和作品，才有了浪漫主义者的第一文社和第二文社，而发展到1830年，便有了著名的《欧那尼》的演出，标志了浪漫主义对伪古典主义的最后胜利。

在这发展过程中，1820年前后可以说是一个开端。在这时，短短两三年中相继出版了拉马丁、雨果、维尼等人的诗集，这些作家以共同具有的强烈的个人抒情的色彩和浪漫的想象而形成了新的风格。对于其中的诗集，圣佩韦当时赋予这样重要的意义："从此，在真正意义上的我们的诗歌才找到了自己的语言、自己的色彩和自己的音调。"④ 一系列浪漫主义的文学刊物这时也相继创刊了：《文艺纪事》在1820年，《法兰西缪斯》在1823年；而浪漫主义者的第一文社也是在1823年成立的。新的流派在形成，新的文学运动在发展，保守的法兰西学士院领导人阿日在他1824年8月20日一篇演说里不得不承认："很多对古老原则怀着虔诚的尊敬而成长起来并受过无数古典杰作熏陶的人士，都对这一新派别的发展感到忧虑不安。"正是在文学领域的这样风起云涌的背景里，雨果开始了他的创作活动与批评活动。

---

① 见司汤达：《拉辛与莎士比亚》。
② 见拉法格：《浪漫主义的根源》。
③ 同上。
④ 见圣佩韦：《今人肖像》第二卷。

1819年,雨果与他两个兄弟合办了刊物《文学保守者》,从这时起,他不仅写作了他最初的小说和以后收集在《短曲与民谣集》中的一些诗歌,而且,又撰写了不少文艺随笔、作家作品评论,其中较重要的有写于1824年前后的论司各特和拜伦的文章。后来,1834年雨果把这些文章和他在1830年以后写的一些政治随感、历史评论编在一起,这便是《文学与哲学杂论集》。

在早期从事批评活动时,雨果还没有摆脱他那具有保王主义和天主教信仰的母亲在他少年时所给予他的影响,用他自己的话来说,那时他"是一个斯图亚特分子、詹姆士王党、封建骑士,爱旺岱甚于爱法兰西"①。因此,这些文章有的便不能不留下他早期的政治偏见和宗教思想的痕迹,如像在《论伏尔泰》一文里,雨果对法国大革命和为这次革命做了舆论准备的18世纪启蒙运动都抱否定态度,对启蒙运动作家伏尔泰进行了苛刻的非难和偏激的指责。除此而外,雨果在写这些文章时,也还没有成为自觉的浪漫主义者,因此,在有的文章中,还企图以"调解者"的身份带着"明智的语言"出现在浪漫主义与伪古典主义两个对立的营垒之间。即使有这些缺陷和不足,还是可以从这文集里看出作者浪漫主义的文学见解和主张。

在雨果的第一篇理论批评文章《谈戏剧》中,已经有了他以后著名的文学序言和理论专著中某些论点的萌芽,如像他强调戏剧应该有曲折的情节,应该表现非凡的人物:天使与巨人,并要具有激情等等;而他对英国浪漫主义作家司各特与拜伦的评论,就更充分表现出他浪漫主义的文学趣味和美学原则。《论司各特》与《论拜伦》是雨果带着激情写就的文章,字里行间充满着对这两位与他属于同一流派的作家的崇敬和喜爱。他极力赞扬司各特的历史小说,认为这些作品既表现了过去的历史时代,使这些时代带着自己原有的色彩和情调复活过来,又表现了"人类的心灵",塑造出了鲜明的、强烈对照的人

---

① 见雨果:《〈秋叶集〉序》。

物性格。雨果并不特别重视作品是否忠实于历史真实，而是重视司各特作品中所表现的"情趣"、色彩和想象，称赞"他的想象掌握和抚摸着人们的想象"，称赞他小说中奇妙的情节和构思，把他的作品视为一种典范。这不仅说明了司各特具有浓厚浪漫主义色彩的作品是如何投合雨果的爱好，而且表现出了雨果关于文学创作的一系列浪漫主义的理想和原则。在《论拜伦》一文中，他把拜伦视为与法国浪漫主义者同一家族的成员，说拜伦的逝世是他们切身的不幸，因为他们与这个英国诗人已经"建立起了亲密的关系和情感的交流"，"像同胞兄弟，像两个经受过同样不幸的朋友"。虽然雨果在写这篇文章的时候还不承认自己的浪漫主义者的身份，但他实际上却是代表着这一新流派在说话；虽然，他在《〈短曲与民谣集〉1824年序》中还说要充当新旧流派的调停人，但在这里他实际上也在对保守的伪古典主义进行批判了。他嘲笑伪古典主义者像可笑的傻子罗兰想要把过时的死亡了的东西冒充有生命的东西。他说，旧时代的文学应该随同旧时代而隐退，新时代需要新的文学和流派，并且把拜伦所代表的浪漫主义流派视为当然的合法的新文学流派，还通过拜伦的创作指出新文学、新流派具有幻想的魔力和自然的本色，善于表现理想、情感和自我，并勇于参与社会斗争等等。所有这些见解，都是浪漫主义的。因此，应该说，雨果早期的文艺理论，虽然有不成熟和自相矛盾之处，但和他后来的主要论著完全是一脉贯通的。从这些理论文章中，可看出他日后一系列完备的浪漫主义文学思想的某些端倪。

二

雨果在19世纪20年代至30年代有了重要的转变和发展，他不再是保王主义和天主教的信仰者了，而且他也由浪漫主义文学运动不自觉的参加者发展成自觉的主将。这种转变主要是因为当青年雨果面临着思想发展的重要阶段时，正生活在20年代至30年代阶级矛盾激化的条件下。20年后，复辟王朝执政者的反动倾向日益露骨，查理十世上台以后，便通过和实施了一系列反自由的、侵犯各阶级利益的反动法令，这加深了复辟王朝与下层人民、与资产阶级的矛盾。从20年代中叶起，资产阶级自由主义思潮广泛传播，正如雨果在1831年所追忆的那样："在复辟时期的最后几年，19世纪的新精神渗透到了历史、诗歌、哲学等各个方面，使得一切改观，万象更新，只有戏剧是唯一的例外。"[1]雨果自己便是在这种条件下摆脱了他原来保守的政治立场，并对文艺问题有了更鲜明的思想。这些思想都表现在他一系列作品序言中。我们知道，从《短曲与民谣集》直到1840年的《光与影集》，是雨果创作上丰产的阶段。在这个阶段里，他写了为数很多的诗集、长、中篇小说以及浪漫剧，而每当他出版一部诗集或一个剧本时，他几乎毫不例外地要写下一篇序言，阐明他的文学思想和创作意图。这种做法和他后期出版作品时是完全不同的，其原因也在于当时的文学界的斗争。

自从19世纪20年代初浪漫主义文学流派兴起以后，新旧文学思想的斗争便愈加激烈、紧张，有时发展到短兵相接的地步，特别在戏剧方面更是如此。法国17世纪古典主义者的成就主要在戏剧方面，而19世纪的伪古典主义者也是盘踞在这一个领域，他们模仿高乃依、拉辛，盲从"三一律"，认为戏剧中悲喜不能混淆、诗韵应该高雅、用词不可粗俗。浪漫主义者在20年代初还没有成功的作品和这些传统的规则对抗，他们便推崇未受这些清规戒律束缚的外国戏剧杰作——莎士比亚的作品。当1827年英国剧团来法国演出莎士比亚的名剧时，剧场中就发生了浪漫主义与古典主义第一次大规模的直接斗争，古典主义者大叫："打倒莎士比亚，他是威灵顿的随从。"年轻的浪漫主义者也不示弱："莎士比亚是天神，拉辛是顽皮小子。"当时的

---

[1] 见雨果：《〈玛丽蓉·德·洛尔墨〉序》。

形势是双方对抗，各不相让。新兴浪漫主义文学每前进一步都遇到保守派的阻力，直到1829年，当第一个浪漫剧，大仲马的《亨利三世和他的宫廷》推开了长期为古典主义戏剧独占的法兰西剧院的大门而获得上演时，有7个伪古典主义作家还曾上书查理十世要求禁演。此外，文学上的斗争由于阶级矛盾的激化也具有了政治斗争的色彩，雨果的剧本《玛丽蓉·德·洛尔墨》在1829年就曾因"对当今皇上祖先不敬"的罪名而被禁演，他著名的剧本《欧那尼》的上演也遭到很多留难。这种情况正如雨果在他给一个青年诗人的诗集所写的序文中所说的那样："现在毁谤、辱骂、仇恨、嫉妒、阴险的陷害和卑劣的出卖正在某些人周围不停地酝酿聚集，这些人都正直诚实，然而却遭到不义的攻击，他们心地赤诚，只求带给国家一种自由，即艺术的自由或思想的自由，他们辛苦勤劳，安分地进行精神的劳作，但一方面却要遭到检查机构和警宪当局的阴谋暗算，另一方面往往更要忍受他们为之工作的思想界的忘恩负义的待遇。"①

在这种情势下，雨果写的作品序言不仅是保卫自己作品的盾牌，而且是讨伐伪古典主义的檄文，是掷向官方的书籍戏剧检查制度的投枪。在这些序言里，雨果代表浪漫派进行了争取文艺自由的斗争，这斗争一方面是针对文学创作上的伪古典主义，另一方面是针对复辟王朝的文学专制措施，因为伪古典主义正是有着官方支持的政治背景的。从《〈短曲与民谣集〉1826年序》起，雨果便作为新文学争取自由的战士而出现了。在这篇序言里，他反对古典主义在文学中人为地划定"这个界线，那个范围"，他反对模仿，把模仿看作是伪古典主义的本质，他主张文学创作自由，认为作家应该发挥独创性。而到了著名的《〈克伦威尔〉序》中，雨果的思想更加系统化了，由于这篇序言全面而有力地批判了古典主义，正面地阐述了浪漫主义的创作原则，因而一发表就被视为浪漫主义文学运动的宣言，浪漫派的旗帜。

---

① 见雨果：《关于多瓦勒先生》。

曾经参加过浪漫主义运动的泰奥菲勒·戈蒂耶后来回忆说:"那真是奇妙的年代。《〈克伦威尔〉序》在我们眼里发出灿烂的光辉……它引起了一个类似文艺复兴的运动。"①

在这篇著名的序言里,雨果除了批判伪古典主义的戏剧和它所遵奉的"三一律"等清规戒律外,主要是提出文学创作的对照原则,这是贯穿全篇的理论线索,联系各部分的中心论点,而且也是雨果整个文艺思想的一个核心。雨果认为,自然中的万物并不都是符合人的意愿,都是美的,而是"丑就在美的旁边,畸形靠近着优美,粗俗藏在崇高的背后,恶与善并存,黑暗与光明相共"。在他看来,古典主义把这两个方面割裂开来,并舍弃了其一即滑稽丑怪,因而是一个缺陷,而新的浪漫主义文学则是同时表现了这两个方面。不过,也应该看到,雨果最终所追求的还是崇高优美,而不是丑怪,他说:"崇高与崇高很难产生对照,于是人们就需要对一切都休息一下,甚至对美也是如此。相反,滑稽丑怪却似乎是一段稍息的时间,一种比较的对象,一个出发点,从这里我们带着一种更新鲜更敏锐的感觉朝着美而上升。鲵鱼衬托出水仙;地底的小神使天仙显得更美。"②可见,崇高优美是雨果的美学理想,是他所认定的艺术的目的,而对滑稽丑怪的描写,在他的艺术思想里,只是一种途径和手段。

雨果虽然主张自然中的美丑应该表现在艺术之中,但是,他又把艺术真实与自然真实严格加以区分,他强调诗人的主观在艺术创造中为了使人物和事物更完美、更富有诗意而起的能动作用。因而,雨果所理解的艺术中的美丑是经过理想化和夸张了的,雨果在这一序言中所称赞的近代文艺中的滑稽丑怪,也都不是生活中所能有的,而是经过了极度夸张的形象。雨果失于偏颇,把这个原则绝对化了,因此,在塑造人物的时候,只从这一个抽象的要求出发,力求在人物身上造

---

① 见戈蒂耶:《浪漫主义史》。
② 见雨果:《〈克伦威尔〉序》。

成强烈的、尖锐的对照。这固然使艺术形象能产生鲜明的效果,但往往显得有些人工做作、不够自然,他的浪漫剧和前期小说中的人物几乎都是如此。虽然雨果的对照原则有其局限性,但在当时也有一定的进步意义。从17世纪以来,古典主义文学只表现帝王将相、王公贵族,而排斥生活中平凡粗俗的形象,雨果以对照原则主张:"自然中的一切在艺术中都应有其地位",正体现了新兴浪漫主义文学要扩大表现范围的要求。

在《〈克伦威尔〉序》之后,浪漫主义运动有了很大的发展,虽然在1829年雨果的《玛丽蓉·德·洛尔墨》因政治原因而遭禁演,但第二年初,他著名的戏剧《欧那尼》上演却获得极大的成功。这次著名的演出斗争,仅仅发生在七月革命前几个月,因而它不仅表现出浪漫主义与伪古典主义在文艺思想上的斗争,而且在山雨欲来风满楼的形势下,也突出了浪漫主义与伪古典主义之间的斗争实际所具有的社会政治意义。雨果作为这一文学运动的领导者,在《欧那尼》的序言中对此作了总结。他把浪漫主义文学运动的意义提升到政治的和社会的高度。他这样说:"如果从战斗性这一方面来考察,那么总起来讲,浪漫主义其真正的定义不过是文学上的自由主义而已。"在这篇序言里,雨果把向古典主义争取创作自由与向复辟王朝争取社会自由结合了起来,并且把自己视为这一斗争行列中当然的一员。在他看来,文学自由是政治自由的"新生女儿",浪漫主义运动是法国大革命的"一种后果"。他说:"我们的父辈已经干出这样多的伟业,我们也都亲眼看见了,既然我们从古老的社会形式中解放出来了,那么我们为什么不从古老的诗歌形式中解放出来?新的人民应该有新的艺术。现代的法兰西,19世纪的法兰西……在赞赏着路易十四时代的文学和当时专制主义如此合拍的时候,一定会知道要有自己的、个人的、民族的文学。"这段话很清楚地说明了以雨果为代表的浪漫主义运动的阶级实质和社会意义。它虽然并没有告诉我们浪漫主义在创作方法上的确切含义，但是却能启发我们，19世纪法国浪漫派所显示出来的一些创作特点是可以而且也应该从1789年后的社会的根源去加以考察的。

浪漫主义与伪古典主义的斗争是以《欧那尼》的上演为最高潮，而在1830年以后，局势便平静多了，雨果在1830年后的作品序言主要是对自己的作品加以解释。由于这些序言密切结合了雨果本人的创作，因此，通过这些序言，我们可以更切实地了解雨果关于创作论的思想。

什么是文学创作的基础或源泉呢？是现实生活还是主观心灵呢？对这个基本问题的看法将标志着是浪漫主义还是现实主义。雨果说是心灵。在《秋叶集》的序言里，他认为艺术创作是由人的主观精神，人的心灵所决定的："人心是艺术的基础，就好像大地是自然的基础一样。"[1]那么，把现实和历史置于何地呢？现实和历史在他那里只是精神的物化，只是"配合着行动的情欲"[2]，戏剧便产生自这种情欲，而诗歌则产生自"配合着梦想的情欲"，也就是纯然的主观。在他看来，文学形式的区别仅在于对心灵描绘的程度不同而已，如小说，不过是"有时由于思想、有时由于心灵而超出舞台比例的戏剧"。既然把心灵提到这样高的地位，那么，凡在心灵中占有地位的，在诗歌中就应占有地位。雨果解释说，他自己的诗就是"从那被生活的震撼所形成的内心裂缝里源源而出"的[3]，即使这些感情微不足道，对于宏伟的事物来说只不过是一片轻飘飘的叶子，但也有权进入诗歌[4]。

虽然雨果认为人的每一响心声都可以成为诗歌，但是，他并不把人内心的崇高理想以及高尚伟大的情感与那些软弱的柔情、一时的感伤、个人的追忆等等情感等量齐观，置于诗歌中的同等地位，而是

---

[1] 见雨果：《〈秋叶集〉序》。
[2] 见雨果：《〈光与影集〉序》。
[3] 见雨果：《〈秋叶集〉序》。
[4] 见雨果：《〈心声集〉序》。

极力强调理想、伟大和美。在《玛丽·都铎》的序言里,他提出"伟大"这一美学标准,他说,"伟大包括着美",在舞台上,它是掌握群众的力量。他所谓的伟大,其实就是非凡的与理想的。正像他早年说过戏剧应表现巨人和天神一样,这时他更进一步指出,诗人应该把现实生活的事件"提升到历史事件的高度","应该从此时此地把一切事物放在将来的背景上,一方面缩小它们某些部分,另一方面则夸大它们某些部分"[①]。而他自己呢,"他要故意掩饰那些不光彩的例外,表现老年永远是伟大的以引起对老年的尊敬;表现妇女永远是软弱的以引起对她们的同情;表现自从亚当与夏娃以来世界借以建立的两种伟大的感情,即父爱与母爱之中的一些崇高、神圣和美德的东西以引起对自然之爱的信仰。最后他还要处处指出人类的尊严,让大家看到不论人是如何绝望和堕落,上帝还是在他的深处埋下了火种,从天上吹来的一口灵气总能使它复燃,灰烬总不能把它埋葬,污泥总不能使它窒息。——这就是灵魂"[②]。由此可见,雨果是根据一定的美学理想来进行创作的。对于现实主义作家来说,创作过程是作家从现实出发,对现实作加工概括的典型化的过程,而像雨果这样的浪漫主义作家,则是首先从自己的美学理想出发,按自己所希望的那样对现实材料加以主观改造的理想化的过程。因此,雨果在他的序言里,也特别强调虚构和想象。

值得分析的是,雨果也提出了"真实"与"自然"的概念。当他批判古典主义的形式主义和"三一律"中时间和地点的一致时,从来没有忘记"真实"与"自然"这两个武器;他责备古典主义是违反自然和真实的。在《玛丽·都铎》序里,他把"真实"与"伟大"并提,说这是艺术创造的两大目的,并且表示,伟大与真实的结合,是他所认为的艺术中的"完美的境界"。伟大与真实的结合,按他的解

---

① 见雨果:《〈心声集〉序》。
② 见雨果:《〈光与影集〉序》。

释,便是"夸大事物的比例,但却保持事物的关系",或者说"始终严守在自然之中,但有时也越轨而出"。他还把作品的真实与思想教育意义联系起来,"真实包括着道德"。雨果关于"真实"与"自然"的言论在整个文艺思想中究竟占一个什么地位呢?是处于一种什么关系呢?我们应该看到,这些关于真实与自然的论述虽然在字面上无异于现实主义作家的言论,但是,如果考虑到雨果为这些论点所设的前提以及他在对创作过程中诸多关键所设的条件,那么便不难见出它的本质和特点了。

雨果的世界观,从根本上来说,是唯心主义的。在作品序言中,他有时也把眼前的现实和过去的历史看作是精神的物化,这样便把自然和现实置于第二性的地位上。在艺术创作中,他虽然主张应表现"混杂在生活中的一切",但在这一切之上,却要"某种伟大的东西在高高飞翔"[①],也就是说,现实是以理想来驾驭和统率的。从具体创作过程来说,雨果认为生活中一切创作素材是要"经过艺术的魔棍作用"才能进入艺术中来的,这魔棍的作用具体说来就是一些浪漫主义的创作手法,如,"启用编年史家所节略的材料,调和他们剥除了的东西,发现他们所遗漏的并加以修理,用富有时代色彩的想象来充实他们的漏洞,把他们任其散乱的东西收集起来,把人类傀儡后面的神为的提线再接起来,给一切都穿上既有诗意而又自然的外衣,并且赋予它们以产生幻想的、真实和活力的生命"[②],而最为重要的,则是按照作家主观的观念和他所认定的原则出发去进行创作,而不是从现实生活的本质和面貌出发去进行创作。正如雨果在序言中所说明的那样,他往往是根据观念去创造人物,如根据父爱的观念去创造父爱的形象、根据母爱的观念去创造母爱的形象[③],甚至塑造各种各样反

---

① 见雨果:《〈玛丽·都铎〉序》。
② 见雨果:《〈安日洛〉序》《〈留克莱斯·波日雅〉序》。
③ 同上。

面人物也仅仅只为了表现一种绝对精神。在他看来，各种反面人物所体现的精神是同一的，只"根据时间和地点的不同而变换形状，但本质仍然不变；在威克斯是间谍，在土耳其是太监，在巴黎则是专事诽谤中伤的文人"①。因此，总起来讲，"真实"与"自然"在雨果的文艺思想中不是占主要的地位，它们并不是雨果从事创作时所依据和遵循的主要原则。这虽然可以看出雨果与现实主义者的不同，但也显示出他文艺思想的复杂，与完全无视现实的彻底唯心的浪漫主义者有差异。正因为如此，雨果早期不成熟的小说和戏剧中，有色彩过于浓厚、夸张而不真实的人物，但却没有神秘不可理解的形象，而到了后期，当他在小说创作上更为成熟时，他所写出的《悲惨世界》就出现了更高的境界：有细节的真实和栩栩如生的描绘，有对社会广阔的反映和着力的刻画，而其中又贯穿着作家鲜明的强烈的情感，回荡着一种非凡的气势，人物的身上闪耀着一种不寻常的色泽，使人感到好像是现实的，但又不是现实的，的确达到了雨果自己所说的："真实之中有伟大，伟大之中有真实。"②

三

雨果从 1843 年他的剧本《城堡里的伯爵》上演失败后，便暂时搁下他的创作而从事政治活动。这一段创作上沉寂而政治上活跃的时期约有 10 年之久。雨果在 40 年代的政治态度是保守的，直到 1848 年革命，他才最终地确定共和主义的政治态度，而 1851 年拿破仑三世政变又使他更加激进起来，雨果勇敢地抗议这次政治暴行，并参加了共和党人的起义，起义失败后，不得不流亡国外。流亡生活共达 19 年之久。在流亡期间，雨果除了通过自己的笔继续向拿破仑三世作政

---

① 见雨果：《〈安日洛〉序》。
② 见雨果：《〈玛丽·都铎〉序》。

治斗争以外，主要便是从事创作和论著。在这一阶段里，他写出了像《惩罚集》《历代传说》这样一些著名的诗集和像《悲惨世界》这样杰出的小说，并且还写出一本理论专著《莎士比亚论》，这本专著完成于 1863 年年底，出版于 1864 年。

法国浪漫派以及雨果对莎士比亚的态度是颇有意思的。早在法国之前，德国和英国都发生了浪漫主义文学运动，出现了歌德、席勒、拜伦、雪莱这样一些著名的杰出的浪漫主义作家。然而在法国浪漫主义运动中，这些异国的兄弟却没有一个像几世纪以前的莎士比亚那样受到浪漫派以及雨果的热烈赞扬和高度推崇。1827 年英国剧团来法国上演，便对浪漫主义作家们产生了深刻的影响，浪漫派为这次演出而狂喜。后来大仲马回忆说，当时莎士比亚戏剧在他面前开拓出来的境界，对他来说，"像是天上的伊甸园对于亚当一样的新鲜和令人愉快"[1]，他还说："……我开始认识了戏剧的世界里一切都导源于莎士比亚，就像现实世界里一切都导源于太阳；没有人能与他匹敌，因为他像高乃依一样富有戏剧性，像莫里哀那样富有喜剧性；新奇如同卡尔德龙，深思犹如歌德，热情磅礴就像是席勒……"[2] 这些意见，我们从雨果的言论中同样也可以听到。它们可说是代表了整个浪漫派的态度。当时，浪漫主义作家不仅称赞莎士比亚，而且都力图模仿他，雨果的浪漫剧几乎全是企图模仿莎士比亚风格的产物。雨果和浪漫派重视与推崇莎士比亚，当然不是偶然的，这一方面是因为，莎士比亚的成就高。足以和法国 17 世纪古典主义戏剧相匹敌的，首推莎士比亚，莎士比亚的作品与古典主义的清规戒律绝然无关，丰富多彩，从创作方法的意义上说还充满了浪漫主义的因素和色彩。另一方面则是因为，雨果和浪漫派不仅在创作上需要范例，而且在理论上也需要依据。雨果在自己的作品序言里，就往往援引莎士比亚，或则解释自己

---

[1] 见大仲马：《回忆录》。
[2] 同上。

的创作意图，或则来阐明自己的理论主张。于是，这些论述就不可能不表现出雨果本人浓厚的主观成分，在有的地方，莎士比亚甚至成为雨果所宣扬的文学原则的体现者。因此可以说，雨果对莎士比亚一贯的言论，与其说是对这位作家的一种切实的评论，不如说是他自己在理论上借题发挥。

从《莎士比亚论》全书来看，雨果显然也是想要通过评论莎士比亚这样一位伟大的作家来阐明他所认为重要的某些文艺问题。当然，从《莎士比亚论》中，肯定可以看出雨果对文学创作的一些浪漫主义见解和美学趣味，如他称赞莎士比亚"把整个自然都斟在自己的酒杯里"，表现了自然中的全部对照；称赞他探索了人类的灵魂；称赞他是位画家；称赞他富有想象，能根据"上帝的逻辑"而虚构出种种"图案"，甚至说"莎士比亚首先是一种想象"。所以有这些见解，都表现了雨果一贯提倡对照、提倡抒写心灵，推崇想象和虚构以及讲究作品的情趣等等的创作思想。但是，这些还不是雨果在《莎士比亚论》中着重阐述的问题，他所着重阐述的，是两个比较根本的文艺问题，即文艺的本质和文艺的社会作用与职责。当然我们不能期望雨果对这两个问题有完全正确的科学的解答，我们只能把他视为过去时代中一个有历史局限的作家，在这一前提下，从他的意见中吸取一些可供参考的东西。

雨果在他著作的第一部分就提出了"艺术与科学"的命题，企图首先阐明文学艺术的本质。在那里，他首先考察文学艺术作为精神现象之一所具有的一般的"精神秩序"，他说："诗歌就像科学一样，有一个抽象的根源，科学由此产生金、木、水、火、土的杰作，即机器、船只、机车、飞艇，诗歌由此产生有血有肉的杰作，如《伊利亚特》《颂歌》《西班牙民歌集》《麦克白》。"那么，这一共同的抽象的根源在什么地方呢？雨果认为在"自然"中，他说："大自然，还有人类，被提升到二次方，就产生艺术。"并且还说，艺术也像科学一样不能离开自然中的"数目",如同诗韵就是"数目"的表现。雨果的数目之说,既抽象,也不科学,的确显示出他的某些思想不够严谨和明晰。不过,他显然还是企图说明艺术有其自然的根源,而且,雨果所说的"提升到二次方"是值得注意的,与他以前所说"在艺术魔棍的作用下"的意思相近,都是指对现实的艺术加工而言。在谈了艺术与科学的共同点之后,雨果进一步论述了两者的不同,也就是艺术的特殊性。正像他没有正确地解答上一个问题一样,他也没有道出这个问题的本质。他认为艺术与科学的不同,就在于科学是发展的,在这个领域里,后来者一定居上;而艺术则是运行的,在这个领域里,一个作家或一部作品一旦达到了"美",成为杰出的,那么在他或它所涉及的范围里、在他或它之所以杰出之处,后人是无法超过的。用雨果的话来说:"艺术的美,正在于它无从更臻完美"、"一个诗人不可能使另一个诗人被人遗忘"、"莎士比亚不在但丁之上,莫里哀也不在阿里斯托芬之上……"[①]因此,雨果一方面进一步说明,崇高的东西都是平等的,另一方面也指出模仿的无出息,"第一位诗人……来到了顶峰。你跟随他攀登而上,达到同样的高度,但不可能更高,你就名叫但丁好了,但他名叫荷马",并且也指出艺术创作有广阔的空间,杰作不会排斥杰作,以此提倡"各种各样的创造"。按雨果的意见,既然艺术美的高低不以时代的发展为转移,不依靠任何属于将来的完善化,不依靠语言的任何变化,那么决定艺术美完善与否的因素究竟是什么呢?雨果说是心灵,"心灵的不同,灵智的差异,这才是原因","灵智的竞争就是美的生命"。于是,照他看来,要创造杰出的作品,要达到艺术的顶峰,就应该像"每个伟大的艺术家都按照自己的意向铸造艺术"那样,去进行大胆的创造。总之,要达到过去的天才所未达到的艺术成就,"那就要和他们不一样"[②],这便是雨果的结

---

① 见雨果:《莎士比亚论·艺术与科学》。
② 同上。

论。由此可见，雨果对于以上问题的探索，主要是为了替他原来强调心灵、提倡独创性的文艺思想寻求更根本的说明和根据。

在《莎士比亚论》中，雨果所特别加以阐释的主要思想，是文学的社会作用和诗人的社会职责。其中理论性的几卷，都接触到这个问题，可以说，这是《莎士比亚论》中的理论核心部分。在最初的章节中，他开始便提出书籍可以哺育人类、改造人类。"书籍是……改造灵魂的工具。它对人类之所以必需，就在于它是滋补光明的养料。"当然，这个意见有可取的成分，然而，雨果出于他历史唯心主义的观点，却把这种作用夸大到不恰当的地步。他甚至天真地以为，只要社会上有更多的人能够阅读书籍、书籍影响的范围更加扩大，就能改造社会。因此，他认为普及文化的义务教育是改造社会的关键，在雨果心目中，文化教育改造社会的巨大作用又主要是以文学艺术的美感教育作用来体现的，或者说，他以为文学艺术的教育作用是最为巨大的。"诗人的作品中所始终保持着的美，使得他们居于这一教育事业的顶巅。"①雨果的"美为真服务"的原则便是由此出发提出来的。雨果反对"为艺术而艺术"的口号，在《美为真服务》一卷中，他着力地论证了文学艺术并不因服务于人生、服务于社会的进步事业而有损其美与崇高。"美并不因为服务于广大人群的自由和改革而降低了自己。"②他提出实用与崇高的统一、实用与美的统一、善与美的统一。"实用不仅不会排斥崇高，而且使它更加崇高"，"决不会因为善而失去任何美"，并且还指出，诗歌之所以美，就在于"具有感化的力量"。

"美为真服务"是雨果积极浪漫主义文艺思想的最高概括，它具有较丰富的具体内容。它主要是具体地表现在诗人应负有崇高的社会职责这一思想上。诗人的职责是什么？总起来说，就是"成为有用的"、"服务于人生"。雨果认为，那些"遨游太空的天才"不应脱离

---

① 见雨果：《莎士比亚论·艺术与科学》。
② 见雨果：《莎士比亚论·美为真服务》。

自己的时代与社会，他指出过去的天才都是因服务于自己的时代而伟大的，指出为社会的正义与进步事业服务是天才的法则，而不为人类进步事业服务的，便不可能成为天才。那么，如何为社会进步事业服务呢？诗人具体的社会职责是什么呢？雨果提出了两个方面：第一个方面是要和社会不合理、不正义的事物作坚决的斗争。雨果指出，他那个时代离光明幸福的社会还很远，因此他反对诗人为艺术而艺术的态度，认为诗人应该执行战斗的任务。"赞成善而反对恶，表现公众的愤怒，使暴君受辱，使坏蛋绝望，使不自由的人解放，使灵魂前进而排斥黑暗……"他对歌德向不合理事物妥协的庸俗的一面作了严肃的批判，把这说成是诗人应该记取的教训。应该看到，雨果在理论上所表现出来的这种积极的革命的精神，是与他自己的生活、斗争分不开的。自从1851年以后，雨果进入思想成熟的阶段，成为一个先进的民主主义的作家。在流亡期间，他仍不懈地向拿破仑三世作坚决的斗争，通过写作把诗人的职责和斗士的职责结合起来，在杰出的政治诗集《惩罚集》中，揭露拿破仑三世的专制政权给民族带来的损害，给社会造成的黑暗，给人民带来的痛苦，而且，还抨击当时欧洲各国的专制和奴役，传播民主、自由、平等的思想，号召人民起义。特别是在1859年，拿破仑三世大赦时，雨果拒绝回到法国去，表现了对恶势力坚决不妥协的革命精神。也正是以这种精神，他在《莎士比亚论》之前两年写成了暴露社会黑暗，同情劳苦人民的杰作《悲惨世界》。由此可见，雨果在《莎士比亚论》中所提出的诗人应该反对恶势力的思想，不仅是他在理论上的主张，而且也是他自己所身体力行的信条和原则。

  关于诗人的社会职责，雨果所提出的第二个方面是宣扬理想、教育人民。不论在《莎士比亚论》中还是在他以前的言论里，雨果对这方面是格外重视的，这实际上是他认为的诗人与艺术家的首要职责。他指出，社会要获得进步，既需要进行破坏的"力量"，也需要专门建设的"才智",而在他看来,艺术家的工作主要就在于建设。建设什么呢?雨果说要建设人民,也就是说,要培养他所理想的一代人民,一代有理想的人民。雨果对于理想是特别重视的,他认为理想是人得以区别于动物的地方,而当代人的缺点正是重视物质甚于重视理想,"由此便产生种种堕落"①,因此,他提出这样的主张:"要在人类的灵魂中再燃起理想。"到哪里去取得理想呢?他回答说:"诗人、哲学家、思想家都是带着理想的孢子囊",他特别强调诗歌对传播理想的重要性。"诗是从理想中分泌出来的","诗是从英雄主义中产生的",他认为:"这是诗人为什么是人民的启蒙导师的原因。"②当然,雨果规定诗人的任务首先在于宣扬理想,这是应该肯定的,但从以上所说的这个论点的提出和论证的线索来看,却也能看出雨果社会观和历史观方面的缺陷。他不是从根本的社会性质和社会制度去理解时代的罪恶和社会的堕落,而是从人心中去寻找根由,因此,也就把人心的改善和文化教育的普及视为改造社会的手段和途径。"请把从伊索到莫里哀的所有的才子、从柏拉图到牛顿的所有的智者和从亚里士多德到伏尔泰的所有的学者都倾倒出来吧!这样,你便能医治好时弊,一劳永逸地缔造人类精神的健康。"③同样,在他著名的小说《悲惨世界》里,他虽然暴露了社会的黑暗,描写了劳苦人民的悲惨生活,但是同时表现了爱的精神和高尚的道德可以改造旧社会的思想。这都是雨果的历史唯心主义的表现。不过,另一方面,我们也应该看到,雨果在《莎士比亚论》中谈到在人民中宣扬理想时,是充满了对人民的热情的。一方面,他把人民看作是教育的对象,另一方面,他也说人民"有一颗伟大的心灵"、"有高度的道德感"、有各种美好的感情,"能够深刻地接受理想","对文学有细致的感受","狂热地投身于

---

① 见雨果:《莎士比亚论·有才智的人与群众》。
② 同上。
③ 同上。

美……让自己得到陶冶"①。这些话又表现出雨果的民主主义的倾向。而且，我们还应该看到，雨果在他的论著中号召诗人们所传播的理想，如争取自由、信奉真理、反对民族奴役等等，虽然是根源于他的资产阶级人道主义思想，具有本阶级的局限性，但在当时资本主义社会条件下，对于人们争取进步、反对不合理事物的斗争仍然有一定的积极意义。雨果从文艺理论上规定诗人应以表现这些理想为自己的创作目的，无疑也是一种积极有益的创作思想原则。这正是雨果的浪漫主义与夏多布里昂的浪漫主义不同之处，正是积极浪漫主义与消极浪漫主义的分野之一。

我们在前面说过，雨果的文艺理论论著是法国19世纪浪漫主义文学运动的理论文献，有助于我们了解这一个运动和这一个流派。当然，浪漫主义作为一个文学流派虽然是18世纪、19世纪的历史产物，而作为一种创作方法却不能不说是原来就已经存在着的。但是，浪漫主义创作方法的特点集中而典型地表现在浪漫主义流派之中，却又是毫无疑义的。因此，我们便不难从雨果这位19世纪浪漫派作家的文艺理论中，看到某些对于浪漫主义创作方法，特别是对于积极浪漫主义创作方法某些具有一般表征意义的东西，这就是我们今天研究雨果文艺思想的意义。雨果的文艺思想，除了以上指出的一些局限和缺点外，本身也是相当复杂的，而且在论证上有不严密不连贯甚至不统一的地方，其中的论据也有些是不精确的。以上仅仅是编译之后所作的一个简略的说明，不足和错误之处，请读者批评指正。

柳鸣九

---

① 见雨果：《莎士比亚论·有才智的人与群众》。

论司各特[①]

——关于《昆汀·杜渥德》

这个人的才能,肯定有某种奇特和奥妙的东西,他摆布他的读者,如同风拨弄一片树叶;他随心所欲带领着读者在各个国度和不同时代里漫游,他在嬉戏之间向读者揭示心灵中最隐秘的皱纹,犹如揭示大自然中最神秘的现象、掀开历史发展中最秘密的篇章;他的想象掌握所有人的想象,并且迎合所有人的想象,它以同样令人惊奇的真实穿上乞丐的百结鹑衣和国王的锦绣衣袍,做出各种姿态,穿着各色服装,讲着各种语言;赋予各个世纪的形貌以明智的上帝所赐予的永恒不变的特点,以及癫狂的人群所造成的多变而短暂的因素;他不像某些拙劣的作家一样,强迫过去的人物抹上我们的脂粉,涂着我们的色彩。相反,他用奇异的力量使当代读者在几个钟头之内又恢复了在今天如此被轻视的古代精神,好像一位聪明能干的长者把浪子又劝得回心转意。不过,这位能干的幻术家首先要求精确。在他笔下,他从不拒绝任何真实,甚至也不拒绝那种来自描写谬误的真实。这种谬误是人类造成的,如果不是它那任性而多变的特性使人们放心它绝不可能是永恒的,我们几乎会以为它将永世长存呢。很少历史学家像司各特这样忠实。我们觉得,他力图使他所作的肖像成为一幅幅的图画,而使他的图画成为一幅幅的肖像。他为我们描绘出我们的祖先,连同

[①] 司各特(Walter Scott,1771~1832),英国历史小说家,其作品富有浪漫传奇的色彩。《昆汀·杜渥德》是他的重要小说之一。

他们的情欲、恶行和过失。他通过反复无常的迷信思想和缺乏虔诚的宗教狂热进一步突出宗教的永恒和信仰的圣洁。我们喜欢看见我们的祖先带着他们那些既高尚又健全的成见而再现，如同喜欢看见他们戴着美丽的羽冠、披着坚实的盔甲一样。

华尔特·司各特懂得从大自然和现实的源泉里汲取某种不知名的东西，这种东西崭新崭新，它只不过装扮得如他所愿意的那样古老罢了。司各特把历史所具有的伟大灿烂、小说所具有的趣味和编年史所具有的那种严格的精确结合了起来；他是一个奇特而强有力的天才，他想象出了过去时代究竟是什么样子；他是一支真正的画笔，这画笔根据一个模糊的影子画出了一个忠实的形象，并且使我们不得不承认我们甚至从未见过的那些东西；他也是一颗柔软而坚强的心灵，既像蜡一样柔软，上面印记着每个世纪、每个国家特殊的标记；又像青铜一样不可磨损，能把这些印记留存给后代子孙。

很少作家像司各特这样完满地完成了小说家对于自己的艺术和时代所负担的职责。因为，对于一个文学家来说，自以为超越共同利益和民族需要之上、避免使自己的精神对当代人有所影响、把个人的利己生活和全社会伟大的生活隔绝起来，这是一种错误，而且是犯罪性的错误。如果诗人不献身，那么谁献身呢？如果竖琴的声音不去平息风暴，那么什么声音会在风暴之上升起？如果既具有古代智慧所赋予的调和人民与国王的能力、又具有近代智慧所赋予的分化人民与国王的能力的那种人，不去触犯无政府主义的仇恨和专制主义的轻蔑，那么又有谁去呢？

司各特完全不把才能用于甜甜蜜蜜的风流韵事、卑鄙恶劣的阴谋诡计以及肮脏的奇遇。出于其光荣所赋予他的本能，他感到，对于刚刚用自己的血和泪写出了人类历史中最奇特一页的这一代人，必须给予更高尚的东西。我们骚乱的革命前后的那些日子，正像疟疾病人发冷发热心衰体弱的时候一样。那时的病态的社会把最平淡无奇以至难以忍受的书、最愚蠢无知以至背神叛道的书、最违反人伦以至淫邪无耻的书，都贪婪地吞噬了下去，这个社会败坏的口味和已经麻木的机能拒绝美味或有益于健康的食物。这便足以解释那些拙劣或猥亵的作家从当时沙龙里的平民和小店铺里的贵族那里所获得的无耻的胜利，我们不屑于指出这些作家的名姓，他们今天已堕落到乞讨仆役们的掌声和荡妇们的微笑的地步了。现在，民望不再由小民来分配，而是要靠在道德上代表了文明人民的那一小部分才智高超、心灵丰富、思想严肃的人士的推选，而这，才能够使民望得以不朽、得以普遍传扬。司各特向一些民族的历史借来了给一切民族阅读的作品，从几百年的历史记载中取得了供千秋万代享用的书籍，这样，他就获得了这种民望。没有一个小说家把这样多的教益包含在这样多可爱的情趣之中，把这样多的真实隐藏在这样多奇妙的幻想之下。在他所特有的形式和过去的、将来的所有一切文学形式之间，有一种清晰可见的联系，并且，人们可以把司各特的历史小说视为现在的文学向宏伟的小说和伟大的史诗的过渡，我们这个诗的世纪已向我们预告了这种小说和史诗的诞生，并且将来一定会把它们带给我们的。

  小说家的意图应该是怎样的？应该通过有趣的故事阐明一个有用的真理。而根本的思想一经选定、表现主题的情节一经构思出来，作者为了阐发这一思想，难道不应该寻求一种使他的小说和生活相像的表现方式，也就是使复制品和模型完全相同的方式？生活难道不是一出奇异的戏剧，里面混杂着善与恶、美与丑、高尚与卑劣？这一法则的作用难道不是遍及一切造物？大自然既然到处都呈现出光明与黑暗的斗争，难道应该像某些佛兰德画家一样，只限于创造出完全阴暗的画面，或者像某些中国画家一样，创造出完全光亮的画面？然而，司各特以前的小说家一般都是运用两种相反的创作方法，而这两种方法正因为彼此相反所以都是有缺陷的。一部分小说家在作品的形式上采取分章叙述的方法，分得极其勉强而又使人不解其故，这也许完全是为了使读者的思想得到休息，一位西班牙老作家在他的小说章回①的开头加上"稍息"这个名称，不正是相当天真地承认了这一点吗？另一些作家则通过一系列书信来展开他们的故事，这些书信，人们常以为是小说中不同的人物所写的。在前一种叙述中，人物都消失不见了，而只有作者现身说法；在后一种书信中，作者隐退了，而只让读者看见他的人物。叙述体小说家不会给自然而然的对话、真实生动的情节留出一定的地位，他必然代之以某种单调的文体上的起承转合。这种起承转合好像是一个定型的模子，在那里面，各种最为相异的事件都只有同样的外表，在它下面，最高尚的创造、最深刻的意图都消失了，如像坎坷不平的场地在压路机下被碾平了一样。

在书信体小说中，同样单调，不过原因不同，每个人物轮流带着自己的书信上场，如同那些江湖艺人一样，只能一个跟着一个，并且，他们在露天舞台上是不许说话的，他们各人头上顶着一大块招牌陆续地出场，招牌上写着各人扮演的角色。大家也可以把书信体小说比之为聋哑人之间的艰苦的谈话，他们要互相把自己心里的话写出来，要表达出他们的欢乐与愤怒，就必须手里老拿着笔，口袋里老装着文具盒。然而，我要请问这种小说家，如果一句温柔的责备也必须付邮，那么它那恰到好处的分寸岂不是会丧失掉吗？如果一个出身良好的人所写的书信，前后都得加上客套话，那么，感情的猛烈爆发岂不是颇不容易吗？难道人们会以为接二连三的客气话和繁文缛礼倒能够增添小说的兴趣和促进情节的发展？最后，难道人们不应该以为，在这种创作中有某种甚至会使卢梭②的文采也黯然失色的根本而不可克服的缺陷？

---

① 《玛尔哥斯·奥布莱公》。——原注。
雨果所指出的这本小说是17世纪西班牙作家魏桑特·爱斯比奈尔（Vicente Eapinel，1551～1634）的作品。

② 卢梭（J. J. Rousseau，1712～1778），法国启蒙作家，他著名的小说《新爱洛绮丝》是用书信体写成的。

叙述体小说的作者似乎把所有一切都考虑到了，而只没有考虑到情趣，并且在每章的开头都不合理地加上一个概说，有时甚至颇为详尽，像是小说之中的小说；而书信体小说，其形式本身就束缚了激情并妨碍了作品的流畅。既然如此，那么让我们作另外的设想：一个富有创造性的才子用一种戏剧式的小说代替以上两种小说，在这种新型的小说中，想象的情节开展为真实而多变的画面，如同实际生活中事件的发展一样；这种小说只分为各种栩栩如生的生活场景，归根结蒂，它是一出长戏，其中具体的描绘配合着环境的陈设与人物的服饰，而人物都是通过自己的言行来展示其性格，并且以纷纭复杂的冲突把作品中统一的思想表现得变化多端。这种新类型，你将会发现它兼备前两种体裁的优点而没有它们的缺陷。在这种新类型中，如果你能够自由运用那些多少有些神妙的戏剧描绘的技巧，你便能在舞台上把无数没有用处、而只能供起承转合之用的细节抛在后面（这些细节是一般叙述体小说作者为了把故事讲得明白些而总要不厌其详地加以述说的，他们不得不一步步跟随着他的人物，就像小孩学步时抓着牵手带一样）。而且，在这种小说中，你还能够利用深刻而出人意料的神来之笔，这种笔触在思想方面，要比用来说明某个情节的长篇大论来得更为丰富，而这种长篇大论恰恰是明快的叙述所要排斥的。

在司各特的这种散文体的描绘小说之后，将来还有另一种小说有待创造，依我们设想，这种小说要更加美好，更加完整。这便是同时具有戏剧性和史诗性的小说，它真实而又伟大、生动逼真但又富于诗意、切合实际而又具有理想，它将把司各特镶嵌在荷马的身上。

像一切创造家一样，司各特直到今天还遭到猛烈的批评。开拓沼泽地的人就得按住性子听青蛙在周围聒噪。

至于我们，我们高度推崇司各特这位小说家，特别高度推崇《昆汀·杜渥德》这部小说，这不过是完成了一项良心上的责任。《昆汀·杜渥德》是一部美好的作品。很难找到一本小说比它编织得更好、比它把道德的效果和戏剧的效果结合得更好。

我们觉得，作者是想表现：忠诚老实即使是在一个默默无闻的穷青年身上，也比背信弃义更有把握达到自己的目的，尽管后者有种种权力、财富和经验来帮它的忙。作者让他的苏格兰人昆汀·杜渥德担任这两个角色之中的第一个，这个孤儿被扔在最复杂的困境中和最不露痕迹的陷阱里，他没有其他的向导，只有一种近乎发狂的爱情；但是，爱情往往在它近乎疯狂的时候才成为一种美德。他把第二个角色交给路易十一①来扮演，这位国王比任何最能干的朝臣更要能干，他是一只长着狮爪的老狐狸，有权有势而又狡猾，白天黑夜都有人为他效劳，卫队和刀斧手们卫护着他、跟随着他，就好像时刻不离他身边的盾牌和宝剑。这两个如此不同的人物互相抗争，以一种特别惊人的真实表现出上述的基本思想。这位忠诚老实的昆汀忠心耿耿地听命于国王，并不知道这正好对自己大有好处。路易十一这位国王想把昆汀当作工具和牺牲品，但这个阴谋反倒打乱了这个狡猾老人的奸计，而成全了那个单纯的青年。如果只是肤浅地进行观察，人们就会相信诗人的主要意图是将法国国王路易·德·洼勒瓦与布尔高涅公爵（大胆的查理）②进行历史性的对比，而这种对比是写得颇为出色的。这一漂亮的插笔也许倒是作品的一个缺点，因为它有喧宾夺主之势，会使人忽略掉作品的主题思想。但是即使这个缺点存在，也丝毫无损这两位王侯的对立所同时表现出来的威严和喜剧性的东西。他们之中一位是圆通而有野心的暴君，看不起他的敌手，也就是那位好战而残酷的专制者，而后者如果有勇气，也一定会看不起自己的对方。两人彼此憎恨。但是，路易敢于激起查理的仇恨，因为它残酷而又粗野，查理却

---

① 路易十一（Louis XI，1423～1483），1461～1483年的法国国王，他和地方大封建贵族进行斗争，巩固了王权，完成了法国的统一，是法国历史上第一个专制君主。
② 布尔高涅公爵（Duc de Bourgogne charles le Téméraire，1433～1477），路易十一时期的大封建贵族，是当时反对中央集权的地方贵族同盟的首领，1477年，战死于南锅。

害怕路易的仇恨，因为它是以怀柔的方式发泄出来的。布尔高涅公爵虽然是在自己的军营和辖境里，却因靠近没有防御的法国国王身边而惴惴不安，就像一条大猎犬害怕身边的猫一样。公爵的残酷来自他的欲望，国王的残酷则出自他的性格。这位布尔高涅人还算直率，因为他粗暴；他从没有想到要掩饰他的恶行；他没有悔恨，因为他事后便忘记了他的罪恶，就像忘记了自己的愤怒。路易则很迷信，也许这是因为他虚伪；对于他这样一个良心上受着折磨犹不知悔改的人，宗教也无济于事；他尽管相信实际上无补于事的赎罪，但在他心头，对自己所犯的罪恶的回忆却不断和要再去干坏事的念头交织在一起，因为一个人对蓄谋已久的事情总是记忆最深的，所以当罪恶一经成为一种欲求和企望的时候，必然也会变成一种回忆。这两位王侯都是信徒，但是查理在凭上帝起誓之前先凭宝剑起誓，而路易则努力以金钱和爵位争取圣者，在他的祈祷中夹杂着权术，甚至对上天也要耍弄阴谋。在战争情况下，当路易还在考虑危险性的时候，查理已经以胜利自慰了。大胆的公爵的全部政治限于他的双臂所及的范围，但国王的眼睛比公爵的手臂达到更远的地方。最后，司各特让这两个敌手你争我夺来证明谨慎比大胆要有力量得多，来证明看起来什么也不怕的人，是多么害怕对什么都小心翼翼的人。

这位卓越的作家用了怎样的技巧给我们描绘出这位法国国王！他奸诈到如此地步，以致正当那个骄横的陪臣要向他开战的时候，他却突然御驾亲临布尔高涅表兄弟的家里要求款待①！正当这两位王侯坐在一张桌子面前的时候，像霹雳一样传来国王的手下在公爵辖境内煽起叛乱的消息，还有什么比这更富有戏剧性！伪诈败于伪诈，正是这位谨慎的路易毫无防备地送上门来，于是那正被激怒的敌人便向他复了仇。历史对这一切尽管谈到了一些，但在这里，我宁愿相信小说而

---

① 历史事实是：1468年，路易十一为了解决与大胆查理的纠纷而前往大胆查理的驻地贝罗恩，后者得知自己辖境里的叛乱是路易十一支持的，便把他监禁起来，结果使路易十一签署了屈辱的条约。

不愿相信历史，因为较之于历史的真实，我更喜欢道德的真实。还有一幕，也许是更为杰出的：这两位王侯原来是任何贤明的劝谏也无法使之和好的，现在却在一次暴行中，通过一个出主意另一个去执行而言归于好了。他们第一次在一起衷心愉快地笑着，这桩刑案所引起的这一笑，暂时勾销了他们的不和。这一可怕的构思真令人叫绝不止而又使人不寒而栗。

我们曾经听到有人批评说，狂饮那一场描绘使人讨厌和使人反感。在我们看来，这是全书中最美的篇章之一。司各特的确着力地描写了那个外号叫做"阿尔戴勒的野猪"的著名的强盗，如果他不引起可怕之感，那么对他的描绘就失败了。应该径直深入戏剧的真谛，并且追求一切事物的根本。激情与情趣只能由此而来。只有胆小的人，才不顾自己的观点多么有力而向对手低头服输，并且在自己所规定的道路上退却。

根据同样的原则，我们还要证明，还有两个片段在我们看来也同样值得研究和赞扬。第一个片段是汉内顿的处决，这个特别的人物，作者也许还可以更深入地加以发掘。第二个片段，是路易十一被布尔高涅公爵下令捉住了的那一章，路易十一在监狱里还指使特里斯旦去惩罚那个欺骗了他的星相家。作者让我们看到这位残酷的国王在自己的囚室里居然还有心思想到复仇，要求刽子手做他最后的仆人，并且还要用一道行刑的命令来检验自己到底还剩多少权力。这简直是一个非常美妙的构思。

我们还可以作些更深入的研究，并且使人看到司各特先生的新型戏剧在某些方面，特别在结局上尚有缺点，但是小说家为了证明自己的正确，一定有比我们用来抨击他的理由更充足的理由，而我们根本不想用我们无力的武器来战胜这位可怕的对手。我们只想让他知道，他让布尔高涅公爵的宫廷小丑在路易十一到达贝罗恩时所说的那句话，其实是法兰西斯一世①的宫廷小丑在查理五世②1535年路过法国时所说的。这位可怜的小丑梯利布莱的不朽只在于这一句话，我们应该把它留给他。同样，我们还以为，星相家伽洛蒂逃脱路易十一所用的妙计早在千来年以前就被西拉库斯的戴尼斯③企图害死的一个哲学家发明出来了。我们并不想赋予这几点意见以一种它们并不具有的重要性，小说家并不是编年史家。我们感到奇怪的只是，国王在布尔高涅议会中发表演说时，有圣灵会骑士在场，其实这一品级是在一个世纪以后才由亨利三世④创建的。我们甚至认为，圣米歇尔品级也是在路易十一被俘以后才有的，我们高贵的作者却把它授给了他的勇敢的克劳福爵士。但愿司各特先生允许我们作这样一些微不足道的历史争讼。我们居然对这样一个著名的考古学家取得了一点微小的学究式的胜利，不禁感到一种天真的快乐。这种快乐也是他的昆汀·杜渥德在迫使奥尔良公爵落马并且抵挡住了杜诺瓦时也曾体验过的，我们要请他原谅我们的胜利，就像查理五世对教皇说：Sanctissime Pater, indulge victori⑤。

1823年6月

---

① 法兰西斯一世（François I，1494～1547），1515～1547年的法国国王。
② 查理五世（Charles-Quint，1500～1558），西班牙国王，德意志皇帝。
③ 西拉库斯的戴尼斯（Denis de Syracua，公元前406～前367），古希腊西拉库斯城邦的专制国王。
④ 亨利三世（Henri Ⅲ，1551～1589），1574～1589年的法国国王。
⑤ 拉丁文：至圣圣父，请宽恕胜利者吧！

论拜伦[①]

——纪念他的逝世

现在是1824年6月,拜伦爵士刚刚去世不久。

人们问我们对拜伦爵士以及对他逝世的想法。我们的想法有什么重要呢?何必把它写出来呢?除非人们认为,对这样一位伟大的诗人和这样一件巨大的事件,不论谁都非讲几句值得予以辑录的话不可。根据东方的奇妙传说,一滴眼泪落在海里,就会变成一粒珍珠。

在文学趣味给我们陶冶而成的特殊生活中,在对自由与诗歌之爱那个静谧的领域中,拜伦的死给我们的打击就像自己死了亲人那般沉重。它对我们,是一件切身的不幸。把自己的时光贡献给文学的人,感到自己的现实生活圈子在收缩,同时感到自己的精神生活的范围却扩大了。一小部分亲近的人霸占了他心头的温存,但所有已故和健在的诗人,不论是外国的还是本国的,却获得了他灵魂里的爱情。大自然给了他一个家庭,而他的诗又为他缔造了第二个家庭。他的同情心很少被身边的人所激起,却通过各种社会关系的旋风越过时间和空间的界线,去寻找一些他所了解的人和他认为值得被他们了解的人。习惯与俗务周而复始、陈陈相因,在这种单调的循环运转中,冷漠的人群挤压他、撞碰他,但并没有引起他的注意,他却在他自己与他根据自己的爱好所选择出来的分散在天南地北的人们之间,建立起亲密的关系和情感的交流,也可以说是一种感应的电流。一种温馨的思想上

[①] 拜伦(George Gordon Byron, 1788~1824),英国浪漫主义诗人。

的共鸣,就像一条看不见然而拧不断的纽带,把他和这些出类拔萃的人们联系起来,这些人在自己的世界里孤高脱俗,正如他自己在他那个世界里一样。因此,当他偶然遇上了他们之中的任何一个,一道眼光便足以彼此肝胆相照;一句话便足以互相深入心灵深处,从而认出彼此的投合;并且,不要多久,这两个原来不相识的人在一起便好像亲兄弟,好像两个曾经同甘共苦的朋友。

请允许我们这样说,我们刚才所说明的那种同情心已把我们引向拜伦,而且,如果有必要,还请准许我们对此说法引以为荣。当然,这不能算是天才吸引天才,但至少这是一种真诚的赞赏、真诚的热情和真诚的感激,因为我们对于以其著作和行动来感化人心的人们是应该怀有感激之情的。当人们告诉我们这位诗人去世的消息时,我们好像觉得有人夺去了我们的一部分前途。我们只能怀着从未有过的悲伤,永远告别了和拜伦结成的最富有诗意的友情(我们和这时代的大部分杰出之士,也愉快而光荣地保持着这种友情),并且我们把和他同流派的一位诗人向安德烈·谢尼埃①的英灵致敬的诗句献给他:

> 永别了,我不认识的青年朋友。

既然我们刚刚在拜伦爵士的特殊流派上透露了只言片语,那么,在这里考察考察这个流派在当前整个文学中所占的地位也许不算不合时宜。人们对当前的文学加以攻击,似乎它可以被摧毁,人们对它滥施诽谤,似乎它会遭到判决,那些假充有才智的人善于颠倒黑白,企图在我们之间散布一种十分奇怪的谬误,根据他们的想象,现实社会在法国是由两种绝对相反的文学来表现的,也就是说,同一株树上同

---

① 安德烈·谢尼埃(André Chénier,1762~1794),法国大革命时期的诗人,其诗歌虽具有较高的艺术性,但他的政治态度是反动的。后死于雅各宾专政,雨果称之为英灵,是与他自己当时落后的政治思想有关的。

时结出两种相反的果实,同一个原因平行产生两个互不相容的结果。但是,这些敌视革新的人却没有想到他们自己创造出了一种顶新鲜的逻辑。他们每天继续探讨他们名之为"古典主义"的文学,似乎这种文学今天仍然活着,他们也探讨他们叫做"浪漫主义"的文学,似乎这种文学即将完蛋。这些迂腐的修辞学家,他们总不停地叫别人用现在的东西去换取过去的东西,使我们不由自主想起阿里奥斯托①的傻子罗兰,他一本正经地要求一个过路人用一匹活马来换取他一匹死马。罗兰的确承认他那匹牝马是死的,因而补充说,这是它唯一的缺点。但是,这些假古典主义的罗兰们在判断事物上和诚实无欺上还没有达到这个程度。因此,必须强迫他们承认他们不愿承认的东西,并且向他们宣告,今天只存在一种文学,正如只存在一个社会一样;还要向他们宣告,过去时代的文学虽留下了一些不朽的纪念碑,但早就应该隐退了,而且它们在表现了过去时代人的社会习俗和政治感情之后,也的确随着过去时代的人而一同隐退了。我们时代的天才也可以和那煊赫一时的古代天才媲美,但它并不和过去的天才一模一样,并且,复活过时的文学②之由不得当代的作家,正像园丁之不可能使秋天的树叶在春天的树枝上发绿一样。

希望大家不要误会,其实这一小撮井底之蛙企图把普遍的思想扭转到上个世纪可怜的文学体系中去,那完全是白费气力。这片天然寸草不生的平原,从很久以来就已经干枯贫瘠了。况且,人们在罗伯斯庇尔③的断头台之后也不会再唱多拉④的情歌,而在拿破仑的时代,也

---

① 阿里奥斯托(Ariòsto,1474~1533),意大利文艺复兴时期的诗人,《疯狂的罗兰》的作者。
② 读到这里,有一点不能忽视,那就是对"一个世纪的文学"这几个字,不仅应理解为这一世纪中所产生的作品的总和,而且还要理解为在作家们构思时发生主导作用,但往往为作家自己不自觉的一整套的思想和感情。——原注。
③ 罗伯斯庇尔(Robespierre,1758~1794),法国资产阶级革命时期雅各宾专政的领导人。
④ 多拉(Dorat,1508~1588),法国16世纪七星派诗人。

不可能再去继承伏尔泰①。我们时代的真正的文学，是一种其作家遭到阿利斯第德②式的放逐的文学，是被一切笔杆所排斥而被一切竖琴所采纳的文学；是虽然遭受了多方面预谋的迫害但仍然有各种才华在它那充满风暴的领地里开放的文学，它像只在风吹雨打的土地上才生长出来的百花；它虽然遭到那些生性莽撞的人的排斥，但得到那些用灵魂来思考、用智慧来判断、用心灵来感受的人们的保护；那位歌颂菊布瓦红衣主教③、诏谀庞巴杜尔夫人④并凌辱我们的贞德⑤的诗神，她所具有的那种软绵绵而厚颜无耻的姿态，我们时代的文学是根本没有的。它既不求助于无神派的烘炉，也不求助于唯物论者的解剖刀；它也不向怀疑派借用那笨重的天平，在这天平上，只有利害关系才能打破其平衡。它不会在酒神节的豪筵上为屠杀唱出颂歌；它不知诏谀和辱骂是什么，它也不为谎言涂脂抹粉；它毫不剥夺幻象的魅力；除了它自己真正的宗旨之外，其他一切它都视若陌路，它从真理的源泉里汲取诗歌；它的想象由于信仰而丰富。

它追随着时代而进步但以一种庄重而合度的步伐。它的性格严肃认真，它的声音响亮悦耳。总之，它是伟大民族的大灾难之后的一种共同思想，忧郁、自豪而又富有宗教气息。如果必要，它会毫不犹豫地参与公开的纷争，或则为了主持公道，或则为了缓和矛盾。因为我们现在已经不再生活在牧歌的时代了，所以，19 世纪的诗神便不能这样唱道：

---

① 伏尔泰（Voltaire，1694～1778），法国启蒙作家。
② 阿利斯第德（Aridstide，公元前约 540～前 468），古希腊雅典的将军、政治家，于公元前 484 年被长期放逐。
③ 菊布瓦红衣主教（Cardinal Dubois，1656～1723），奥尔良公爵统治时期的大臣，1722 年曾任法国首相。
④ 庞巴杜尔夫人（Mme de Pompadour，1721～1764），路易十四的宠妇，当时颇有权势。
⑤ 贞德（Jeanne d'Arc，1412～1431），英法百年战争中法国女民族英雄，她发动人民起来抗击侵略者，在战争中起了很大的作用，后被英军在卢昂烧死。

Non me agitant prpuli fasces,
aut purpura regum.①

然而，这种文学好像人类的任何事物一样，即使在它的统一性之中，也有它阴暗的方面和软弱的方面。在它的内部，形成两个流派，它们表现出人类的双重处境，在这里，我们的政治苦难分别留下了智慧、容忍和绝望。这两个流派都承认某一讽嘲哲学所否认的东西，即永恒的上帝、不朽的灵魂、古老的真理与天启的真理，但是对于这些东西，一个流派是赞美，另一个流派则是咒骂。一个从天空的高处俯视万物，一个则从地狱的深渊仰观一切。前者把天使放在人的摇篮里，直到最终的时候，天使还坐在他逝世的床头；后者则让魔鬼幽灵和不祥的征兆在人的周围逡巡。前者对人说，他要有信心，因为世界上不只有他孤单单一个人；后者却不断对人加以恐吓，使他孤独脱群。这两个流派同样都具有描绘优美的场景和可怕的形象的本领，但是，前者小心翼翼，从不伤害心灵，甚至给阴沉的画面也赋予一种我所说不出的神圣的回光，后者则刻意使画面悲愁黯淡，在最欢乐的形象上也散布一种地狱的幽光。一个好像以马内利②，温存而强壮，坐在一辆霹雳和光明的车上周游他的王国；另一个则像倨傲的撒旦③，④当他从天国被谪贬的时候，拖带了一大群星星坠落而去。这两个孪生的流派，建立在同一个基础上，出生于同一个摇篮中，在我们看来，它们分别为欧洲文学中两个著名的天才所代表，那就是夏多布里昂⑤和拜伦。

在我们惊天动地的革命之后，在同一片土地上，有两种政治制度

---

① 拉丁文：我对官吏的杖斧或君王的紫袍无动于衷。
② 以马内利（Emmanuel），《旧约》中对救世主的称呼，即"上帝与我们同在"。
③ 撒旦，是《圣经》中的魔鬼，他因犯罪而被贬出天国。
④ 这里仅仅是作一个简单的比喻，它不应成为某位才智之士把拜伦爵士定名为"恶魔派"的借口。——原注。
⑤ 夏多布里昂（Chateaubriand, 1768~1848），法国浪漫主义作家，在19世纪初影响很大，雨果早年对他很崇拜。

在斗争着。一个古老的社会终将崩溃，而一个新的社会正在兴起。东边是废墟，西边则是建筑工地。拜伦爵士在他阴沉的悲痛中，表现了濒死的社会最后的痉挛；夏多布里昂先生则用他高尚的灵感满足了苏醒了的社会最迫切的需要。前者的声音好像天鹅临死时的告别，后者的声音则像是凤凰在灰烬中再生时的歌唱。

拜伦爵士以他忧郁的天才、高傲的性格、充满风暴的生活，的确可说是他作为一个诗人所属的那种诗歌之典型。他所有的作品都深深印记着他的个性。读者像通过服丧的黑纱一样，在他每首诗里总看到有个阴沉而高傲的形象出现。像一切深刻的思想家一样，他有时也不免流于浮泛和晦涩，但他的话语反映了深沉的灵魂，他的叹息表述了整个的生涯。他的心扉，似乎每当一个思想从中喷射出来的时候，就要张开一下，犹如一座狂吐火焰的火山。痛苦、欢乐、情欲对他来说都没有什么神秘，而如果说他只让人通过一层纱幕看到真实的物体，那么，他却把理想的境界表现得一览无余。人们可以责备他完全忽视了他诗歌中的法则，这是严重的缺点，因为一首缺少绳墨的诗就像一幢没有骨架的建筑或一幅没有远景的图画。他还把抒情诗人对起承转合的蔑视表现得有些过分，并且人们有时还希望这位忠实描绘内心情感的画家，在描绘有形事物的时候不涂上那么荒诞不经的光泽、不渲染那么虚无缥缈的色彩。他的天才往往太像一个漫无目的的散步者，他一面走路一面梦想，并且，因为他完全陷在一种深沉的直觉里，所以对他所经过的地方只能勾画出一个模糊的影子。不论他是什么，也不论他甚至写过一些不怎么好的作品，但他那狂放不羁的想象所达到的高度，却是没有翅膀是飞不上去的。雄鹰即使在把眼睛盯着大地的时候，那超群的目光仍然保持着凝视太阳的能力。有人以为，《唐璜》的作者在思想精神的某一个方面，属于《天真汉》的作者那个流派。这些人大错而特错了！在拜伦的笑和伏尔泰的笑之间，有着深刻的区别。因为伏尔泰没有受过痛苦。

现在本可以讲讲这位品格高尚的诗人在如此坎坷不平的生涯中的几件事情；但由于我们对于使他的性格暴躁的家庭不幸的真正原因了解得不够确切，我们宁愿对此保持沉默，以免我们的笔不受控制地乱写。由于我们是根据拜伦的诗来认识他的，我们就很容易一厢情愿地根据他的灵魂和天才来想象他的生活。像所有一切高尚的人士一样，他肯定遭受过诬蔑和攻击。诗人的名字长期以来遭到流言蜚语的玷辱，我们则将这些流言蜚语完全归之于诬蔑。此外，即使是他的错误招致了一些攻击者，但他们面对着他的逝世，也首先抛弃了前嫌。我们希望那些攻击他的人已经原谅了他，因为我们并不以为，仇恨和报复有什么必要在墓碑上留下痕迹。

而我们，让我们也原谅他的缺点、错误甚至他的某些作品，在那些作品里，他好像从他的性格和才能的双重的高度上坠落下来了。原谅他吧，他死得这样高尚[①]！他陨落得这样美好！在古代诗神的王国里，他好像是近代诗神的一个生性好斗的代表。作为光荣、宗教和自由的了不起的信徒，他把自己的剑与竖琴交给希腊古代伟大战士与伟大诗人的子孙，并且他的桂冠的重量早已使天平倾向不幸的希腊人那一边了。特别是我们，我们要对他深深表示感激。他向欧洲证明了，新流派的诗人虽然不再膜拜多神教希腊的众神，但却永远赞美它的英雄；他们虽然抛弃了奥林匹斯山[②]，但至少没有和温泉关[③]告别。

拜伦的逝世在整个欧洲大陆引起了普遍的悲痛。希腊的礼炮长时间地向他的遗体致敬，在国难深重的时候，希腊人以国丧的仪式把这个外国人的逝世当作全民的灾难。威斯敏斯特[④]高傲的大门仿佛自动

---

① 拜伦志愿参加了希腊人反对土耳其统治的解放战争，在战争中患病而死。
② 希腊神话中众神的居所。
③ 温泉关（Thermophyles），希腊历史上有名的隘道，300个斯巴达勇士曾在这里英勇抵御了数量庞大的敌军，形成一次著名的壮烈的战斗。
④ 威斯敏斯特（Westminster），伦敦著名的主教堂，英国的一些国王和著名的作家都埋葬在这里。

地开放，让诗人的灵位来给国王的陵墓增添光荣。我们在这隆重的举世志哀中，想看一看巴黎这个欧洲的首府对拜伦的英灵作了何种热烈庄严的表示，结果我们只看见一个怪脑袋在侮辱他的竖琴和几家戏班子在亵渎他的棺木①。

---

① 拜伦爵士死后几天，不知道在哪条街道上演出了一出说不上什么名字的滑稽戏，其趣味庸俗、格调低下，在这出戏里，我们这位高贵的诗人被人用"三星爵士"这个可笑的名字搬演在舞台上。——原注。

《克伦威尔》序

大家即将读到的这个剧本,没有什么东西可引起读者的注意或同情。它一点没有沾官方检查机构对它加以否决的光,使政治舆论对它发生兴趣,甚至也没有得到被一个绝对错不了的审查委员会公开抛弃的荣幸,来首先赢得鉴赏家们在文学上的同情。

它孤零、贫乏而赤裸,呈现在诸君眼前,就像《福音书》上那位身罹瘫疾的人,Solus, Pauper, Nudus[①]。

并且本剧的作者在决定为它加上注释、冠以序文的时候,并非没有经过犹豫。注释与序文这些东西一向是读者极其不感兴趣的。他们关心作家的才能甚于作家的看法,并且只求知道作品是好还是坏,至于作品是建立在什么思想上、孕育于何种精神中,这对他们是无关紧要的。人们参观了一幢建筑物的厅堂,却决不会去察看它的地窖,当人们吃水果的时候,也很少想到果树的树根。

从另外一方面来讲,注释与序文有时是一种增加一本书的分量的好办法,也是——至少在表面上如此——一种扩大其重要性的方便法门。这种策略很像军事将领们所用的一样,他们为了在前沿阵地上虚张声势,不惜把辎重也列成阵势。其次,当批评家猛烈攻击序文、学者对注释吹毛求疵的时候,也许作品本身反而被他们放过,在他们交

[①] 拉丁文:孤独、贫穷、赤裸。《新约》中并无这样一个"孤独、贫穷、赤裸"的人,只在《使徒行传》第三章中,有一个孤独的残废者。

织的火力下，毫无损伤地通过，就像一支军队从前后被夹攻的险境中脱身一样。

这些缘由，不管有多么重要，并不是使作者决定写这篇序言的理由。这本书实在不需要再"膨胀"了，它已经够厚的了。而且，作者也不知道为什么，他过去那些坦率而朴实的序文，不但在批评家面前没有保卫他，反而往往使他受到连累[①]。这些序文远不能作为他坚实可靠的盾牌，倒会给他惹出祸来，因为在战场上，一个士兵穿着这样奇异的服装，就会显得突出，招来四面八方的打击，根本无法招架。

另外一种性质的考虑影响了作者，他觉得，如果事实上人们极少为了寻乐而去参观一座建筑物的地窖，但有时并不反对去考察建筑物的基础。于是，他再一次用一篇序言来触犯报纸副刊的众怒。Che Sara sara[②]。他从来没有为他作品的命运真正操过心，而且，他也不大怕文学界的"流言蜚语"。在这一次把各戏院和流派、把观众和各学院都卷入了争吵的讨论中，大家也许会有些兴趣来倾听一个孤独的、自然和真理之"学徒"的意见，他因为热爱文艺而老早离开了文学界，并且，他带来的不是雅趣而是善意，不是才华而是信念，不是学问而是探讨。

并且，他将只限于对艺术作一般的泛论，而决不会给自己的作品筑一道防御工事。不企图写出公诉状或辩护书来拥护或反对任何人。对他的作品横加攻击或加以袒护，在他看来都无关紧要。况且，纠缠于个人之争，也不符合他的本性。看到那些为着自尊心而拔剑相斗的

---

① 指他第一个诗集《短曲与民谣集》的序言。这个诗集曾经出版了三次，雨果每次都写了一篇序言。1827年1月8日，当时的《论争报》上，发表了一篇署名为J.V.的文章，对雨果在他序言中特别是1826年第三版序言中所表明的文艺思想加以攻击。该文要雨果和他的"患忧郁症的朋友们"去好好念念书，要他们学会区别崇高与粗大，要他们不要把狂乱当作热情，把惊叹号当作天才，并且建议雨果在他的"小序言"里提出"他所谓的原则和体系"要和气一些，最后，还这样奚落说："新诗神的年轻信徒们，你们的诗学什么也不证明，先成为诗人吧，然后我们再来瞧瞧。"

② 意大利文，要来的事就来吧！

场面，总是叫人感到可悲，因此，他预先抗议任何人解释他的思想，引用他的言论，同时借用西班牙寓言家的话说：

> Quien haga aplicaciones
> Con su pan se lo coma． ①

事实上承蒙维护"纯正文学原则"的几位卫道者瞧得起，他们已经向默默无闻的作者挑战了，而他却完全是这种奇怪纷争的一个普普通通、不引人注意的旁观者罢了。他没有这股自负的傻劲去接受挑战。请看，下文就是他所能回敬给他们的。这就是他的抛石器和石弹，但是他们呢，如果他们愿意，就会把这些石弹抛到古典主义的哥莱亚斯②头上去。

说了上面这些话，我们言归正传。

我们从一个事实出发：支配世界的并不永远是同一种性质的文明，或者说得更精确然而更广义些，并不永远是同一种社会形式。整个人类如同我们每一个人一样，经历过生长、发展和成熟的阶段。他通过了孩提时代、成人时期，而现在到达了老迈之年。在近代社会名之曰"古代"的历史时期之前，还有另一个时代，古人称之为"神话时代"，而其正确的名称可能是"原始时代"。这就是文明从它最初的源泉发展到今天所经过的三大连续的程序。而由于诗总是建筑在社会之上，那么，根据社会发展的形式，我们来分析一下诗在原始时代、古代和近代这三大人类发展阶段中的特点究竟是怎样的。

在原始时代，当人在一个刚刚形成的世界中觉醒过来的时候，诗也随之觉醒了。面对着使他眼花缭乱、使他陶醉的大自然的奇迹，

---

① 这是18世纪西班牙作家托马斯·德·伊利雅尔德（Tomas de Yriarte）一首寓言诗中的两句，意为他要这样做，这是他自己的事。
② 哥莱亚斯（Goliaths），《圣经》中的巨人，被大卫用石子击死。

他最先的话语只是一首赞歌。那时，他离上帝还很近，因此，所有的沉思都出神入化，一切遐想都成为神的启示。他抒发内心之情，他歌唱有如呼吸，他的竖琴只有三根弦，上帝、心灵和创造；但是这三种奥妙包罗一切，这三位一体的思想蕴涵万象。土地差不多还是荒芜不毛的；已经有了家族，但还没有民族；有了父老，但还没有君主。每个种族都自由自在地生活着，没有私有财产，没有法律，没有冲突，也没有战争。一切东西都属于每个人，也属于集体。整个社会就是一个共同体。没有任何东西约束人。人过着田园的游牧生活，这种生活是一切文明的起点，而且多么有利于孤独的幽思和奔放的梦想。他自由自在，听其自然。他的思想如同他的生活一样，像天空的云彩，随着风向而变幻、而飘荡。这就是最初的人，这就是最初的诗人。他年轻，富有诗情。祈祷是他全部的宗教，颂歌是他仅有的诗章。

这种诗，原始时期的这种歌谣，就是《创世记》①。

但是，人类的青年时期渐渐过去。一切范围都扩大了，宗族变成部族，部族变成民族。每一个这样的人群又聚集在一个共同中心的周围，于是就形成了一些王国。群居的本能代替了游牧的本能。城池代替了营地，宫殿代替了帐篷，庙宇代替了牌坊。这些新生国家的首领固然还是牧人，但已是管理人民的"牧人"，他们的牧杖已经有了权杖的形状。一切都停顿下来，并且固定成形。宗教取得某一种形式，祈祷有了一定的仪式，信仰也有了固定的教义。就这样，祭司和国王分享了对于人民的父权；就这样，神权政治的社会继族长制的公社而来到。

然而，这些民族在地球上开始过于拥挤。他们彼此妨碍，彼此摩擦；由此便产生各国之间的冲突，产生战争②。他们互相侵犯；由此便产生民族的迁徙，产生流浪③。诗反映这些巨大的事件，它由抒情

---

① 《圣经·旧约全书》第一卷。
② 从雨果的草稿中看出，这是指荷马的史诗《伊利亚特》。
③ 从雨果的草稿中看出，这是指荷马的史诗《奥德赛》。

过渡到叙事，它歌唱这些世纪、人民和国家，它成为史诗性的，它产生了荷马。

的确，荷马在古代社会占有极重要的地位。在这个社会中，一切都很单纯，一切都带有史诗色彩。诗便是宗教，宗教便是法律。继第一个时期的童贞之后，是第二个时期的贞洁。在家庭的习俗和公共的风尚中，到处都深深印记着一种非常的庄严，各民族从过去的游牧生活里，只保存下对异乡人和流浪者的尊敬。每一个家庭都有自己的乡土，一切都使它与乡土紧紧相连，于是，产生了对家庭的热爱和对祖辈的崇敬。

我们要再次指出，这种文化的表现，只可能是史诗。在这种文化中，史诗具有好几种形式，但又永不失其特征。品达①与其说是属于族长制时代，不如说是属于司祭制时代；与其说属于抒情诗的，不如说属于史诗。如果编年史家这些在人类发展第二时期必不可少的人，去从事收集各种传说，并且开始按世纪纪年，那么，他们一定白费力气，纪年学不能把诗排斥掉，历史仍旧还是史诗。希罗多德②就是一个荷马。

但尤其是在古代悲剧中，到处都散发史诗的气息。它登上希腊的舞台，丝毫没有失去它某些宏伟和过于夸张的气概。剧中人物仍是英雄、半神和神；它的题材仍是幻想、神谕和命运；它的场景仍是人物的排列上场以及丧礼和战斗。过去由行吟诗人所吟诵的，现在则由演员诵唱，如此而已。

还不仅如此。当史诗的情节和场面在舞台上都出现了，其余的任务就由合唱队来完成。合唱队解释悲剧，鼓励英雄，进行描写，交代时间的变化，表现欢乐或发出悲叹，有时也提供剧情的背景，解释主题的道德意义，还要恭维听众。如果说，合唱队不相当于在自己的史诗中进行详尽描绘的诗人，那么这一个介乎戏剧与观众之间的奇特人

---

① 品达（Pindare，公元前522~前442），希腊抒情诗人。
② 希罗多德（Hérodote，公元前484~前425），希腊历史学家，被称为"历史之父"。

物又是什么呢?

　　古代人的剧场就像他们的戏剧一样伟大、庄严、雄伟。它可以容纳 3 万观众；演出是在露天、在阳光下进行的，而且长达一整天。演员高声诵唱，戴上假面具，穿上高靴；他们成为巨人，就像他们所扮演的角色一样。舞台非常宽阔，可以同时布置出一所庙宇、一幢宫殿、一个营地或一座城池里里外外的整个场景。在这种剧场里，可以展开浩大的场面。这里，我们只凭记忆举出几个场面来：普罗米修斯在他的山上①；安第哥涅在一座塔顶上寻找他那在敌军中的兄弟波利里斯（见《斐尼希妇女》）②；埃瓦德内从一块岩石上投身到烧加巴莱的火焰中（见欧里庇得斯③的《哀求的妇女》）④；一只大船出现在港口，从船上下来 50 位公主和她们的仆从（见埃斯库罗斯⑤的《哀求的妇女》）⑥。建筑术和诗，在这里都具有一种雄伟的特征。古代再没有比这更庄严、更宏伟的了。它的宗教和历史都混在戏剧之中，那些最早的喜剧演员都是祭司，它舞台上的那些玩艺就是宗教的仪式和国家的节庆。

　　最后，我们还看到了足以说明这个时代属于史诗的一点，那便是，悲剧只不过是在重复史诗，不论它所处理的主题或采用的形式都是如此。古代所有的悲剧作者都零星贩卖荷马。同样的传说，同样的浩劫，同样的英雄。所有一切都取之于荷马这一源泉。终究还是离不开《伊利亚特》和《奥德赛》。就像阿喀琉斯把海克托拖在马后一样⑦，希腊悲剧总是围着特洛亚做文章。

---

① 见埃斯库罗斯的悲剧《被缚的普罗米修斯》，普罗米修斯因把火偷给了人类而被天神宙斯绑在荒山之巅。
② 该剧中并无这一巨大场面，不过是安第哥涅这样唱道："他多么壮美，佩戴着金色的武器，啊，在他身上闪闪发亮的，是太阳的光辉。"
③ 欧里庇得斯（Euripide，公元前 480~前 406），希腊三大悲剧诗人之一。
④ 见该剧的《退场》。
⑤ 埃斯库罗斯（Aeschylos，公元前 525~前 456），希腊三大悲剧诗人之一。
⑥ 见该剧第一幕。实际上场面并不如雨果所说的那样浩大。
⑦ 阿喀琉斯与海克托都是史诗《伊利亚特》中的人物，前者是希腊联军中骁勇善战的将领，后者是特洛亚王子。阿喀琉斯战死海克托的故事见《伊利亚特》第 22 章。

但是，史诗的时代已经日薄西山。同样，它所表现的社会也面临末日，这种诗也因自我循环时日已久而陈旧过时，罗马模仿希腊，维吉尔①临摹荷马。但似乎为了要有个体面的收场，史诗在最后的分娩中消亡了。

时候已到。世界和诗的另一个纪元即将开始。

一种精神的宗教，取代物质的、外在的多神教并潜入古代社会的心脏，将这个社会除灭，而在这种衰老文化的尸体上，播下近代文化的种子。这种宗教是完整的，因为它真实，它在教义与教仪之间，用道德深深地加以维系。它开宗明义就向人指出，生活有两种，一种是暂时的，一种是不朽的；一种是尘世的，一种是天国的。它还向人指出，就像他的命运一样，人也是二元的，在他身上，有兽性，也有灵性；有灵魂，也有肉体。总而言之，人就像两根线的交叉点，像连接两条锁链的一环，这两条锁链包罗万象，一条是有形物质的系统，一条是无形存在的系统；前者由石头一直到人，后者由人开始而到上帝。

这些真理的一部分或许很早以前就被古代某些哲人猜想到了，但是，它们之有充分、明白、全面的表述，还是在有了《福音书》以后。多神教的各种教派则在黑夜里摸索而行，它们在盲闯的道路上相信谎言就如同相信真理。它们之中的某些哲学家有时也在事物之上投射一些微弱的灵光，可惜只照亮了事物的一面，而使另一面的阴影显得更大。由此就产生了古代哲学家所创造的种种幻想。只有神的智慧才能用一种巨大而普照的光明，代替人的智慧中那些摇晃不定的灵光。毕达哥拉斯②、伊壁鸠鲁③、苏格拉底④、柏拉图⑤都是火炬，耶稣

---

① 维吉尔（Virgile，公元前70～前19），古罗马诗人，他著名的作品《伊尼德》是受了《伊利亚特》和《奥德赛》的启发和影响而写成的。
② 毕达哥拉斯（Pythagore），公元前6世纪希腊哲学家、数学家。
③ 伊壁鸠鲁（Epicure，公元前341～前270），希腊唯物主义哲学家。
④ 苏格拉底（Socrate，公元前469～前399），希腊哲学家、教育家。
⑤ 柏拉图（Platon，公元前427～前347），希腊唯心主义哲学家。

基督,才是日光。

此外,没有什么比古代的神话更世俗的了。它完全不像基督教那样把精神和肉体分开,而是赋予一切以形体和外貌,甚至对精神和灵性也不例外。在这里,一切都看得见,摸得着,具有可感性。那些神都需要一层云雾来掩盖自己。他们也吃、喝、睡觉,他们受了伤也要流血,他们被打折了腿就终身成为跛子。这种宗教有一些神,也有一些半神。它的霹雳是在铁砧上锤炼出来的,除了其他的成分以外,还有三道弯曲的雨线,Tres imbris torli radios[①]。它的天神朱庇特[②]把世界悬吊在一根黄金的链条上;它的太阳驾着四匹马拉的大车;它的地狱是一个万丈深渊,地理上还标志了它的出口;它的天国则是在一座巍峨的高山上。

这样,多神教用同一种黏土来塑造种种创造物,因而就缩小了神明而扩大了人类。荷马的英雄差不多和神同样高大,阿雅克斯[③]敢于冒犯朱庇特,阿喀琉斯比得上马尔斯[④]。我们刚才说过,基督教则相反,它把灵气与物质彻底分开,它划了一道深渊在灵与肉之间,另一道深渊在人与神之间。

为了在我们大胆探讨的这个问题上不致有任何疏忽,我们要指出,在这个时代,由于有了基督教,也正因为有了基督教,各民族的精神之中,才产生了一种为古人所不知而在近代人身上特别发达的崭新的感情,它甚于沉郁而又轻于忧愁,这就是忧郁。而事实上,人的心灵一直到那时,都被纯粹等级制崇拜和纯粹祭司崇拜所麻痹,难道它在这种宗教的吹拂下还能不苏醒过来,并且感到在自身之中有某种意想不到的机能在萌生?这种宗教是神圣的因而也是人道的,它能够把穷人的祈祷变成富人的财富,它是一种平等、自由、慈爱的宗教。

---

① 拉丁文:三道曲折的雨线,见维吉尔的史诗《伊尼德》第八卷426节。
② 朱庇特(Jupiter),希腊神话中的天神。
③ 阿雅克斯(Ajax),希腊传说中的英雄,性格暴躁,敢于触犯天神。
④ 马尔斯(Mars),希腊神话中的战神。

既然《福音书》启迪人的心灵,指出官能背后,还有灵魂,生命背后还有永恒,难道能够不以新的眼光来看待种种事物?

并且,当时世界既然罹受了一次如此深刻的变革,那么,在精神领域里也不可能不发生类似的变化。在这个时期以前,每个帝国的覆灭很少波及人民中间,那不过是国王下位、王朝崩溃罢了,别无其他。霹雳只震响在上层阶级中,而且,正如我们在前面所指出的,这些事变似乎都是带着史诗所具有的那种庄严性而进行的。在古代社会中,个人的地位非常低微,如果要打击个人,必须先打击他的家族。因此,除了家族的不幸之外,他就不知道有其他的痛苦。社稷国家的普遍不幸竟会危及他的生活,这在当时可说是闻所未闻的。但是,到了基督教社会建立起来的时候,古老的大陆就天翻地覆了。一切都起了根本的变化。许许多多摧毁旧欧罗巴、再建新欧罗巴的事变,不停地撞击着、冲突着,使所有的民族乱成一团,有的民族得见天日,有的则沦入黑暗。既然天下大乱、闹得沸沸扬扬,那么,这动乱中的某些东西决不会不波及各民族的内心。它岂止是一种回声,简直就是一种反响了。人,在这巨大的变迁面前反省起来,开始对人类产生怜悯之心,开始思索生活中苦味的揶揄。对于多神教徒加图①来说,这种感情就是失望,而基督教则用它创造了忧郁。

与此同时,又产生了考察的精神与好奇的精神。这种巨大的灾难也是宏伟壮阔的奇观、惊心动魄的变化。北方的部落向南方冲击,罗马的天下改变面貌,这是垂死的世界最后的痉挛。这个世界刚一断气,成群的修辞学家、语法学家、诡辩家就蝇攒蚁附一般朝那庞大的尸体一拥而上。人们看见他们在这腐臭的躯体上衍生繁殖,嗡嗡不休,乱成一团。他们抢着研究、注释、讨论,唯恐落人之后。这摊着的尸体上,每一个肢体、每一条筋肉、每一根纤维都被翻来覆去。对

---

① 加图(Catou,公元前95~前46),罗马护民官,埃及国王多莱墨与国民不和前向罗马求援,为此召加图前来商量,加图却要求多莱墨前来见他,多莱墨来了,但加图并不迎上去,也不起身致敬。见普洛塔克《小加图传》。

于这些思想解剖者来说，一开始就能够进行大规模的实验，并且有一个死去的社会作为第一个解剖对象，的确是一桩乐事。

于是，我们看见忧郁和沉思的天使与分析和争论的恶魔同时出现，彼此提携。在新旧交替的世纪里，一端是龙冉①，一端是圣奥古斯丁②。对于这个时代，我们切勿投射轻蔑的一瞥，因为在这个时代里萌生的一切，后来都结出了果实，连那时最小的作家也都为日后的庄稼——请允许我们用下面这个俗气然而直率的说法——上了粪、浇了肥。在罗马帝国末期之后，紧接着就是中世纪。

瞧！一种新的宗教、一个新的社会已在眼前。在这双重的基础上，我们应该看到一种新的诗学也在成长起来。请原谅我再重复一下读者自己从上文也能得出的结论，即，直到那时为止，古代的纯粹史诗性的诗歌艺术也像古代的多神教和古代哲学一样，对自然仅仅从一个方面去加以考察，而毫不怜惜地把世界中那些可供艺术模仿但与某种典型美无关的一切东西③，全都从艺术中抛弃掉。这种典型美在开始的时候是光彩夺目的，但就像一切已经秩序化的事物所常有的情形一样，到后来就变成虚伪、浅薄、陈腐了。基督教把诗引到真理。近代的诗神也如同基督教一样，以高瞻远瞩的目光来看事物。她会感到，万物中的一切并非都是合乎人情的美；她会发觉，丑就在美的旁边，畸形靠近着优美，丑怪藏在崇高的背后，美与恶并存，光明与黑暗相共。她还将探究，艺术家狭隘而相对的理性是否应该胜过造物者无穷而绝对的灵智，是否要人来矫正上帝，自然一经矫揉造作是否反而更美，艺术是否有权把人、生命与万物都割裂成两个方面，任何东西如果去掉了筋络和弹力是否会动得更好，还有，作品是否要不完整才能达到和谐一致。正是通过这些探讨，诗着眼于既可笑又可怕的事

---

① 龙冉（Longin，213~273），希腊修辞学家。
② 圣奥古斯丁（Saint Augustin，354~430），罗马帝国时期的宗教活动家。
③ 指下文所要论及的滑稽、丑怪的事物。

物，并且在我们刚才考察过的基督教的忧郁精神和哲学批判精神的影响下，将跨出决定性的一大步，这一步好比地震的震撼一样，将改变整个精神世界的面貌。它将开始像自然一样动作，在自己的作品里，把阴影掺入光明、把滑稽丑怪结合崇高优美而又不使它们相混。换而言之，就是把肉体赋予灵魂、把兽性赋予灵智。因为宗教的出发点也总是诗的出发点，两者相互关联。

这是古代未曾有过的原则，是进入到诗中来的新类型。既然增加了一种条件会改变整体，于是在艺术中也发展了一种新的形式。这种新的类型，就是滑稽丑怪；这种新的形式，就是喜剧。

请允许我们在这个问题上详加考究，因为我们刚才指出了一种不同的特征、一种根本的差别。在我们看来，这种差别把近代艺术与古代艺术、把现存的形式和死亡的形式区分开来，或者用比较含糊但却流行的话来说，把"浪漫主义的"文学和"古典主义的"文学区分开来。

在这里，那些早已看清我们来势的人一定会说："得！你们赖不掉了，你们被当场抓住了！既然你们把'丑'当作模仿的典型，把'滑稽丑怪'当作艺术的要素，那么，把'风度'与'雅趣'置于何地……难道你们不知道艺术应该矫正自然？应该美化自然？应该有所选择？古人几曾把滑稽丑怪写进作品里去？几曾把悲剧和喜剧混杂在一起？先生们，请向古人的榜样看齐！何况亚里士多德说过……还有布瓦洛①……拉·阿尔卜②也都说过……的确如此！"

毫无疑问，这些论据很有力量，而且特别新颖。但是，我们的任务不在于回答这个问题，我们在这里也不想建立体系，上帝保佑，我们不搞什么体系。我们是要证明一桩史实。我们是历史学家而非批评家。这桩史实别人中意不中意，那都无关紧要！它是客观存在的。我

---

① 布瓦洛（Boileau，1636~1711），法国古典主义理论家，《诗的艺术》的作者。
② 拉·阿尔卜（La Harpe，1739~1803），法国文艺批评家。

们把话说回来，我们试图让大家认识到，正是从滑稽丑怪的典型和崇高优美的典型这两者圆满的结合中，才产生出近代的天才，这种天才丰富多彩、形式富有变化，而其创造更是无穷无尽，恰巧和古代天才的单调一色形成对比。我们要指出，正应该由此出发以树立两种文学真正的、根本的区别。

要说古人对喜剧和滑稽丑怪完全无知，那也并不符合事实。而且这样的事也不可能。没有任何东西是来而无源的，后来的时代总是从前一个时代里萌生出来的。从《伊利亚特》算起，戴尔西德[①]和乌尔甘[②]是两个最早的喜剧性格，一个是喜剧性的人，另一个则是喜剧性的神。在希腊悲剧里，由于天然色彩过浓，标新立异过分，有时也反而带有喜剧气味。我们只举几个记忆所及的例子，如墨勒拿斯与宫闱司阍对话的一场（《海伦》第一幕）；如腓尼基人的一场（《奥莱斯特》第五幕）。其中，海神、半人半羊的神、独眼巨人都是丑怪的形象；人鱼、罪罚女神、司命神、人面鹰身的三妖妇也都是丑怪的形象；波里菲墨[③]是一个可怕的怪物；西莱尼[④]则是一个怪诞的丑类。

但是，我们可以感到，在古人那里，描写滑稽丑怪的艺术还处于幼稚阶段。在那个时期，史诗在任何东西上面都刻印下自己的标记，它君临于这个时代之上，并且把这个时代压得喘不过气来。古代的丑怪还是怯生生的，并且总想躲躲闪闪。可以看出它还没有正式上台，因为它在当时还没有充分显示其本性，它对自己还一味加以掩饰。半人半羊的神、海神、人鱼都只稍稍有点畸形；司命神、人面鹰身的三妖妇只在外形上丑恶，其本性并不可怕，罪罚女神甚至还很美丽，人们称之为"欧美妮德"，意即"温和"、"慈善"。而在其他的丑怪身

---

① 戴尔西德（Thersite），荷马史诗《伊利亚特》第二卷中的一个人物，跛足，饶舌，是出征特洛亚的希腊人中最丑陋的一个。
② 乌尔甘（Vulcain），希腊神话中的火神，貌丑，跛足。
③ 波里菲墨（Poly Phème），希腊传说中的独眼巨人。
④ 西莱尼（Silène），希腊神话中的一个小神，酒神的同伴。

上，也都披上了一层伟大而神圣的外衣：波里菲墨是巨人；米达斯①是君主；西莱尼是神仙。

这样，喜剧便消失在古代史诗巨大的整体中，差不多毫不引人注意就过去了。在奥林匹克的神车旁，戴斯比②的小车算得上什么？在埃斯库罗斯、索福克勒斯③、欧里庇得斯这些荷马式的巨人旁边，阿里斯托芬④和普劳图斯⑤又何足道哉。荷马携带他们，就像赫尔古勒斯⑥把小人儿携带在他的狮皮里一样。

相反，在近代人的思想里，滑稽丑怪却具有广泛的作用。它无处不在，一方面，它创造了畸形与可怕，另一方面，创造了可笑与滑稽。它把千种古怪的迷信聚集在宗教的周围，把万般奇美的想象附丽于诗歌之上。是它，在水、火、空气、泥土中满把地播种下我们至今还觉得是活生生的、中世纪民间传说中无数的复合物；是它，使得魔法师在漆黑的午夜里跳起可怕的圆舞；也是它，使得撒旦长了两只头角、一双山羊蹄、一对蝙蝠翅膀。是它，总之都是它，它有时在基督教的地狱里投进一些奇丑的形象，有时则投进一些可笑的形象。前一类形象，但丁⑦和弥尔顿⑧严峻的天才后来曾加以笔诛；后一类形象，加洛⑨这个滑稽的米开朗基罗曾拿来取乐自娱。从理想世界到真实世界，是要经过无数的人类的滑稽变形。斯嘉拉莫奚⑩式的人物、克利斯班⑪式

---

① 米达斯（Midas），希腊传说中的一个国王，能够指物成金。
② 戴斯比（Thespis），古希腊诗人，是希腊悲剧的创造者。
③ 索福克勒斯（Sophocle，公元前495～前405），希腊三大悲剧诗人之一。
④ 阿里斯托芬（Aristophane，约公元前446～前385），希腊喜剧作家。
⑤ 普劳图斯（Plaute，约公元前254～前184），古罗马喜剧作家。
⑥ 赫尔古勒斯（Hercule），希腊神话中的大力士。
⑦ 但丁（Dante，1265～1321），意大利文艺复兴前的诗人。
⑧ 弥尔顿（Milton，1608～1674），英国诗人、政论家。
⑨ 加洛（Callot，1592～1635），法国画家和雕刻师，其风格富有奇想。
⑩ 意大利喜剧中常见的滑稽的角色。
⑪ 同上。

的人物和阿尔勒甘①式的人物，都是它的奇想的创造。这都是人的怪象的侧影，是严肃的古代完全陌生的、而从意大利古典主义中脱胎出来的典型。最后，还是它把南北两方的想象的色彩轮流涂在同一戏剧上，使斯加纳莱勒在唐璜的周围蹦跳②，靡非斯特菲勒在浮士德左右周旋③。

它的举止多么自如，多么大方！前一个时代好不难为情用襁褓裹起来的那些丑怪的形象，它都大胆地替他们解开了手脚，让他们跳将出来。古代的诗虽不得不给跛子乌尔甘安排一些同伴，但却竭力夸大他们的体格魁梧来掩饰他们的畸形。近代的天才把那些非凡的铁匠的传说保存了下来，但却一下子给这个传说加上了一个截然相反并使它更加突出的特性。它把巨人变成了侏儒，把独眼巨人变成了地下的小神。正是以这样的独创性，它用我们传说中一些土产的怪物来代替并不怎么奇怪的七头蛇，如鲁昂的加尔古叶、麦茨的克拉-乌易、特洛依的夏尔-沙内、蒙德勃利的特赫、塔拉斯贡的塔拉斯克④，这些怪物的外形如此多变，而它们这些古怪的名字又更增添了几分奇特。这些造物从它们自己的本性里就能得到一种深沉而有力的音调，在这音调前，古代有时似乎也要却步。的确，希腊传说中的妖怪远不及《麦克白》中的魔女⑤可怕，因而也更缺少真实性。希腊神话中，蒲留东⑥也并不是魔鬼。

照我们看来，就艺术中如何运用滑稽丑怪这个问题，足足可以写一本新颖的书出来。通过这本书，可以指出，近代人从这个丰富的典

---

① 意大利喜剧中常见的滑稽的角色。
② 斯加纳莱勒、唐璜，西班牙传说中的一对主仆，前者是一个滑稽的仆人，后者是一个好色的花花公子。唐璜的故事曾被莫里哀、拜伦等作家采用写成名剧或长诗。
③ 根据德国中世纪的传说，浮士德博士把灵魂卖给魔鬼靡非斯特菲勒以换取尘世的欢乐，这一题材曾被不少作家写成作品，其中以歌德的《浮士德》最为重要。
④ 这些都是法国各地民间传说中极其丑怪可怕的怪物。
⑤ 见莎士比亚悲剧《麦克白》第一幕。
⑥ 蒲留东（Pluton），希腊神话中的地狱之神。

型里汲取了多么强烈的效果，但对于这一典型，今天还有一种狭隘的批评在激烈进行攻击。我们的主题可能马上就要引导我们来顺便指出这一幅广阔的图画中的某些特点。但在这里，我们只想说，根据我们的意见，滑稽丑怪作为崇高优美的配角和对照，要算是大自然给予艺术的最丰富的源泉。毫无疑问，鲁本斯[①]是了解这点的，因为他乐于在皇家的仪典中、在国王加冕典礼中、在荣耀的仪式里，也安插进几个丑陋的宫廷小丑的形象。古代庄严地散布在一切之上的普遍的美，不无单调之感，同样的印象老是重复，时间一久也会使人生厌。崇高与崇高很难产生对照，人们需要任何东西都要有所变化，以便能够休息一下，甚至对美也是如此。相反，滑稽丑怪却似乎是一段稍息的时间，一种比较的对象，一个出发点，从这里我们带着一种更新鲜更敏锐的感受朝着美而上升。鲵鱼衬托出水仙，地底的小神使天仙显得更美。

并且，我们未尝不可以说，和滑稽丑怪的接触已经给予近代的崇高以一些比古代的美更纯净、更伟大、更高尚的东西，而且这也是理所当然的。当艺术本身合情合理的时候，就更有把握把各种事物表现得彻底。如果荷马式的仙境与这种天国的情趣、与弥尔顿天堂中仙使般的温馨相距甚远，那是因为在伊甸园的下面有一个和多神教地狱之底各有千秋的可怕的地狱。如果法朗塞斯伽·达·里米尼[②]和贝亚特丽[③]不是在但丁这个把读者关进饥饿之塔、迫使读者分享于哥利诺[④]的令人反胃的餐食的诗人之笔下写来，会有这样吸引人吗？但丁如果没有这样的笔力，就不可能这样动人。肌体丰腴的河中女神、强壮的人鱼、放荡的风神，哪里有我们的水仙和天神那种透明的流动性？难道

[①] 鲁本斯（Rubens，1577～1640），佛兰德斯画家。
[②] 法朗塞斯伽·达·里米尼，但丁的《神曲》中的一个少妇，与夫弟保罗相爱，被丈夫杀死。其故事见《神曲·地狱篇》第五曲。
[③] 贝亚特丽，但丁青年时的爱人，但丁对她终身感念不忘，在《神曲》中把她写成美与善的化身。
[④] 于哥利诺，《神曲》中的一个人物，被仇人关进饥饿之塔，自啖其肉而死。其故事见《地狱篇》第三十三曲。

不是因为现代人能够想象出在我们陵墓里有吸血鬼、吃人怪、妖精、玩蛇怪、大蝙蝠、僵尸和骷髅在荡来荡去,这种想象才能够赋予它的妖精以那种虚幻的形状,那种为多神教的仙女很少达到的精灵的纯度?古代的维纳斯①姿容美艳,无疑地招人喜爱,但是,是什么在让-古容②所有的画面上都散布了那种轻盈、奇妙而空灵的风韵?是什么赋予它们以那种为过去所不认识的生动和伟大?如果不是因为接近中世纪雄劲遒健的雕刻,那又是什么呢?

对这些必要的议论,大可以加以更透彻的阐述,如果在阐述过程中,我们的思想线索没有在读者的头脑里中断的话,他就一定会了解到,滑稽丑怪这一被近代诗神所采纳的喜剧的萌芽,一旦移植到比偶像教和史诗更为有利的土壤上,就会以多么旺盛的生命力生长和发展起来。实际上,在新的诗歌中,崇高优美将表现灵魂经过基督教道德净化后的真实状态,而滑稽丑怪则将表现人类的兽性。第一种典型,在脱尽了不纯的杂质之后,将拥有一切魅力、风韵和美丽。总有一天它应能创造出朱丽叶、苔丝特蒙娜、莪菲丽亚③。第二种典型则将收揽一切可笑、畸形和丑陋。在人类和事物的这个分野中,一切情欲、缺点和罪恶,都将归之于它;它将是奢侈、卑贱、贪婪、吝啬、背信、混乱、伪善;它将轮流扮演埃古、答尔菊夫、巴西尔④,波罗纽斯、阿巴贡、巴尔特罗⑤,福尔斯培夫、史嘉本、费加罗⑥。美只有一

---

① 维纳斯(Vénus),罗马神话中的美神。
② 让-古容(Jean Goujon,1515~1572),法国著名的雕刻家和建筑师。
③ 朱丽叶、苔丝特蒙娜、莪菲丽亚是莎士比亚著名戏剧《罗密欧与朱丽叶》《奥赛罗》和《哈姆雷特》中的三个女主人公,都是貌美、善良然而不幸的妇女。
④ 埃古,莎士比亚的《奥赛罗》中的人物;答尔菊夫,莫里哀的《伪君子》中的主人公;巴西尔,博马舍的喜剧《费加罗的婚礼》中的人物。这三个人物分别具有阴险、伪善、贪婪的性格。
⑤ 波罗纽斯,《哈姆雷特》中的一个阿谀奉承的人物;阿巴贡,莫里哀名剧《悭吝人》中的吝啬鬼;巴尔特罗,博马舍喜剧《塞维勒的理发师》中一个好色的老头。
⑥ 福尔斯塔夫,莎士比亚历史剧《亨利四世》中的喜剧人物;史嘉本,莫里哀喜剧《史嘉本的诡计》中一个聪明、恶作剧的仆人;费加罗,《费加罗的婚礼》中的主人公,也是一个聪明机智的仆人。

种典型，丑却千变万化。因为，从情理上说，美不过是一种形式，一种表现在它最简单的关系中、在它最严整的对称中、在与我们的结构最为亲近的和谐中的一种形式。因此，它总是呈现给我们一个完全的但却和我们一样有限的整体。而我们称之为丑的那种东西则相反，它是我们所没有认识的那个庞然整体的一部分，它与整个万物相和谐，而不是与人和谐。这就是为什么它经常不断向我们呈现出崭新的然而不完整的面貌的道理。

研究滑稽丑怪在近代的运用和发展，这是一件有趣的事。首先，它侵入、涨溢、泛滥，终于像一道激流冲破堤防。它诞生之时，就贯穿在垂死的拉丁文学之中，给柏尔斯[1]、贝特海尼[2]、余维纳尔[3]添加色彩，并留下了阿普列尤斯[4]的《金驴记》。然后，它就散布在那些改造欧洲的新兴民族的想象里，大量出现在故事作家、编年史家和小说家的作品里。它由南到北蔓延开来。它游戏在日耳曼民族的梦想里，并且，同时以它的灵气唤活那可赞美的西班牙《诗歌集》，这是骑士时代真正的《伊利亚特》。举例来说，它在《玫瑰传奇》[5]中这样描写一个庄严的仪式，一个国王的选举：

> 于是他们选了一位大个子平民，
> 这是他们之中一个头号大块头。

它特别把自己的特点印记在代替了中世纪一切艺术的奇妙的建筑术上。它在大教堂的门额上打上自己的烙印，在尖形的门洞子上嵌上地狱和炼狱的图景，使它们在花玻璃窗上红光灼灼；它把它的怪物、

---

[1] 柏尔斯（Perse，34~62），罗马讽刺诗人。
[2] 贝特海尼（Pétrone，约27~66），罗马作家。
[3] 余维纳尔（Juvénal，42~120），罗马讽刺诗人。
[4] 阿普列尤斯（Apulée，约124~189），罗马作家、哲学家。
[5] 法国中世纪时期的一部诗体小说。

野兽、恶魔陈列在柱头的周围、饰带的边缘、屋檐的上面。民房的木头门面上、宫堡的石头正门上、宫殿的大理石宫门上，都满布了千变万化的丑怪形象。它还从艺术的领域进入风俗的领域。它一方面使人民欢迎西班牙喜剧中的滑稽角色，另一方面又给予国王以滑稽的弄臣。稍后，在宫廷文明的时代里，它又使我们看到斯卡龙①甚至在路易十四②的寝床旁边出现。在这期间，它又装饰在徽章上，它在骑士的盾牌上画下封建的象征性的字纹。它又从风俗的领域进入法律的领域，有千百种奇怪的习俗证明它进入了中世纪的组织机构。它曾使被酒糟玷污了的戴斯比在它的两轮车上蹦跳③，同样，它和法院人员在那张著名的大理石桌上舞蹈④，这桌子当时既是民间闹剧的舞台，也是皇家盛宴的席台。最后，在进入了艺术、风俗和法律之后，它又一直进入教堂。我们看见它在每一个天主教的城市里主宰着一些奇异的仪式和古怪的迎神行列，其中，宗教在各种迷信的伴随中进行，崇高在种种丑怪的围绕下出现。如果要把它一笔描绘下来，我们看看下面的事实就行了：在文学的这个黎明时期，滑稽丑怪的活力、朝气和创造力是那么丰富，以至它在近代诗歌的门口，一下就扔出三个逗人的荷马，意大利的阿里奥斯托、西班牙的塞万提斯⑤和法国的拉伯雷⑥。

要更加突出地说明滑稽丑怪在第三文明期的影响，那是多余的。在所谓浪漫主义时代里，一切都证明它与"美"之间的紧密的、创造性的结合。就以最为纯朴的民间传说而言，也无一不以一种可爱的本性表现了近代艺术的这种神秘。古代就不可能创造出《美女和野兽》

---

① 斯卡龙（Scarron，1610~1660），路易十四时代的法国诗人。
② 路易十四（Louis XIV，1638~1715），法国17世纪君主专制最盛时期的国王。
③ 戴斯比被认为是古希腊悲剧的创造者。希腊悲剧起源于收获葡萄的节庆，收获者在两轮车上互相恶谑，这便是悲剧最初的形式。
④ 中世纪时期，法国的法院人员每年都要举行一些盛大的节庆，在巴黎大法院大厅中，有一张长达整个大厅的大理石桌子，它往往在节庆时被用作演出闹剧的舞台。
⑤ 塞万提斯（Cervantes，1547~1616），西班牙作家，《堂·吉诃德》的作者。
⑥ 拉伯雷（Rabelais，1495~1553），法国人文主义作家，《巨人传》的作者。

这个作品。

的确，在我们刚才考察的那个时代里，滑稽丑怪在文学中比崇高优美更占优势，这是非常明显的。但是，这是反作用的狂热，一种一瞬即逝的对新颖的热情，这开初的一阵热潮终究要渐渐平复下去。美的典型不久又要恢复它的地位和权利，它并不排斥另一个原则，而是要胜过它。现在，已经是时候了，让滑稽丑怪在牟利罗①巨大的壁画上、在维罗尼斯②神圣的篇幅下只占有画幅的一角；让滑稽丑怪只渗入到艺术将引以为豪的两幅《最后的审判》中去，只渗入到米开朗基罗③用来装饰梵蒂冈的悦目而又可怕的图景中去，只渗入到鲁本斯将描绘在安特卫普大教堂的穹窿屋顶上人类堕落的骇人的图景中去。在这两种原则之间建立平衡的时候现在已经到来。不久，就会有一个人，一个诗王，Poeta Sourano④（但丁正是这样称呼荷马），出来确定这一平衡。这两种相互争雄的天才汇合成双料的火焰，而从这火焰之中，迸射出莎士比亚。

这样，我们便达到近代的诗的顶点。莎士比亚，这就是戏剧；而戏剧，它以同一种气息融合了滑稽丑怪和崇高优美、可怕与可笑、悲剧和喜剧；戏剧是第三阶段的诗，也就是当前文学固有的特性。

我们现在把上面所讨论的事实简要地概括一下，诗有抒情短歌、史诗和戏剧三个时期，每一个时期都和一个相应的社会时期有联系。原始时期是抒情性的，古代是史诗性的，而近代则是戏剧性的。抒情短歌歌唱永恒，史诗传颂历史，戏剧描绘人生。第一种诗的特征是纯朴，第二种是单纯，第三种是真实。行吟诗人是抒情诗人向史诗诗人的过渡，就好像小说家是史诗诗人向戏剧诗人的过渡；历史学家与第二个时期一道来临；编年史家、批评家则和第三时期同时产生。抒情

---

① 牟利罗（Murillo，1617~1682），西班牙画家。
② 维罗尼斯（Véronèse），意大利画家。
③ 米开朗基罗（Michelangelo，1475~1564），意大利文艺复兴时期画家、雕刻家。
④ 意大利文，至高无上的诗人。

短歌中的人物是伟人：亚当、该隐、诺亚①；史诗中的人物是巨人：阿喀琉斯、阿特鲁斯、奥里斯特斯②；戏剧的人物则是凡人：哈姆雷特、麦克白、奥赛罗。抒情短歌靠理想而生，史诗借雄伟而存在，戏剧则以真实来维持。总之，这三种诗是来自三个伟大的泉源，即《圣经》、荷马和莎士比亚。

以上就是人类和社会各时代不同的思想面貌，对此，我们仅限于指出其结果。这三种面貌就是青年时期、壮年时期和老年时期的面貌。无论是专门去研究某一种文学，或者是把所有的文学当作一个整体来研究，我们都会发现同样的事实：抒情诗人在史诗诗人之先，史诗诗人在戏剧诗人之先。在法兰西，马莱伯③在夏伯兰④之先，夏伯兰又在高乃依⑤之先；在古希腊，奥尔菲⑥在荷马之先，荷马又在埃斯库罗斯之先；在最初的典籍⑦中，《创世记》在《列王纪》之先，《列王纪》在《约伯记》之先。如果从以上我们所概述的诗的漫长发展过程来看，则《圣经》在《伊利亚特》之先，而《伊利亚特》又在莎士比亚之先。

事实上，社会始则歌唱它的梦想，继而叙述它的所为，而最后才描绘它的思想。我们顺便说一句，正是由于最后那种原因，戏剧糅合了一切最相反的特性，才能够同时既深刻而又突出，既富有哲理意味而又不乏诗情画意。

如果我们在这里补充说，自然和生活中的一切都经过这三个阶段，即抒情诗的、史诗的和戏剧的三个阶段，这也是合情合理的，因

---

① 亚当，人类的祖先；该隐，亚当和夏娃所生的长子；诺亚，《圣经》中使人类免遭洪水灭绝的圣者。均见《圣经》。
② 阿喀琉斯，荷马史诗中的英雄；阿特鲁斯（Atrée），希腊传说中一个残酷的报仇者，为了向自己的兄弟报仇而杀死了兄弟的两个儿子；俄瑞斯特斯（Oreste），阿伽门农王的儿子，为报父仇，杀死其母。均为希腊传说中的人物。
③ 马莱伯（Malherbe，1555~1628），法国抒情诗人。
④ 夏伯兰（Chapelain，1595~1674），法国诗人，其最著名的作品是史诗《巾帼英雄》。
⑤ 高乃依（Corneille，1606~1684），法国悲剧诗人。
⑥ 奥尔菲（Orphée），希腊传说中的音乐家，其乐声能感动鸟兽。
⑦ 最初的典籍，指《圣经》。

为万物都要经过生长、活动和死亡。如果把想象所作的奇妙比较和理智所进行的严肃演绎混在一起的做法并非可笑,那么,一个诗人就可以这样比喻说:朝阳初升像一首赞歌;艳阳当空像一篇光华灿烂的史诗;而夕阳西沉则像一出晦暗的戏剧,其中有着日与夜、生与死的斗争冲突。这样说也许大有诗意,也许就是胡闹;而"这又证明什么呢"?

让我们继续探讨以上所列举的事实,并且让我们再用一项重要的观察来加以补充。我们并不企图替诗的三个不同时代划定一个不能逾越的范围,而只是想确定它们主要的特性。正如我们刚才所指出的,《圣经》这一座抒情诗的神圣纪念碑,包含着一种萌芽状态的史诗和一种萌芽状态的戏剧,那就是《列王纪》和《约伯记》。我们在荷马的诗里常常感到一种抒情诗的余韵和一种戏剧诗的端倪。在史诗之中,抒情短歌和戏剧参错存在。任何事物之中都有别的其他事物,只不过在每一件事物里,都有一种根本的因素,其他一切因素则从属于它,而它将自己的本性强加于事物的整体之中。

戏剧是完备的诗。短歌和史诗中只具有戏剧的萌芽,而戏剧中却具有充分发展了的短歌和史诗,它概括了它们,包括了它们。诚然,有人说过"法国人缺乏史诗头脑"[①],这话正确而精辟地道出了客观的事实,但要是他说的是近代人,那么他的话就更聪明而深刻了。不过,毋庸置疑,史诗的天才也表现在奇妙的《阿达莉》[②]中,这出戏如此高超、如此崇高,是王权时代所不可能了解的。还有,莎士比亚的一系列历史剧也的确表现了史诗的伟大气魄。但是最适合于戏剧的还是抒情诗,它不但不束缚戏剧,而且去迎合戏剧的癖好,在戏剧的各种形式下变化,有时在爱丽儿[③]身上变得崇高优美,有时在卡利班[④]身上则又滑稽丑怪。我们的时代首先是戏剧性的,正由于这一点也就

---

① 这句话出自伏尔泰的《论史诗》,是他转引的一句有名的话。
② 《阿达莉》(Atalie),拉辛的五幕诗体悲剧,写反专制女王阿达莉的政治斗争。
③ 爱丽儿(Ariel),莎士比亚《风暴》中的精灵,性格善良。
④ 卡利班(Caliban),莎士比亚《风暴》中的精灵,性恶而貌丑。

具有卓越的抒情性。这是因为在开始与终结之间,不只有一种关系,西沉的夕阳具有东升的旭日的某些特点,老人也能返老还童。但是这种迟暮的童年和原来的童年有点不同,一个有着暮年的忧伤,另一个则有童年的欢乐。抒情诗的情况正是如此。在一个民族的黎明时期,抒情诗是光彩夺目、富有幻想的,而在一个民族的衰微年代,则又沉郁晦暗而惯于思考。《圣经》喜气洋洋地以《创世记》开篇,而语气逼人地用《启示录》结束。近代的短歌都是有所感而作的,但又不是茫然不知所云。它的沉思多于静观,连它的梦想也带有愁绪。我们从它的创作中就看到,这种诗已经和戏剧结合。

为了把上述想法说得更具体一些,我们想用形象来做比喻,原始的抒情诗可比喻为一泓平静的湖水,照映着天上的云彩和星星;史诗是一条从湖里流出去的江流,反照出两岸的景致——森林、田野和城市,最后奔流到海,这海就是戏剧。总起来说,戏剧既像是湖泊,照映着天空,又像是江流,反照出两岸。但只有戏剧才具有无底的深渊和凶猛的风暴。

在近代诗中,一切最后总要归结到戏剧。《失乐园》首先是一出戏剧,然后才是一篇史诗。我们都知道,它先是以戏剧的形式呈现在诗人的想象中,而后也是以戏剧的形式永远留在读者的记忆里,在弥尔顿这座史诗式的建筑物下面,戏剧的古老躯干仍然显得多么突出显眼!当但丁完成了他警世骇俗的《地狱篇》、关上了地狱的大门、大功告成而只要替作品命名的时候,他天才的本能使他看到,这部纷纭复杂的诗篇是戏剧的体现,而不是史诗的体现。于是,他就在这个雄伟的纪念碑的正面,用青铜的笔写下了:

Divina Commedia[①]

[①] 意大利文,《神曲》,直译应为《关于神的戏》。

由此可见，近代只有这两位诗人可与莎士比亚并肩媲美而又和他完全一致。他们和他竞相把我们的诗渲染上戏剧的色彩；他们像他一样，把滑稽丑怪和崇高优美互相混合；他们并没有把支撑在莎士比亚身上的整个伟大的文学拖到自己身上去，他们是建筑物的两根弓形的支柱，而莎士比亚则是中央的支柱，他们是一个穹窿顶的两道撑壁，而莎士比亚则是中间的拱心。

请允许我们在这里再谈一谈某些已经说明过但还需要加以强调的论点。我们既已提出了这些论点，现在就应作进一步的阐述。

基督教对人类这样说：你是双重的，你是由两种成分构成的，一种是易于毁灭的，一种是不朽的；一种是肉体的，一种是精神的；一种束缚于嗜好、需求和情欲之中，一种则寄托于热情和幻想的翅翼之上。前者始终俯身向着大地——他的母亲，后者则不断飞向天空——他的故国。自从基督教说了这些话的那天起，戏剧就创造出来了。在生活中、在从摇篮到坟墓的人生中，存在着两种敌对的原则之间无时无刻不有的对立和斗争，这实际上不就是戏剧吗？

从基督教中诞生出来的诗，我们时代的诗，就是戏剧。戏剧的特点就是真实。真实产生于两种典型，即崇高优美与滑稽丑怪的非常自然的结合，这两种典型交织在戏剧中就如同交织在生活中和造物中一样。因为真正的诗，完整的诗，都是处于对立面的和谐统一之中。所以现在可以大声疾呼说，存在于自然中的一切也存在于艺术之中，特别在这个问题上，甚至所有一切例外都证实了这一点。

只要以这个观点来评判那些约定俗成、微不足道的规则，来清理这些迷宫似的学派，来解决近200年来批评家辛辛苦苦在艺术周围制造出来的种种无聊的问题，我们就会感到惊奇：近代戏剧的问题竟这样迅速地明朗化了。戏剧只要再往前一步，就可以挣断利力普特[①]的

[①] 利力普特（Lilliput），英国18世纪作家斯威夫特著名的小说《格列佛游记》中的小人国。

军队趁它熟睡时把它缚住的一切蛛丝。

这样,让那些没有头脑的学究们(他们并不相互排斥)去认为畸形、丑陋和怪诞永远也不应该成为艺术模仿的对象吧!人们会回答他们说,滑稽丑怪,这就是喜剧,而喜剧显然是艺术的一部分。答尔菊夫谈不上美,浦叟雅克①也并不高雅,但他们都是艺术上值得赞美的表现。

如果这些学究从这个壕沟被驱赶到第二道防线,那么,就让他们又去禁止滑稽丑怪和崇高优美的结合,禁止喜剧融于悲剧好了。人们会使他们看到,在基督教民族的诗里,这两个典型之中的前者表现了人类的兽性,后者则表现了人类灵魂。这是艺术的两个分支,如果有人禁止它们枝叶交覆而要把它们截然分开,那么,将产生的全部后果,其一是恶习和可笑的抽象化,其二是罪恶、英雄主义和美德的抽象化。这两个典型,一旦被如此割裂而各行其是,它们就会各自片面地发展,结果把真实扔在中间,而它们则一个在左,一个在右。在这里,接着产生的问题是,虽然有了这种抽象化的东西,但人还没有表现出来;虽然有了这些悲剧和喜剧,但戏剧还有待创造。

在戏剧里,就如同在现实中一样,一切都互相关联,互相推演,这一点人们即使不能表现出来,至少也能设想。在戏剧里,形体和心灵都在起作用,人物和情节都被这双重的动因所推动,忽而滑稽突梯,忽而惊心动魄,有时则滑稽突梯与惊心动魄俱来并至。例如,法官说:"处以死刑!嗨,我们现在吃饭去吧!"②例如,罗马元老院长篇大论地讨论多弥坚皇帝的比目鱼③。例如,苏格拉底一边喝毒药,一边谈论不朽的灵魂和唯一的上帝,中间还停下来吩咐宰只雄鸡去祭

---

① 浦叟雅克(Poueceaugnac),莫里哀喜剧《浦叟雅克先生》中的主人公。
② 雨果在这里以伏尔泰的《苏格拉底》一剧为例,剧中一个法官建议把所有的几何学家都吊死;另外一个法官就回答说:"好的,好的,一开庭我们就把他们吊死,现在,我们吃饭去吧!"伏尔泰在一个注解里补充说:"在16世纪,有一件与此很类似的事,有个法官干脆说道:'处以死刑,嗨,我们现在吃饭去吧!'"
③ 见罗马讽刺诗人余维纳尔《讽刺诗》。多弥坚(Domitien),81~96年的罗马皇帝。

医药之神①。例如,伊丽莎白女皇连骂人和闲聊也非用拉丁文不可②。例如,黎希留大主教对普通教士约瑟夫凡事服从,路易十一对理发匠奥利维叶这鬼东西低头驯服③。例如,克伦威尔说,"我提包里有议会,口袋里有国王";或者用在查理一世死刑判决书上签字的手,在一个弑君者的脸上抹墨,而这个弑君者也笑嘻嘻回敬了他一下④。例如,恺撒大帝凯旋,坐在战车上唯恐覆车殒命⑤。因为一切雄才大略的伟人,不论怎样了不起,身上总有愚蠢之处足以蒙蔽他们的聪明。也正是由于这点,他们才打动人心;正是由于这点,他们才有戏剧意味。当拿破仑自信是大丈夫的时候,他常说:"崇高与可笑,只有一步之差"⑥;这颗烈焰奔突的灵魂,微微开启一下,便迸出一道闪光,既照亮了艺术也照亮了历史,这一痛苦的呼声,正是戏剧与生活的概括。

事实上,所有这些矛盾也汇合在作为血肉之躯的诗人自己身上。由于他们对生活深思穷究,由此发出辛辣的讽刺、对人们的畸形加以百般讽嘲,便总是使得我们大笑,但他们自己内心里却是非常忧郁的。那些德谟克里特⑦也就是一些赫拉克利特⑧。博马舍苦闷,莫里哀消沉,莎士比亚忧郁。

---

① 希腊哲学家苏格拉底从容就义的故事最初见柏拉图对话集《斐德篇》第66章,这故事后来成为作家常采用的题材,狄德罗曾写过《苏格拉底之死》,法国19世纪浪漫派诗人拉马丁(Lamartine)也写过一首诗,雨果这里是指哪一部作品,不能肯定。
② 此例并非引自文学作品,而是引自米肖(Michaud,1767~1839)所编的《名人辞典》。
③ 出处不详。
④ 有关的文学名著中,并没有以上的描述,魏勒曼(Villemain,1790~1870)的《克伦威尔传》中却有此记载。
⑤ 出处不详。但在苏埃多勒(Suétone)所著的《恺撒传》中曾记载了与此相似的事件。
⑥ 此话是拿破仑1812年9月对当时驻华沙大使普拉德(Prads)所说的,1815年被普拉德记载在他的回忆录中。
⑦ 德谟克里特(Démocrites,公元前460~前356),古希腊哲学家,民主政体的思想代表。
⑧ 赫拉克利特(Héraclites,约公元前540~前480),古希腊哲学家,政治思想与德谟克里特相反。

因此，滑稽丑怪是戏剧的一种最高度的美。它不仅是戏剧中一种相宜的成分，而且每每是一种必需的要素。有时，它聚类成群地以各种完整的性格出现，如唐丹①、蒲吕西雅②、梯梭旦③、布里多瓦松④、朱丽叶的乳母⑤；有时则染上恐怖的色彩，像理查三世⑥、贝日阿尔⑦、答尔菊夫、靡非斯特菲勒；有时则又具有风度和雅致，如费加罗、阿斯里克⑧、墨库邱⑨、唐璜⑩。它无孔不入，因为，正如最可笑的东西也常常能达到崇高的境界一样，最高尚的事物也总免不了有凡俗和可笑的时候。它总是呈现在舞台上，虽然它常常不可捉摸、不可察觉，有时甚至沉默、隐蔽。有了它，就不会引起单调的印象。有时，它引人发笑，有时，它又在悲剧中制造恐怖。它使罗密欧碰到了卖药者⑪，麦克白遇上了三女怪⑫，哈姆雷特遇到了掘墓人⑬。有时，它还能够把刺耳的声音和谐地混合在心灵的最高尚、最悲哀、最虚无缥缈的音乐中，如像李尔王和他的弄臣的那一幕⑭。

在所有作家之中，只有莎士比亚做到了这一点。他有自己独到的手法，别人无从模仿，即使模仿，也毫无用处，因为这位戏剧之神把

---

① 唐丹（Dandin），莫里哀喜剧《乔治·唐丹》中的主人公，出身资产阶级，娶一贵族女子为妻，结果被妻子欺骗。
② 蒲吕西雅（Prusias），高乃依悲剧《尼高墨德》中的一位国王。
③ 梯梭旦（Trissotin），莫里哀喜剧《可笑的女才子》中一位可笑的拙劣的诗人。
④ 布里多瓦松（Brid'Oison），博马舍喜剧《费加罗的婚礼》中一个糊涂法官。
⑤ 朱丽叶的乳母，莎士比亚名剧《罗密欧与朱丽叶》中的人物，是个喜欢饶舌的可笑人物。
⑥ 理查三世（Richard Ⅲ），1483～1485年的英国国王，莎士比亚在历史剧《理查三世》中，把这个人物表现为一个手段毒辣的奸雄。
⑦ 贝日阿尔（Bégears），博马舍的戏剧《有罪的母亲》中的一个坏蛋。
⑧ 阿斯里克（Osrick），《哈姆雷特》中的一个贵族阔少。
⑨ 墨库邱（Mercutio），《罗密欧与朱丽叶》中一个热情、活泼、乐观的贵族青年。
⑩ 唐璜（Don Juan），莫里哀同名喜剧中的主人公，一个贵族花花公子。
⑪ 见《罗密欧与朱丽叶》第五幕。
⑫ 见《麦克白》第一幕第三场。
⑬ 见《哈姆雷特》第五幕第一场。
⑭ 见莎士比亚悲剧《李尔王》第一幕第四场及第三幕第二场。

我们剧坛上高乃依、莫里哀、博马舍这三大戏剧家的天才特征,像三位一体一样早已结合在自己的身上了。

我们可以看到,把文学分门别类的武断做法,在理智和趣味之前崩溃得何其迅速。而要推翻所谓的"二一律",也不见得是件难事。我们说"二一律"而不说"三一律",是因为剧情或整体的一致是唯一正确而有根据的,很久以来就毋庸再议了。

当代一些杰出人物,不论是外国的还是法国的,都已经在实践上和理论上打击了伪亚里士多德法典的这条根本规则。并且,这战斗也没有花费多少时间,只摇撼了一下,它就摇摇欲坠了,可见这学院派破屋的梁木是多么腐朽不堪!

颇为奇妙的是,这些腐儒还认为他们的"二一律"是建立在"逼真"的基础上,但恰好就是真实否决了他们的规则。还有什么比下面这种情况更不伦不类、更不合情理的呢,那就是我们的悲剧总是乐于发生在过道、回廊和前厅这类公式化的场景里,也不知道是什么道理,密谋者出来朗诵一段反对暴君的台词,而暴君也出来回敬一段,双方轮流,就好像牧歌里所说的:

Alternis Cantemus; amant alterna Camenae[①].

大家在什么地方见过这样的过道和回廊呢?还有什么比这更违反情理的呢?我们且不说违反真实,因为这些腐儒根本不把真实当一回事。因此,在这类悲剧中,凡是过于特殊、过于隐秘和太富有地方色彩而不便发生在前厅和市井中的一切,也就是说整个戏剧,都只好到后台去进行。在舞台上,我们只能看见戏剧情节之"肘",而看不到戏剧情节之"手"。我们看不到场面,只听到叙述;看不到画面,只

---

① 拉丁文,让我们两人轮唱,诗歌女神喜欢轮唱的歌。见维吉尔《牧歌》第三部第59行。

听到描写。一些一本正经的人物横隔在我们与戏剧之间,好像古代戏剧里的合唱队,他们出来向我们讲述在寺院、在宫殿、在广场发生了一些什么事,弄得我们常常想对他们喊道:"你们讲得不错!不过请把我们带到那里去!那里一定很好玩,一定大有可看!"对此,他们会这样回答说:"那样做很可能使你们高兴或者使你们感兴趣,不过问题不在这里,你们要知道,我们是法国悲剧之神的守卫者。"这就是回答!

但是,有人会说,你所排斥的这条规则是从希腊剧场里借来的——希腊的剧场和戏剧与我们的剧场和戏剧有什么相同的地方呢?并且,我们已经指出,古代的舞台异乎寻常的宽阔,可以环抱整个一带地方,诗人可以根据剧情的需要,任意地从剧场的这一端转移到另一端去,这就差不多相当于现在的更换布景。真是古怪的矛盾!希腊的戏剧完全服从于宗教和国家的宗旨,但它比我们的戏剧却另有一番自由,它唯一的目的就是给人娱乐,或者说教育观众。所不同的是,希腊戏剧只服从对它适合的法则,而我们的戏剧则给自己加上一些和它本质毫不相干的清规戒律。前者是艺术的,后者是人工的。

今天,我们开始懂得,准确的地方性是真实性的一个首要的因素。一出戏中,并不是只靠有台词、有动作的人物把事实的忠实印象铭刻在观众的脑海里。发生变故的地点也是事件的不可少的严格的见证人,如果没有这一不说话的人物,那么,戏剧中最伟大的历史场面也要为之减色。杀害黎吉奥的一场,诗人敢不把它放在玛丽·斯图亚特的房间里,而能安排在别个什么地方吗?①刺杀亨利四世②的一场,

---

① 玛丽·斯图亚特的故事,英、德、法、意、西班牙的作家都采用过作为作品的题材。玛丽·斯图亚特(Marie Stuart,1542~1587),苏格兰女王,与法国国王法朗斯瓦二世联姻而为法国王后,1560年寡居后回苏格兰,她第二个丈夫达尼(Darnley)被包斯威尔(Bothwell)谋杀以及她与包斯威尔的结婚引起了内乱,她逃到英格兰,被伊丽莎白女王囚禁,过了18年后被杀。黎吉奥(Rizzio)是她的宠臣,1566年被达尼出于嫉妒而杀死在玛丽·斯图亚特的房间里。
② 亨利四世(Henri Ⅳ,1553~1610),法国历史上一个重要的国王,他结束了长期的宗教战争,奠定国内和平,他在位期间法国专制主义有所巩固、工商业经济有所发展,后被反动的天主教势力所谋杀。

能够不在车辆拥塞的菲何勒利街而在别处吗？烧死贞德的一场能够在老市场以外的地方吗？①除了在布瓦堡以外，还有什么地方好杀死吉斯公爵②呢？正是在这个城堡里，他的野心引起了民众的骚动。查理一世③和路易十六④怎么能够不在那两个不祥的广场上被斩呢？从那两个地方分别可以看到白宫和菊勒里宫，似乎广场上的断头台是挂在宫前的装饰品。

时间一致的规则也不会比地点一致的规则更经得起一驳。把剧情勉强地纳入24小时之内，就好像把情节硬塞在过道里一样可笑。一切情节有它特定的过程，就像有它一定的地点一样。对不同的事件竟然规定同样长短的时间！对一切事物竟然用同一种尺度！如果一个鞋匠给大小不同的脚做同样大小的鞋，岂不好笑，但竟然有人把时间一致和地点一致的规则交错起来，成为鸟笼的方格，然后用亚里士多德的名义傻头傻脑地把一切事件、一切民族和各种形象都塞进去！而这些事件、民族和形象本来是散布在广阔的现实之中的。这样做就是对人对事进行摧残，就是丑化历史。说得更明白点，任何东西经过这种手术都会死亡。于是，这些迷信教条摧残艺术之徒，便得到了他们常得到的结果：凡是历史上活生生的东西一到悲剧中就都死了。因此，关在"一致"律笼子里的，常常是一具枯骨。

如果24小时能够压缩在两小时之内，照逻辑推理，4小时就能包括48小时了。那么，莎士比亚的一致律就不会是高乃依的一致律。

---

① 贞德的题材，也曾多次为作家所采用。席勒的《奥尔良少女》就是以此为题材而写成的，不过，在席勒的剧本中，女英雄不是被烧死，而是受伤而死。雨果这句话可能是对此而发。早在雨果之前，斯达尔夫人在《德意志论》中也因此而批评席勒说："在本剧中，唯一可责备作者的，就是结局。"

② 吉斯公爵（Le Duc de Guise），系指法国三亨利战争中的亨利一世（1550~1588），他发动了1572年8月的"圣巴托罗缪之夜"事变，对新教徒进行屠杀，又引起宗教战争，后来被国王亨利三世授意杀死在布瓦堡中国王的会客室里。

③ 查理一世（Charles I，1600~1649），英国国王，资产阶级革命爆发后，被克伦威尔判处死刑，处决在白宫。

④ 路易十六（Louis XVI，1754~1793），法国国王，大革命后被国民议会判处死刑。

谢天谢地!

这就是两世纪以来平庸、嫉妒和成见对天才所做的无理取闹!人们便是这样束缚了我们最伟大的诗人们展翅高飞。一致律像把剪刀剪断了他们的翅膀。但是,剪去高乃依和拉辛的鹰翅膀,换来的是什么呢?区区一个刚比斯通①。

我们知道,有人会说:"布景变换得过于频繁,就会使观众感到混乱和疲劳,只觉得眼花缭乱;场景或时间变换过多,就必须向观众加以解释,但这正会使他们扫兴;此外,还得顾虑到,情节中间如果有了漏洞,那么,这出戏的各个部分就不能紧密衔接起来,会使观众感到莫名其妙,因为他们不明白空白的地方究竟是些什么。"但艺术之难也正难在这里,这种障碍正是这种或那种题材都会碰到的,而且也根本不可能找出一劳永逸的办法来对付。这要天才来解决,不是诗学所能回避的。

最后,为了证明"三一律"的荒谬,只需再举最后一个理由,一个从艺术的内核抽引出来的理由。那就是,在"三一律"中,只有第三个一致,亦即情节的一致,才被人承认,因为它是建立在心无二用这一事实上的,也就是说人的眼睛或人的思想都不能同时把握一个以上的事物。情节的一致是必需的,就像其他两个一致是无用的一样。正是情节的一致,表明了戏剧的观点;由于这一点,它就排斥了其他两个一致。戏剧中不能有三个一致,正如在绘画中不能有三条地平线一样。此外,我们还要注意,不要把情节的一致和情节的单调混为一谈。整体的一致在任何意义上并不排斥那些烘托主要情节的次要情节。只要这些部分巧妙地从属于整体,始终归向中心情节,并且在不同阶段,或者不如说在戏剧的各个层次上,都围绕着中心情节。整体的一致,就是戏剧配景的法则。

---

① 刚比斯通(Campistron,1656~1723),法国小说家、戏剧家,专事模仿古典作家,其作品苍白无力。

但是，把守思想关的关吏一定会叫道："好些伟大的天才都遵守过这些法则，你们竟把它们抛弃了！"是的，不幸得很啊！要是让这些天才去自由创作，那么他们将会写出怎样的作品来呢？至少，他们接受你们的镣铐，并不是没有反抗。应该看到，高乃依初露头角时为了他那卓越的《熙德》而与墨莱[①]、克拉维莱、多比雅克[②]和斯居戴利[③]争论得精疲力竭！他以何等的笔力向后人揭露了这些人的横蛮霸道！照他所说，他们还用"亚里士多德来为自己帮腔"。我们还应该看到，当时那些人是怎样训他的，这里，我们且引一段当时的文字："年轻人，在指教之前必须学习！除非你成为一个斯加里格[④]或一个韩西羽斯[⑤]，否则那是不容许的！"高乃依听了便反抗起来，他反问他们是不是想要贬低他，贬得"大大低于克洛埃海[⑥]"，于是，斯居戴利觉得他盛气凌人，不禁怒不可遏，他提醒"这位伟大得过分的《熙德》的作者……说话要谦虚，要像塔索[⑦]这一位当时最伟大的人物那样，即使他最优美的作品遭到人们最尖刻、最不公正的批评，他辩解的时候，也还是用谦虚的言词开始的"。他还说道："高乃依先生以他的答辩表明了，他的谦虚精神远不及这位卓越的作家，正像他的才能也远远不及一样。"一个青年受了"如此公正而又温和的批评"竟然还敢反抗，于是，斯居戴利再步步紧逼，他向"杰出的学士院"搬兵："啊！我的裁判官们，请你们宣布一道符合你们尊严的命令吧，让全欧罗巴都知道，《熙德》根本不是法兰西最伟大人物的杰作，只

[①] 墨莱（Mairet，1604～1686），法国戏剧家，最先响应古典主义理论家而在作品中运用"三一律"的作家，他曾激烈攻击高乃依的名剧《熙德》。
[②] 多比雅克（Abbé d'Aubignac，1604～1676），法国戏剧批评家，"三一律"就是他和夏伯兰借亚里士多德之名而提出的。
[③] 斯居戴利（Scudéry，1601～1667），法国诗人、戏剧家，高乃依当时的一个论敌。
[④] 斯加里格（Scaliger，1484～1558），意大利语言学家。
[⑤] 韩西羽斯（Heinsius，1580～1665），荷兰语言学家。
[⑥] 克洛埃海（Claueret），身份不详。
[⑦] 塔索（Tasse，1544～1595），意大利16世纪诗人。

不过是高乃依先生自己最不得体的剧本。你们应该这样做,这既是为了你们自己的光荣,又是为了我们民族的荣誉。这确与我们民族攸关,因为产生过好些塔索和好些迦利尼①的国度的人士,看到这部妙不可言的杰作,便会以为我们民族最伟大的大师其实不过是区区学徒而已。"在这寥寥数行颇说明问题的文字里,包括了所有由于嫉妒而反对后起之秀的惯技,这种惯技如今仍沿用不衰,对拜伦爵士朝气蓬勃的篇章加以离奇古怪的攻击,便是一例。斯居戴利把这种惯技的精华都表演给我们看了。故意说某一天才作家的前期作品比他的新作更叫人喜爱,以证明这位作家是在退步而不是在进步,把《麦利特》和《皇宫画廊》②抬得比《熙德》高;然后,又把死人的名字扔在生者的头上:用塔索与迦利尼(好一个迦利尼!)之名来攻击高乃依,正像以后用高乃依攻击拉辛,用拉辛攻击伏尔泰,也正像今天用高乃依、拉辛、伏尔泰来攻击一切正在成长的人一样。如我们所看到的,这种手法已陈旧不堪,但是,既然它一直沿用不衰,可见一定是种妙法。它一直使高乃依这个可怜的伟人喘不过气来。这里,应该赞赏斯居戴利这个既可笑又可悲的冒充好汉的家伙,他被激怒到了极点,且看他是如何虐待和摧残高乃依吧,且看他是如何毫不留情地开动他古典主义的大炮吧。他使《熙德》的作者"懂得""根据亚里士多德在《诗学》第十章和第十六章的教导,插叙应该怎样写",他利用亚里士多德来打击高乃依,说"他在《诗学》的第一章就惩罚了《熙德》这部作品",他利用柏拉图的"《理想国》的第十卷"、利用马瑟兰③作品中众所周知的"第二十七卷"、利用"尼厄比④和杰菲特⑤的悲剧"、

---

① 迦利尼(Guarinis,1538~1612),意大利诗人,塔索的模仿者。
② 《麦利特》(Mélite)、《皇宫画廊》(Galerie du Palais),都是高乃依早期的喜剧。
③ 马瑟兰(Marcelin, ? ~304),295~304年的罗马教皇。
④ 尼厄比(Niobé),希腊传说中一位不幸的母亲,她有7个儿女,因为嘲笑了阿波罗与狄安娜的母亲,7个儿女都被阿波罗和狄安娜杀死。
⑤ 杰菲特(Jephté),《圣经》传说中的一位法官,为了战胜敌人,他许愿胜利后把第一个向他招呼祝贺的人祭献给神,但胜利后第一个向他祝贺的恰巧是他的独生女儿。

"索福克勒斯的《阿雅克斯》"、"欧里庇得斯的榜样"、"韩西羽斯《悲剧结构》的第六章和小斯加里格①的诗歌",最后,还利用"宗教理论家和法学家,以婚姻的名义"来打击高乃依。前面的那些论点是说给学士院听的,最后那个论点则是向大主教而发。针刺之后是棒打。这个案子非得请位裁判官来决断。于是,夏伯兰作了裁决。高乃依被判有罪。狮子被封上嘴巴,或者用当时的说法,小鸟被拔去了羽毛②。现在,请看这出滑稽戏令人悲痛的一面:这位由中世纪和西班牙所哺育的、完全属于近代的天才,自从他初露头角遭到打击以后,也不得不欺骗自己、不得不钻进古代,给我们表现出一个富有迦斯第尔③色彩的罗马,固然表现得很崇高,但是我们在其中既不能看到真正的罗马,也不能看到真正的高乃依,也许只有《尼高墨德》④是个例外,这部作品因为它高傲而纯朴的色彩而被上世纪大加奚落。

拉辛也体验过同样的不愉快,不过却没有像高乃依那样反抗过。不论在才能方面或性格方面,他都没有高乃依那种强烈的高傲。他无言地屈服,把他动人的悲歌《爱斯兑》⑤和光辉的史诗《阿达莉》一任当时的人鄙薄。我们应该相信,要是拉辛事实上没有受到当时偏见的束缚,少碰上一些古典主义的鱼雷,那他就不会不在戏里把罗居斯特放在纳西斯和尼罗之间⑥,就不会把西奈加⑦的学生在盛宴上劝酒

---

① 斯加里格(Scaliger le fils, 1540~1609),意大利著名的语言学家。
② 高乃依的法文拼法是Corneille,作为普通名词有"小鸟"之意,当时一个批评家在文章中便玩弄文字游戏奚落高乃依,把他称为Corneille déplumée,意即"拔去了羽毛的小鸟"。
③ 迦斯第尔(Castille),西班牙中部的古王国。
④ 《尼高墨德》(Nicomède),高乃依1651年所写的悲剧。
⑤ 《爱斯兑》(Esther),拉辛1689年所写的悲剧,是他较重要的作品之一。
⑥ 指拉辛的历史悲剧《布里塔尼居斯》(Britanicus),其题材取自罗马最黑暗的时期即尼罗的时代。布里达尼库斯是罗马皇帝克洛德(Claude)的嫡子,克洛德与寡妇阿格黎彬结婚后,后者为了使自己的儿子尼罗即位,毒死了克洛德。尼罗即位后,也毒死了布里达尼库斯。罗居斯特是当时有名的放毒的女人,这两次放毒都是利用她完成的。纳西斯是尼罗的亲信,毒死布里达尼库斯就是他出的主意。
⑦ 西奈加(Sénèque, 3~65),罗马文学家,尼罗的教师,"西奈加的学生"即指尼罗。

毒死布里达尼库斯这一场好戏埋没在后台了。但是，我们难道能够要求鸟儿在真空的玻璃罩里飞翔吗？不过，上自斯居戴利下至拉·阿尔卜这些"风雅之士"使我们损失了多少美啊！那些在萌芽状态就被他们那股干燥的风吹死了的东西，本来是可以造就成为非常美好的作品的。幸好，我们的伟大诗人都会通过重重束缚来表现他们的天才。有人想用清规戒律来限制他们，总是枉费心机。他们像那个希伯来巨人一样，把牢门带到山上去了①。

有人还在重复不休，而且肯定还要重复一个时期，他们说："你们要遵守规则！要仿效典范！典范是从规则里产生出来的！"且慢！典范有两类，一类是根据规则产生的，但在这类典范之前还有一类典范，即人们据以总结出规则的典范。那么，天才在这两类典范之间应该选择哪一类作为立身之地呢？虽然和腐儒们打交道总是很不痛快的，但教训他们一顿，比受他们一顿教训不是要强上千倍吗？说到模仿？！反光怎比得上光明？老在一条轨道上运行的卫星怎比得上居于中心的恒星呢？就以维吉尔全部的诗篇而论，他只不过是荷马的卫星而已。

我们再进一步研究：模仿谁？——模仿古人吗？我们刚才已证明了他们的戏剧和我们毫无共同之点。而且，伏尔泰既不愿意师法莎士比亚，也不愿意师法希腊。什么道理呢？他解释道："希腊冒冒失失写出来的一些场面，颇使我们反感。伊波利特②跌伤了，居然还数他身上的伤处，发出痛苦的呼喊。菲罗克戴特③痛苦到了极点，他的伤口里流出一股浓黑的血来。俄狄浦斯④挖自己的眼睛，但没有挖干

---

① 指《圣经·旧约全书》中参孙将加沙城的门带走的故事。
② 伊波利特（Hippolyte），欧里庇得斯同名悲剧中的主人公，他的后母引诱他不成，在其父面前进谗言，他父亲诅咒他使他遇上海怪落马而死。
③ 菲罗克戴特（Philoctède），索福克勒斯同名悲剧中的主人公，他是围攻特洛亚城的希腊有名的战将，在战斗中中箭受重伤。
④ 俄狄浦斯（Oeidipe），索福克勒斯同名悲剧中的主人公，由于命运的捉弄，他杀父娶母，最后因痛苦而挖去了自己的两眼。

净,眼里冒出来的血流得满脸都是,他在那里怨天尤人。人们可以听见被亲生儿子杀死的克利丹奈斯特拉①发出叫声,还有爱莱克特拉②也在舞台上厉声高叫:'杀死她,别放过她,她就没放过我们的父亲。'普罗米修斯的腹部和手臂都被钉子钉在一块岩石上。复仇女神对克利丹奈斯特拉血淋淋的阴魂答以语不成声的嚎叫……在埃斯库罗斯时代的希腊,就如同莎士比亚时代的伦敦一样,艺术还处于童年时期。"③模仿近代人吗?啊!那就成了模仿的模仿了!免了吧!

有人一定要非难我们说:"照你们对待艺术的这种态度,你们好像只期待大诗人,总是把希望放在天才身上",艺术对于庸才是不作指望的。艺术不向庸才命意立旨,而且根本就不认它的账,就像庸才并不存在似的。艺术赐给翅膀,而不是拐杖。不过,多比雅克遵守过规则呀,刚比斯通也效法过典范呀,但,这与艺术有何相干!艺术盖起自己的宫殿绝不是为了蚂蚁。它让蚂蚁去造它们的蚁窝,根本不理会蚂蚁是否要把自己的仿造物建立在它的基础上。

学院派的批评家总是把他们的诗人置于左右为难的境地。一方面,他们老是对这些诗人喊道:"都去模仿典范!"另一方面,他们又惯于宣布:"典范是模仿不了的!"如果他们的匠人费了苦功,得以在那个行列中加进去件把苍白的仿制品,件把抄袭了巨匠、毫无光彩的模拟品,这些出尔反尔的家伙打量打量这新的 Refaccimiento④,又要叫喊起来,一时喊道:"这东西不伦不类",一时又喊道"这东西惟妙惟肖",并且根据一种特别的逻辑,这两种喊声无论哪一种都算得上是一种批评。

---

① 克利丹奈斯特拉(Clytemnestre),埃斯库罗斯悲剧《阿迦曼农王》中的人物,围攻特洛亚城的希腊联军统帅阿迦曼农之妻,与奸夫谋害了丈夫,后被儿子杀死。
② 爱莱克特拉(Electre),阿迦曼农王的女儿,与她的兄弟奥莱斯特同报杀父之仇。埃斯库罗斯和索福克勒斯都写过同名的悲剧。
③ 引自伏尔泰的《论波林勒洛克爵士的悲剧》一文。
④ 此字既不见于西班牙文字典,亦不见于意大利文字典,可能是 Rifacimento 之误,Rifacimento 有"修理"、"修补"之意。

现在，我们再来说些大胆的想法。时来运至，在这个时代，自由就好像光明一样到处风行，唯独没有进入思想界，而思想界本是世界上生来最为自由的，这种现象可说是太离奇了，我们要粉碎各种理论、诗学和体系，我们要剥下粉饰艺术的门面的旧石膏。什么规则、什么典范，都是不存在的。或者不如说，没有别的规则，只有翱翔于整个艺术之上的普遍的自然法则，只有从每部作品特定的主题中产生出来的特殊法则。一种是永久的、内在的，会一直存在下去；另一种是可变的、外在的，只能运用一次。前者是支撑房屋的栋梁；后者是建造房屋用的鹰架，每造一幢房子就要搭一次。前者是戏剧的骨骼，后者是戏剧的服装。而且，这些规则都不见于任何诗学理论，黎希莱①也不怀疑这一点。天才预知先识多于学习师承，为了写一部作品，他从普遍的事理中抽出第一类规律，再把他所处理的题材作为一个独立的整体，从其中提取第二类规律；他不像化学家那样，燃起炉灶，扇旺炉火，烧热坩埚，进行分析和破坏；而是采取蜜蜂的方式，张开金色的翅膀，飞来飞去，停在花朵上，吸取蜜汁，既不使花萼失其光彩，也不让花冠去其芬芳。

让我们强调一下，诗人只应该从自然和真实以及既自然又真实的灵感中得到指点。洛普·德·维迦②说：

> Quando he de escrivir una comedia
> Encierro los preceptos con seis llaves③.

为了锁住各种清规戒律，用6把锁也不为多。但愿诗人们特别注意不要抄袭任何人，不论是莎士比亚还是莫里哀，不论是席勒还是高

---

① 黎希莱（Richelet，1631~1698），法国语法学家。
② 洛普·德·维迦（Lope de Vega，1562~1635），西班牙著名的戏剧作家。
③ 西班牙文，意为我写一部喜剧时，要用6把锁锁住一切清规戒律。

乃依。如果一个真正有才能的人，因模仿别人而丢了本色，把个人的特点扔在一边，那么就会失去一切而成为苏西①这样的角色。这简直是好好的天神不做，而甘心做下人。所以，应该从最根本的源泉里汲取滋养。森林中的树木，其形态、果实、叶子各个不同，却是吸取了同一种流遍了大地的汁液而生长起来的，世上各种各样的天才也是由同一种自然哺育而丰富起来的。真正的诗人像一株餐风饮露的大树，他产生作品就像树之结果、寓言家之产生寓言。死盯着一个师父，老抓着一个范本，又有什么好处呢？宁可做荆棘或蓟草，跟杉木、棕榈吸收同样的土地滋养，而不作杉木、棕榈下面的苔藓或地衣。荆棘生机旺盛，苔藓苟活艰难。并且，不论杉木、棕榈如何伟大，以吸取它们的树液为生并不就能使自己也变得伟大。巨人身边的寄生者充其量也不过是个侏儒。不论橡树怎样庞大，被它养活的，只是槲寄生而已。

在这个问题上，大家也不要误解，如果我们过去有些诗人即使模仿了别人而仍能成其为伟大，那是因为他们在模仿古代形式的同时，还常听从了自然和自己的天才的指点，是因为他们在某一方面仍保持着自己的本色。他们的细枝攀附在邻近的树上，但根茎仍伸延在艺术的土壤里。他们是常春藤而非寄生树。下焉者就是那些末流的模仿者了，他们在地里既没有根茎，胸中又没有才气，就只得限于模仿。正如查理·诺迪埃②所说："雅典派之后有亚历山大派③。"于是，庸才辈出，泛滥成灾。那些诗学理论也大量出笼了，这些理论只能束缚有才能的人，但对他们这些平庸之辈倒颇为相得。他们说，一切都完成

---

① 苏西（Sosie），喜剧《昂菲特里荣》中的一个仆人。在这个喜剧中，天神朱庇特爱上昂菲特里荣的妻子阿尔瑟墨勒，趁昂菲特里荣外出征战时，变成昂菲特里荣而占有了阿尔瑟墨勒，伴随他下凡猎色的是奥林匹斯神山上的信使墨尔菊尔（Mercure），他变成昂菲特里荣的仆人苏西。雨果借用这个降凡的典故来讽刺那些专事模仿的作家。
② 查理·诺迪埃（Charles Nodier，1780~1844），法国作家，1823年前后，以他家的沙龙为中心，形成了浪漫主义第一文社，雨果也是其中的成员。
③ 雅典派指公元前4世纪的一批著名的哲学家如柏拉图、亚里士多德等，而亚历山大派则是指公元3~4世纪的一批后起的哲学家如普洛丹、让布利克等人。诺迪埃原话的意思是，在一个光辉的时代之后，必然有一个衰落的时期。

了,不准上帝再创造其他的莫里哀、其他的高乃依。他们用回忆代替想象,像至高无上的权威一样安排一切。他们还有好些名言警句。拉·阿尔卜带着幼稚的自信说过:"想象,根本上只不过是回忆而已。"

那么再说说自然吧,说说自然和真实——这里,为了证明新的思想远非要毁坏艺术而仅仅是想把艺术重新缔造一番,使之更坚固、更扎实。我们姑且来试着根据自己的意见指出:艺术的真实和自然的真实这两者之间不可逾越的界线究竟是怎样的。如果像一些不长进的浪漫主义者那样把两者混淆起来,那真有些冒失。艺术的真实根本不能如有些人所说的那样,是绝对的现实。艺术不可能提供原物。我们且设想,一个主张不加考虑地模仿绝对自然、模仿艺术视野之外的自然的人,当他看到一出浪漫主义戏剧(譬如说《熙德》吧)的演出时,会做何表现。

他首先一定会说:"怎么?《熙德》的人物说话也用诗!用诗说话是不自然的。"

"那么,你要他怎么说呢?"

"要用散文。"

"好,就用散文。"

如果他坚持自己的原则的话,过一会,他又要说了:"怎么,《熙德》的人物讲的是法国话!"

"那么该讲什么话呢?"

"自然要求剧中人讲本国语言,只能讲他的西班牙语。"

"那我们就会一点也听不懂了;不过,还是依你的。"

你以为挑剔就完了吗?不,西班牙话还没有讲上10句,他又该站起来了,并且质问这位在台上说话的熙德是不是真正的熙德本人?这位名叫彼得或雅克的演员有什么权利顶用熙德的名字?这都是假的。这样下去就没有任何理由可以拦住他不坚持要用太阳代替台灯,用"真正的树"和"真正的房屋"来代替那些骗人的舞台布景。因为,这样一开了头,逻辑就把我们逼下去,再也停煞不住。

因此,应该承认艺术的领域和自然的领域是很不相同的,否则就要陷于荒谬。自然和艺术是两件事,彼此相辅相成,缺一不可。艺术除了其理想部分以外,还有尘世的和实在的部分。不论它创作什么,它总是框在语法学和韵律学之间,在伏日拉①和黎希莱之间。对于最为自由的创作,它有各式各样的形式、各种不同的创作方法和要塑造的一大堆材料。对于天才来说,这些都是精巧的手段,对于庸才来说则是笨重的工具。

我们记得好像已经有人说过这样的话:戏剧是一面反映自然的镜子②。不过,如果这面镜子是一面普通的镜子,一块刻板的平面镜,那么它只能映照出事物暗淡、平板、忠实,但却毫无光彩的形象。大家知道,经过这样简单的映照,事物的色彩就失去了。戏剧应该是一面集聚物像的镜子,非但不减弱原来的颜色和光彩,而且把它们集中起来、凝聚起来,把微光变成光彩,把光彩变成光明。因此,只有戏剧才为艺术所承认。

舞台是一个视线的集中点。世界上、历史上、生活里和人类中的一切,都应该而且能够在舞台上得到反映,但是,必须是在艺术的魔棍作用之下才成。艺术历观各世纪和自然界,穷究历史,尽力再现事物的真实,特别是再现风俗和性格的真实,使其比真正的事物更确凿、更少矛盾;艺术启用编年史家所节略的材料,调和他们剥除了的东西,发现他所遗漏的并加以修补,用富有时代色彩的想象填补他们的漏洞,把他们任其散乱的东西收集起来,把人类傀儡下面的神为的提线再接起来,给这一切都穿上既有诗意而又自然的外衣,赋予它们以真实、活跃而又引起幻想的生命,赋予它们以现实的魔力。这种魔力能激起观众的热情,而首先能激起诗人自己的热情,因为诗人是具

---

① 伏日拉(Vaugelas,1685~1650),法国著名的语法家。
② 可能是指莎士比亚在《哈姆雷特》中关于戏剧的议论。

有良知的。由此，艺术的目的差不多是神圣的：如果它写历史，就是起死回生；如果它写诗歌，就是创造。

在戏剧中，艺术应当有力地发展自然；情节应当坚定而又轻快地逐步导向结局，既不拖长又不缩短，最后，诗人应当充分地完成艺术的几重目的，那就是要向观众展示出两个意境，既要照亮人物的外部，也要照亮人物的内心，通过台词和动作表现他们的外部形貌，通过旁白和独语刻画内在的心理，总之一句话，就是把生活的戏和内心的戏交织在同一幅画面中。假如戏剧有了这样广阔的发展，那真是蔚为奇观了。

我们认为，要写这类作品，如果诗人在这些东西中应该有所选择的话（的确也应该有所选择），那他所选的不是美，而是特征。这也并不意味着要像人们现在所说的那样去渲染一些地方色彩，也就是说，不是要在完成了一部十分虚伪和一般化的作品之后，再在这作品上加上一些刺目的颜色。地方色彩不该在戏剧的表面，而该在作品的内部，甚至作品的中心，它生动而均匀、自然而然地由内而形之于外，可以说是流布到戏剧的各部分，正像树液从根部一直输送到树叶的尖端一样。戏剧应该弥漫着时代气息，像弥漫着空气一样，使人只要一进去或者一出来就感到时代和气氛都变了。要达到这种境地，就需要一些钻研和努力。钻研愈深，努力愈勤就愈好。艺术的大道上荆棘丛生，这也是件好事，常人都望而却步，只有意志坚强的人例外。正是这种为热烈的灵感所支持的钻研精神，才能使戏剧免于致命的缺陷，那就是一般化。一般化是视野短浅、才气缺乏的诗人的通病。从舞台的角度来讲，一切形象都应该表现得色彩鲜明、个性突出、精确恰当。甚至庸俗和平凡的东西也应有各自的特点。任何东西都不应放弃。真正的诗人像上帝一样，在他自己的作品中无时不在、无处不在。天才跟制币机一样，既能够在金币上也能够在铜钱上铸刻下国王的头像。

我们并不三心二意，而这正向有诚意的人们证明了我们是多么不想使艺术走样，我们毫不犹豫地把韵文看作是最适于防止戏剧遭受我们刚才所指出的那种灾难的一种方法，看作是阻挡"一般化"泛滥的最坚固的堤防，这种"一般化"与"民主"一样，在精神领域里到处流泛。年轻的文学界已经拥有这样多的作家和作品，但在这里请允许我们向它指出一个错误，我们觉得它已经陷进去了，不过，这个错误和旧派那些令人难以置信的谬误相比，就太值得辩护了。新的世纪正处于茁壮成长的时期，在这时期里，人们能够很容易就把错误纠正过来。

在最近时期里，形成了一个特殊的戏剧诗流派，它好像是古典主义古老的树干上末尾第二个分枝，或者不如说，好像从腐朽之中繁殖出来的一种珊瑚，它是衰亡的先兆而非生命的征象。我们看来，这一个流派的大师和始祖似乎是那位标志着18世纪向19世纪过渡的诗人，也就是那个长于描写和比喻的戴利勒①。据说，他在晚年的时候常吹嘘说，他采用荷马那种列举的手法②，写过12头骆驼；4条狗；3匹马，其中包括约伯③的一匹；还有6只老虎、两只猫、一盘棋、一场赌博、一张棋盘、一局台球，好些冬季、很多夏天、不少春天、五十回落日以及他自己也数不清的许多个黎明。

然而，戴利勒却进入了悲剧的领域。他是最近盛行的一个所谓讲求风采、追求趣味的流派之父（上帝啊，是他而不是高乃依！），这个流派所说的悲剧，并不是老好人吉尔斯·莎士比亚④所说的那样，比如，它就不认为悲剧是各种激情的一种源泉，而认为是一个方便的框架，专门用来解决这个流派在写作中所提出的一大堆关于描述的小

---

① 约伯·戴利勒（Dellile，1738~1813），法国诗人。
② 荷马在他的史诗《伊利亚特》中，描写到围攻特洛亚城的希腊联军时，曾把各城邦的队伍和其首领一一列举描述。
③ 《圣经·旧约全书》中的一个人物，上帝为了考验他，夺去了他的一切，他仍安之若素，最后，上帝又把他的一切都还给了他。
④ 吉尔斯·莎士比亚，即威廉·莎士比亚。

问题。这个流派的诗神不像真正的法国古典派那样摒弃生活中鄙俗卑劣的事物，它反而去追求它们，贪婪地把它们收集起来。滑稽丑怪，被路易十四时代的悲剧视为恶友而遭到回避，但在这个流派之前则不能平安地通过。"丑怪应该加以描写"！也就是说应该把它崇高化。卫队的场面、百姓的起义、鱼市场、关苦役犯的监狱、小酒店、亨利四世的"炖鸡"①，对这个流派都是一大笔好财产。它据为己有，它把这个流氓坏蛋洗刷得干干净净，并且在他卑劣的行为之上加上金光闪闪的装饰品。

    Purpureus assuitur pannus②.

  它的目的似乎是要把一些高贵的标记加在这个戏剧的下人身上，而人物的一段段冗长累赘的台词，便是一个个证明其身份的了不起的标记。
  在人们看来，这位诗神矫揉造作得出奇。它习惯于在转弯抹角的文字游戏中自得其乐，确切的词汇有时倒刺激了它，使它感到厌恶。把话讲得自然而然，它觉得会有失身份，它指责高乃依，因为他竟讲得这样直率：
  ……一大群人因债务和罪恶而身败名裂③。
  ……茜墨勒，谁会想到这个？罗德利克，谁会这样说④？
  ……当他们的佛朗米里忒斯为安里巴尔讲价钱的时候⑤。

---

① 亨利四世统治时期，宗教战争所破坏的法国经济有了恢复和发展，相传他说过："我愿我的国家中最贫苦的农民，星期天至少也能吃上一只炖鸡。"
② 见贺拉斯《书简集》第一卷第二部分书简第三，原诗为：Purpreus late qnisplendeat, wuus er alter assuiitur pammus. 意为披上了一件又一件紫色的锦袍。
③ 见高乃依的悲剧《西拿》，文句中有着重号的，是雨果所加，以表示这些词汇在伪古典派看来是太不文雅、太粗野的。
④ 见高乃依的悲剧《西拿》。
⑤ 见高乃依的悲剧《尼高墨德》。

……啊！你不要使我与共和国不融洽①等等等等。

这位诗神的心上，自有它的"先生，多美啊"！我们那位值得赞美的拉辛因为用了"狗"这样的单音词②，还冒冒失失把那位克洛德放在阿克莉比勒的床上③，他得称多少声"阁下"、称多少声"夫人"，才能得到原谅啊！

这位名叫墨尔波墨尼④的诗神生怕触及历史，她让管演员服装的人去关心她所创作的戏是属于什么时代。历史在她眼中是下品和低级趣味。怎么，岂能让国王和王后也破口大骂？应该把他们王族的尊严提升为悲剧的尊严。正是通过这种提升，它使亨利四世崇高化了。这样，这位平民的国王被勒古维⑤先生洗刷得干干净净，他那句不文雅的话也羞惭地被两句格言从他嘴里赶跑了⑥，他被描写得像通俗故事诗里的少女一样，从他国王之嘴里吐出来的，只有珍珠、红宝石和蓝宝石。事实上，这些描写都是虚假的。

总之，这种落于俗套的高贵和风雅是再平庸低劣不过的。在这种文体中，没有一点新发现的东西，没有一点想象的东西，也没有一点创造性的东西。只有雕琢、夸张、老生常谈、中学的佳文妙句、拉丁文的诗。思想全是抄袭来的，上面还装饰着一些劣等的形象。这个流派的诗人风度翩翩，犹如舞台上的王子和公主，他们在商店贴有标签的橱窗里，准能找到装银点金的服装和冠冕，这些行头只有一个不幸，那就是曾供一切人使用。如果这些诗人不翻《圣经》，但并非

---

① 见高乃依的悲剧《尼高墨德》。
② 根据法国学者莫里斯·苏里约（Maluice Souriau）的注释，雨果系指拉辛的作品中这样两句诗：贪婪的饿狗争夺着/血淋淋的尸体和可怕的四肢。
③ 根据法国学者莫里斯·苏里约的注释，这是指《拉辛全集》中的诗句：参议院被引诱了：一部不甚严肃的法典/把克洛德放在我的床上，把罗马置于我的膝前。
克洛德系指公元41～54年罗马皇帝克洛德一世，阿克莉比勒是他第二个妻子。
④ 墨尔波墨尼（Melpomène），希腊神话中的悲剧之神。
⑤ 勒古维（Legouvé，1764～1812），法国诗人。
⑥ 勒古维在他的《亨利四世之死》中，没有用亨利四世所说的"炖鸡"一词，而用另外两句文雅的诗来代替，雨果便是指此而言。

没有自己大部头的典籍，如《诗韵大全》就是。他们的诗的源泉，fontes aquarum①，就在这本书里。

谁都明白：按照这个流派的办法，自然和真实会成其为什么。在虚伪的艺术、虚伪的风格和虚伪的诗歌泛滥成灾的时候，能够漂浮起一些自然和真实的残渣碎片，那就是不幸之中的大幸了。这种情形使我们的好几个杰出的文学改革家②犯了一个错误。这种所谓的戏剧诗以它的僵硬、铺张和矫揉造作刺激了他们，他们便以为我们诗歌语言的要素和自然、真实是不相容的③。亚历山大诗体使他们厌烦极了，于是，他们便不愿加以了解就对它作了判决，并且，或许过于匆忙就得出结论说，戏剧应该用散文来写④。

他们弄错了。风格中的虚伪，也像某些法国悲剧中情节的虚伪一样，其责任不在于诗本身，而在于写诗的人。应该受处罚的不是被采用的形式，而是使用这种形式的人，是使用者，而不是工具。

为了弄明白我们的诗在本质上并不妨碍自由地表现一切真实，也许我们不应该到拉辛的作品中去研究我们的诗，而应该经常到高乃依的作品中，更应该永远到莫里哀的作品里去进行研究。拉辛这位神圣的诗人兼有悲歌性、抒情性和史诗性，莫里哀则是戏剧性的。上世纪的恶劣趣味对戏剧这可赞美的体裁曾横加许多批评，现在正是该翻案的时候了，应该高声宣告莫里哀高踞在我们戏剧的顶峰，不仅作为诗人，而且也作为作家。Palmas vere habet iste duas⑤.

在他的作品中，诗句蕴含着思想内容，紧密地和它结合在一起，既约束它又发展它，赋予它一个比较轻盈、比较严密和比较完整的形象，并且把这种思想内容作为一种强身剂送给我们。韵文是思想的可

---

① 拉丁文：源泉。
② 指斯达尔夫人和司汤达。
③ 斯达尔夫人在《德意志论》第二部分第九章中提出过类似的论点。
④ 司汤达在《拉辛与莎士比亚》一文中，表示过这样的思想。
⑤ 拉丁文，意为他得到两次光荣。

以看得见的形式。因此，它特别适合于舞台的场面。它是根据一定的方式创作而成的，它把自己的光彩赋予某些东西，缺了它，这些东西就庸俗而不足道了。韵文使得文体的组织更加坚固、更加细致。它像是纽结，把线索固定下来；它像是腰带，束着衣服，使衣上有一道道的褶纹。那么，把自然和真实纳入韵文之中会有什么损失呢？我们倒要问问我们的散文家本人，他们在莫里哀的诗里损失了什么？请让我们再举一个粗浅的例子加以说明，酒装进了瓶子难道就不成其为酒了吗？

要是我们可以按自己的心意来说说戏剧的风格应该是怎样的，那么我们希望有一种自由、明晓而忠实的韵文，它敢于毫不做作地直抒胸臆，毫不雕琢地表现一切；它以自然的步调由喜剧而到悲剧、由崇高而到滑稽；它有时质朴无华，有时富有诗意，就其总体而论，既有艺术加工也有灵感成分，既深邃悠远又出人意表，既宽宏大度又真实入微；它善于适当地断句和转移停顿以掩饰亚历山大体的单调；它爱用延长句子的跨行句而不用意思含糊的倒装句；它忠于韵律这一位受制约的王后，我们诗歌的至高无上的天恩、我们诗歌格律的母亲；这种韵文其表现方法是无穷无尽的，它的美妙和它结构的奥秘是无从掌握的；正如普洛透斯①一样，在形式上千变万化而又不改其典型和特性，它避免长篇大论的台词，而在对话中悠然自得；它总隐藏在人物的身后；它首先注意的是要适宜得体，并且当它成为"美"的时候，好像只不过是偶然的事，并非由它自己做主，甚至自己也并不自觉意识到这点；它成为抒情的，还是成为史诗性的或者戏剧性的，这得看需要而言；它能掠过诗的各个音阶，从高音到低音，从最高尚的思想到最平庸的思想，从最滑稽的到最庄重的，从最表面的到最抽象的，从来也不超出道白场面的界限。总之，这种韵文就像是一个从仙女那里既得到了高乃依的心灵，又得到了莫里哀的头脑的人所写出来的那

---

① 普洛透斯（Proteé），希腊神话中的海神，其形状变幻无常。

样。我们觉得这种韵文会"像散文一样优美"。

在这种诗和我们刚才作过尸体解剖的那一种诗之间没有任何关系。如果本书作者应该向他致以个人谢意的那位才智之士①允许我们借用他那种一清二楚的划分办法,那么这两种诗之间的细微差别是很容易指出来的:那种诗是描写性的,这种诗是绘画性的。

我们特别要再三指出,舞台上的诗应该去掉一切自怜自爱的东西、一切过分的要求和一切取媚的卖弄。它只不过是一种形式,一种应该承受一切事物的形式,它没有要强加在戏剧之上的东西,相反,它应该接受戏剧的一切:法文、拉丁文、法律条文、王公贵族的辱骂、民间俗语、喜剧、悲剧、笑、眼泪、散文和诗,并且,把这一切都传达给观众。如果诗人的诗句故作艰深,那真是不幸!不过,这种形式是青铜的形式,它把思想嵌在它的格律中,在这种形式之下,戏剧是不可毁灭的。这种诗把戏深深印刻在演员的精神里,向他指点它所增减的东西,禁止他篡改他的角色,禁止他偷换作者的原意,它要使每一个字神圣化,并且使诗人所说过的东西在很久以后仍屹立在听众的记忆里。思想,在诗句中得到冶炼,立刻就具有了某种更深刻、更光辉的东西。铁,变成了钢。

我们感到,散文必然是比较拘谨的,它不得不把戏剧从抒情诗或史诗那里分开而降为对白和实录,因而也就很难具有韵文的长处。散文的翅膀要狭窄得多,而且,掌握它也比较轻易。在散文里,平庸能够待得挺惬意,从最近的一些著名的作品来看,艺术之宫很快就会充塞一些未成气候、尚未成形的东西。另外有一部分改革派,他们倾向于同时用诗与散文来写戏,就像莎士比亚那样。这种办法自有其好处,然而,由一种形式过渡到另一种形式也可能发生彼此不调和的情形。如果纺织品是由同一种质料织成的,那就结实得多了。而且,究竟是不是应该用散文来写,这只不过是次要的问题。决定一部作品的

---

① 指当时的批评家圣佩韦。

地位的，不是它的形式，而是它的内在价值。碰到这类问题，解决办法只有一个：只有一个砝码可以左右艺术的天平，那就是天才。

总之，不论戏剧作者是散文家还是韵文家，其首要的、不可缺少的价值就在于准确。这里不是指那种表面的准确，那是注重描写的流派的特点或缺点，这个流派把罗蒙①和勒斯多②当作自己的柏迦斯③身上的一对翅膀；我们指的是那种内在的、深刻的、合理的准确；它渗透着地方方言的精髓，它总是探其根、究其源；它总是自由自在，因为它对自己的所作所为很有把握，因为它和语言逻辑始终协调一致。语法这位圣母使这种准确有了保证，而语言的逻辑则又使语法就范。这种准确的语言敢作敢为，敢于冒险，敢于创造和发明自己的风格。它有权这样做，因为，虽然有一些自己也不知所云的人曾经谈论过它，而且其中也有本文的作者，但是法国语言一点也没有僵化，而且将来也不会僵化。语言是不会固定不变的。人类的智慧始终在向前发展，或者可以说始终在运动，而语言是跟着人类的智慧亦步亦趋的。事实正是如此。体格变了，衣裳岂有不变之理？19世纪的法文不再是18世纪那样的了，正如18世纪的不像17世纪的、17世纪的不像16世纪的。蒙田④的语言和拉伯雷的不一样，巴斯喀⑤的语言和蒙田的不同，而孟德斯鸠⑥的语言又和巴斯喀的不同。这四种语言中的每一种，从各自本身来说都是值得赞赏的，因为它们各有各的特色。每个时代有相应的思想，同样，也应该有与这些思想相应的词汇。语言好像大海，始终波动不停。在某些时候，它离开思想世界的此岸而飘到彼岸。被它的波涛遗留下来的一切，就枯萎了下去并且从这大地上

---

① 罗蒙（Lhomond，1727~1794），法国语法家，古典主义作家。
② 勒斯多（Restaut，1694~1764），法国语法家。
③ 柏迦斯（Pégase），希腊传说中生有双翅的飞马，是诗才高翔的象征。
④ 蒙田（Montaigne，1533~1592），法国散文作家。
⑤ 巴斯喀（Pascal，1623~1662），法国哲学家、散文作家，《思想集》的作者。
⑥ 孟德斯鸠（Montesquieu，1689~1755），法国启蒙主义作家。

消失了。也正是以这种同样的方式,一些思想寂灭了,一些词汇消逝了。对于人类的语言来说,其情形完全与万物相同。每个世纪总要带来一些东西,也要带走一些东西。有什么办法呢?这是势所必然的。要用某种形式把我们语言生动的形貌固定下来,那只是枉费心机而已。我们文学上的约索埃[1]要喝令语言停步,那也是白费气力,不论是语言还是太阳都不会停步不前的。一旦语言固定不变了,它的死期也到了。这个道理正说明了当代某个流派的语言就是死亡的语言。

本书作者目前对戏剧的全部看法大致上就是以上这些,只不过阐述得还不够透彻,不够深入而已。并且,他根本无意于把他的戏剧试作当作以上这些思想的体现而贡献出来,相反,这些思想本身,说得直率一些,也许只是创作中所得到的启发而已。把自己的作品放在自己的序言之上,让两者互相保护,这对他无疑是十分相宜的、巧妙不过的。不过,他不大喜欢卖弄聪明而宁可表现更多的诚意。他愿意第一个来指出这篇序言与这个剧本之间微弱的联系。由于懒惰,他最初的想法是只把这部作品呈献给公众,像伊利雅尔德[2]所说的:

el demonio sin las cuernas.[3]

在写完这部作品以后,经过几个也许眼力不明的朋友的要求,他才决定在这篇序文里作一番回顾,也可以说是画出他刚才所作的诗界旅行的地图,说明他从其中所得到的或好或坏的东西,说明艺术领域在他思想中所呈现出来的新面貌。

有人一定会利用作者的这个自白,来重复某个德国批评家过去对他的责难,说他创造了"一种适合于他自己诗作的诗学"。有什么关

---

[1] 约索埃(Josué),摩西死后希伯来人的首领,根据《圣经》的传说,他曾喝令太阳停步以促使他获得战争的胜利。
[2] 伊利雅尔德(Yriarte,1750~1791),西班牙诗人。
[3] 西班牙文,意为没有角的魔鬼。

系呢?他本来倒是想破坏诗学,而不是想创造什么诗学。况且,根据诗作制定诗学,不是要比依照诗学去写诗更有价值吗?且慢,再说一遍,他既没有创造的雄才,也没有建立体系的大志。伏尔泰说得妙:"体系好像一群老鼠,它们跑过20个洞穴,最后发现有两三个是进不去的。"①可见建立体系会白费气力,而且也是力不胜任的。相反,他所力争的是艺术自由,是反对体系、法典和规则的专制。他惯于盲目地听从灵感的驱使,根据创作去改变模型。在艺术中,他首先规避的是教条主义。他才不会希望成为某种古典主义或浪漫主义的作家呢,这种作家根据他们的体系写作,他们头脑里只有一种形式,他们总想论证某些东西,总是遵循他们本身和天性以外的法则,不论他们的才能如何,他们矫揉造作的作品在艺术里是没有立身之地的。那是一种理论,而不是诗。

我们对戏剧的起源、特点及其风格的看法,上文已经予以说明,作了这番尝试之后,现在应该从艺术共同的顶峰走下来,回到原来出发的特定地点。我们还需要和读者谈谈我们这部作品,也就是《克伦威尔》这个剧本。由于我们并不乐于谈这个题目,所以只打算用很少的篇幅简略地谈谈。

奥列威·克伦威尔②属于那种声名显赫但却不为人了解的历史人物之列。他的传记作家,其中还有历史学家,大多数都没有把他伟大的形象完整地保留下来。似乎他们不敢把这位英国政治革命和宗教改革中奇特而伟大的模范人物身上的一切特点都集中起来。他们差不多都只限于把波须埃③所勾画出来的简单而又凶险的侧面像加以放大复制而已,而波须埃是从君主主义和天主教的观点、从依靠着路易十四宝座的主教讲坛的观点来勾画这个人物的。

---

① 见伏尔泰的《哲学辞典》,雨果系根据记忆所引,引文不准确。
② 克伦威尔(Cromwell,1599~1658),英国资产阶级革命的领袖。
③ 波须埃(Bossuet,1627~1704),法国主教,有名的诔词作家,他在《悼英国王后亨利叶德》中,对克伦威尔作了攻击。

本书的作者也和大家一样知道得很少。奥列威·克伦威尔的名字过去也只给了他这样一个简略的概念："伟大的将领和狂热的弑君者"。当他怀着个人的喜好搜索着编年史、偶尔翻到英国17世纪的回忆录的时候，才惊奇地看到一个崭新的克伦威尔渐渐出现在他的眼前。这不再是波须埃笔下的作为军事家和政治家的克伦威尔，而是一个复杂的、混合的、多样化的个性，充满着矛盾，混杂着善与恶，兼有天才和渺小的人物；是一个悲喜剧的人物，整个欧洲的暴君，自己家庭的玩偶；这个老弑君者凌辱各国君主的使臣，却被自己信仰王权的小女儿折磨；他习性谨严而沉郁，但常在身边豢养着四个弄臣；还要做几首歪诗；他有时简单、朴素、淡泊，但有时在礼仪方面则喜爱铺张；既是一个粗鲁的军人又是一个精明的政治家；善于作神学的论辩并且乐于此道；他的演说沉闷、冗长、隐晦，但却善于游说他想要引诱的人；既虚伪又狂热；他是一个被童年时代的幻想所支配的幻想家，相信星相家而又常放逐他们；他疑心病极重，总是令人恐惧不安，但残酷的时候很少；他严格遵守清教徒的一切戒律，但每天总要正正经经在滑稽取乐中打发几个钟头；他对亲近的人粗暴傲慢，对他所害怕的党徒则怀柔讨好；他巧妙地缓解自己的悔恨，向自己的良心玩弄狡计；他的妙策、暗算和手段层出不穷；他以明智来控制他的想象；既滑稽丑怪又崇高优美。总之，他是拿破仑所称为"方方正正的人物"中的一个，而拿破仑以他那些精确得像代数、富有色彩犹如诗歌的言词表达的，是所有这些完人中的一个典范和首领。

本书的作者，在这个奇特而触目的人物面前，便感到波须埃所勾画出来的、带有个人情绪的侧面像不能使他感到满意了。他开始在这个高大的形象旁边转来转去，于是产生了一个热烈的愿望，想把这个巨人整个的面貌和形态都表现出来。材料是丰富的。除了要描绘出他军人和政治家的形象以外，还需要表现出他作为神学家、学究、蹩脚诗人、幻想者、滑稽家、父亲、丈夫、普洛透斯式的人物的特点，总而言之，就是双重人格的克伦威尔，homo et vir[①]。

在他一生中，特别有一个时期，他特殊的性格演化出种种形式。这并不如人们乍一看所认定的那样，是查理一世受审的那个阴沉恐怖、震撼人心的时期，而是这位野心家试图摘取查理一世之死的果实的时期。这时，克伦威尔达到了别人所认为可能达到的幸运之顶点，他统治着英国，成千的乱党在他脚下噤若寒蝉，他是苏格兰的主人，他把它变成了一块领地，他也是爱尔兰的主人，他把它变成了一座监狱，他以舰队、军队和外交统治着欧洲，但为了实现他童年时最初的梦想，也就是完成他一生最后的目的，他试图自立为主。历史从来没有在比这更崇高的悲剧下隐藏着一个比这更崇高的教训。这位摄政官先教人来向他请愿，这一出庄严的喜剧一开始就是各村镇、城市和爵爷们领地中请愿的场面，然后议会通过了一项决议。这场戏的匿名的导演克伦威尔还为此装出不高兴的样子：人们看见他把一只手伸向权杖但又立刻缩回；他迈着斜步走向他曾经把王朝从上面赶走的宝座；最后，他突然做出了决定，根据他的命令，威斯敏斯特悬旗挂彩，搭起高台，王冠已经交给金银匠去制作，加冕大典的日子也已确定。但结局却十分奇怪！正是大典那一天，克伦威尔在威斯敏斯特宽广的大厅里，面对着群众、民团和议员们，站在他原来准备一走下来就成为国王的那座高台上，突然好像受了一惊似的，在王冠面前清醒过来了，他自问是否在做梦，这一场大典意味着什么，于是，他在历时三个钟头的演说中拒绝了国王的尊号。是不是他的密探已经通知他，骑士派和清教徒联合筹划的阴谋就要在他犯错误的这一天发动呢？是不是百姓不高兴看见这个弑君者登上宝座而表现出来的沉默或窃窃私语使他改变了主意呢？也许仅仅是一种天才的敏锐，一种即使有些放肆然而还很谨慎的野心家之本能，使他懂得了一步之差将使自己的地位和处境发生多大的变化，因而便不敢把他那以民众为基础的大厦置于

[①] 拉丁文，意为一个男子汉而且是一个真正的男子汉。

丧失民心的风险之中？这些原因也许都兼而有之？这都是当时的文献没有说清楚的。这样更好，诗人自由的程度就更大了，历史留下来的广大空间对戏剧大有好处。我们看到，戏剧在这里广阔无比、独一无二。这正是克伦威尔一生中决定性的时刻，重大转折的关头。这时，他的妄想消除了，现实扼杀了未来，换一个更为有力的通俗说法，就是：他的一生报废了。整个克伦威尔都陷进了这一出发生在他与英国之间的喜剧。

这就是作者试图在本书中加以描绘的时代和人物。

作者自耽于儿童的乐趣来弹拨这架大洋琴的键盘。当然，更高明的人可以弹出崇高而深刻的和声。不是仅仅悦耳的乐声，而是使人全身为之震颤的亲切的声音，听来似乎琴键上每一根弦与心灵里每一根纤维都联结在一起。作者经不起诱惑，终于把某些时代都有的狂热和迷信这些宗教的病态都描绘了出来，终于像哈姆雷特所说的那样，"表演出各种各样的人"[1]，并且以克伦威尔作为宫廷、民众、社会的中心和轴承，使一切都和他连为一体、都受他的牵制，在他的周围上下，写出两个彼此仇视的乱党共同策划阴谋，他们结成同盟是为了打倒妨碍他们的克伦威尔。虽然他们联合了起来但并没有融合在一起。清教徒这一派，狂热、变化多端、阴沉、没有私欲，他们的领袖是一个最不称职、最为渺小的人物，那便是自私自利、胆小懦弱的兰伯特[2]；骑士派一党，冒失、快活、粗心大意、无忧无虑、忠心耿耿，它由正直而严厉的奥尔蒙[3]领导，此人除了其忠诚以外，最不能代表这一派人；写出一群使节，他们在这位幸运的军人面前卑躬屈膝；写出那个奇特的宫廷，那里面混杂着幸运儿和一个比一个更卑鄙的王公大臣；还写出那四个宫廷小丑，正史轻蔑地遗忘了他们，正好让我们

---

[1] 见《哈姆雷特》第三幕第二场。
[2] 兰伯特（Lambert，1619～1683），英国资产阶级革命时期的政治活动家。
[3] 奥尔蒙（Ormond，1610～1688），英国资产阶级革命时期的政治活动家。

对他们作些想象；还有克伦威尔的家庭，其中每个成员都给他带来痛苦；还有那位瑟尔洛[①]，他是摄政官的阿夏特[②]；还有那位犹太教长伊斯雷尔·班－玛纳斯[③]，他是暗探、高利贷者、星相家，前两个身份卑劣，第三个身份崇高；还有那位罗契斯特[④]，奇特的罗契斯特，他滑稽而聪明，风雅而放荡，嘴里骂声不绝，总是谈情说爱，整天醉眼蒙眬，如他向伯奈特[⑤]大主教所吹嘘的那样，虽是蹩脚的诗人，但是好样的绅士，荒唐而又天真，肯拼性命而又不计成败，只要是他感兴趣的，什么都可以去干，总之，既狡狯又冒失，能贸然行事也精于打算，可以不顾廉耻又能仗义行侠；还有那个野蛮的卡尔[⑥]，历史对他只注了一笔，但的确个性分明，性格丰富；还有各种流品不同的狂热者：狂热的掠夺者阿里松[⑦]、狂热的商人巴尔波勒[⑧]、杀人犯山戴尔公[⑨]、爱流泪并且很虔诚的凶手奥古斯旦·加尔朗[⑩]、好心的队长、有知识但夸夸其谈的阿维尔东[⑪]；还有严谨刚毅的卢德洛[⑫]，他后来埋葬在洛桑[⑬]；最后，用1675年一本小册子《政治家克伦威尔》中的话来说，还有《弥尔顿和一些有头脑的人》，这本小册子使我们想起意大

[①] 瑟尔洛（Thurloë，1616～1668），英国资产阶级革命时期的政治活动家。
[②] 阿夏特（Achates），罗马诗人维吉尔的史诗《伊尼德》中的人物，是主人公伊尼德的忠实同伴。
[③] 伊斯雷尔·班－玛纳斯（Israël Ben Manassé，1604～1657），犹太教长，生于法国，主要活动在荷兰，英国革命时，曾在英国活动。
[④] 罗契斯特（Rochester，1647～1680），英国诗人。
[⑤] 伯奈特（Burnet，1643～1715），英国主教。
[⑥] 卡尔（Carr，1599～1674），英国天主教牧师。
[⑦] 这些都不是真实的历史人物，而是雨果在《克伦威尔》一剧中所创造的人物。
[⑧] 同上。
[⑨] 同上。
[⑩] 同上。
[⑪] 阿维尔东，雨果在剧中虚构的人物。
[⑫] 卢德洛（Ludlow，1617～1692），英国资产阶级革命时期的政治活动家。
[⑬] 洛桑，瑞士城市。

利历史中所记载的 Dantem quemdam①。

我们不用再举出许多次要人物,那些人物也都各有其真实的生命和突出的个性,并且,他们也加强了这广阔的历史场面对作者想象力的吸引。作者便是用这历史场面写成了这部戏。他是用韵文写成的,因为他高兴这样做。此外,大家读到这部作品,就会看出作者在写这篇序言的时候对他的作品是多么漠不关心,例如,他是多么毫无私心地攻击了"三一律"的教条。他这出戏的地点不出伦敦,时间开始于1695年6月25日早晨三点钟,结束在26日的中午。可以看出,他几乎在严格遵守诗学教授现今所制定的古典主义条例。但愿他们不要因此就对他满意了。作者把戏这样集中起来,并非通过亚里士多德的批准,而是根据历史的允许,因为,即使两者利弊相等,他也爱集中的题材甚于分散的题材。

很明显,这部戏剧以它现有的规模是不可能在我们舞台上演出的。它太长了。不过大家也许会看到,它的各部分都是为舞台演出而写的。在作者为研究这个题材而接近它的时候,他便已经认识到了或自以为认识到了,这个剧本处于特殊的境地,也就是说,处于学士院的旋风和官厅的暗礁之间,处于文学监察和政治审查之间,在这种情况下,它要在舞台上忠实地演出,那是不可能的。必须加以选择:是要逢迎讨好、阴阳怪气、虚伪做作而能得到演出的悲剧呢,还是要非常真实但被排出舞台的戏剧?前者不值得写;后者才是作者乐于尝试的。既然没有希望在舞台上演出,因此,他便放纵自由,在行文结构上随兴之所至,全凭自己的高兴使剧情起伏波动,根据题材的容量尽情发挥,这样做的结果,即使使剧本脱离了舞台,至少也有一个好处,那就是,从历史的角度来说,剧本几乎是完整的。书籍委员会只不过是次要的障碍。如果有一天,戏剧审查机构理解到,该剧对克伦威尔及其时代所作的无可指责、忠实准确并充满良知的描绘是取自我

---

① 意大利文,意为某一个但丁。

们时代之外，从而允许剧本上演。只有在这种情况下，作者才能把这部戏剧简化成一出戏，让它到舞台上去闯闯，但也许它会被人喝倒彩的。

他将继续远离舞台，直到那一天为止。如果因为新世界中的动荡而离开他所珍贵的洁净无瑕的退隐生活，这在任何时候都不合时宜。愿上帝使他永不后悔他曾经把自己默默无闻的名字和人身拿到暗礁上、疾风里和剧院的风暴中，特别是拿到（失败一次有什么关系呢？）后台那些卑劣的喧闹中去冒险；使他永不后悔走进了这个风云变幻、烟雾迷茫、狂风怒号的环境。这里，无知在专断，嫉妒在呼号，党徒到处横行，正直之士时常怀才不遇，具有高贵纯真的天才每每被人歪曲，庸俗之辈把自己所讨厌的、比自己高明的人拉下来，拉到自己的水平上，以此作为取胜之道。人们在这么多渺小人物中只看到一位伟人，在这么多无能之辈中只看到一位达尔玛①，在这么多凡人之中只看到一位阿喀琉斯！这一幅速写看来很阴暗，而且会令人不快，但它不正好说明了我们的舞台是个阴谋和骚乱的场所，与古代庄严宁静的剧场大有区别吗？

不论怎样，他认为应该事先告诉那一小部分被这一部戏剧吸引了的人们说，经过删节的《克伦威尔》，其演出时间绝不会超过一个晚上。要浪漫主义的戏剧成为另一个样子，那是困难的。如果大家愿意要点别的东西，而不要像下面这样的悲剧：人物有那么一两个，都是纯粹形而上学思想抽象的典型，他们在毫无层次的背景上高视阔步，那里只有几个配角在活动，他们都是陪衬主角的苍白无力的东西，是用来填补单调情节中的空隙的。如果大家对这种悲剧厌烦了，那么用整整一个晚上的时间来比较广泛地看看一个杰出的人物、一个动荡不安的时代，这也不为过分。这个人物有自己的性格，有与其性格协调的天才，有驾驭这两者的信仰，有常来扰乱他的信仰、性格和天才的情欲，有冲淡其情欲的趣味，有控制他的趣味和压抑他的情欲的习

---

① 达尔玛（Talma，1763~1826），法国著名的悲剧演员。

惯，还有一大群随从，他们形形色色、各式各样，受克伦威尔各种性格的作用而在他身边团团打转。至于那个时代，也有自己的习俗、法律、风气、精神、光明、迷信、事变，还有像一块柔软的蜡一样被这些基本的因素轮流揉捏的人民。可以料想，这样一幅画面其规模是异常庞大的。我们不会像老一派的抽象戏剧那样，满足于一个人物，而要写出 20 个、40 个、50 个深浅不同、大小不一的人物，究竟多少，我也很难说，反正戏里会有一大群人物。要把这样的戏限制在两小时之内，而把其余的时间拿去演滑稽歌剧或闹剧，要莎士比亚去迁就波伯须①，这岂非无聊？如果情节安排得好，你们便无需顾虑被情节指使的一大群人物会使观众感到厌倦，或者会使戏变得纷乱。莎士比亚作品里的细节很多，但同时，也正因为这点，他巨大的整体就更威严。这好像是一株橡树，它用无数细小纤美的叶子投射出一片广大的浓荫。

我们希望：在法国，大家不久就习惯于整整一个晚上只看一出戏的演出。在英国和德国，有些戏要演出 6 个小时。这里，我们且用斯居戴利的办法，引用一下古典主义者达西埃②的《诗学》第七章的讲述，里面说，希腊人，也就是人们经常向我们谈起的希腊人，有时竟在一天之内演出十二三场戏。在一个爱好戏剧的国家里，观众的注意力之活跃是想象不到的。博马舍伟大三部曲③的枢纽《费加罗的婚礼》，就占用了整整一个晚上，但几曾使人感到厌倦和疲乏？博马舍有资格向近代艺术的目标迈出第一步，但对这个目标来说，只用两个钟头就从广阔、真实和多样化的情节中引起一种深沉而不可抑制的兴趣，那也是不可能的。但是有人说，这场演出因为只包括一场戏，所以会显得冗长、单调。他真是大错特错了！那样做恰巧会使演出不再

---

① 波伯须（Bobeche），帝国时期和复辟时期法国著名的滑稽演员。
② 达西埃（Dacier，1651~1722），法国语言学家。
③ 博马舍的《塞维勒的理发师》《费加罗的婚礼》《有罪的母亲》是三部在故事情节上有关联的作品，统称为三部曲，其中以《费加罗的婚礼》最为杰出。

显得冗长、单调。现在一般人是怎样做的呢？他们把观众的享受划为两个截然不同的部分。他们先让观众得到两个钟头严肃的乐趣，然后得到一个钟头取闹的乐趣，此外，还有不算在乐趣之内的幕间休息时间，加起来一共四个钟头。浪漫主义戏剧又会怎样做呢？它要把这两种乐趣加以捣碎并混合在一起。它要使观众每时每刻从严肃到发笑，从滑稽的冲动到痛苦的激情，从庄重到温柔，从嬉笑到严肃。因为我们已经说过，戏剧就是滑稽丑怪与崇高优美的结合、灵魂与肉体的结合、悲剧与喜剧的结合。难道大家看不出，这种戏以一种印象代替另一种印象因而不使人感到疲劳，把喜剧与悲剧、欢乐与恐怖轮流转换从而使人得到娱乐？并且，它还根据需要吸取了歌剧的魔力，纵使演出的只是一个剧本，但在实际上却能抵得上好几个！浪漫主义的舞台把古典主义剧院中那一味被分为两部分的药，变成了一道美味丰富、引起食欲的精致的菜肴。

　　本书的作者要对读者说的话快要完了。他不知批评家会怎样对待这个剧本和他这些简略的思想，这些思想没有结论，没有枝叶，是他急于向前赶路时信手拈来的。毫无疑问，在"拉·阿尔卜的信徒看来"，它们既大胆又古怪。不论这些想法如何朴素、如何微不足道，但如果它幸而多少有助于使那些受过先进教育、从书报上读过不少佳作和评论文、说明在艺术鉴赏上成熟了的读者走上真理之路，那么，就希望这些读者顺从这种推动，而不在乎它是来自一个默默无闻的人物，来自一种毫无权威的声音和一部价值不高的作品。这是一座铜钟，它召唤着民众走向真正的庙宇和上帝。

　　今天，仍然存在着像旧政治制度一样的旧文学规则。上个世纪差不多在各方面还压在这新时代的身上。特别是在批评界压迫着它。例如，你会发现一些活人，他们老对你重复伏尔泰脱口而出的关于趣味的定义："趣味对于诗，犹如装饰之对于妇女。"[①]这么说来，趣味

---

① 这并不是伏尔泰的原话，而是雨果对伏尔泰的《论史诗》第一章的大意所作的概括。

就是卖俏了。这的确是绝妙好辞，它出色地描绘了18世纪脂粉气的诗歌、女性化的文学。它对那个即使是最高超的天才与之接触也至少会在某一方面变得渺小的时代，作了一个很好的概括，在那时，孟德斯鸠写《葛尼德神庙》①、伏尔泰写《大雅之堂》②、卢梭写《乡村卜师》③，是可能的而且也是必然的。

趣味，就是天才所具有的理智。这是另外一个批评派别即将建立的理论，这个派别坚强、坦率、博学，它属于这个时代，它开始在旧流派老干枯枝下冒出生气蓬勃的新芽来。这个年轻的流派，它的庄重与旧流派的浅薄相对，它的博学和旧流派的无知相对，它已经创办了一些引人注意的刊物，读者还会经常意想不到地在那些最无足轻重的书报上，发现一些溯源于它的绝妙文章。正是这种批评和文学中一切高尚和勇敢的东西结合起来，把我们从两个枷锁里解放出来了，一个枷锁是老朽的古典主义，另一个是敢于在真实脚下萌芽的假浪漫主义。因为近代的天才已经有了自己的影子、赝品、寄生物和"古典主义者"，它们冒充它，涂上它的颜色，穿上它的衣服，收集它掉下来的碎屑，好像"魔术师的徒弟"，全凭死记住几道口咒而不了解其中的奥妙就把它们振振有词地念将起来。这样，他们便干出好些傻事，要师傅大费手脚才能挽救过来。但是必须最先打倒的，是陈旧的假趣味。应该把现代文学上面的这种铁锈去掉。这种假趣味要腐蚀和抹黑现代文学是枉然的。它向年轻、严肃、有力量的一代人发言，他们却并不理解它。18世纪的尾巴拖到19世纪来了，但是，我们这一代曾经见识过拿破仑的青年，决不会把这条尾巴捧起来献给19世纪。

我们面临着这样的时刻：眼见新的批评就要在一个广大、坚实

---

① 《葛尼德神庙》(Le Temple de Gnide)，孟德斯鸠继《波斯人信札》之后所写的一本小说，在他的作品中，是较次要的一部。
② 《大雅之堂》(Le Temple du Goût)，伏尔泰所写的一篇批评作品，是采取文艺性的笔法写出来的，雨果在这里可能也是以艺术品来要求这篇文章。
③ 《乡村卜师》(Le Devin de village)，卢梭所写的一个歌舞短剧。

和深刻的基础上取得优势。不久，人们会普遍地理解到，评判一个作家，不应该根据规则和类别这样一些在自然和艺术之外的东西，而应该根据艺术的不可动摇的原则和作家个人创作的特殊法则。所有人的理性都会对上世纪那种批评感到羞耻，它曾把高乃依活活碾死、把拉辛的嘴堵上，它仅仅因为勒·波须神父①关于史诗的法则，才可笑地替弥尔顿恢复了名誉。为了理解一部作品，大家将同意站在作者的立场上，用他的眼光来看待作品的题材。人们将抛弃——这儿用夏多布里昂先生的话来说——"对丑的无意义的批评，而从事伟大而丰富的对美的评论"。现在是时候了，一切富有学识的人应该抓住那一条总是把我们称之为美的东西和我们根据偏见称之为丑的东西联结起来的纽带。缺陷——至少我们是这样称呼的——往往是品格的一个命定的、必然的、天赋的条件。

Scit genius, natale comes qni tem per at astrum.②

我们在什么地方看到过没有背面的奖章？哪一种才能不随着它的光明也带来阴影、随着它的火炬也带来烟雾？某一种污点只可能是某一种美所具有的不可分割的后果。这种不协调的笔法，虽然对人有些刺激，但它使效果更完全，并且使整体更突出。如果删掉了丑，也就是删掉了美。独创性就是由两个方面所组成的。天才必定是不平衡的。有高山必有深谷。如果用山峰来填平山谷，那么就只会剩下荒原和旷野，没有阿尔卑斯山③了，只有沙布龙平原④；没有雄鹰了，只有百灵鸟。

时代、气候和地方的影响也应该算进去。《圣经》和荷马的作

---

① 勒·波须神父（Le Père Bossu, 1631~1689），法国作家，著有《史诗论》，布瓦洛对它评价颇高。
② 拉丁文，意为掌握我本命星的天神知道这点。
③ 阿尔卑斯山（Alpes），欧洲有名的大山。
④ 沙布龙平原（Sablos），巴黎东北部平原的旧称。

品，有时正以它们的崇高刺伤我们。谁愿意删去它们一个字？我们的羸弱往往对天才的豪迈感到畏惧，因为它没有力量以如此了不起的智慧来对待事物，并且，我们再说一遍，有的错误，其根源正是来自杰出的作品，有些缺点只有某些天才才有。有人责备莎士比亚滥用抽象的概念、滥用机智、滥用过分的场面和猥亵的东西，责备他使用了当时流行的古旧的神话，责备他放肆、晦涩、低级趣味、夸张、风格粗糙。我们刚才把莎士比亚比喻为橡树，他与橡树相似之处颇多，橡树有奇特的姿态、扭结的枝干、浓黑的叶丛、硬涩而粗糙的树皮，然而，它是橡树。

正因为如此，它才成其为橡树。如果你要柔滑的树干、笔直的枝条、纤细的树叶，那么请你去找苍白的枫树、空心的接骨木和低垂的杨柳吧。但请你不要去打扰橡树，不要把荫蔽着你的树砍倒了。

本书作者比任何人都清楚他的作品有许多粗疏的缺点。他之所以没有去改正这些缺点，是因为他不愿意事后又回到已经完成的作品上去。那种把美补贴在污点上的艺术，他是一窍不通的。而且对一部已经完成了的作品，他从来也唤不起灵感。何况，他并没有犯多大的过错而值得那样去劳神。与其花费劳动去弥补他作品中的缺点，他情愿把力气用来使自己的思想从谬误中解脱出来。他的方法就是用另一部作品纠正这一部作品。

总之，不论别人如何对待他的作品，他在这里保证既不作全面的防卫，也不作局部的抵御。如果他的剧本不好，保卫又有什么用？如果它好，又何需加以保卫？时间会对作品加以处罚或者给它主持公道。一时的成功只是书商的事情。如果批评界对这篇试作发起火来，他将听之任之。他会对批评界做些什么回答呢？他绝不是迦斯第尔诗人[①]所说的那种人，他们是通过"他们的伤口"来讲话的：

[①] 指西班牙戏剧作家居朗·德·加斯特罗（Guillen de Gastro, 1567~1631）。

Por la boca de su herida.①

最后还有几句话。大家可以看出,在这篇讨论了这样多问题、稍嫌冗长的序言里,作者总避免利用别人的文字、论据和权威来支持他本人的意见。但他并非找不到支持自己的东西。——"如果诗人根据艺术法则创造了一些不可能的东西,不用说,他是犯了错误;但是,当他用这个方法达到预期的目的时,就不再成其为错误了;因为他得到了他所追求的东西"②。——"他们把自己微弱的智力所不能理解的一切视为胡说八道。他们把诗人对理智的那种应该说是欲擒故纵的妙处视为滑稽可笑。这种以有时不拘成规为其规律的原则是艺术的一种奥妙,要使那些没有审美观的人懂得它是不容易的……一种奇怪的思想使得这些人对一般能打动人心的东西也无动于衷"③。前面那一段话是谁说的?亚里士多德。后面那一段呢?是布瓦洛。大家根据以上的例子就可以看出,本剧的作者本来可以像别人那样,用一些赫赫大名来保护自己,躲藏在这些名人之后。但是,他情愿把这种论证的方式让给那些相信这种方式颠扑不破、到处适用、至高无上的人。至于他,他爱理性甚于爱权威;而过去则一直是爱武器甚于爱徽章的。

1827 年 10 月

---

① 西班牙文,意为通过创伤的裂口。
② 见亚里士多德《诗学》第二十五章(《外国古典文艺理论名著丛书》本,《诗学·诗艺》第93页)。雨果所引的法文与过去的中译文之间有相当大的距离,很可能雨果所根据的法译本原来就是如此,或者雨果只是凭记忆引出。为照顾雨果的原意,这里仍按雨果的引文译出,不求与过去的中译本统一。
③ 见布瓦洛《论短歌》。

《短曲与民谣集》序

这本抒情诗集的短曲与民谣已经是第三次构成一个集子了,但作者第一次认为应该用一种明显的区分办法把这些诗分门别类。

他仍然把纯宗教的灵感、纯古代的题材、对当代事变和个人印象的复述收集在"短曲"的名义下。列为"民谣"的诗则有另外的特点,那是一些对变幻无常的空想的勾画:图画、梦想、场景、故事、迷信的传说、民间的传奇。作者在创作这些诗的时候,曾试图赋予它们以中世纪的民间诗人亦即基督教行吟诗人的诗歌所具有的某些特色,这些行吟诗人只有宝剑和吉他,他们从一个古堡到另一个古堡,用歌唱来答谢主人的款待。

如果这些话并非虚夸之词,作者可以补充说,他把自己的灵魂更多地注入"短曲"之中,把想象附丽在"民谣"之上。

并且,作者并不把这些类别本来没有的重要性硬加在它们头上。很多严肃认真的人说过,他的"短曲"并非真正的短曲。就算如此吧。另外很多人一定也会不无道理地说,他的"民谣"并非真正的民谣。就让这样说吧。大家给它们一个愿意给的名称好了,作者事先就会接受。

作者愿把他自己如此不完善、如此不完整的作品完全搁在一边,而要趁这个机会先来申述一些想法。

关于文学作品,我们每天都听见有人谈什么这种体裁的尊严,那种体裁的分寸，这种体裁的界线，那种体裁的范围；悲剧不能写小说所容许的东西；歌曲所容许的正是小诗所禁用的等等。这本诗集的作者很不幸，对这些清规戒律无从理解；他也想在其中找些有益的东西，但是只发现了一些条文字眼；他觉得只要是真正美好而真实的东西，在任何地方都是美好而真实的；在小说里富有戏剧性的东西在舞台上也富有戏剧性；在诗歌中富有抒情意味的东西，在歌曲中也会有抒情性。归根到底，在精神作品中，唯一真正的区别就是"好的"和"坏的"之间的区别。思想是一片肥沃的处女地，上面的庄稼要自由地生长，可以说，要听其自然，不要分门别类、排列整齐，像勒·诺特[①]的古典花园里的花丛一样，或者像修辞学专著里的词汇一样。

但是，不应该以为这种自由要导致混乱。完全相反。让我们对这思想加以发挥。请你以凡尔赛皇家花园来做个比较。花园里修饰得整整齐齐，打扫得干干净净，杂草都被刈除了，沙土铺盖得很匀称；到处都有小小的瀑布、小小的池塘、小小的树林和一些小海神的青铜塑像，她们正在那些耗费了巨资从塞纳河里汲水上来造成的大水池里嬉戏；在那些圆锥形的小松、圆柱形的桂树、球形的橘树、椭圆形的山桃以及其他一些被园丁的刀子殷勤地修剪得失去天然的粗野形态的树木之中，还有一些用大理石雕成的田野之神和森林女神。请你把这个被人高度赞美的花园和新大陆的原始森林作个比较吧！那里有高大的树木、浓密的野草、深藏的植物、各色各样的禽鸟、阴影与光明交相辉映的宽广的通道、原始粗野的音响、挟带着一个个花岛的河流、能和彩虹比美的壮阔的瀑布。有人对此一定不会追问：这有什么壮丽、这有什么伟大、这有什么美？而只会简单地答道：这合不合乎规则秩序？这是不是混乱？在花园里，流水受制于人、被人改变了原来的流向，神像也都显得痴呆；树木被人从土生土长的地方移植过来，被剥夺了自己原来的水土、失去了固有的形状和果实，不得不忍受刀子和

[①] 勒·诺特（Le Nôtre，1613~1700），法国有名的建筑设计师。

绳子的可笑的剪裁。结果，天然的秩序都被破坏、颠倒、打乱、消灭了。在大森林中则相反，一切服从于一个不可更改的法则，似乎有一个上帝主宰着一切。水滴顺着斜坡流下而形成河流、而汇成大海；种子选择自己的温床而长出一片森林；每一棵植物、每一株灌木、每一棵树都在各自的季节萌芽，在各自的地点生长，在一定的时候结实、死亡。在那里，甚至荆棘也很美丽。我们要问：秩序何在？

请选择吧！花园式的杰作或是大自然的杰作，规规矩矩的美或是没有规则的美，人工的文学或是原始的文学。

有人会反对我们说，在原始森林的壮穆宁静中藏着千百种危险的动物，而在法兰西花园卑湿的池塘里，至多不过有些没有趣味的生物而已。这当然是个不幸，但是，不论从哪方面来看，我们爱鳄鱼甚于爱蛤蟆，我们喜欢莎士比亚的野性甚于喜欢刚比斯通的愚笨。

肯定以下这点是很重要的：在文学领域里，就像在政治领域里一样，秩序要奇妙地和自由和衷共济，它甚至就是自由的产物。不过，应该注意，不要把秩序和整齐混淆了。整齐仅与外表有关，秩序则产生自事物的内部，产生自一个主题诸内在因素之合理安排。整齐是纯粹人为的形体的组合，而秩序则可说是在于神意。这两个在本质上如此不同的特性，往往各行其是。哥特式的教堂在它自然而然的不规则中也表现了一种值得赞美的秩序；我们法兰西的近代建筑没有好好运用古希腊罗马的建筑术，所表现出来的只是一种有规则的凌乱。一个普通人只能做出规规矩矩的东西，只有非凡的天才才能驾驭创作。创作者居高临下，驾驭一切；模仿者就近观察，事事循规蹈矩，前者按照他本性的法律创造，后者遵循他流派的规则行事。艺术之于前者，是一种灵感；而于后者，仅仅是一种科学。总而言之，我们同意人们根据以上的观察对所谓古典主义的和浪漫主义的两种文学所得出的结论：整齐是平庸者的趣味，秩序是天才的趣味。

当然，自由不是混乱，独创性在任何情况下都不能当作荒谬的借口。在文学作品里，构思愈是大胆，创作愈应无懈可击。如果你要有与众不同的理由，你的理由就应该十倍于人。作家愈是不以修辞学为意，就愈要尊重文法规则。不能为了抬高伏日拉而贬低亚里士多德，并且，应该喜爱布瓦洛的《诗的艺术》，即使不是为了其中的原理，至少也是为了它的格调。一个作家如果关心后代的话，就会不断地纯洁自己的语法，而同时又不抛弃用来表现他精神中特殊个性的特色。滥造新词只不过是补救自己低能的一个可怜的办法。有错误的语言永远也不能表述思想，而文体就像是水晶，愈纯净便愈光亮。

本诗集的作者也许还要在其他的地方发挥他在这里仅仅予以指出的意思。请允许他在结束之前表示，模仿精神被别人誉为各流派的福泽，而在他看来，总是艺术的灾祸，并且，他谴责所谓浪漫主义作家的模仿绝不比谴责所谓古典主义作家的为轻。谁去模仿一个浪漫主义诗人，就必然成为一个古典主义者，因为他是在模仿。哪怕你是拉辛的回响或者是莎士比亚的返照，你总不过是声回响、是个返照。即使你很成功地模仿了一个有天才的人，你也缺乏他的独创精神，那就是他的天才。我们来赞美大师们吧，但不要模仿他们。还是让我们别出心裁吧，如果成功了，当然很好，如果失败，又有什么关系呢？

世界上有一些水流，如果你把一朵花、一个果子、一只鸟浸进去一些时候，它便不会还你原来的东西，而会在它们的外面加上一层厚厚的石皮，在这层石皮下，虽然你还能分辨出原物的形状，但是香气、味道和生机都失去了。冬烘式的教训、学院派的成见、旧法子的沿用、模仿的奇癖都会导致与此同样的后果。如果你把自己天赋的才能、想象和思想埋没在这些东西里面，它们便永远也不能突破出来。你从里面抽回的一些东西，也许还能保持灵智、才情和天才的外貌，但也是僵化了的。

按照那些自称古典主义者的作家们的说法，谁要是不亦步亦趋地追随前人踏出的脚印，那便是离开了真与美之路。这些作家把艺术与旧法混淆了，他们把车辙当作了道路。真是大错而特错！

诗人只应该有一个模范，那就是自然；只应该有一个领导，那就是真理。他不应该用已经写过的东西来写作，而应该用他的灵魂和心灵。在所有流传于人们手头的书籍之中，只有两本他需加以研究，那就是荷马的《史诗》和《圣经》。因为这两本值得尊敬的书，从其创作的时期和本身的价值来说，都是一切书籍中最重要的两本，它们几乎和这世界同样古老，而从思想方面来说，它们自己就体现了两个世界。在这两本书里大家几乎可以发现有一种具有双重面貌而又统一一致的创造，在荷马的《史诗》中，表现为人类天才的创造，而在《圣经》中则为上帝精神的创造。

1826 年 8 月

《欧那尼》序

几个星期以前,本剧的作者在谈到一位夭折的诗人[①]时这样写道:

……值此文学界混乱之际、多事之秋,究竟谁该得到怜悯同情,是与世永别的死者,还是犹在斗争的活人?当然,眼见一位20多岁的诗人夭折,竖琴碎裂,前途幻灭,确乎令人黯然。但是,能够安息不也是相当好吗?现在毁谤、辱骂、仇恨、嫉妒、阴险的陷害和卑劣的出卖正在某些人的周围不停地酝酿聚集,这些人都正直诚实,然而却遭到不义的攻击,他们心地赤诚,只求带给国家一种自由,即艺术的自由或思想的自由,他们辛苦勤劳,安分地进行精神的劳作,但一方面要遭到检查机构和警宪当局的阴谋暗算,另一方面往往更要忍受他们为它工作的思想界忘恩负义的待遇。难道不能容许他们有时也带着羡慕之情去回顾那些已经死去、安眠在坟墓中的人?路德在凡尔没墓地说过:invidio, quia quiescunt。[②]

然而,这有什么关系呢?青年人,我们要鼓足勇气!不论现在有人要怎样与我们为难,我们的前途一定美好。如果只从战斗

[①] 指青年诗人、新闻记者查理·多瓦勒(Charles Dovalle),他于1829年11月死于决斗,年仅22岁。1830年1月出版了他的诗集《天神》,前面有雨果的一篇序文,下面几段皆从序文中引出。

[②] 拉丁文,意为我羡慕他们,因为他们安息了。

性这一个方面来考察，那么总起来讲，遭到这样多曲解的浪漫主义其真正的定义不过是文学上的自由主义而已。差不多所有的明智之士都已理解了这一个真理，而且，他们的人数众多。由于这一事业已经颇有进展，在不久的将来，文学的自由主义一定和政治的自由主义能够同样地普遍伸张。艺术创作上的自由和社会领域里的自由，是所有一切富有理性、思想正确的才智之士都应该同步亦趋的双重目的，是召集着今天这一代如此坚强有力、如此善于忍耐的青年人的两面旗帜。和这些青年人在一起，并且站在最前列的，还有老一代的杰出人物。这些明智的老人经过一段怀疑和观望的时期，承认了他们的儿辈今天所干的事正是他们当年之所为的一种后果，承认了文学自由正是政治自由的新生女儿。这个原则是本世纪的原则，它将所向无敌。形形色色的极端顽固派，不论是古典主义的还是专制主义的，企图在一切部门，在社会领域和文学领域里恢复旧制度，那一定是枉费心机的；国家的每一项进步，思想的每一个发展，自由的每一个步伐，都会摧毁他们堆垒起来的一切障碍。不过，他们的反动力量究竟也会有点用处。在革命中，任何动作都能推动前进。真理和自由特别有这种特点：不论是用来赞成它的还是用来反对它的，都同样为它服务。我们的父辈已经干出这样多的伟业，我们也都亲眼看见了，既然我们从古老的社会形式中解放出来了，那么我们为什么不从古老的诗歌形式中解放出来？新的人民应该有新的艺术。现代的法兰西，19世纪的法兰西，米拉波[①]为它缔造过自由、拿破仑为它创建过强权的法兰西，在赞赏着路易十四时代的文学和当时专制主义如此合拍的时候，一定会有自己的、个人的、民族的文学。

[①] 米拉波（Miraheau，1749～1791），法国大革命时期有名的政治活动家，他在大革命初期起过重要的作用。

希望大家原谅本剧作者在这里引证自己的文字，他说过的话价值微薄，不会铭刻在读者的思想中，因而常有必要重新提起。而且，在今天，把刚才所引的两段文字再一次呈献在读者的眼前，也并非完全不妥。这倒并不是因为这个剧本能够稍稍地配得上"新艺术"、"新诗"这样的美名，它还差得远着呢，而是因为文学创作上的自由原则刚刚迈进了一大步，因为最近已经有了一个进步（由于这个剧本算不了什么，还不能说是艺术上的进步，而只是公众的一个进步）[①]。因为，至少从上面这一点来看，上面所冒昧试作的预测有一部分已经实现了。

这样突然地换一个对象，把以前写在"能容纳一切"的纸上的试作拿到舞台上来冒险，确实有些危险。阅读书籍的读者和观看戏剧的观众是很不相同的，我们原来很怕看到前者接受了的东西却被后者拒绝。但结果完全不是这样；文学自由的原则在读书和思考的人群里得到了解以后，完全被那些每天晚上拥挤在巴黎剧院中的、对纯艺术有如饥似渴热情的庞大群众接受了。这一强有力的人民的高呼，好像天神的声音一样，从此就要求诗和政治一样，也要有这样的箴言：容忍和自由。

现在，群众也有了，让诗人来到吧！

群众希望这种自由如它应该的那样，在政治方面和法则相结合，在文学方面则与艺术相结合。自由应该有与它相适应的分寸，如果没有它，自由就不完整了。让多比雅克神父的旧规则随着居雅[②]的老法规一道死去吧，这很好；让人民的文学随着宫廷的文学接踵而来吧，这就更好了；但是在这些新事物的内部特别要有内在的理性。让自由的原则去从事工作吧，但要工作得好。在文学中，也像在社会上一

---

① 这篇序言写在《欧那尼》上演之后，《欧那尼》于1830年2月25日首次上演，形成浪漫主义与伪古典主义的激烈斗争，上演获得很大的成功，是浪漫主义戏剧的胜利，雨果这里所说的"进步"，便是指此而言。

② 居雅（Cujas，1520～1590），法国16世纪法学家。

样,既不该矫揉造作,也不该纷乱无章;要有法则,我们既不要红鞋跟,也不要红帽子①。

这是公众所要求的,而且是正当的要求。至于我们,既然公众已经很宽容地接受了这样一部价值微小的试作,我们出于对他们的谦逊,今天仍把这个剧本按原来上演的样子呈献出来。也许,将来有一天能按照作者原来孕育的那样将它发表,并且同时指出和议论舞台条件迫使他所做出来的那一些修改,这些批评的细节也并非毫无教益、不无可取,但今天看来,似乎总嫌琐碎。艺术的自由已经得到了承认,主要的问题已经解决,老停留在次要的问题上有什么好处?但将来我们还要回到这个问题上来,并且我们还要详细谈谈剧本检查制度,虽然它在公众中已不存在,但仍是戏剧自由的唯一障碍,我们要以论理和事实来打倒它。我们要以对艺术的忠诚、甘冒不韪来指出这卑劣的精神审查制的种种荒谬,它就如同以前的宗教裁判所一样,有它秘密的审问官、蒙面的刽子手,有拷打、阉割、死罪。如果可能,我们要撕裂警察裹上的襁褓,戏剧在19世纪仍束缚在它里面实在是一件可耻的事。

今天,在戏剧中只应该有感恩和感谢。本剧的作者正是从内心深处向公众致以他的感恩和感谢。这一部戏剧并非才情之作,而是良知和自由之作,它曾得到公众勇敢的保护,免受恶意之害,因为公众也总是自由而富有良知的。让我们向他们致谢吧,也让我们向那强有力的青年一代致谢!他们曾经给一个和他们一样真诚和独立的青年人所写的作品带来了帮助和信任。作者特别是为这青年一代而工作的,得到他们的鼓掌是一种最高的荣誉,因为他们是青年人的精华,聪明、有理想、有理智,在文学上也像在政治上一样追求自由,他们从不拒绝朝真理张开两眼,对光明多方面加以接受,的的确确是高尚的一代。

至于他的作品本身,他不会去谈它的。他接受过去的一切批评,

---

① 红鞋跟是封建时代朝臣的装饰,红帽子则是代表革命的装饰。

不论是最严厉的还是最宽容的,因为一切批评对人都有用处。他不敢期望大家很快就理解这部戏剧,《西班牙诗歌总集》①才是它的真正的钥匙。他衷心地请求这部作品使之不愉快的读者再去读读《熙德》《唐·桑许》《尼高墨德》②或者高乃依、莫里哀这些伟大可赞叹的诗人的全部作品。如果他们一开头就预料和估计到了《欧那尼》的作者的非常低劣的水平,那么阅读以后也许会对那些在剧本的内容和形式方面使他们感到不快的东西不那么严厉。总之,对本剧下结论的时候也许尚未来到。到现在为止,《欧那尼》只不过是作者头脑中所设想的那幢建筑物上的一块砖石,只有建筑物的整体才能赋予它某种价值。也许有一天人们会觉得,他想要像布尔日的建筑师那样给自己的哥特式大教堂安装一扇摩尔式的门这样一个荒唐念头倒也不算顶坏。

他知道,在此以前,他所做的事是很微不足道的。但愿他还有时间和力量来完成他的作品。只有完成了以后,他的作品才会有价值。他不是那种得天独厚的诗人,他们在完成作品之前就死去或停顿也无损他们身后的盛名;他也不是那种甚至没有完成自己的作品也依然伟大的人物,对这些幸福的人,我们可以用维吉尔描写没有建成的迦太基的话来说:

> Pendent opera interrupta, minoque
> Murorum ingentes！③

1830 年 3 月 9 日

---

① 《西班牙诗歌总集》,是西班牙诗歌的汇集,所写的都是英雄传奇故事。
② 这三部悲剧都是法国 17 世纪悲剧作家高乃依的作品。
③ 拉丁文,意为雄堞和宏伟的城墙,工程停顿,半途而废。
原诗出自维吉尔的史诗《伊尼德》第四卷第 88~89 行。这两行诗所描写的迦太基(Carthage)是公元前 7 世纪腓尼基人在非洲建立的城市。

《秋叶集》序

政治时局严重,对此谁也不加否认,本书的作者更是如此。在国内,一切社会问题的解决方案又重新受到怀疑;政治机构所有的部分在革命的洪炉中、在各种报纸当当发响的铁砧上被改造、熔铸或锤炼;"爵位"这个老词,以前和"王位"这个词同样闪闪发光,现在也发生变化并换了一个涵义①;讲坛对出版物、出版物对讲坛的相互反响,你来我往,没完没了;骚乱总造成死亡。在国外,在整个欧洲,到处都有整个整个的民族被屠杀、流放或监禁,爱尔兰被人变成一块墓地,意大利成为一个监禁所,西伯利亚成为波兰人的流放地;此外,到处都有腐朽的东西在土崩瓦解,即使在最平静的国家也是如此,并且,专心关注的人可以听见一切革命运动所发出的深沉的声响,它们仍埋藏在壕沟中,在欧洲的王国下面发展它们的地下通道,发展那伟大的中心革命的分支,而巴黎就是这革命的爆发口。总之,国内国外,各种信仰在斗争,所有的人心在思考;一些新的教派在泛泛地制订从一方面看是好的、而从另一方面看则又很坏的一套套的规程,这是多么严肃的事!旧的教派改头换面;罗马这一个信仰的城市也许即将复兴到巴黎这一个智慧之都的高度;一切理论、想象和体系从各方面与真实碰头;将来的问题就像过去的问题一样,已经得到研

---

① 法文 Pairie 原为"贵族院议员爵位",但"七月革命"后,取消了贵族等级制度,意为"上议院议员席位",故云。

究和探索。这就是我们所处的 1830 年 11 月。

在这个时刻，各种事、各种人如此乱糟糟地互相冲突，各种思想、信仰、谬见聚集一堂，忙于起草和公开争论 19 世纪人类的处方，面对着这种情势，他来发表一本贫弱的与世无争的诗集，这实在是疯狂的行为。为什么说是疯狂的呢？

艺术有它自己所遵循的法则，就像其他事物有各自的法则一样，本书的作者从来也没有改变这个看法。难道大地颤动就能成为艺术停步不前的理由？请看 16 世纪。对人类社会来说，这是一个无限壮阔的时代，对艺术来说，也是如此。这是从政治统一与宗教统一过渡到信仰自由和城邦自由的时代，从正教过渡到宗教分裂、从教条过渡到思考、从造成了中世纪的宗教的伟大综合过渡到即将使中世纪瓦解的哲学分析的时代。这个世纪便是如此。但它同时也是前程无量的光辉灿烂的转折点，由哥特式艺术发展到古典主义艺术的光辉灿烂的转折点。这时，在古老欧洲的大地上到处都是宗教战争、国内战争，为着一条教义、一个圣礼和一种思想的战争，民族对民族、国王对国王、人对人的战争，到处都是出鞘的刀剑的撞击声和老是激怒着的博士们的争吵声，到处都是政治的震撼，到处都是古老事物的崩溃和倒坍、新生事物喧闹响亮的诞生；同时，在艺术中产生的都是杰作。那时召开了瓦尔没斯①会议，但是那时的人也画出西斯廷教堂②的壁画。那时有路德，但也有米开朗基罗。

因此，仅仅由于今天轮到另外一些古物在我们周围崩溃（顺便指出，在这些古物里，有路德而没有米开朗基罗），仅仅由于另一些新事物在这些残骸上浮现，这并不足以使艺术这永恒的东西，不再继续在已经消亡的社会的废墟和尚未来到的社会的蓝图之间抽叶开花。

---

① 瓦尔没斯（Worms），德国莱茵河上一地名，1521 年在此举行过一次有名的宗教会议。
② 西斯廷（Sixtine），罗马梵蒂冈著名的大教堂，这里有很多壁画，其中一部分出自米开朗基罗的手笔。

仅仅由于长篇大论的讲坛上充斥着无数的狄摩斯忒尼①，由于演说台上挤满了西塞罗，由于我们的米拉波过剩了，这并不说明在一个无关紧要的角落不该出现一个诗人。

不论公共广场上的骚动怎样，艺术屹然不动、坚持到底、始终忠于自己，Tenax propositi②，这也是很简单的事。因为诗不仅仅面向某一专制主义的臣民、某一寡头政治的议员、某一共和国的公民、某一民族的土人，它所面向的是人、所有的人。它向少年述说爱情，向父亲谈论家庭，向老人回忆过去。并且不论别人做什么，不论将来的革命怎样，不论这些革命是从内脏打击那些腐朽的社会，还是只通过政治上可能的变革擦破了那些社会的表皮，终归还会有孩子、母亲、少女、老人，总之，终归还会有人，爱着、享乐着、受难着的人。诗便是归向于他们。革命是人类时代的光荣变革，它改造一切，但不能改造人类的心。人类的心好像大地，可以在它上面播种、栽树，建造起人们愿意建造的东西，但它却并不因此而少生长出青草、花朵和天然果实，也不论是鹤嘴锄还是钻孔机都只能挖掘到一定的深度。大地仍然是大地，同样，人心终究是人心。人心是艺术的基础，就好像大地是自然的基础一样。

要毁灭艺术，首先就要先毁灭人心。

这里，有另外一种不同的意见：毋庸置疑，甚至在政治危机最严重的时候，地平线上也可能出现一部纯艺术的作品；但是所有一切热情、注意和智慧难道不会被它们所共同酿成的社会事件吸引得过分，以至那宁静的诗星上升也不能转移群众的视线？——这只是一个次要的问题，一个书店老板成败得失的问题，而不是诗人的问题。对于这类问题，事实总回答"是"或"否"，而且归根到底无关紧要。毫无疑问，在有些时候，社会的物质条件不大景气，潮流也推它们不

---

① 狄摩斯忒尼（Démosthène，公元前384～前322），古希腊演说家。
② 拉丁文，意为抱定主意。引自贺拉斯《短歌》。

动，它们附着于交织在一起的政治事件之上，彼此相互妨碍、并吞、阻挡、拥挤。但这有什么关系呢？因为正如人们所说，风向不顺着诗歌，并不就是诗歌不展翅高飞的原因。飞鸟和帆船相反，只有逆风才能飞好。诗歌像飞鸟，正如古人所说，Musa ales①。

诗歌在政治风暴中冒险，正因为如此，它才更美、更强有力。当我们以某种方式来感受诗歌的时候，我们情愿它居于山巅和废墟之上，翱翔于雪崩之中，筑巢在风暴里，而不愿它向永恒的春天逃避。我们情愿它是雄鹰而不是燕子。

也许现在正是时候，我们得赶快在这里说明，在本书的作者为了解释散文充塞着人心时一卷真正诗歌的及时出现而所说的话里，根本没有丝毫暗指他自己的作品的意思。他首先感到这本诗集的无力和贫乏。按照他的理解，在一次革命中能显示出艺术的生命力的艺术家，在两次骚乱之间还有诗兴写诗的诗人，就是一个伟人、一个天才、一道光彩。希腊比喻说得好，$\sigma\varphi\theta\alpha\lambda\mu o\varsigma$②。作者从不希冀这些美名的荣光，这些美名都是至高无上的。不，他之所以在 1830 年 11 月发表《秋叶集》，是因为这些平静的诗与人心热情的激动之间的对照，已经使他感到这在光天化日之下看来是使人奇怪的。当他把这无用的书扔在携带着这样多美好事物的人群之流里的时候，他再次感到一种忧郁的愉快；当人把一朵花抛在一道瀑布里，想看看它的结局时所常体验到的，也便是这种忧郁的愉快。

请读者容许我作一个过于浮夸的比喻，革命的火山口一直张开在他的眼前。这火山口诱惑了他。他向它投身进去。他很清楚地知道，恩柏多克利③并不是一个伟人，他遗留下来的只有他的鞋子。

他就这样让他这本诗集去碰自己的运气，不论这运气如何，

---

① 拉丁文，意为有翅的诗神。
② 希腊文，意为一只慧眼。
③ 恩柏多克利（Empédocle），古希腊哲学家，相传他投身于火山口自杀，仅遗留下一只鞋子。

Liber, ibis in urbem①，而明天，他将转向另一个方面。他这样随随便便地委之于就要把它们刮掉的第一阵风的篇章是些什么呢？是一些落叶、枯叶，就好像秋天的叶子一样。这根本不属于骚动和喧嚣的诗，而是一些宁静而平和的诗句，是一些写家庭亲人、写家族田园、写个人生活和内心世界的诗句。正如大家所写的、所梦想的诗句一样。这是一道到处投射的眼光，投射在目前事物上，特别是投射在过去事物上的忧郁而容忍的眼光。这是好些思想的一声回响，这些思想经常不可解释，是由我们身边成千受苦着的、衰萎着的事物在我们的精神中杂乱地引起来的。或是一朵凋谢的花，一颗陨落的星，一轮西沉的太阳，一座残破的教堂，一条杂草丛生的街道；或是一位虽然在我们内心深处一直是被爱着的、但却也几乎被忘记了的中学同学意想不到的光临；或是对那些意志力坚强或粉碎了命运或被命运粉碎了的人们的沉思；或是有关一个软弱而不知前途的人的片段，有时是一个孩子，有时是一个国王。这些诗是写希望与计划的虚幻，写20岁的爱情、30岁的爱情，写幸福之中的忧愁，写构成我们的岁月的无穷尽的痛苦，它们就是这样一些哀歌，好像是诗人的心灵让它们从那被生活的震撼造成的内心裂缝里源源而出。两千年前泰伦斯②说过：

Plenus rimarum sum; hac atque illac
Perflu.③

现在正是时候来回答一些人提出的问题，有人很想问问作者，有两三首当代题材所引起的短曲，近一年多来已经先后发表，是否还要包括在《秋叶集》中。不，这里没有那些被人称之为政治的而他则情

---

① 拉丁文，意为我的书，你要到罗马城去了。见奥维德《悲叹集》。
② 泰伦斯（Terence，公元前190～前159），罗马喜剧诗人。
③ 拉丁文，意为我一身都是裂缝，到处都在漏水。见喜剧《太监》。

愿称之为历史的诗歌的一席地位。那些激动、热衷的诗会扰乱这个集子的平静和统一。不过,它们是属于另一本政治诗集,现在作者暂把这诗集搁置在一边。他等待一个较有文学气息的时候去发表它。

关于那本诗集的内容,里面充满的是什么样的爱和憎,如果大家对此好奇的话,便可以根据本集中的第十五首来加以推断。但是作者在他所一直情愿坚持的独立、公正、勤劳的立场上,像摆脱一切政治性的感恩一样摆脱了一切仇视,他不受惠于任何一个今天有权势的人物,只准备拾起别人由于不关痛痒或由于遗忘而留给他的东西,他相信他有权利预先这样说,他的诗是一个诚实、单纯而严肃的人的诗,他要求自由、改良和进步,同时也要求谨慎、慎重和节制。对于那些构成政治问题的变幻不定的事物,他的确也不再有10年以前原来的那种看法了,但是,当他的信念发生变化的时候,他总是听从自己的良心,而从来不考虑自己的利害得失。他在这里要重复他在别处已经讲过的那些话[1],而且今后还要不倦地加以证明、不倦地加以阐述。那便是:在19世纪的这一场爆发于国王和人民之间的大争论中,不论他对人民抱有怎样狂热的偏心,但他永远也不会忘记他年轻时的成见、轻信和错误是怎样的,他不会等别人来提醒他以前如何如何。他在17岁时便是一个斯图亚特[2]分子、詹姆士王党[3]、封建骑士;他以前爱旺岱[4]甚于爱法兰西;也不会等别人来提醒他,他的父亲固然曾经是伟大共和国第一批志愿兵中的一员,而他的母亲,那15岁便逃过波加日[5]

---

[1] 见《〈玛丽蓉·德·洛尔墨〉序》。
[2] 斯图亚特(Stuart),英格兰的王室,雨果以此借喻自己过去政治态度的保守。
[3] 原文Jacohite,是英国1688年革命后对那些拥护詹姆士二世(JamesⅡ)和斯图亚特王室的人的称呼。
[4] 旺岱(Vendée)在法国北部,法国大革命后,这里爆发了保王党所"煽动"的反动农民暴动。
[5] 波加日(Bocage),法国地名,分为旺岱波加日和诺曼底波加日两部分,前者是旺岱反动农民暴动的中心。

的可怜的女孩,就好像朋尚夫人①和拉何偕·雅克兰夫人②一样,曾经是一个女匪③。他不会去侮辱那个垮了台的家族,因为他是属于那些对它存过信念的人们之列,他们之中每一个人过去根据自己的地位都以为能够为它向法兰西作担保。不论这些错误,甚至不论这些罪过怎样,现在比任何时候更适于以谨慎、庄重和尊敬来说出波旁④这个名字,这个老人过去是国王,现在只剩下一些白发在头上了。

1831年11月24日巴黎

---

① 朋尚夫人(Mme Bonchamps),旺岱暴动首领朋尚(1760~1793)的妻子。
② 拉何偕·雅克兰夫人(Mme Larouche Jaquelein),旺岱暴动首领拉何偕·雅克兰的妻子。
③ 雨果的母亲政治态度反动保守,雨果幼年受其影响颇大。
④ 波旁(Bourhon),在大革命中被推翻了的法国王室,1815年复辟后,在1830年"七月革命"中又再次也是最终地被推翻。雨果在上文所说的"垮了台的家族"就是指它而言。

《留克莱斯·波日雅》序

正像作者在他最后一个剧本的序言里所约定的那样,他又回到他毕生的职业即艺术上来了。甚至还没有和那些两个月来使他分心的卑劣的政治敌手有个了结,他又重新拾起了他心爱的工作。而且,在前一个剧本①被贬谪后6个星期,又把一个新剧本公之于世,这也是对现存政府表示态度的一种方式,这是向它表明它是白费了力气。这是向它证明艺术和自由能够一夜之间又从践踏它们的铁蹄下重新生长出来。因此,今后他要同时进行政治斗争和文学创作,只要有此必要。人能够同时完成他的职责和任务。彼此不相妨碍。人都具有两只手。

《国王寻乐》和《留克莱斯·波日雅》不论在内容和形式上都不相像,而且,这两部作品各自的命运也很不一样。将来,一个可能在政治上标志作者生命中的重要的一天,另一个则在文学上标志着重要的一天。但他认为他应该说,这两个在内容、形式和命运方面都很不一样的剧本,在他思想中却是结合得很紧的。产生《国王寻乐》的思想和产生《留克莱斯·波日雅》的思想是发生于同一个时候、是来自心灵的同一点上。在《国王寻乐》中,隐藏在三四层同一个中心的表皮之下的内在思想究竟是怎样的呢?以下便是。取一个在形体上丑怪得最可厌、最可怕、最彻底的人物,把他安置在最突出的地位上,在社会组织的最低下最底层最被人轻蔑的一级上;用阴森的对照的光线

---

① 指雨果的浪漫剧《国王寻乐》。该剧首次公演后于1832年11月23日被禁演。

从各方面照射这个可怜的东西；然后，给他一颗灵魂，并且在这灵魂中赋予男人所具有的最纯净的一种感情，即父性的感情。结果怎样？这种高尚的感情根据不同的条件而炽热化，使这卑下的造物在你眼前变换了形状，渺小变成了伟大，畸形变成了美好。这就是《国王寻乐》。那么，《留克莱斯·波日雅》是什么呢？取一个在道德上丑恶得最可厌、最可怕、最彻底的人物；把她安置在最突出的地位上，在一种女性的心理状态中，还加上体态的美和雍容华贵的风度，这便使她的罪过更加突出；再在这道德的畸形上加上一种纯粹的感情，一种为妇女所能体验的最纯洁的感情，即母性的感情。在这个怪物中，赋予母性，她便会使人感兴趣，她便会使人流泪，这个本来使人害怕的怪物也会使人怜悯，于是，这个畸形的灵魂在你眼中便会变得美丽起来。父性使得形体上的畸形圣洁化起来，这便是《国王寻乐》；母性使得道德上的畸形纯洁化起来，这便是《留克莱斯·波日雅》。如果"复合品"①这个词不算拟于不伦的话，那么在作者的思想里，这两个剧本只不过是一部相关的复合品，它可以名之为"父亲和母亲"。命运使它们分开了，那有什么关系！一个走了好运，另一个则遭到一纸公文的打击；构成前一部作品的基础的思想也许会很久都被成见所蒙蔽而得不到大家的认识，而后一部作品的思想好像每天晚上都被一群明智而富有同情心的观众所了解和接受。如果没有什么幻影使我们产生错觉的话，那也就是habent sua fata②。这两部除了观众很愿意对它们多加注意而外，其他价值的戏剧究竟是什么？它们都是同胎姊妹，在根子上彼此相连，一个戴上了桂冠，一个却被逐放，就好像路易十四和铁面人一样③。

---

① 原文为"Bilogie"，意为一部包括两个截然不同部分的作品。
② 拉丁文，意为他们各有各的命运。
③ 路易十四时代，有一个不知姓名，面部被铁罩遮盖的人物从1679年起便被囚禁在监狱里，一直到1703年死去。这不是一个普通的犯人，相传是路易十四的同胎兄弟或者是个大政治犯。

高乃依和莫里哀都有对他们的作品所引起的批评详细地加以回击的习惯。今天，我们看这些戏剧领域的巨人在一些《前言》和《致读者》中抗拒当代批评界在他们周围不停地撒下来的反对意见的罗网，并非是一件稀奇的事。本剧的作者并不自以为有资格效法这些伟大的先例。他将在批评界面前保持沉默。对于像莫里哀和高乃依这样有权威的人适合的，未必对别人也适合。此外，在世界上也许只有高乃依才能永远伟大崇高，即使在他跪在斯居德利和夏伯兰的面前写下一篇序言的时候。作者远非高乃依，和夏伯兰与斯居德利也打不上交道。批评界除了几个例外，一般对他都宽容大度、充满善意。毫无疑问，他可以对一些不同意见加以回答。例如，有些人觉得第二幕中惹拉罗[①]让自己被公爵毒死过于幼稚，对此他可以反问，惹拉罗这一个出于诗人虚构的人物是不是非得要比塔西陀的历史人物杜鲁苏[②]更为逼真，更有疑心病才成。有人责备他夸大了留克莱斯·波日雅的罪过，他可以说："请你去念念多马西，念念居西雅第尼[③]，特别请你念念《罗马宫廷回忆录》[④]。"有人斥责他在写留克莱斯的情夫们之死的时候容许了某些半寓言式的群众喧闹的场面，他会回答说，人民的寓言往往形成诗人的真理，而且，他还会引证塔西陀这位比戏剧诗人更不得不在事实的真实性上有所自我批评的历史学家的话说：Quamvis fabulosa etimmania credebantur, atrociore semper fama erga dominantium exitus[⑤]。他可以详细地加以解释，并且和批评的人一起来逐一地审查他作品的躯干上每一个细小的部分。但是，与其对

---

① 惹拉罗，《留克莱斯·波日雅》中的人物。
② 杜鲁苏（Drusus），罗马历史上杜鲁苏家族中出现过不少著名的人物，有的是著名的法官，有的是著名的军人，这里不知具体所指。
③ 多马西（Tomasi）及居西雅第尼（Guicciardini）均不详。
④ 《罗马宫廷回忆录》（Le Diarium），大祭司约翰·比夏尔（Jean Burchard）所写的一份报告，记载他所主持的一些宗教仪式，同时也写到亚历山大六世时（1483～1506）的宫廷情况。
⑤ 拉丁文，意为最无稽的骇人听闻的传说也被信以为真，因为遇到统治者命终的时候，谣言总是说得十分可怕。见塔西陀的《编年史》卷四。

批评家加以反驳,他更乐于向他们致谢。而且,除此以外,他情愿读者在他的剧本中而不是在他的序文里发现他对批评界所作的辩驳,如果剧本里的确有这种辩驳的话。

大家会原谅他对他作品的纯粹美学方面根本没有多谈。他另外还有一系列的思想,在他看来这些思想并非就不那么高尚,他要趁《留克莱斯·波日雅》这个剧本的机会来加以讨论和深谈。在他看来,文学问题之中有着许多社会问题,而每部作品本身就是一个行动。如果他有时间和活动的天地,他很愿意就这个问题加以阐发。我们不妨重复说,在我们今天,戏剧具有一种广泛的重要性,而且它有不断地随着文明而发展的趋向。剧院就是宣教台,剧院就是讲坛。戏剧的声音是强有力的,是高亢的。当高乃依这样说:"如果你立志做一个高出国王的人,你便可以此自命不凡。"他,高乃依简直就是米拉波了。当莎士比亚说"死,就是安眠"①,莎士比亚就是波须埃。

本剧的作者知道戏剧是一桩多么伟大而严肃的事情。他知道戏剧没有超越艺术的大公无私的界线,而负有一种民族的使命、社会的使命、人类的使命。当他每天晚上看到这一群把巴黎变成了进步之都的明智而先进的人民,成群聚集在他这个可怜诗人的思想即将揭开的幕布之前,他感到自己在这样殷切的期待和巨大的好奇心的面前是多么渺小。他感到如果他根本没有才能,那么就该处处正直。他严肃而专注地自我省思他作品的哲学价值究竟怎样,因为他知道自己的责任,并且他不愿意这些人群有朝一日要向他追查他所教给他们的东西。诗人负担着灵魂的责任,不应该让群众没有得到一些辛辣而深刻的道德教训就走出戏院。所以,他真正希望,愿上帝帮助,在舞台上永远只演出富有教育和劝诫作用的东西(至少在我们所处的严肃时期都应该如此)。他总愿意使棺木出现在宴会的大厅,让对死者的祷词透过狂饮的醉语,把穿着长袍的教士安置在蒙面强盗的旁边。他有时也会容

---

① 见《哈姆雷特》第三幕第一场。

忍袒胸露臂、奇装异服的人在前台大吵大叫；但他会从戏台的深处对他们叫道："Memento quia pulvises"①。他知道独一无二的、纯粹的、名副其实的艺术并不要诗人表现这一切，但是，他以为，特别是在舞台上，只完成艺术的条件是不够的。至于人类的痛苦和不幸，将来他每次在戏剧中表现的时候都会努力用庄重而安慰的思想之纱幕去掩盖过于丑陋的赤裸裸之处。他不会不带着少许的爱使玛丽蓉·德·洛尔墨②这个妓女纯洁化一些就把她放在舞台上；他会赋予德利布莱③这个畸形人一颗父亲的心；他会给留克莱斯这个怪物以母亲的心肠。采用这种方式，他的良心就能在他的作品中心安理得地休息。他所梦想的和他力图写出的戏剧就会接触到所有的一切而不会丝毫自损。在所有的事物中都贯注一种道德的、悲天悯人的思想，就不会再有畸形讨厌的东西。在最丑的东西中加上宗教思想，它就会变得神圣而纯洁。把上帝钉在刑架上，你就得到了十字架。

1833 年 3 月 11 日

---

① 拉丁文，意为要记住你是尘土之躯。罗马演说家西塞罗语。
② 雨果的浪漫剧《玛丽蓉·德·洛尔墨》中的女主人公，一个妓女，但也是一个忠于爱情的形象。
③ 德利布莱（Triboulet），《国王寻乐》中的主人公，一个宫廷小丑，一个父爱的形象。

《玛丽·都铎》序

在舞台上,有两种办法激起群众的热情,即通过伟大和通过真实。伟大掌握群众,真实攫住个人。

不论一个诗人对艺术的整个思想怎样,他的目的应该首先是像高乃依那样努力追求伟大,像莫里哀那样努力追求真实;或者,还要超出他们,天才所能攀登的最高峰就是同时达到伟大和真实,像莎士比亚一样,真实之中有伟大,伟大之中有真实。

我们顺便来谈谈莎士比亚,因为他具有一种本领,而且这种本领形成他天才的至高无上的顶点,那就是他总能在作品中把真实和伟大这两种特性调和、汇集、结合起来,而这两者几乎是彼此对立的,至少是很不相同的,甚至一方的缺点倒成了对方的优点。真实的暗疾是渺小,而伟大的暗疾则是虚伪。在莎士比亚全部作品中,既有真实的伟大,也有伟大的真实。在他所有创作的中心,都能发现伟大和真实的交切点,就正是在那里,伟大的东西和真实的东西水乳交融,艺术达到了完美的境界。莎士比亚像米开朗基罗一样,似乎生来就是为了解决这一个奇异的问题,而这问题的简单表述——始终严守自然,但有时也越轨而出——好像还有些不合道理。莎士比亚虽然夸大事物的比例,但却保持着事物的关系。诗人的全能是多么值得赞叹!他创作出高于我们但又和我们一同生活的人物。例如哈姆雷特,他像我们每个人一样真实,但又要比我们伟大。他是一个巨人,却又是一个真实的人。因为哈姆雷特不是你，也不是我，而是我们大家。哈姆雷特不是某一个人，而是人。

根据本剧作者目前的意见，以及他在这些问题上所能发挥的一些其他的思想，通过真实充分地写出伟大，通过伟大充分地写出真实，这就是戏剧诗人的目的。伟大和真实这两个字包括了一切。真实包括道德，伟大包括美。

请大家不要以为作者这样狂妄自大，以至相信自己已经达到了上述的目标，或者相信自己将来总有一天会达到。但是大家总会允许他公开地作这样的表示：直到今日，他在戏剧方面还没有追求过其他目标。他刚刚拿来上演的这出新戏最多不过是朝向这个光辉目标的又一次努力。实际上，他想要在《玛丽·都铎》中表现什么思想？那就是，一个身为女人的王后，像王后一样伟大，像女人一样真实。

他早已经在别处说过，他所理解的、他所期待于一个天才创造出来的戏剧，即以19世纪为依据的戏剧，不是高乃依那种高超、辽阔、崇高、西班牙式的悲喜剧，不是拉辛那种抽象、热情、理想、神圣有如悲歌的悲剧，不是莫里哀那种深刻、敏锐、透彻，但讽刺过于无情的喜剧，不是伏尔泰那种蕴含哲学意味的悲剧，不是博马舍那种具有革命行动的喜剧。总之，它既是它们中的任何一个，同时又都是，或者说得更恰当一点，又都不是。它不像这些伟大的作家一样，只是类别分明，始终如一地只表现某一个方面，而是同时从各方面来表现一切。如果今天有一个人写出的戏剧正如我们所理解的戏剧那样，那么，他的戏就会是人类的心灵、人类的理智、人类的情感和人类的意志；就会是为了今天而复活起来的过去；就会是拿来与我们今天的现实相比较的祖先们所创造的历史；就会是混杂在生活中的一切事物在舞台上的混合；就会是这儿一起骚乱、那儿一场情话，在情话中，有对人民的一课教育，在骚乱中，有对心灵发出的呼声；就会是笑，是泪，是善，是恶，是高超、低劣、命运、天意、天才、偶合、社会、世界、自然、生活,而在这一切之上,我们可以感到某种伟大的东西在高高飞翔!

对群众有隽永的教育意义的任何东西,在这种戏剧里都是容许的,因为它的本质就是对一切都不加滥用。它自己所具有的正直、高尚、效用和良知是人所共知的,甚至人们从来也不会指责它追求效果和喧嚣,它所追求的只是一种道德和一课教育。它可以把法朗斯瓦一世引到玛格罗拉家去而不使人怀疑①;它可以让狄杰从内心产生对玛丽蓉的同情②而不引起道学家们的恐慌;它能够使人们不像责备本剧作者那样责备它过于渲染和夸张,而把历史上常有的三角关系那种可怕的真实充分地在舞台上表现出来,那种三角关系就是:一个王后、一个宠臣、一个刽子手。

创作这种戏剧的人应该具有两种特点,即良知和天才。在这里大发议论的作者只具有前者,他自己是知道这点的。但他不会因此而不去继续他已经开始追求的事业,并且还希望别的人比他做得更加出色。今天,广大的群众愈来愈变得明智了,他们同情一切严肃的艺术尝试。今天,批评界中一切高尚的东西都在帮助和鼓舞诗人。另外那些裁判者是无关紧要的。让诗人降临吧!至于本剧的作者,他相信未来是属于进步的,他确信即使缺乏才能,但他坚持不懈的恒心总有一天会得到报偿,因而他以一种宁静、信任和镇静的眼光来看那些群众,他们每天晚上带着这样多的好奇、焦虑和关注的心情来围绕着这一个如此不完整的作品。面对着这些群众,他感到压在他身上的责任,而他也就平静地接受了下来。在他的创作中,他从来也没有片刻忽视戏剧所教育的人民、戏剧所解释的历史和戏剧所指点的人类的心灵。明天,他将离开已完成的作品而投向未完成的作品;他将从这些

---

① 指雨果自己的浪漫剧《国王寻乐》,法朗斯瓦一世是剧中放荡不羁的国王,玛格罗拉是一个坏女人。
② 指雨果自己的浪漫剧《玛丽蓉·德·洛尔墨》,狄杰是玛丽蓉的情人。

群众中走出来回到他的孤独中去。回到深深的孤独中去，在那里，外界任何不好的影响都干扰不了他，只有他的朋友——青春不时前来握握他的手，只有他的思想、独立性和意志与他同在。他的孤独对他将比任何时候都显得宝贵：因为只有在孤独之中才能为人群工作。他将比任何时候更使他的作品和思想远离一切小集团。因为他认识了比一切小集团更伟大的东西，那就是党派；比一切党派更伟大的东西，那就是人民；比人民更伟大的东西，那就是人类。

1833 年 11 月 17 日

《心声集》序

莎士比亚的人物鲍细霞[①]在某处谈到那种"每个人身上都存在的音乐"。——她说，听不见这音乐的人多不幸！大自然本身也具有这种音乐。如果大家即将读到的这本书也还成器的话，那它只是应和着我们所听到的身外的歌唱而存在于我们自己身上的歌声的一个回音，作者以为这是一个很混杂、很微弱但却忠实的回音。

并且，这内心的隐秘的回音本身在作者的眼中就是诗。这一卷诗虽然有色调的差异和时间所带来的发展变化，但它只不过继续了在它以前的那些诗集。它所包括了的，那些诗集也包括了；所不同的只是，在《东方集》中——姑且以此为例——花朵更加怒放，而在《心声集》中，露珠或雨珠更加收敛。诗——假定这里可以说出这个如此高尚的字眼——就好像是上帝：独一无二，取之不尽。

如果人有自己的声音，大自然也有它自己的，所有一切事物便也不会例外。作者总这样想：诗人的任务就是把这蕴含着三位一体的意义的三位一体的言语，熔铸在同一组歌唱里，第一部分特别向心灵倾诉，第二部分趋向灵魂，第三部分向精神发言。Tres radios.[②]

并且，在我们所生活的时代里，整个人类难道不就在那里了吗？它难道不是整个地包括在我们生活的三位一体的形式即家园、田野和

[①] 鲍细霞，为莎士比亚喜剧《威尼斯商人》中的人物。
[②] 拉丁文，意为三道彩光。

街道之中？家园，它就是我们的心灵；田野，大自然在这里向我们倾诉；街道，在这里，人们称之为政治事件的四轮车拥挤在一起，在各党派皮鞭的抽打下乱冲乱撞。

我们顺便说一下，各种人、各种原则、各种利害一团混战，每天如此粗暴地蹂躏在本世纪所注定要创作出来的每一部作品之上，对此，诗人有着一项严肃的职责。在这里，诗人的教化作用当然不在话下，只要那些政治事件有点价值，他也就责无旁贷要把它们提升到历史事件的高度。为此，他应该对他同时代的人投射一道历史学家投射给过去的那样平静的眼光；他应该不为眼前的幻影、骗人的假象、一时的关系所蒙蔽；应该从此时此地把一切事物放在将来的背景上，一方面缩小它们某些部分，另一方面夸大它们某些部分。他不应该投入到事件的漩涡中去。他应该超乎于骚动混乱之上，屹然不动、谨慎严肃而又充满善意；他有时应该宽宏大量，这是件难事；但更应时时刻刻公正，这就更难了；他心中对革命应该有明智的同情而对骚乱则应唾弃，对人民应有深深的尊敬而对群氓则应轻视；他的心灵不为渺小的恼怒或虚荣所左右；他的赞颂和他的斥责一样应该带有反复，有时具有宫廷的精神，有时充满乱党的思想。他要能向三色旗致敬而又不侮辱百合花①；他要能在同一本书里，甚至在同一页书里，鞭挞"贩卖妇女的男人"，而为了一桩善良的行为赞扬一位年轻高贵的王子；尊崇铭刻在凯旋门上的崇高思想，而安慰关闭在查理十世②坟墓中忧愁的灵魂。他对一切事物都应该关切注意，真挚诚实、公正不阿，此外，我们在其他地方也讲过，他应该不受任何东西的影响，甚至是他自己的怨恨和私人的痛苦；他应该知道在一定的场合同时保持男儿的激动和诗人的平静。最后，他还应该在这各种意见热烈争辩的时刻、

---

① 三色旗是法兰西共和国的国旗，百合花是波旁王朝的徽号。
② 查理十世（Charles X, 1757~1836），复辟时期的法国国王，于1830年被七月革命所推翻。

在他的理智所要经历而又不为所动的各种强烈的吸引力之中，在思想里始终保持着这个严肃的目标：属于一切党派的好的方面，而不属于它们的坏的方面。

诗人的力量在于他的独立。

有目共睹，作者在希望创作出一部更好的作品的时候，并没有忽视他给自己规定好的任务的严酷的条件。艺术如上所述，便会潜移默化、移风易俗，便会带来文明。虽然本书的作者对这样崇高的职责说来是微不足道的，但他将通过他的思想所认识到的一切途径，通过舞台、书本，通过小说、戏剧，通过历史、诗歌，来达到这种效果。他努力，试验，创作。就这样。有这样多高尚而明智的同情在支持他，万一他获得了成功，那便归功于这些同情而不归功于他自己。

在说了以上这些话以后，作者以为不必说明促使他在本书卷首写下献词的感情是如何平静而虔诚。大家在这两座纪念碑之前会了解他的，一座是凯旋门，一座是他父亲的坟墓。前者是全民的，后者是家庭的，两者都是神圣的，而在他的灵魂中，只有一种庄严、平和、宁静的思想才占有一席地位。他在这里要指出一点疏漏，在未找到适当的地方予以弥补之前，姑且尽其所能在这里加以弥补。他献给他父亲他仅有的这片可怜的纸叶，而惋惜它不是花岗石的。他这样做就好像别人在相同处境下也这样做一样。他所完成的，只是一个义务，一点也不多，一点也不少，他完成它，就像这些义务是自我完成的一样，静静地，不激动，不奇特。也不会有人看到他做他现在所做的事感到奇怪。况且，法兰西完全可以毫不怜惜地从它浓密而光荣的冠盖下坠落一片叶子，这片叶子，一个孩子应当把它拾起来。民族是伟大的，家庭是渺小的。对于前者毫不足道的东西对于后者却意味着一切。法兰西有权遗忘，家庭有权追忆。

1837 年 6 月 24 日巴黎

《光与影集》序

写出《失乐园》的是一位诗人,而写出了《地狱》的则是另外一位。

在伊甸园与地狱之间,有着世界;在开始与终结之间,有着生命;在超人与最卑劣的人之间,有着凡人。

人依照着两种方式而生存,即依照社会和依照自然。上帝将情欲种在他身上;社会将行动加之于他;自然则给他以梦想。

从配合着行动的情欲里,也就是说从现在的生活里、从过去的历史里,产生出戏剧。从混合着梦想的情欲里,则产生出纯然的诗。

当对过去的描绘流为科学的细节的时候,当对生活的描绘流为细致的分析的时候,那么,戏剧也就变成小说了。小说不是别的,而是有时由于思想、有时由于心灵而超出了舞台比例的戏剧。

并且,在诗中有戏剧,而在戏剧中也有诗。诗和戏剧彼此渗透,就像人体里的各种机能,宇宙中的一切光线。行动也有一些幻想时刻。麦克白说:"燕子在城堡上唱歌。"熙德说:"这微弱的光从星星上洒落而下。"斯卡班说:"今夜的天空戴上了假面具。"世界上没有一件东西可以脱离蓝色的天空、绿色的树、阴沉的夜、风的响声、鸟儿的歌唱,万物都不能脱离创造。

从幻想这方面来说,只有短暂的行动时分。伽鲁斯①的田园诗如

---

① 伽鲁斯(Gallus,公元前69~前26),罗马诗人,与维吉尔同时代。

同戏剧的第五幕一样打动人心；《伊尼德》的第四卷是一出悲剧；贺拉斯有首短曲变成了莫里哀的一出喜剧。Donec gratus eramtili①，这就是《情怨》②。

事物都是通过配合而相互依存、更趋完整、彼此结合、互相丰富的。社会在大自然中发展，大自然孕育着社会。

诗人的两只眼睛，其一注视人类，其一注视大自然。他的前一只眼叫做观察，后一只眼称为想象。

从这始终注视着这双重对象的双重目光中，诗人的脑海深处产生了单一而复杂、简单而复合的灵感，人们称之为天才。

让我们现在赶快通过大家所念到的和即将念到的文字加以表白，本书的作者（其实不说也可以明白）和他任何一个读者一样，并没有想到他自己。谦卑而庄重的艺术家应该有权光着头、低着眼来解释艺术。不论他是如何不聪明、有缺陷，别人都不能禁止他面对着光荣的纯粹而永恒的条件进行观察，而这种观察就是他的生命。凡人呼吸，艺术家吐纳。并且，不论可怜的牧人怎样，但他生平至少总有那么幸福的一次：沉醉在花香里、眩晕在星光下、让他的赤足浸湿在他的绵羊正在就饮的溪水中而喊道：——我要成为皇帝了。

现在，让我们继续下去。

在我们今天，一些亲身直接卷进了经常动乱的政治生活中的伟大而高尚的诗人，已经创造出了一些不朽的东西。但是，按照我们的意思，一个完整的诗人，或者出于偶然，或者由于自己的意志，至少在一段必要的时期里置身于政府与党派的联系之外，他也可能创作出一部伟大的作品。

没有任何约束，没有任何牵连。他的思想如同他的行动一样自由。他将自由地同情劳苦的人，厌恶损人利己者，热爱为人群服务的

---

① 拉丁文，意为只要你还喜爱我。见贺拉斯《朝歌》。
② 莫里哀早期的一出喜剧。

人,可怜受苦受难者。他将自由地堵塞一切谎言的通道,而不论这些谎言来自何处,来自什么党派;他将自由地驾驭陷入各种功利的原则;自由地对所有贫苦的人表示同情,自由地拜倒于种种忠诚不渝的行为之前。他爱人民但并不仇恨国王;安慰垮了台的王朝并非对在世统治的王朝不敬;他同情将来的国王但并不侮辱过去死亡了的家族。他生活在自然之中,而与社会朝夕共处。他根据自己的灵感,只怀着自己思考或使别人思考的目的,以由衷之情和平静的眼光在恰当的时候以朋友的身份去看望草地上的春天、探望卢浮宫中的王子和监狱里的犯人。当他不时在人类一切法典之中批判某一条法律时,大家便能知道他是日夜在研究永恒事物之中神圣法典的条文。当他进行深刻而严峻的观察时,任何东西都扰乱不了他。社会事件喧嚣的进程扰乱不了他,因为他消化了它们,并且把它们放进他作品的涵义之中;周围的人们所遭逢的极大的个人痛苦也扰乱不了他,因为他惯于思考而且也善于抚慰;甚至他自己的痛苦的内心震动也不能扰乱他,因为我们通过自己身上痛苦的东西,可以看到上帝,并且当人哭泣的时候,他也就思考。

在他的诗剧和散文剧中,在诗歌和小说中,他写进去历史和创造、人民的生活和个人的生活、古代悲剧中王室的罪恶所包含的崇高教训和古代喜剧中人民的过失所表现出来的有益的图景。他要故意掩饰那些不光彩的例外,表现老年永远是伟大的以引起对老年的尊敬;表现妇女永远是软弱的以引起对她们的同情;表现自从亚当与夏娃以来世界借以建立的两种伟大的感情、即父爱与母爱之中一些崇高、神圣和美德的东西以引起对自然之爱的信仰。最后,他还要处处指出人类的尊严,让大家看到不论人是如何绝望和堕落,上帝还是在他的深处埋下了火种,从天上吹来的一口灵气总能使它复燃,灰烬总不能把它埋葬,污泥总不能使它窒息——这就是灵魂。

他在自己的诗里,对现在提出忠告;为将来描绘梦想的图画;给当代的事件作出光辉的或阴暗的反映；写伟人的陵墓、坟丘、废墟、回忆；写对穷人的仁慈，对苦命人的温情；四时季节，太阳，田野，海，群山；对灵魂圣殿的迅速的一瞥，在那圣殿里，人们好像通过小教堂半开着的门一样，可以看到神秘的神坛上所有那些金质美丽的尸灰瓶，即信仰、希望、诗、爱情；最后，他在诗里还要对"自我"作深刻的描绘，自我，这也许是一个思想家所能创造的最广阔、最一般、最普遍的作品。

如同一切思考的诗人、经常把他们的思想用在万物之上的诗人，他通过自己所有的创作，诗歌或戏剧，让上帝创造力的光辉大放异彩。大家会听见鸟儿在他的悲剧中歌唱；会看见人在他描绘的图景中痛苦。再没有什么比他的诗在外表更五花八门，而在内部却更结合一致的了。他的作品是化合而成的，就好像大地；它的各种产品其含义导源于同一思想，它的各种花朵其根茎都吸收相同的养料。

他崇拜良心好像日夜都感到"身上有一个证人"的余维纳尔，他崇拜思想好像把下地狱的人称为"不思想者"的但丁，而他崇拜自然则好像不怕自己被宣布为泛神论者而把天称为"智慧的造物"的圣奥古斯丁。

像这样一位诗人、哲学家、才智之士以他全部的戏剧、诗歌和他丰富的思想所造就的整个作品，就会是一部伟大的神秘史诗，我们之中每一个人的身上都有其中的一曲，弥尔顿写好了它的首篇，拜伦写好了它的结句，这就是"人之诗"。

一切思想家都有权把艺术家作为教化者所过的庄严的生活、他富有哲理意味和音乐感的巨大工作以及他对诗和对诗人的理想，作为自己的目标、希望、原则和归宿。作者在别处不止一次说过，他属于那些以恒心、理智和正直而努力的人们的行列。如此而已。他不让所谓的灵感去碰运气。他经常面向人、面向大自然或面向上帝。在他发表的每一部新作品之中，他都撩开掩盖着他的思想的幕布的一角，也许，关注的人士已经在这一套外表上看起来各个孤立、彼此不同的作品中看出某些一致性了。

作者认为，任何一个真正的诗人应该包容他时代的一切观念而不受来自他本人的思想和来自永恒真理的思想的影响。

至于他今天所发表的诗，他不想多谈。他希望它们怎样，这在上面已经谈过了。它们究竟怎样，读者自会欣赏。

大家在这个诗集中会发现作者看待事件和人物的方式和他以前的属于他思想第二期，分别发表于1831年、1835年和1837年的三个诗集①中的方式，虽稍有深浅出入，但还是大体相同。这本书是它们的继续。只不过在《光与影集》中，也许天地较为广阔，天空较为澄蓝、平静和深沉罢了。

这个集子里有几首诗会向读者表现出，作者并不是不忠于他在《心声集》的前言中给自己规定的任务：

> 思想家怀着被人遗忘了的信念，
> 在风雨飘摇中的社会大厦下面，
> 用一块块的石头重建两根神圣的支柱：
> 对老人的尊敬和对儿童的爱护。

属于风格和形式方面的问题，他根本不准备谈到。愿意读他作品的人士很久以来都知道，他在某些情况下有时也允许自己思想中有模糊和晦涩之处，但却很少允许作品的表现中也有这种情形。他不轻视被一些可赞美的诗人移植到我国来的伟大的北方之诗，但他总对南方的简明的形式有一种强烈的兴趣②。他爱太阳。《圣经》就是他的课

---

① 指《秋叶集》(1831)、《黄昏之歌》(1835)和《心声集》(1837)。
② 浪漫主义文学运动的先驱斯达尔夫人把文学区分为南方的（古典主义的）与北方的（浪漫主义的）两种。

本，维吉尔和但丁是他神圣的导师。他本人的童年只不过是漫长的幻想加上严格的学习。正是这种童年形成了他现在这样的思想。在精确与诗意之间并非水火不相容。数目字在艺术中就像在科学中一样。代数学是属于天文学的，而天文学是接近诗的；代数学在音乐中也有，而音乐也是接近诗的。

人的精神中有三把开启一切的钥匙：数目、文字和音符。

认识、思考、梦想。全在这里。

1840 年 4 月 24 日

《莎士比亚论》(选译)

第一部分·第三卷

艺术与科学

一

今天，有许多人甘愿充当交易所的经纪人，或者往往甘愿充当公证人，而一再反复地说：诗歌消亡了。这几乎等于说：再没有玫瑰花了，春天已经逝去了，太阳也不像平日那样从东方升起，即使你跑遍大地上所有的草原，你也找不到一只蝴蝶；再没有月光了，夜莺不再歌唱，狮子不再吼叫，苍鹰不再飞翔，阿尔卑斯山和比利牛斯山也消失了；再也没有美丽的姑娘、英俊的少年，没有人再想到坟墓，母亲不再爱孩子，天空暗淡，人心死亡。

如果允许把偶然的东西和永恒的东西混在一起，那么，应该说事实恰恰相反。人类的心灵经过多次革命的挖掘和丰富，其禀能从来也没有像现在这样深刻和高超。

请等待一个时候，要让义务教育这当务之急的社会福利得到实现还需要多少时间？四分之一个世纪，你知道"所有的人都会识字看书"这么一句话就包括了多么巨大的文化发展吗？读者的增加，就是面包的增加。基督创造了这个象征的那天①,他便依稀见到了印刷术。这件奇异的事,便是他的灵迹。这里有一本书,我便可以用它哺乳五千人、十万人、百万人甚至全人类。在创造出面包的基督身上,有着创造出书本的古登堡②。前一个播种者预告另一个播种者的诞生。

自从混沌开初以来,人类究竟是什么?是一个嗜好阅读的人。他长久地拼缀字母,现在还在拼缀;不久以后,他就会阅读了。

这个有了 6000 岁的孩子一开始就是在学校里。在什么学校?就在大自然里。起初,他没有书,于是就拿宇宙当作字母来拼缀。他最初的功课是云彩、苍穹、雷电、花朵、禽兽、树林、季节和天象。伊阿尼③的渔夫研究波浪,夏尔德④的牧人数着星辰。而后就产生了最初的书籍,这是了不起的进步。书本要比世界这场景更为广阔,因为,它在事实之上还加上思想。如果有什么东西比从太阳里看到的上帝更伟大,那便是从荷马史诗中看到的上帝。

只有宇宙而没有书籍,只是一种萌芽的理想。宇宙加上书籍,才有了科学的雏形。这样,在人世中才立即产生了变化。过去只有暴力的地方,今天显现出了能力。把理想运用到真实的事物上,便有了文明。诗歌一经写下或唱出,就开始发生它的作用,诗歌的这种辉煌的、有效的演绎,是人所共知的。要说科学梦想而诗歌行动,这简直是耸人听闻。思想家用竖琴的声音驱除凶野之性。

我们下面还要谈到书籍的力量,现在就不在此多谈了。书籍的力量虽然现在显示出来了,但过去的情况仍然是作家多、读者少。这种情况即将改变,义务教育为光明招募新兵。从今以后,全人类的一切

---

① 指《圣经》中基督赐面包给人的故事:耶稣在山上布道,众人饿了,但总共只有7块面包和几条鱼,耶稣拿起来祈祷后让大家传递下去,结果男人、妇女、儿童都得到了食物。
② 古登堡(Gutenberg,约 1400~1468),德国活字印刷术发明人。
③ 伊阿尼(Ionie),古代小亚细亚滨海地名,由伊阿尼族而得名。
④ 夏尔德(Chaldée),巴比伦的别称。

进步事业将借知识界圈子的扩大而实现。凡合乎理想和道德的善举，其直径总是与智慧的口径符合。头脑有怎样的价值，心灵便有怎样的价值。

书籍便是这种改造灵魂的工具。人类所需要的，是富有启发性的养料。而阅读，则正是这种养料。由此，学校的重要性便显示出来了，它在任何地方都是与文明的程度成正比例的。人类终将把书籍完全打开。由一切先知、诗人、哲学家写成的宏伟的人类的《圣经》，即将在义务教育这巨大光镜的焦点下发出灿烂的光辉来。

人类在阅读，人类就是在获得知识。

说诗歌消亡了，这是多么大的一句蠢话！我们可以大声宣告：诗歌来到了！谁谈到诗歌，便是谈到哲学和光明，书籍的朝代开始了，学校为它准备条件。增加了读者的数目，也就是增加了书籍的价值。当然，这不是指增加书籍内在的价值而言，其内在的价值过去是怎样，今天仍是怎样，但从实际的效用而言，过去书籍的作用所未能及的地方，今天则能够达到了；人们的灵魂在"善"这个问题上，完全听命于它。过去，它只不过是美的，今天，则是有用的了。

读者的圈子既然在扩大，被人阅读的书籍的圈子当然也会扩大。对此，谁又敢加以否认呢？然而，阅读的需要好像一堆火药，一旦点燃起来，便再也不可收拾。而且，又由于机器的运用，体力劳动简化了，人有更多的空余时间，身体愈不劳累，智力就愈自由，广泛的思维兴趣就会在一切人的头脑中苏醒。不可餍足的认识和思考的渴望，将愈来愈变成人类的主要牵挂。人们将离开低级的场所而到高尚的地方去，成长着的智慧便这样自然而然地上升，大家将放弃《福勃拉》①而阅读阿迦曼农三部曲②，在那里面，读者将会领略到高尚的情

---

① 《福勃拉》（Faublas），法国18世纪小说家鲁佛·德·古伏雷所写的一本诗体言情小说。
② 阿迦曼农三部曲，希腊悲剧作家埃斯库罗斯所作的三个内容有联系的悲剧《阿迦曼农》《祭献者》《复仇女神》的总称。

趣。而一旦有了领略，读者就永远不会感到满足，人们誓欲把"美"吸收得点滴不剩方肯罢休，因为所有才智之士的高雅趣味是随着他们的力量而俱增的。这样一天终将来到，那时文明高度发展，在卢克莱修[①]、但丁、莎士比亚这些多少世纪以来几乎荒无人烟、只有人类精华不时造访的顶峰之上，将布满了来这里寻找精神食粮的灵魂。

二

不可能存在两种法则，法则的一致来自事物本质的一致。自然与艺术是同一事实的两个方面。而且，除了我们下面所要指出的限制以外，在原则上，艺术的法则就是自然的法则。反射角与投射角相等。既然在道德秩序中，一切都公正不阿，在物质秩序中，一切都维持平衡，那么，在精神秩序中，一切也都像方程式那样了。二项式这一个对一切都能适应的奇妙之物，在诗歌中并不比在代数学中更少适用。大自然加上人类，被提升到二次方，就产生艺术。这便是精神的二项式。现在，请用适合于每个伟大艺术家和每个伟大诗人的特别数字来代替这一项 $A+B$，那么，你便会在他复杂的面相和精确的总体之中，发现人类精神的每一种创造。丰富多彩的杰作来自法则的统一，还有什么比这更美？诗歌就像科学一样，有一个抽象的根源，科学由此产生金、木、水、火、土的杰作，产生机器、船只、机车、飞艇；诗歌由此产生有血有肉的杰作，如《伊利亚特》《雅歌篇》《西班牙民歌集》《神曲》《麦克白》。在人类思想的精确与无穷这双重领域中，把抽象的东西层层剥开、使之成为现实，这种奥妙的工作，比任何东西更能引起和维持思索者强烈的感触。人类的思想是双重的领域，然而也是统一的领域。无穷也是一种精确。"数目"这个深奥的字眼，是人类思想的基础，它对我们的智慧来说，是基本的元素，它意味着

[①] 卢克莱修（Lucrèce，公元前99～前55），古罗马诗人，唯物主义哲学家，《物性论》的作者。

音乐也意味着数学。数目在艺术中表现为韵律,韵律是无限的心灵的搏跳。在韵律这一秩序的法则中,人们可以感觉到上帝存在。一句诗就像一群人一样纷乱;而有了韵脚,它就像一个军团踏着有节奏的步伐。没有数目,就没有科学;没有数目,就没有诗。合唱词、史诗、戏剧、人心的激情的跳动、爱情的爆发、想象的光辉、热烈的感情、所有的云彩和伴随它们的电光,都要受"数目"这个神秘的字的支配,正像几何学与数学一样。圆锥曲线和微积分属于它,同样,阿雅克斯、海克托、赫卡柏①、忒拜城前的七员大将②、俄狄浦斯、于哥兰、墨萨利娜③、李尔王、普里阿摩斯国王④、罗密欧、苔丝特蒙娜、理查三世、庞达居埃⑤、熙德、阿尔赛斯特⑥也都属于它。它从二加二等于四开始,一直上升到神的霹雳的境界。

然而,在艺术与科学之间,有着一个根本的区别。科学可以日益完美,而艺术则不然。

为什么呢?

三

在人世事物中,而且正是作为人世的事物,艺术属于一种特殊的例外。

世界上一切事物之所以美,就在于能够自臻完美;一切事物都具有这种特性:生长、繁殖、增强、获取、进步、一天胜似一天;这同

---

① 赫卡柏(Hécube),《伊利亚特》中的人物,普里阿摩斯国王的妻子,在特洛伊战争中她几乎丧失了她所有的儿女。
② 据希腊传说,俄狄浦斯王的两个儿子为争夺王位而在忒拜城发生争斗,围城的军队由七员大将率领,战争的结果是两败俱伤,埃斯库罗斯根据这题材写成《七雄攻忒拜》。
③ 墨萨利娜(Messalina, 15~48),罗马皇帝克劳第乌斯的妻子,以淫逸著名。
④ 普利安国王(Priam),《伊利亚特》中的人物,特洛伊城邦的国王。
⑤ 庞达居埃(Pantagruel),拉伯雷小说《巨人传》中的主人公。
⑥ 阿尔赛斯特(Alceste),莫里哀喜剧《愤世者》中的主人公。

时既是事物的光荣，也是事物的生命。而艺术的美，却在于它无从更臻完美。

现在，让我们发挥一下前面已经略为论述过的根本思想。

一部杰作一经成立，便会永存不朽。第一位诗人成功了，也就是达到了成功的顶峰。你跟随着他攀登而上，即使达到了同样的高度，但决不会比他更高。哦，你的名字就叫但丁好了，但他的名字却叫荷马。

进步，意味着目标不断前移、阶段不断更新，它的视野总是不断变化的。而理想，则并不如此。

进步是科学的推动者；理想是艺术的动力。

这便是为什么"完备大全"适于科学而完全不适于艺术的原因。

一个科学家可以使另一个科学家被人遗忘；而一个诗人则不可能使另一位诗人被人遗忘。

艺术以它自己的方式行进，它和科学一样移动，但层出不穷的艺术创造包含不可变更的成分，亘古不移。而类似科学的一切可赞美的东西，都不过是、也只能是偶然性的结合，它们之中的这一些总要被另一些取而代之。

在科学中是相对的；在艺术中则是一成不变，今天的杰作，明天仍是杰作。莎士比亚于索福克勒斯有何影响？莫里哀于普劳图斯有什么妨碍？即使他从普劳图斯那里得到了《昂菲特里荣》①的题材，也并没有因此而有损于他。费加罗难道取消了桑科·潘扎？科第丽亚②难道取消了安蒂哥妮③？没有。诗人不会互相踏在别人肩头上往上爬，这一个不会是那一个的垫脚石。大家都自个儿攀登，除了自己以

---

① 《昂菲特里荣》（Amphytryon），普劳图斯的著名喜剧，后来先后被罗特洛斯（Rotroce，1609～1650，法国戏剧作家）和莫里哀所模仿。莫里哀写于1668年的同名喜剧要比普劳图斯的原著杰出。

② 科第丽亚（Cordelia），莎士比亚悲剧《李尔王》中的人物，李尔王的第三个女儿，是一个悲剧人物。

③ 安蒂哥妮（Antigone），索福克勒斯同名悲剧的女主人公，一个不幸的人物。

外就别无依靠。他们的脚下也不会有自己的同道。后来的人尊敬先行者。他们一个跟随一个,绝不互相排挤。美并不驱逐美。狼不会互相吞食,杰作也不会如此。

圣西门①说过(我凭记忆引证):"整个冬天,人们带着赞赏谈论刚布雷②先生的著作,突然出现了德·摩先生③的著作,后者便把前者吞掉了。"如果圣西门所说的是费纳龙的作品,那么,后来的波须埃的著作便不会把它吞掉。

莎士比亚不在但丁之上,莫里哀也不在阿里斯托芬之上,卡尔德龙④不在欧里庇得斯之上,《神曲》不在《创世记》之上,《西班牙民歌集》不在《奥德赛》之上,西里尤斯⑤不在阿克菊留斯⑥之上。崇高的东西,都是平等的。

人类的灵智,是最大的无限。一切杰作都不停地在其中孕育并且永存。绝不会有这一个杰作压迫那一个杰作;也不会有任何撞碰,即使也有拥塞的情形,但也只是表面的,而且很快就过去了。无穷无尽的活动空间可以容纳各种各样的创造。

艺术之作为艺术,就其本身而言,既不前进,也不后退。诗歌的变化,只不过是美的事物有益于人类运动的一些起伏波动。人类的运动,这是问题的另一个方面,我们自然绝不忽视它,并且我们以后还要对它加以细致的考察。艺术不可能有本质的进步。从菲迪亚斯⑦到伦勃朗,是运行而不是进步,西斯廷教堂的壁画对雅典神庙⑧的雕

---

① 圣西门(Saint-Simon,1675~1755),法国作家,著有著名的《回忆录》,记录了1691~1723年间法国宫廷情况和贵族习俗。
② 刚布雷(Cambrai),指法国作家费纳龙(Fénelon,1651~1715),他曾任路易十四的孩子的教师,他重要的作品是《黛雷马克》。
③ 德·摩先生(M. de Meaux),指法国作家波须埃。
④ 卡尔德龙(Calderon,1600~1681),西班牙戏剧作家。
⑤ 西里尤斯,指天狼星。
⑥ 阿克菊留斯,指大角星。
⑦ 菲迪亚斯(Phidias,? ~约公元前431),古希腊雕刻家。
⑧ 雅典神庙,古希腊雅典城邦有名的庙宇,主要是以菲迪亚斯的雕刻装饰着的。

刻丝毫无损。你愿意怎样回溯就怎样回溯好了，从凡尔赛宫①到海德堡②大学堂，从海德堡大学堂到巴黎圣母院③，从巴黎圣母院到阿兰布拉宫④，从阿兰布拉宫到圣索菲教堂⑤，从圣索菲教堂到戈里瑟圆形剧场⑥，从戈里瑟圆形剧场到普罗比芮斯回廊⑦，从普罗比芮斯回廊到金字塔⑧，你可以在千秋万代的时序中节节后退，但你并不是在艺术上节节后退。金字塔和《伊利亚特》始终位列最前。

一切杰作都有同一个水平，那便是绝对。

一旦达到了绝对，作品也就成了。这是无从超越的，眼睛所能承受的晕眩也有一定的限度哩。

诗人们的自信由此而来。他们以高傲的自信心依赖着未来。贺拉斯说，Exegi Monumentum⑨. 正是在这种情形下，他甚至瞧不起青铜的纪念碑。普劳图斯也说过，Plaudite cives⑩. 高乃依到了65岁的高龄，还力图使非常年轻的龚达德公爵夫人流芳百世，借此来得到她的欢心（这是爱斯古波家族的传统），他这样奉承道：

> 夫人，我在将来的时代里，
> 在那时的人群中还会稍有名声，
> 只因我曾在诗中把您描绘，
> 您在那时也会留下美名。

---

① 凡尔赛宫，法国最有名的宫殿，位于巴黎东南18公里处，兴建于路易十四时期。
② 海德堡，德国内卡河上一城市，这里有著名的大学堂和古堡。
③ 巴黎圣母院，巴黎最有名的教堂，典型的哥特式建筑，始建于1163年。
④ 阿兰布拉宫，古摩尔人有名的宫殿，在西班牙的克亥纳德。
⑤ 圣索菲教堂，土耳其伊斯坦布尔有名的拜占庭式的教堂，建造于532～537年。
⑥ 戈里瑟圆形剧场，罗马有名的大剧场，可容纳8万观众，建成于公元80年。
⑦ 普罗比芮斯回廊，古希腊雅典城邦有名的建筑，是用大理石建成的，建成于公元前3世纪中叶。
⑧ 金字塔，古埃及宏伟的建筑，是当时君王们的陵墓，其中最大的高达138米。
⑨ 拉丁文，意为我完成了一座纪念碑。见贺拉斯《短歌》Ⅲ，XXX。
⑩ 拉丁文，意为拍掌吧，市民们。

在诗人与艺术家身上，有着无限，正是这种成分赋予这些天才以坚不可摧的伟大。

这种无限的成分蕴含在艺术之中，而与进步毫不相干。它面对着进步，可能有，而且事实上也有一些责任，但是它并不指靠进步。它不依靠任何属于将来的完善化，不依靠语言的任何变化、习惯用语的增添和消亡。它本身就具有无穷性和无数性；它不可能被任何竞争制服；它在蒙昧时期和在文明盛世，都同样纯粹、超脱和神圣。它是美，虽根据不同的天才而有所不同，但对它自己却永远是平等的，总之，它是至高无上的。

这便是很少有人认识到的艺术的法则。

四

科学是另外一回事。

相对性支配着科学，印记在科学之上。这一系列相对性的标记，愈来愈接近真实，构成人的动的信念。

在科学方面，有些东西曾经是一时的杰作，而现在则不是了。马尔利①的机器也曾经是杰作哩。

科学追求永恒的运动。它找到了这一永恒的运动，这便是它自己。

科学为造福而不断活动。

在它那里，一切都活动着、变更着、蜕变着。一切否定一切，一切破坏一切，一切创造一切，一切代替一切。昨天为人们所接受的东西，今天又须拿到磨子上去磨砺一番了。科学这一架巨大的机器永不休息，永不满足，精益求精。牛痘成了问题，避雷针成了问题。杰

---

① 马尔利（Marly），凡尔赛附近塞纳河上的一小村落，设有抽水机供凡尔赛用水，以此而著名。

内①也许是瞎摸吧,富兰克林②也许是搞错了,那么,我们再探求下去吧!这种躁动真是美妙。在人的周围,科学忧心忡忡;它自有自己的道理。科学在进步中扮演一个有用的角色。让我们向这位了不起的婢女致敬。

科学引出发明,艺术创造作品。科学是人类的胜利品,是一架梯子,一个科学家踏在另一个肩上攀登。诗歌则是振翼而飞。

…………

在艺术中,没有任何上述的情形。艺术不是一一连续的。所有的艺术是一个整体。

让我们对这些说明略加概述。

希波克拉底③被后人超过了,阿基米德④也被后人超过了,阿拉菊斯⑤、阿魏瑟纳⑥、巴拉赛尔斯⑦、弗拉墨尔⑧、昂布勒瓦斯·巴雷⑨、维萨尔⑩、哥白尼、伽利略、牛顿、克莱朗⑪、拉瓦谢⑫、蒙德哥勒弗叶⑬、拉布拉斯⑭也都莫不如此。品达则不如此。菲迪亚斯则不如此。

---

① 杰内(Jenner,1749~1823),英国医生,牛痘的发明者。
② 富兰克林(Franklin,1706~1790),美国哲学家、物理学家、政治家,避雷针的发明者。
③ 希波克拉底(Hippocrate,约公元前460~前377),古希腊名医,被西方尊为"医学之父"。
④ 阿基米德(Archimède,公元前287~前212),古希腊几何学家。
⑤ 阿拉菊斯(Aratus),公元前3世纪的希腊天文学家。
⑥ 阿魏瑟纳(Avicenne,980~1039),阿拉伯医生。
⑦ 巴拉赛尔斯(Paracelse,1493~1541),瑞士化学家、医生。
⑧ 弗拉墨尔(Nicolas Flamel,1330~1418),法国人,据说是一位炼丹术士。
⑨ 昂布勒瓦斯·巴雷(Ambroise Paré,约1517~1590),法国外科医生。
⑩ 维萨尔(Vésale,1514~1564),法国解剖学家。
⑪ 克莱朗(Clairaut,1713~1765),法国数学家。
⑫ 拉瓦谢(Lavoisier,1743~1794),法国化学家。
⑬ 蒙德哥勒弗叶(Montgolfier),指约翰夫·蒙德哥勒弗叶(1740~1810)和埃第安勒·蒙德哥勒弗叶(1745~1799)兄弟二人,他们是氢气球的发明者。
⑭ 拉布拉斯(Laplace,1749~1827),法国天文学家、数学家。

作为科学家的巴斯喀①被后人超过了，作为作家的巴斯喀则不如此。

今天，人们不再传授托勒密②的天文学了，不再传授斯塔拉朋③的地理学、克莱阿斯塔特④的气候学、普利尼⑤的外科学、狄阿芳特⑥的代数学、梯比牛斯⑦的肌肉解剖学、龙西尔⑧的化学、斯佛卢斯⑨的辩证法、斯戴农⑩的神谱学、达第汝斯⑪的天体学、梯里戴墨⑫的速记学、美第奇·德·瑟巴斯杰⑬的养鱼学、斯第菲斯⑭的数学、达尔达格里亚⑮的几何学、斯加里格的纪年学、斯多夫勒⑯的气象学、迦桑第⑰的解剖学、菲尔内尔⑱的病理学、罗贝特·巴诺⑲的法学、盖斯奈⑳的农学、布涅㉑的水道工程学、布尔兑㉒的航海学、克利波瓦

---

① 巴斯喀（Pascal, 1623~1662），法国物理学家、哲学家兼作家，他的《致外省人书简》和《思想集》都是法国文学史上著名的散文作品。
② 托勒密（Ptolémée），公元2世纪的希腊天文学家。
③ 斯塔拉朋（Strabon, 约公元前58年~公元25年），希腊地理学家。
④ 克莱阿斯塔特（Cléostrate），公元前5世纪的希腊星相家。
⑤ 普利尼（Pline, ?~79），罗马生物学家。
⑥ 狄阿芳特（Diophante, 325~409），希腊数学家。
⑦ 梯比牛斯（Tribunus），不详。
⑧ 龙西尔（Ronsil），不详。
⑨ 斯佛卢斯（Sphoerus），不详。
⑩ 斯戴农（Stenou, 1638~1687），丹麦人体解剖学家，后皈依天主教而成为主教。
⑪ 达第汝斯（Tatius），不详。
⑫ 梯里戴墨（Trithème, 1462~1516），德国历史学家、神学家。
⑬ 美第奇·德·瑟巴斯杰（Sébastien de Médicis），美第奇是佛罗伦萨有名的望族，出了很多名人，但此人不详。
⑭ 斯第菲斯（Stifels, 1487~1567），德国数学家。
⑮ 达尔达格里亚（Tartaglia, 约1505~1557），意大利几何学家。
⑯ 斯多夫勒（Stoffler），不详。
⑰ 迦桑第（Gassendi, 1592~1655），法国数学家、唯物主义哲学家。
⑱ 菲尔内尔（Fernel, 1497~1558），法国医生。
⑲ 罗贝特·巴诺（Robert Barmne），不详。
⑳ 盖斯奈（Quesnay, 1694~1744），法国经济学家、医学家。
㉑ 布涅（Bougner, 1698~1758），法国数学家、水道学专家。
㉒ 布尔兑（Bourdé），不详。

尔①的弹道学、卡尔索②的兽医学、戴斯戈戴斯③的建筑学、都尔诺佛④的植物学、阿贝拉耳⑤的经院哲学、柏拉图的政治学、亚里士多德的动力学、笛卡儿的物理学、斯第兰夫莱特⑥的神学，所有这些科学，今天人们都不再传授了。但是，人们过去传诵"女神啊，歌唱阿喀琉斯的愤怒吧"⑦，今天还在传诵，将来仍然会传诵。

诗歌以一种强旺的生命力而生存着。科学虽能扩展其领域，但却不能增强其力量。荷马只有东南西北四路风来掀起他的风暴，维吉尔有十二路风，但丁有廿四路风，弥尔顿有卅二路风，但都没有掀起比荷马更大的风暴。

也许，奥尔菲的风暴和荷马的不相上下，虽然他只有佛尼西雅斯和阿巴尔克嘉斯这两路风来掀起波涛，也就是说，只有南风和北风来掀波涛。让我们顺便指出，这两路风往往被人错误地和阿尔杰斯特即夏天的西风以及李卜斯即冬天的西风混淆了。

有些宗教正在消亡泯灭，消亡的时候，便把一位伟大的艺术家传递给随之而来的另一些宗教。赛尔皮翁为雅典娜的维纳斯创作出了一个水瓶，后来圣母玛利亚把它从维纳斯那里接受过来，今天它在加埃特圣母院被当作洗礼器了。

啊，艺术之不朽！

一个人，一个死者，一个阴魂竟然能从那遥远的过去超越好些世纪而攫住你。

我回想起了少年时代的一件事，那时我住在罗莫朗丹我家那幢

---

① 克利波瓦尔（Gribeauval，1715~1789），法国炮兵将军。
② 卡尔索（Garsault，1693~1778），法国作家，曾在养马场任职。
③ 戴斯戈戴斯（Desgodets，1653~1728），法国建筑学家。
④ 都尔诺佛（Tournefort，1656~1708），法国植物学家。
⑤ 阿贝拉耳（Abélard，1079~1142），法国经院派神学家、哲学家。
⑥ 斯第兰夫莱特（Stilingfleet，1635~1699），英国教士。
⑦ 荷马史诗《伊利亚特》开篇的第一句诗。

旧房子里，房屋覆盖着绿色的葡萄枝，葡萄枝间洋溢着空气和阳光。有一天，我看到木架上放着一本书，这是家里仅有的一本书《物性论》。我的修辞学老师们曾经对我们说过它不少坏话。这等于向我推荐了它。我打开这本书。那时，大概将近中午了。我落在这几句强有力而又宁静的诗句上："宗教既不是要人时时朝拜神秘的石头，也不是要人去瞻仰一切祭坛，谦恭地匍匐在地向神明居住的地方举手致敬，在神庙前洒下大量的牲血，许下一个又一个的誓愿，而是只教人以平静的心来观察一切。"①我停下来思考，然后又读下去。过了一会儿以后，我便什么也看不见、什么也听不见，完全沉醉在诗人的语句中了；到吃午饭的时候，我只摇摇头表示不饿；到了傍晚，太阳西沉、羊群归栏，我还待在那里读这本丰富的书；我的白发父亲就在旁边不远，坐在楼下厅堂的门槛上，他的剑就挂在厅堂墙壁的一颗钉子上，他纵容我作这样长时间的阅读，只轻声地呼唤羊群，它们一只只走过来，食取他手心中的一小把盐。

五

诗歌不会萎缩。为什么？因为它不会成长。

"复兴"、"衰落"这些字眼常被人运用，甚至被文人学士们运用，但它们恰恰证明了艺术的本质已被误解到了什么程度。那些浅薄因而自然容易变得迂腐的人，往往把平行的后果、海市蜃楼的假象、言语的变化、思潮的涨落，把所有这些使得一般艺术得以产生的创造和思想的广泛运动，都当成复兴或衰落了。其实这些都是"无限"通过人脑的操作。

有些现象只能从最高点来予以看待，而从最高点来看，诗歌是永恒不变的。在艺术中没有涨落。人类的天才总是盛开着的；从天而降的雨并不会给这个大洋增加一滴水；涨汛只不过是一种幻象，海水在

---

① 原文是诗句，雨果把它译成散文。

彼岸上涨才在此地下降。但是你们却把变迁看作是减少。说不再有诗人了，也就等于说不再有涨潮了。

诗歌就是元素。它不能还原、不可侵蚀、难以溶解。如同大海一样，它每次都要讲完它要讲的话；然后，它又以一种安详的威仪和一种始终统一的无穷变化而又重新开始。看来单调的东西，却变化多端，这真是"无极"的奇迹。

潮流越过潮流，波浪跟着波浪，泡沫随着泡沫，运动之后又有运动。《伊利亚特》过去，《西班牙民歌集》来到；《圣经》隐没，《可兰经》出现；在品达的北风之后，来了但丁的风暴。永恒的诗会有重复吗？不会有。它就是它自己，但它又并不就是它自己。同一阵风，不同的声响。

你把《熙德》当作阿雅克斯的抄袭？你把查理大帝①当作了阿迦曼农②的临摹？"光天化日之下，没有任何新东西"，"你那新东西不过是死灰复燃的旧物"，等等。啊，多奇怪的批评方法！那么，艺术只是一系列的翻版！福尔斯塔夫③是盗窃了戴尔西斯特④而来的，哈姆雷特⑤是模仿奥莱斯特⑥的猴子。伊波克利夫⑦是柏迦斯⑧的学舌鸟。所有那些诗人，只不过是一群盗窃犯。他们彼此剽窃，如此而已。灵感与欺诈纠缠在一起了。塞万提斯拦劫了阿普留斯，阿尔赛斯特骗取了

---

① 查理大帝（Charlemagne，742~814），法国历史上著名的国王，法国民族史诗《罗兰之歌》，曾对他作了歌颂。
② 阿迦曼农：希腊史诗和悲剧中的一个国王，攻打特洛亚城的希腊联军的统帅。
③ 雨果一直把福尔斯塔夫这个人物，视为一个下流的典型。
④ 戴尔西斯特，《伊利亚特》中一个懒惰、无耻、形象丑陋的角色。
⑤ 雨果在本书《莎士比亚的作品》一卷中，把哈姆雷特视为犹疑的典型，但这里是指其身世而言。
⑥ 阿迦曼农的儿子，他为父报仇而杀死了他母亲及其情夫。
⑦ 伊波克利夫，罗马文学中象征天才的飞马，鹰首马身，长有一对翅膀。
⑧ 柏迦斯，希腊神话中的飞马，象征诗人的想象。

《雅典的泰门》①。斯茫兑树林就是朋第森林②。莎士比亚的手从哪里掏出来？从埃斯库罗斯的口袋里。

不！不是衰落，不是复兴，不是抄袭，也不是再现。心灵是一样的，然而智慧却有差异，这才是原因。我们已经在别处说过，每个伟大的艺术家都按照自己的意念铸造艺术。哈姆雷特是有着莎士比亚面影的奥莱斯特；费加罗是有着博马舍面影的斯喀本③；康古谢是有着拉伯雷面影的西莱勒④。

有了新的诗人，一切便又重新开始，但同时却并没有任何中断。每一个新出现的天才都是深谷。然而，彼此有着连贯，一个深谷连着一个深谷，这便是艺术中的奥妙，就像苍天中的奥妙一样。而所有的天才好像星辰一样，通过发散他们的光而彼此交流。他们有什么共同的地方？没有一点。也可以说全部都有。

对于探究艺术问题的人来说，从人们称之为爱日谢尔⑤的深渊，到人们称之为余维纳尔的悬崖，根本没有中断。你俯身去考察一下他们的咒骂和讽刺吧，其中都有同样使你头晕目眩的东西。《启示录》⑥反映在北极的冰海上，这样你便有了《尼伯龙根之歌》⑦这一道北极光。《艾达》⑧与《维达》⑨遥相呼应。

艺术根本是不可以步步改善的，这是我们最初出发的论点，现在

---

① 《雅典的泰门》，莎士比亚后期的悲剧，主人公豪门看破了世事的炎凉而变成了一个恨世者；阿尔赛斯特也是莫里哀喜剧中一个愤世嫉俗的人物。
② 朋第森林在法国境内塞拉河流域，是一个盗贼出没的地方；斯茫兑树林则不详，也不知道作者是指哪一部文学作品中的环境描写。
③ 费加罗与斯喀本都是聪明机智的仆人形象，前者见博马舍的《费加罗的婚礼》，后者见莫里哀的《斯喀本的诡计》。
④ 康古谢是拉伯雷《巨人传》中巨人庞达居埃的父亲；西莱勒是罗马神话中的人物，他把酒神哺育长大。
⑤ 爱日谢尔（Ezéchiel，公元前6世纪），《旧约》中的古希伯来四大先知之一。
⑥ 《启示录》，《圣经·新约全书》的最后一书。
⑦ 《尼伯龙根之歌》，古德意志的神话史诗。
⑧ 《艾达》，对古斯堪的纳维亚民族的两卷神话和传说总集的统称。
⑨ 《维达》，用梵文写成的古代宗教祷词和赞歌的总集。

我们又回到这里来了。

对于诗歌来说，缩减是不可能的，增加也是不可能的。当人们这样说：

Nescio quid majus nascitur Iliade.[①]

他们便是在浪费自己的时间。艺术既不容许减少，也不容许增长。艺术有着自己的季节、自己的云彩、自己的缺损，甚至也有自己的污点，这些污点也许是一些光彩，也许是一些它自己不能负责的突如其来的翳障。但是，总起来说，它总是以同样的强度照彻人类的灵魂。它永远是同样的烈火，发出同样的光芒。荷马永远不会冷却。

我们还要在这一点上加以强调，因为灵智的竞争就是美的生命，啊，诗人们，第一排的座位永远是虚位以待的。让我们把一切妨碍大胆创造、妨碍展翅高飞的东西都排除掉。艺术就是一种勇气，否认出人意料的后起之秀能与先行的天才匹敌，那就是否认神的持续的力量。

是的，我们常谈到这种必需的鼓励，而且将来还要谈它。激励，这几乎就是创造。是的，我们虽然不能超过这些天才，但却可以和他们并驾齐驱。

怎样才能做到这点呢？

那就是要和他们不一样。

[①] 拉丁文，意为不知道有什么比《伊利亚特》更伟大的诞生了，据说是罗马诗人普洛伯修斯（Probertiuo）称颂维吉尔的史诗《依尼德》的话。

第二部分·第一卷

莎士比亚的天才

一

福伯斯①说过:"莎士比亚既无悲剧才能又无喜剧才能。他的悲剧是做作的,他的喜剧不过是本能的。"约翰逊②证实了这个判决:"他的悲剧是技巧的产物,他的喜剧则是本能的产物。"在福伯斯和约翰逊否定了莎士比亚的戏剧以后,格林③又否定了他的独创性:莎士比亚是一个"抄袭者";莎士比亚是"一个模仿者";莎士比亚"什么也没有创造";这是一只"披着别人的羽毛的乌鸦";他剽窃了埃斯库罗斯、薄伽丘④、邦戴罗⑤、贝莱福莱斯特⑥、别诺瓦斯特·德·圣慕尔⑦;他剽窃拉雅蒙⑧、格洛斯特的罗伯特⑨、罗伯特·威斯⑩、皮埃尔·德·兰多夫特⑪、罗伯特·曼宁⑫、约翰·德·曼德威尔⑬、萨克

---

① 福伯斯(Forbes,1685~1747),苏格兰律师和政治活动家。
② 约翰逊(Johnson,1709~1784),英国批评家。
③ 格林(Creen,1558~1592),英国戏剧作家。
④ 薄伽丘(Boccace,1313~1375),意大利作家。《十日谈》的作者。
⑤ 邦戴罗(Bandello,1485~1561),意大利作家。
⑥ 贝莱福莱斯特(Belleforest,1530~1583),法国作家,据说哈姆雷特的题材是由他而来的。
⑦ 别诺瓦斯特·德·圣慕尔:(Benoist de Saint-Maur),12世纪的法国诗人。
⑧ 拉雅蒙(Layamon),12世纪英国神父、翻译家。
⑨ 格洛斯特的罗伯特(Robert of Gloucester,1260~1300),英国诗人,著有一部英国古代至1135年的编年史。
⑩ 罗伯特·威斯(Robert Wace,1120~1183),盎格鲁-诺曼底诗人。
⑪ 皮埃尔·德·兰多夫特(Pierre de Langtoft,?~1307),英国作家。
⑫ 罗伯特·曼宁(Robert Manning,?~1338),英国诗人。
⑬ 约翰·德·曼德威尔(John de Mandevill),英国人,生卒年不详,曾编写过一部游记。

威尔①、斯宾塞②；他剽窃锡德尼③的《阿迦狄》；他剽窃了《李尔王本纪》④的无名作者，他从劳莱⑤的《约翰王朝动乱记》中剽窃了私生子福公勃里及的性格。莎士比亚剽窃托马斯·格林；莎士比亚剽窃戴克⑥和契特尔⑦。哈姆雷特不是他创造的，奥赛罗也不属于他，雅典的泰蒙也不是他的，没有什么是他自己的东西。对于格林来说，莎士比亚只不过是"一个自由诗的夸张者"、"Shake-scene"⑧、"打杂的人"⑨，莎士比亚是一只不驯的野兽。叫他乌鸦已经不够了，就把他升级叫做老虎好了。请看这句话：Tyger's hart wrapt in a players hyde.⑩ 演员的皮裹着一颗老虎的心（*A Groatsworth of Wit*，1592）⑪。

托马斯·利墨⑫评价《奥赛罗》说："这个故事的道德意义当然是富有教益的。它教导贤良的主妇要好好保管自己的手绢。"但是这同一位利墨马上收敛起笑容，而认真地来对待莎士比亚了："观众能从这样一种诗歌里，得到什么有启迪性的有益的印象呢？这种诗除了使我们良知迷途、思想混乱、头脑不安、本性堕落、想象分裂、口味败坏，并且使我们头脑里塞满虚荣、混乱、喧嚣和暧昧之外，还有什么

---

① 萨克威尔（Sackvill，1536～1608），英国诗人兼政治活动家。
② 斯宾塞（Spenser，1552～1592），英国诗人。
③ 锡德尼（Sidney，1554～1586），英国诗人兼理论批评家。
④ 《李尔王本纪》，原来在英国流行的剧本，直到1605年还曾上演，是莎士比亚悲剧《李尔王》的蓝本。
⑤ 劳莱（Rowley，约1585～1642），英国戏剧作家。
⑥ 戴克（Dekker，约1570～1632），英国戏剧作家。
⑦ 契特尔（Chettle，？～1607），英国戏剧作家。
⑧ 原文Shake-Scene是从莎士比亚的名字（Shakespeare）引申出来的双关语，"莎士比亚"原来由两个单字组成，有"摇晃"和"长矛"的意思，据说，这是要说明他祖先的职业的特点：善战。格林嘲笑莎士比亚时取其名的第一个单字"摇晃"（Shake），后面加上"Scene"（场景）一字，表明莎士比亚是一个在舞台上胡乱地凑出场景的人。
⑨ 原文是Johannes factotum。
⑩ 英文，意为老虎的心裹在演员的皮里。
⑪ 这是英国文艺复兴时期作家罗伯特·格林所写的一本自传性的散文：《一文钱的聪明》（*A Groatsworth of Wit*）。
⑫ 托马斯·利墨（Thomas Rymer，1641～1713），英国戏剧作家兼理论批评家。

用处呢?"这些话是在莎士比亚死后将近80年、于1693年付印的。所有的批评家和所有的行家都无不同意。

以下是对莎士比亚众口一词的指责:——胡思乱想,文字游戏,无聊的双关语。——不真实,没有条理,违反情理。——猥亵。——幼稚。——铺张,浮夸,过分。——装假,矫饰。——故作深奥,文体颇为做作。——滥用对照和比喻。——烦琐。——不道德。——写给群氓看的。——甘愿讨好流氓。——以恐怖为乐。没有一点风度。——毫无动人之处。——超出了目标。——才智过分。——没有才智。——冒充"伟大无比"。——装模作样。

莎夫奇布莱[①]伯爵说过:"这位莎士比亚粗俗而不文明。"德莱顿[②]加上说:"莎士比亚是令人不知所云的。"莱诺斯夫人[③]也给莎士比亚打一记手心:"这位诗人歪曲了历史的真实。"一位1680年的德国批评家邦丹自以为受了感动,他这样说:"莎士比亚是一个装满了粗俗笑料的脑袋。"本·琼森[④]这位依赖莎士比亚的人这样叙述说:"我记得演员们常称赞莎士比亚说,他的手稿一行也不涂改。我这就回答说,上帝保佑他涂改千百次就好了!"而且,本·琼森这个愿望终于被1623年的两个诚实的出版商勃朗特和加格德[⑤]所采纳了。他们仅仅在《哈姆雷特》中,就删掉了200行;在《李尔王》中,也砍掉了220行。加李克[⑥]在德锐里-兰尔剧院只演出拿休姆·达特[⑦]的《李尔王》。我们再听听利墨所说的:"《奥赛罗》是一出残忍而没有机智的闹剧。"约翰逊补充说:"《恺撒大将》是一出冷冰冰的悲剧,谈不

[①] 莎夫奇布莱(Shaftsbury, 1671~1713),英国思想家。
[②] 德莱顿(Dryden, 1631~1700),英国戏剧家兼批评家。
[③] 莱诺斯夫人(Mrs Lennox, 1720~1804),英国作家。
[④] 本·琼森(Ben Jonson, 1572~1637),英国戏剧作家,传说他初次成名得莎士比亚之助很大,因此雨果说他是依赖莎士比亚的人。
[⑤] 勃朗特和加格德(Blount et Jaggard),英国17世纪的莎士比亚著作的出版者。
[⑥] 加李克(Garrik, 1717~1779),英国戏剧演员。
[⑦] 拿休姆·达特(Nahum Tate, 1652~1715),英国戏剧作家,曾改写莎士比亚的作品。

上什么动人。"瓦尔布登在他致圣阿沙弗长老的信中说:"我以为斯威夫特①的才智胜过莎士比亚的才智,莎士比亚的喜剧风格是低下的,远远不及沙德威尔②的喜剧。"至于《麦克白》中的三妖妇,福伯斯这位17世纪的批评家这样评论说:"再没有比这样一场戏更可笑的东西了。"这一说法并为19世纪一位批评家所重复。《年轻的伪君子》的作者莎缪尔·富特③这样宣称过:"莎士比亚的喜剧过于粗俗,并且不能引人发笑。全都是些插科打诨,毫无才智可言。"最后,蒲伯④在1725年发现了莎士比亚写作剧本的原因,他这样大声叫道:"原来是为了糊口!"

在蒲伯这些话之后,人们就不大理解被莎士比亚吓坏的伏尔泰何以这样写道:"被英国人当作索福克勒斯的莎士比亚,大概就是在洛贝士·德·维迦(对不起,伏尔泰,应当是'洛普·德·维迦'⑤)的时代声名显赫起来的。"伏尔泰又补充说:"你不会不知道,在《哈姆雷特》中,有几个掘墓人一边挖墓穴,一边喝酒、唱小调,在死人头上开玩笑只有干这一行的人才开得出来。"而且,末了,他竟这样来形容这场戏:"蠢玩意儿"。他还用这样一句话来概括莎士比亚的剧本:"人们称之为悲剧的古怪的笑剧",并且宣告莎士比亚"断送了英国的戏剧",以此来使他的判决完整无缺。

马尔蒙戴勒⑥到菲尔奈⑦去拜访伏尔泰。伏尔泰正躺在床上,手里拿着一本书,见他来了就突然坐起来扔了书,把他那双瘦腿伸下床来,对他叫道:"你的莎士比亚是个野蛮人。"马尔蒙戴勒回答说:根

---

① 斯威夫特(Swift,1667~1745),英国作家,《格列佛游记》的作者。
② 沙德威尔(Shadwell,1642~1692),英国戏剧作家。
③ 莎缪尔·富特(Samuel Foote,1720~1777),英国戏剧作家、演员。
④ 蒲伯(Pope,1688~1744),英国诗人。
⑤ 洛普·德·维迦(Lope de Vega,1562~1635),西班牙戏剧作家。
⑥ 马尔蒙戴勒(Marmontel,1723~1799),法国作家。
⑦ 菲尔奈,在法国和瑞士边境上,伏尔泰曾在此定居。

本不是什么"我的莎士比亚"。

莎士比亚对于伏尔泰来说，只是一个表现其枪法的好靶子，伏尔泰击不中的时候很少。他瞄准莎士比亚就好像农民瞄准了鹅一样。在法国，向着这个野蛮人发第一枪的正是伏尔泰。他给了他一个这样的外号："悲剧的圣克利斯多夫。"[1]他曾对格拉菲尼夫人[2]说过："莎士比亚只足以取笑。"他又对贝尔尼斯主教[3]说："请写些好诗吧，大人，让我们摆脱那些害人精、外国话、普鲁士国王的学士院、立法委员、害痉挛病的人以及莎士比亚这个傻家伙吧！主啊，解救我们吧。"在后世人看来，弗内洪[4]对伏尔泰的蛮横态度是相当值得原谅的，因为伏尔泰曾经以同样的态度对待莎士比亚，而且，在整个18世纪，一切都是唯伏尔泰是听。自从伏尔泰嘲笑了莎士比亚以后，有才智的英国人，如元帅大人[5]，也跟在后面嘲笑。约翰逊认为莎士比亚无知、粗俗。腓德烈二世[6]也参与议论。他写信给伏尔泰谈到《恺撒大将》说："您根据戏剧规律重写这英国人的那个不成形的剧本，这是完全正确的。"这便是莎士比亚在上个世纪的处境。伏尔泰侮辱他；拉·阿尔卜[7]则这样保卫他："莎士比亚本人不论怎样粗俗，总还不失为读过书、有知识的。"（拉·阿尔卜：《文学教程导论》）

在我们今天，大家刚才已经见识几个标本的那类批评，其勇气仍然不减当年。科瑞莱奇[8]谈到《量罪记》[9]时，他讽示说"暗淡的喜

---

[1] "悲剧的圣克利斯多夫"，意即盗窃者。
[2] 格拉菲尼夫人（Mme de Craffigny, 1695~1758），法国女作家。
[3] 贝尔尼斯（Bernis, 1715~1794），法国诗人，也是当时宗教、政治上的显要人物，曾任路易十五的外交大臣。
[4] 弗内洪（Fréron, 1719~1776），法国文艺批评家。
[5] 所指不明确。
[6] 腓德烈二世（Frédéric Ⅱ, 1712~1786），普鲁士国王，伏尔泰曾被聘请到他的宫廷作为上宾。
[7] 拉·阿尔卜（La Harpe, 1739~1803），法国诗人兼批评家。
[8] 科瑞莱奇（Coleridge, 1772~1834），英国浪漫主义诗人、文艺批评家。
[9] 《量罪记》，莎士比亚的剧本。

剧"。奈特①先生说"令人反感";亨特②先生也说"令人作呕"。

在1804年,有位作者写了一本《名人传记》之类的书,在这类无知的书里,作者可以有办法叙述卡拉③事件而不提到伏尔泰的名字,历届政府心里很明白,总是保护这类书的出版并心甘情愿给予资助。这本书的作者名叫德朗丁,他感到需要做到不偏不倚、公正地评价莎士比亚,于是首先说,这位应该念成"雪克斯比尔"的莎士比亚,年轻时曾经"在一位贵族的树林里偷猎过",然后又补充说:"大自然把人们所能想象到的最巨大的东西,集中到这位诗人的头脑里,同时也夹杂着粗俗无文所能具有的最低劣的东西。"最近,我们还读到一位如今仍然健在的大学究不久前所写的这种话:"二流作家与低劣的诗人,像莎士比亚"等等。

二

谁要是提到"诗人"这两个字,他也就必然是在谈论历史学家与哲学家。荷马包含了希罗多德④和达莱斯⑤。莎士比亚也是这种三位一体的人。他还是一位画家,而且是怎样的一个画家啊!一个伟大的画家。事实上,诗人不仅是在叙述,而且是在表现。任何诗人身上都有一个反映镜,这就是观察,还有一个储存器,这便是热情;由此便从他们的脑海里产生那些巨大的发光的身影,这些身影永恒地照彻黑暗的人类长城。这些幻象都是活的。要像阿喀琉斯那样赫赫一生,这就是亚历山大⑥的奢望。莎士比亚具有悲剧、喜剧、仙境、颂歌、闹

---

① 奈特(Knight,1791~1873),英国人,编辑兼出版者。
② 亨特(Hunter,1783~1861),苏格兰教士,莎士比亚学者。
③ 卡拉(Calas),法国普鲁斯地方一新教徒,被教会诬告而遭处死,伏尔泰愤怒地揭发了这一罪行,使政府不得不事后宣告卡拉无罪。
④ 希罗多德(Hérodote,约公元前484~前425),古希腊历史学家。
⑤ 达莱斯(Thales,公元前640~前548),希腊哲学家。
⑥ 亚历山大,希腊历史上有名的雄才大略的国王,他曾自比阿喀琉斯,说只可惜没有一个像荷马那样的诗人来歌唱他。

剧、神的开怀大笑、恐怖和惊骇,而所有这一切用一个字概括,那便是"戏剧"。他达到了两极。他既属于奥林匹克神界,又属于市场上的剧院。任何可能性他都不缺少。

当他攫住了你,你便被他俘虏了。你不要期待他有什么慈悲之心。他总要用残酷的方式来感动你。他给你表现出一个母亲,亚瑟的母亲康斯丹斯①,而当他把你引导到这样激动的程度以至你的思想情感完全和这母亲一致的时候,他就把她的儿子杀死。在恐怖可怕的程度上,他甚至要超过历史,要做到这点是很难的。他不满足于杀死鲁特和使约克绝望②,他把父亲用来拭眼睛的手帕浸在儿子的血泊中。他用戏剧窒息了悲剧,用奥赛罗窒息了苔丝特蒙娜。他使人痛苦得没有片刻喘息。天才是不可抗拒的。他有自己的规律并遵守这条规律。才智之士也有他的倾斜面,而这些倾斜面便决定他的方向。莎士比亚滑向"可怕"。莎士比亚、埃斯库罗斯、但丁都是人类热情之巨流,这些巨流在它们的发源地倒翻了装满了眼泪的容器。

诗人除了自己的目的以外别无其他限制,他只考虑有待实现的思想。除了观念以外,他就不承认有其他至高无上、不可缺少的东西。因为,艺术从绝对之中演绎而出,在艺术中就像在绝对中一样,只要目的正确,手段也无可非议。我们顺便说一句,在艺术里正有一种对于世俗的普通法则的违抗,而这一类违抗足以使崇高的批评界去深思和研究,并且也向它揭示出艺术的神秘的一方面。在艺术中,quid divinum③是最显而易见的。诗人在他的作品里活动就像上帝在他的作品里活动一样,他使人感动、使人惊奇、对人加以鞭挞,或则把你扶起来,或则把你击倒,经常出乎你的期待一下子把你整个灵魂都掏

---

① 康斯丹斯,莎士比亚戏剧《约翰王》中的人物,她的儿子亚瑟是合法的王位继承者,但被其叔约翰王杀死。
② 鲁特,见莎士比亚早期历史剧《亨利六世》,约克的儿子鲁特在与国王派的战斗中被杀,约克亦被俘,敌人把浸渍了他儿子的血的手帕给他擦眼泪。
③ 拉丁文,意为某种神圣的作用。

出来。现在，请你思考一下。艺术就像无垠一样，对所有一切"为什么"来说，都有一个至高无上的"因为"。请你去问问大海这位伟大的抒情诗人它为什么掀起了某一阵风暴。有些东西你觉得讨厌或觉得古怪，但它们都有一种内在的存在理由。请你去问问约伯为什么他用一块破瓦刮他的脓疮；问问但丁为什么用一根铁丝去缝结净界中那些幽灵的眼皮①，让不知多么可怕的泪水通过这种缝制而涌出来。约伯在他的藁床上继续用瓦片刮他的疮口，而但丁仍然在地狱里继续他的行程。莎士比亚也是如此。

他以至高无上的恐怖主宰着一切、强加于一切之上。在他认为适当的时候，他在恐怖之中掺进一种魅力，一种强者才有的威严的魅力，这种魅力比荏弱的柔情、细致的情趣以及奥维德或第比尔②的魅力更为优越，就如同米洛的维纳斯③比美第奇的维纳斯④更为优越一样。不可知的东西、永不能确知其深度的形而上学问题、灵魂与大自然（它也是一个灵魂）之谜、对于命运中不测事件的那种朦胧而又带有必然性的直觉、思想与事件之混合物，所有这一切都可以成为曲尽其妙的形象，并且使诗歌里充满神秘而美妙的典型，唯其因为这些典型略带痛苦的色彩，唯其因为它们或隐或现但又千真万确，既笼罩在自己背后的阴影里又力图使读者感到愉快，所以它们就格外具有迷人的魅力。深刻的风度便是这样的。

精致而又伟大完全可能，在荷马的作品中就有。阿斯第纳斯⑤就是这样一个典型，但是我们所谈到的深刻的风度，却是一种更甚于这种史诗般的雅致的东西。它因某种混乱而尤其显得复杂，并且含蓄着

---

① 见但丁《神曲·地狱篇》。
② 第比尔（Tibulle，约公元前54～前19），拉丁诗人。
③ 米洛，希腊地名，米洛的维纳斯雕像发现于1820年，是古希腊雕刻的杰作。
④ 这里是指佛罗伦萨著名的美第奇陵墓所藏的维纳斯雕像。
⑤ 阿斯第纳斯（Astynax），特洛亚英雄海克托的儿子，城陷时被希腊人从城上扔下。但这个人物的故事并不见于荷马的史诗。

无限。这是一种明暗交织的光辉。只有近代天才具有这种风度，他的微笑既是一种风雅，又使人从其中看到一个深渊。

莎士比亚具有这种风度，这种风度虽然因来自坟墓而与病态的风度多少有些相像，但这两者是根本相反的。

戏剧中伟大的悲哀，只不过是人类的处境在艺术中的体现。这种悲哀笼罩着这种风度和这种恐怖。

哈姆雷特这象征着犹豫的人物，居于他整个创作的中心，而在两端则有象征着爱情的罗密欧与奥赛罗，一个是黎明的爱，一个是黄昏的爱。在朱丽叶的衰衣的褶纹中有着光明，但在被轻侮的莪菲丽亚和被猜忌的苔丝特蒙娜的尸衣里，则只有仇恨，爱情对这两个无辜者严厉无情，她们永远得不到安慰。苔丝特蒙娜唱着柳之歌，正是在那株柳树下，河水卷走了莪菲丽亚。她俩是彼此不相识的姊妹，虽然各自的悲剧不相关连，但在灵魂上却是息息相通的。同一株柳树在她们头上拂荡。在这个蒙冤含屈而即将死去的妇女的神秘歌声中，已经浮荡着头发散乱、若隐若现的溺死者的形象。

莎士比亚在哲学方面有时更走在荷马的前面。超出普里阿摩斯，他创造出李尔王；为忘恩负义而哭[1]比为死亡而哭[2]更痛心。荷马遇见野心家，便用权杖敲击他，莎士比亚则把权杖交给野心家，在戴尔西德[3]的基础上，他创造了理查三世[4]；野心穿上了红袍便暴露得格外赤裸裸；于是它本身就更昭然若揭；野心勃勃的王冠，还有什么比这更震动人心！

专制者的畸形还不能满足这位哲学家，他还需要奴仆的畸形，

---

[1] 指李尔王受到女儿虐待的遭遇。
[2] 普里阿摩斯国王在战争中丧失儿女的遭遇。
[3] 戴尔西德（Therside），希腊史诗中的人物，跛足，性格卑劣。
[4] 理查三世（Richard III），1483~1485年的英国国王，莎士比亚同名历史剧的主人公，跛足，性格阴险，残酷。

于是他创造了福尔斯塔夫。良知这一世系,开始于巴诺日[①],为桑科·潘扎所继承,而到福尔斯塔夫这里,则朝坏的方面变化并有了恶果。的确,良知的暗礁,就是卑鄙。桑科·潘扎同他的驴子和无知融为一体,完全傻里傻气;福尔斯塔夫则贪吃、怯懦、凶恶、淫邪、长着人的面孔和肚子,下身却是个禽兽,用4只不干不净的爪子爬行;福尔斯塔夫简直就是半人半兽的猪猡。

莎士比亚首先是一种想象。然而,想象就是深度,这正是我们已经指出的、并且为思想家们所共知的一个真理。没有一种精神机能比想象更能自我深化,更能深入对象,这是伟大的潜水者。科学到了最后阶段,便遇上了想象。在圆锥曲线中、在对数中、在微分法与积分法中、在或然率计算中、在微积分的计算中、在有声波的计算中、在运用于几何学的代数中,想象都是计算的系数,于是,数学也成了诗。对于思想呆板的科学家的科学,我是不大相信的。

诗人是哲学家,因为他想象。这便是为什么莎士比亚能如此随心所欲地操纵现实并使他自己的主观偏好和现实并行不悖的原因。这种主观的偏好本身就是"真"的一种变种。对这种变种是需要深思熟虑的。命运如果不像随心所欲的幻想还像什么呢?再没有什么比它在表面上更不连贯、更结合得不好、更不合逻辑。为什么给约翰[②]这个怪物戴上王冠?为什么杀掉亚瑟这个孩子[③]?为什么贞德被烧死?为什么孟克[④]能成功?为什么路易十五[⑤]幸福而路易十六[⑥]受罚,不要追究上帝的逻辑吧,诗人的幻想正是从这逻辑中汲取的。喜剧在眼泪中发

---

① 巴诺日(Panurge),拉伯雷《巨人传》中的一个主要人物,聪明、诙谐,善于恶作剧。
② 约翰(John,1167~1216),英国国王,又名失土约翰,莎士比亚以此为题材的历史剧《约翰王》的主人公。
③ 见《约翰王》。
④ 孟克(Mouk,1608~1670),英国将军。
⑤ 路易十五(Louis XV,1710~1774),1715~1774年的法国国王。
⑥ 路易十六(Louis XVI,1754~1793),法国国王,大革命时被处决。

光，呜咽从笑声里产生，形象混杂在一起，互相碰撞。一些巨大的形象几乎如牲畜那样踏着沉重的步伐走过；一些也许是妇女也许是幻影的幽灵起伏隐现；一些或为阴影中的蜻蜓或为昏暗里的苍蝇的灵魂，在所有那些我们称之为情欲与事件的黑色芦苇上战栗。一个极端是麦克白夫人①，而另一个极端则是狄达尼亚②。创造她们的是同一个庞大的思想，同一种无穷的偏情。

《暴风雨》《特洛埃勒斯与克蕾西达》《威尼斯商人》《温莎的风流娘儿们》《仲夏夜之梦》《冬天的故事》是些什么？是虚构、是图案。图案在艺术中就如植物在大自然中一样。图案在一切幻想之上扩张、生长、互相衔接、落叶脱皮、繁殖变绿、开花生枝。图案永无穷尽；它有一种不可思议的生机；它充塞着地平线，并且还开拓出另一个地平线；它以无数的交叉形遮住它内部的光辉，而如果你把人类的形貌附在这枝丫上，这整体就会使人眼花缭乱；这便是给读者的一种感动。人们透过一重疏栏，在图案之后辨识出整个的哲学。植物生长，人与自然同化，他在有限之中把自己变成一种无限的组合，在这既有"不可能"又有"千真万确"两种成分的作品面前，人类的灵魂为一种暗淡而又高尚的热情而战栗。

尽管如此，就像不应该让植物侵入房舍中一样，也不应该让图案侵入戏剧。

天才的特征之一，就是把相距最远的一些才能结合在一起。先像阿里奥斯托一样描绘出一个环形雕饰，然后像巴斯喀一样掏出人们的心灵，诗人就是这样的。人的良心是属于莎士比亚的。他每时每刻都给你造成意外，他从理智中抽引出它所固有的意外的因素。在灵魂探索这方面，很少有人超过他。人类灵魂好些奇特的私衷都被他表现出

---

① 麦克白夫人，莎士比亚悲剧《麦克白》中的人物，因羡慕权威富贵，怂恿其夫进行谋杀。

② 狄达尼亚，莎士比亚喜剧《仲夏夜之梦》中的仙后。

来了。他巧妙地使人广泛地在戏剧事实的复杂性之下感觉到形而上学事实的简单性。人们自己所不承认的东西，就是他们最初害怕而最后希求的东西，这便是朱丽叶的灵魂与麦克白的灵魂、一切处女的心与一切凶手的心的衔接点和意外的会合处。纯洁无邪的少女害怕爱情但又渴望爱情，就像恶棍害怕野心但又渴望野心一样。暗中施给幽灵的危险之吻，在朱丽叶这里是有声有色的，而在麦克白那里则是野蛮残酷的。

请你在这些纷乱的分析、综合、有血有肉的创作、梦想、奇癖、科学、形而上学之上，再加上历史，或则加上历史学家的历史，或则加上编造杜撰的历史，这样便可得到各种类型的标本。有从弑主凶手麦克白到叛国元凶科利奥兰纳斯[①]各式各样的叛徒；有从专制的首脑恺撒到专制的肚腹亨利八世[②]各式各样的暴君；有从狮子到高利贷者的各式各样的食肉者。人们可以对夏洛克说："犹太人，咬得好！"而在那奇异的剧本里，在那荒凉的灌木林旁边，为了预允给弑君者以王冠，暝色中出现了三个黑影[③]，也许赫西俄德[④]越过好些世纪又在这黑影里认出了是复仇女神。过剩的力量、美妙的愉快、史诗般的粗犷、怜悯心、创造力、欢乐、狭隘的头脑所不能理解的欢乐、讽刺、对恶人的无情鞭挞、苍穹般的伟大、需要显微镜来视察的精细、既具有一个最高点又具有一个最低点的没有止境的诗、庞大的整体、深沉的细节，以上所有这些，这位作家都不缺少。当人们接触到他的作品时，就感到有一阵巨大的风从一个世界的开口吹刮过来。在各方面都闪耀着天才的光辉，这便是莎士比亚。约纳丹·福伯斯[⑤]说过：

[①] 科利奥兰纳斯（Coriolanua），公元前5世纪有名的罗马将军，莎士比亚同名戏剧的主人公。
[②] 亨利八世（Henry Ⅷ，1491～1547），英国国王，莎士比亚同名历史剧的主人公。
[③] 见《麦克白》第一幕。
[④] 赫西俄德（Hésiode），公元前8世纪的希腊诗人。
[⑤] 约纳丹·福伯斯（Jonathan Forbes），不详，可能是误写。

Totus in antithesi.①

三

  天才与凡人不同的一点,便是一切天才都具有双重的反光,这正如杰洛墨·卡尔当②所说的,红宝石与水晶和玻璃不同,就在于它有着双重折射。

  天才与红宝石同样都具有双重的反光或双重的折射,这是在精神方面和物质方面彼此相同的现象。

  红宝石这种钻石中的钻石果真存在吗?这是一个问题。炼金术肯定它是存在的,于是,化学就去寻求。至于天才,它的确存在。只需读到埃斯库罗斯和余维纳尔的第一行诗,就可以发现人脑创造的这种红宝石了。

  在一切天才身上,这种双重反光的现象把修辞学家称之为对称法的那种东西提升到最高的境界。也就是说,成为从正反两个方面去观察一切事物的那种至高无上的才能。

  我不喜欢奥维德这个被放逐的懦夫③、这个专舔血手的饕餮者、这条被赶跑的走狗、这个为暴君所轻弃的谄媚者,并且,我憎恶充满在他作品中的那种美妙的灵智。但是,我不会把这种美妙的灵智和莎士比亚的有力的对偶混淆起来。

  任何完整的才智都无所不包,莎士比亚包括龚哥拉④就好像米开朗基罗包括了贝尔南⑤一样,并且,在这方面,已经有过一些现成的臆断:"米开朗基罗矫揉造作,莎士比亚喜用对称。"这都是学校课本上的用语,是从一个渺小的角度对艺术中巨大的对偶问题的看法。

---

① 拉丁文,意为由对立面构成的整体。
② 杰洛墨·卡尔当(Jérôme Cardan,1501~1576),意大利哲学家、数学家。
③ 奥维德先受奥古斯都皇帝的宠爱,后来因不甚明确的原因被流放。
④ 龚哥拉(Gongora,1561~1627),西班牙诗人。
⑤ 贝尔南(Bernin,1598~1680),意大利画家、雕刻家、建筑家。

Totus in antithesi①。莎士比亚倾其力于对偶之中。然而，只通过他的某个特点来看他整个的人、而且是像他这样的一个人，那是不公平的。但是，除了这种保留意见以外，我们还要说，Totus in antithesi 这句本来企图成为一句评语的话，可能只会成为一项证明了。事实上，莎士比亚就像一切真正伟大的诗人一样，的确应该赢得"酷似创造"这样的赞词。什么是创造呢？就是善与恶、欢乐与忧伤、男人与妇女、怒吼与歌唱、雄鹰与秃鹫、闪电与光辉、蜜蜂与黄蜂、高山与深谷、爱情与仇恨、勋章与它的反面、光明与畸形、星辰与俗物、高尚与卑下。大自然，就是永恒的双面像。而这一种从其中产生反语的对称，满布在人的所有一切活动中，它既存在于寓言和历史中，也存在于哲学和语言里。你成为复仇女神，人们便会称你为欧墨尼德②；你弑杀自己的父亲，人们便称你为费罗巴多③；你杀死自己的兄弟，人们便称你为费拉德耳弗④；你当上一个伟大的将军，人们便称你为小小的班长。莎士比亚的对称，是一种普遍的对称，无时不有，无处不有。这是一种普遍存在的对照，生与死、冷与热、公正与偏倚、天使与魔鬼、天与地、花与雷电、音乐与和声、灵与肉、伟大与渺小、大洋与狭隘、浪花与涎沫、风暴与口哨、自我与非我、客观与主观、怪事与奇迹、典型与怪物、灵魂与阴影。正是以这种现存的不明显的冲突、这种永无止境的反复、这种永远存在的正反、这种最为基本的对照、这种永恒而普遍的矛盾，伦勃朗构成他的明暗，比拉奈斯⑤构成他的曲线。

要把这种对称从艺术中剥除，请你就先把它从大自然中剥除吧。

① 拉丁文，意为由对立面构成的整体。
② 欧墨尼德（Euménides），希腊人对复仇女神的善称。
③ 费罗巴多（Phitopator），意即"爱父亲"、"孝子"，古代许多国王都有过此号。
④ 费拉德耳弗（Philadelphe），公元前285～前246年埃及国王普多内墨二世的外号，该字的原意是"爱兄弟"，但普多内墨二世为了争夺权位，曾杀死了他的两个兄弟。
⑤ 比拉奈斯（Piranèse，1720～1778），意大利建筑家、雕刻家。

四

"他是小心谨慎的。你可以放心和他在一起。他没有任何越轨的行为。尤其他有一个很难得的特点,那就是他'自甘淡泊'。"

这是什么,是推荐一个仆人吗?不是的。这是对一个作家的赞词。某一个所谓"严肃的"流派,在我们今天树立了"淡泊"这一诗的纲领。似乎全部问题就在于防止文学消化不良。

从前,人们常说:"丰盛、有力";今天人们则说:"清水淡茶"。你瞧,你处身在诗神的光辉灿烂的花园里,在这里,希腊人称之为"比喻"的精神之花在枝头上成团成簇地开放。到处都是观念的形象,到处都是思想之花,到处果实累累、气象万千、苹果金黄、香气扑鼻、色彩斑斓、光辉焕发、音调美好,一切都美妙无比,但你什么也不要去碰,你一定要控制自己。任何东西都不采集,凭这一点诗人才能得到承认。去参加禁酒会吧。一部好的批评作品就是要论述饮酒的危险。你想要创作《伊利亚特》吗?那么请你节食吧。啊,拉伯雷老头儿,你瞪着眼发愣也白费!

抒情,会使人不能控制自己;美会使人心醉;伟大会使人晕眩。理想也会使人受到诱惑,从其中走出来的人不知所措。如果你在星辰上行走过,你便能拒绝一个县长的职位,你便不会再持有一般人的见识;如果献给你一个多米杰①的参议院的席位,你会表示不屑一顾,你不会把恺撒的东西还给恺撒,你会糊涂到那种程度,甚至不向安西达菊斯②这位马执政致敬。你因为在最高的天界这个坏地方饮了酒,所以变成了这个样子,骄傲自大、野心勃勃、超脱漠然。由此看来,还是节饮为妙。不许出入"崇高"酒店。

自由就是一种放肆。谨慎克制固然好,把自己阉割了就更好。

---

① 多米杰(Domitien,51~96),罗马皇帝。
② 安西达菊斯(Incitatus),罗马皇帝加里居达的马的名字,此马曾被封为执政。

你要克制着自己度过一生。

清心寡欲、方正稳重、尊重权威、仪表端庄。只有写得四平八稳的才是诗。野草不梳理自己，狮子不修饰指爪，水流没有经过筛滤，大海任意展现它的漩涡，云彩提起自己的霓裳一直露出巴尔德巴兰①，这些都不成体统。在英文中，就是"Shocking"。波浪在礁石上吐沫，瀑布在深渊中喷射，余维纳尔朝暴君唾吐。呸！

我们宁愿不足而不喜爱过分。千万不要过分。以后，玫瑰花树必须数数它的玫瑰花。草地要受叮嘱少生长一些雏菊。命令春天要自知撙节。鸟巢坠落是由于过分盈满。小树林，谢谢你，不要这样多吸引鸟。愿银河也给它的星星编编号。它们太多了。

请你以植物园中高大的仙人掌作为修身的榜样吧，它每50年才开一次花。这真是一种值得尊敬的花。

一个真正的淡泊派的批评家，就是花园里的园丁，若有人问他："是否有夜莺停栖在你的枝头？"他总是回答说："唉，别和我谈它们啦，整个5月间，这些讨厌的家伙老是聒噪不休。"

休阿德②先生给玛丽－约瑟夫·谢尼埃③作了如此的论断："他的文体的巨大价值在于没有比喻。"我们今天又看到这种奇特的赞词复活了，这使我们回想起复辟时期的一位高明的教授，他对充满在《旧约》中的比喻和形象感到愤然，便以下面这样一句含意深长的格言否定了以赛亚④、但以理⑤和耶利米⑥，他说，整部《圣经》都可以归结为"好像"一词。还有一位，更其称得上教授了，他说过这样一句

---

① 巴尔德巴兰，指金牛星座。
② 休阿德（Suard，1733～1817），法国批评家。
③ 玛丽－约瑟夫·谢尼埃（Marie-Joseph Chénier，1764～1811），法国戏剧作家。
④ 以赛亚（Isale），公元前8世纪希伯来的一位先知，《旧约》中《以赛亚书》的作者。
⑤ 但以理（Daniel），公元前7世纪希伯来的一位先知，《旧约》中《但以理书》的作者。
⑥ 耶利米（Jérémie，约公元前650～前590），希伯来先知，《旧约》中《耶利米书》和《耶利米哀歌》的作者。

在师范学校里传诵不已的话:"我把余维纳尔扔到浪漫主义的粪土上去。"余维纳尔有什么罪过?和以赛亚的罪过一样。那便是情愿用形象来表现思想。照此说来,在文史领域里,我们是否要逐渐倒退到化学的术语上去?倒退到布拉东①关于比喻问题的意见上去?

听到卫道派的反对和詈骂,人们会以为诗人们创作形象和比喻的全部开销,都是由它这个学派在承担,并且,它也感到自己被品达、阿里斯托芬、爱日雪尔、普劳图斯和塞万提斯这班挥霍无度的家伙连累得陷于破产了。于是它便把激情、情感、人类的心灵、对现实的理想和整个生活统统锁在保险柜里。它慌慌张张盯着这些天才而把所有的东西都掩藏起来,口里还咕噜咕噜说:"这群贪吃的饿鬼!"因此,它便为作家想出了这样一个最高级的赞词:合乎中庸之道。

在这些方面,护教派的批评与卫道派的批评沆瀣一气。假正经与假虔诚总是互相帮忙的。

现在有一种奇怪的羞羞答答的流派在渐渐占优势;人们为掷弹兵殉国的那种野蛮的方式感到羞惭;修辞学把人们所称呼的譬喻法当作美化英雄人物的遮羞布;大家认为军营里说话必须如同在修道院里一样,而近卫兵的谈吐简直就是诽谤;一个退伍的老兵回忆起滑铁卢战役时就难为情地垂下自己的眼睑,人们为此就把十字奖章赏给那下垂的眼睑;某些在历史上出现过的话,其中有一部分在史册上没有应有的地位,例如那个在市政厅朝罗伯斯庇尔开了一枪的女杰,就自称为"死不投降的卫士"②。

由于这两种守卫着公共秩序的批评的共同努力,出现了一种健康的反应。这种反应已经产生出几个典型的有条不紊、方方正正的诗人,他们都很贤明,其文体总是未放即敛,他们把思想当作疯疯癫癫

---

① 布拉东(Pradon,1632~1698),法国悲剧诗人,他的作品都是模仿拉辛之作。
② 这是拿破仑的近卫军在滑铁卢战役中的口号,雨果在这里讥笑有人张冠李戴,把这话移在刺客的嘴里。

的女人，决不同她们在一起大吃大喝，人们从来也不会遇见他们在树林的角落里，Solus Cum sola①，同梦想这个荡妇在一起，他们不会与想象这个危险的游手好闲的女人发生关系，与酗酒的灵感、美妙的奇想也完全无缘，他们一生也没有和诗神这个赤足的女子接过一次吻；而且，他们从不在外面过夜，从无越轨的行为，他们的守门者尼古拉斯·布瓦洛对此甚为满意。如果波南里②走过，头发有点散乱，这成何体统！快，他们招来一个理发师。于是，拉·阿尔卜先生跑来了。这两种姊妹批评——卫道派批评与护教派批评——施行教化。它们培养幼稚的作家，刚一断奶就收留过来，真是年轻名士的教养所。

由此便产生一套守则、便有了一派文学、一派艺术。向右看齐！目的在于拯救社会，要在文学中去拯救它，就像在政治里拯救它一样。每个人都知道，诗是一种轻佻的无足轻重的东西，儿戏般地忙于追求韵脚，徒劳无益、白费气力，因此，再没有任何比这更可怕的东西了。赶紧把思想家好好捆绑起来，把他们关到木笼里去！多么危险啊！一个诗人是什么呢？如果要恭维他，那他就什么也谈不上；如果要迫害他，那他就代表一切。

这类以写作为业的下流坯自找苦吃。对他们加以世俗的制裁，颇为有效。当然，方式可以灵活多样。不时来这么一次流放是个好办法。作家被流放始于埃斯库罗斯而并非止于伏尔泰。在这条铁链中，每个世纪都有自己的一环。但是，流放也罢、驱逐也罢、判流徙刑也罢，总得找些借口才行。当然，这个办法也不是在任何时候都适用，这还有点不大好操纵，必须要有一种不那么笨重的武器来进行日常的小战争。一种通过了合法的宣誓程序并经适当授权的官方批评当然完全能够帮忙。组织作家来迫害作家的确不坏，使笔杆追捕笔杆尤为巧妙。为什么不可以有文学的巡逻队呢？

---

① 拉丁文，意为男女私会。
② 波南里，抒情诗神。

所谓"高雅趣味"是现存秩序为保卫自己而采取的预防性措施。有节制的作家是贤明的选民的附属品。灵感被怀疑有自由思想,诗歌被说成是不守法规。于是,就有了一种官方的艺术,官方批评的产儿。

整整一套特别的修辞学便是从这些前提中引申出来的。在这种艺术里,大自然只有一个狭窄的入口。它从旁门而入。大自然沾上了煽惑民众的污点。大自然的元素都被排斥了,因为它们被视为吵吵闹闹的酒肉朋友。春分或秋分的风雨犯了破篱穿户之罪,阵阵狂风被指责夜间喧闹。有一天,在艺术学校里,一个学画的学生画出一阵风在衣服上吹起了皱纹,一位在场的教授对此颇为反感,说:"在艺术里是没有风的。"

不过,这种波动并不使人绝望。我们仍然在向前走,终于也有了局部的进步。看忏悔书的面子,学士院才好容易接纳了几个人。茹勒·雅南①、泰奥菲尔·戈蒂耶②、保罗·德·圣-维克多③、李特雷④、勒南⑤,请你们背诵一下你们的经文吧。

但这还不够。病根太深。古代的天主教社会和古代的合法文学都遭到威胁。黑暗势力在危险中。向新一代宣战!向新精神宣战!人们都追迫着民主这哲学之女。

这种癫狂之例,也就是说天才的作品,都是可怕的。人们又重新开出了新的调理药方。公共道路显然防护得不够周到,似乎还有很多流浪诗人。警察总监麻痹大意,听任这批才子浪荡逍遥。当局在考虑什么呢?我们要提高警惕。人们的头脑是可能被咬一口的。确乎如此,这事已经证实,有人仿佛遇见了没有戴嘴套的莎士比亚了。

---

① 茹勒·雅南(Jules Janin,1804~1874),法国文学批评家。
② 泰奥菲尔·戈蒂耶(Théophile Gautier,1811~1872),法国诗人、批评家。
③ 保罗·德·圣-维克多(Paul de Saint-Victor,1825~1881),法国文学批评家。
④ 李特雷(Littré,1801~1881),法国语言学家、哲学家。
⑤ 勒南(Renan,1823~1892),法国作家、历史学家。

这个没有戴嘴套的莎士比亚，便是现在的译本[1]。

五

倘若有这么一个人最不配获得"真有节制"的好评，那么这人肯定就是威廉·莎士比亚。在"严肃的"美学统治下的臣民之中，莎士比亚是少见的刁民中的一个。

莎士比亚丰富、有力、繁茂，是丰满的乳房、泡沫满溢的酒杯、盛满了的酒桶、充沛的汁液、汹涌的岩浆、成簇的嫩芽、如滂沱大雨一般浩大的生命力，他的一切都以千计、以百万计，毫不吞吞吐吐，毫不拘束，毫不吝啬，而像创造主那样坦然自若而又挥霍无度。对于那些要摸摸口袋底的人而言，这种取之不尽好像就是精神错乱。他已经用完了吗？早着呢！莎士比亚是播种"眩晕"的人。在他的作品中，字字都是形象，字字都是对照，字字都像白昼和黑夜那样对照鲜明。

我们已经说过，诗人就是自然。如同自然一样敏锐、微妙、细致，同时又广大无垠。他无所隐晦、无所保留、无所吝啬，他单纯得如灿烂光辉。让我们来对"单纯"一词加以解释。

在诗歌中，淡泊就是贫乏，而单纯则是伟大。赋予每件事物以它所应具有的空间，既不多，也不少，这便是单纯。单纯，就是公正。趣味的整个法则全在其中。每件事物都各得其所，表达恰当。只要维持某一种内部的平衡、保持某一种奥妙的比例，那么，不论是在文体中或是在整体中，最不可思议的复杂就能成为单纯，这是伟大艺术的巧妙的规律。只有那种以热情为出发点的高超的批评，才能看透并且理解这些深刻的规律。丰富、充沛、光辉四射都可能属于单纯。太阳就是单纯的。

显而易见，这种单纯完全不像勒·巴戴[2]、多比雅克院长和布乌

---

[1] 指雨果的儿子法朗斯瓦·维克多·雨果于1860～1864年所译出的《莎士比亚全集》。
[2] 勒·巴戴（Le Batteux，1713～1780），法国文学家。

尔斯长老①所推荐的那种简单。

不论怎样丰富、怎样复杂，甚至纷繁、杂乱、难以清理，只要是真实的，便也是单纯的。

这种很深刻的单纯是艺术所认识到的唯一的一种单纯。

单纯，由于是真实的，因而也就是朴素的。真实的面貌就是朴素。莎士比亚的单纯，就是伟大的单纯，甚至还因为这种伟大的单纯而显得有些笨拙。他根本就不知道什么渺小的单纯。

简单而无力、简单而羸弱、简单而气短，这都是一种病态。这种简单性与诗毫无共同之处。对于它来说，一张医疗证书比跨上神马更为合适。

我承认戴尔西德的头骨是简单的，但是赫古勒斯②的胸襟也是简单的。而我喜爱后一种单纯胜于前一种。

适合于诗的单纯也可以像橡树一样纷繁。难道没有过这样的时候：橡树曾给你造成既繁琐又纤细的印象吗？它有无数的对称、巨大的躯干和细小的叶子、坚硬的树皮和柔软的青苔，它接受阳光的照射而又投射出自己的浓荫，它为英雄装饰冠盖，也为猪猡提供果实。它那许多对偶难道是矫饰、败坏、繁琐、低级趣味的标志吗？橡树可能会才情过多吗？它会属于朗布依埃爵邸③吗？它会是一个可笑的学究吗？它会带着矫揉造作的装饰吗？它会凋零败落吗？它全部的单纯，Sanctasimpli citas④会限于白菜那样简单吗？

纤细、才情过度、虚假、矫饰，这都是人们扔在莎士比亚头上的指责。人们宣称这些都是渺小人物的缺陷，并且立即用以责备巨人。

不仅如此，而且这位莎士比亚对什么都不尊重，他勇往直前，

---

① 布乌尔斯长老（Le père Bouhours，1628～1702），法国语法学家、批评家。
② 赫古勒斯，希腊神话中一个半人半神的英雄。
③ 指法国17世纪朗布依埃侯爵夫人（1588～1665）的沙龙，当时它聚集了一批文人学士，在1620～1665年之间，对当时的文学界很有影响。
④ 拉丁文，意为神圣的单纯。

他使得愿意跟随他的人喘不过气来,他跨过一切法度规矩:他推翻亚里士多德;他在耶稣会、美以美会、修辞癖和清教徒当中闹得天翻地覆;他把洛约拉①置于混乱中,把韦斯莱②搅得上下折腾;他勇敢、大胆、冒险、英武、直率,他的文具箱像一个火山口一样冒烟。他总是辛勤劳作、坚守岗位、兴致勃勃、永远前进。他手里握着笔,额上发出光辉,身上附着魔鬼。这匹公马太嚣张了,过路的驴子看了心中不快。多产便是挑衅。一个像以赛亚、像余维纳尔或者像莎士比亚这样的诗人,把一切都据为己有,的确太过分了,总应该照顾照顾别人呀。一个人怎能把一切全都占去。永不衰竭的精力、俯拾即是的灵感、像草地一样丰富的比喻、像橡树一样的对称、像宇宙一样充满了对照和深沉,不断地繁殖、开花、结蕾、分娩,庞然巨大的整体、秀逸坚实的枝节、生动而有力的感染,富饶、充实、繁荣,这真是太过分了,这简直侵犯了中立派的权利。

300年来,淡泊派的批评家一直用后宫中那些旁观者所特有的不满的眼光,来看待莎士比亚这位最为热血沸腾的诗人。

莎士比亚根本没有保留、没有节制、没有止境、没有空白。他所缺少的,就是"不足"。他没有储金库。他也不吃斋。他就像生物的成长、种子的萌芽,就像光明与火光向四面八方发散。但这并没有妨碍他来关心你们这些观众或读者,来向你们灌输道德、提供意见,就像第一个好人拉封丹③一样成为你们的朋友,并且为你们略效微劳。你们可以在他的火上暖暖双手。

奥赛罗、罗密欧、埃古、麦克白、夏洛克、理查三世、尤里乌斯·恺撒、奥白龙、波克、莪菲丽亚、苔丝特蒙娜、朱丽叶、蒂妲妮霞、男人、女人、妖妇、仙女、精灵,莎士比亚就是这样大开方便之

---

① 洛约拉(Loyola, 1491~1556),西班牙宗教改革家。
② 韦斯莱(Wesley, 1703~1791),英国宗教改革家。
③ 拉封丹(La Fontaiae, 1621~1695),法国寓言诗人。

门,请你取你们所需要的东西吧,取吧,取吧,你们还要什么吗?这里有阿利尔、巴洛尔、麦克达弗、蒲罗斯贝罗、微奥拉、米兰达、加里本,你还想要什么呢?这里还有哲西加、科第丽亚、克雷西达、波霞、布拉邦第奥、波乐纽斯、霍拉修、莫库邱、伊姆珍、特洛亚的邦达鲁斯、波东、迪修斯①。Ecce Deus②,他就是诗人。他把自己贡献出来,谁愿意要他?他就献出自己。他扩张,他挥霍,但他不会涸尽枯竭。为什么?因为不可能。他自我充实,但又自我耗费,然后再充实,再耗费。这是一个挥霍无度的天才。

在语言的放肆和大胆上,莎士比亚与拉伯雷是不相上下的,而拉伯雷在不久之前还曾被一位天鹅般的批评家骂为猪猡。

就像一切神通广大、才智高超的人一样,莎士比亚把整个自然都斟在自己的酒杯里,他不仅自己喝,而且还让你也来喝。伏尔泰责备过他好酒贪杯,这的确恰中要害。我们不妨再问一问,为什么莎士比亚有这种性格呢?他从不停止、从不厌倦,他不怜悯那些想要进学士院的胃口很小的人。人们称之为"纯正趣味"的那种胃炎,他是没有的。他是健康强壮的。他用响彻史章的歌喉所歌唱的这支丰富而放肆的歌曲究竟是什么呢?这是一支战歌、饮酒歌、情歌,它从李尔王到麦布女王③、从哈姆雷特到福尔斯塔夫,有时悲伤得像是一声呜咽,有时雄伟得如同《伊利亚特》!奥杰④先生竟会这样说:我读莎士比亚读得浑身发僵。

他的诗有一种由无巢的蜜蜂在漫游中酿成的蜜汁的浓烈香气。这里是散文,那里是诗,一切形式都不过是盛着思想的花盆,它们对他都很适合。这种诗有悲有喜。英文是一种不定型的语言,有时对他有

---

① 以上人名都是莎士比亚作品中的人物。
② 拉丁文,意为这就是上帝。
③ 麦布女王是英国民间传说中的仙后,在莎士比亚的剧本中并未作为人物出场过,仅在《罗密欧与朱丽叶》第一幕第四场提及。
④ 奥杰(Auger,1772~1829),法国批评家,当时颇有权威,长期掌管法兰西学院。

帮助,有时对他有妨碍。但是,在任何字里行间,他那深沉的灵魂都是表露得清晰透明的。莎士比亚的戏剧伴随着一种狂乱的韵律进行,它如此庞大,以至有些蹒跚不稳。它自己眩晕而且使观众也眩晕,但是又没有任何东西像这种动人的伟大这样坚固有力。在莎士比亚身上,有才气,有灵智,有媚药,有颤动,有荡漾的微风,有使人看不见的感化力,还有不知名的高贵的营养汁。这一切形成他的动乱,但在这动乱深处却是宁静。这种动乱正是歌德所缺少的,有人错误地颂扬歌德心平气和,其实这种心平气和是低劣的表现。而动乱,却是所有第一流的作家都具有的。在约伯、埃斯库罗斯、阿里杰埃里[①]的作品中都可以找到它。这种动乱,就是人性。在地球上,神明应该是合乎人情的。必须让他向自己提出谜语,让他自己为此烦恼。灵感是不可思议的东西,其中掺杂着一种神圣的痴愚。某种精神威严好像是遁世独立的,是使人惊奇的。莎士比亚像一切伟大的诗人和伟大的事物一样,充满了一种梦想。他自己的成长使他自己也惊愕,他自己的风暴使他自己也害怕。人们简直可以说,有时莎士比亚吓唬了莎士比亚。他对自己的深沉也有点害怕。这是最高智慧的标志。正是他的广度震撼着他自己,并且使他发生一种难以形容的巨大的摆动。世界上没有不起波澜的天才。醉醺醺的野蛮人,好,就这样称呼吧。他是野蛮的,好像原始森林;他是醉醺醺的,好像滔滔的大海。

  唯有雄鹰才能稍稍使人对这种辽阔的姿态有一个概念,莎士比亚他展翅高翔,他高踞、俯冲、沉落、疾飞,一时向下界倾泻,一时隐没于苍穹。他是这样一个天才,上帝故意没有紧紧地加以羁勒,使他得以勇往直前,并在无限之中自由地展翅翱翔。

  每隔一个时候,世界上就要产生一个这样的天才。我们已经说过,这种天才的降临使得艺术、科学、哲学或者整个社会焕然一新。

  他们充实了一个世纪,然后又消失退隐了。但他们的光辉并不只

[①] 阿里杰埃里(Alighieri),但丁家族的名称,以此代称但丁。

照耀着一个世纪,而是照耀着全人类,从时代的这一个尽头到那一个尽头,而且,人们看出来,这些天才中的每一个人都是包含在一个脑袋里的整个人类精神,他在某个特定的时代降临到这世界上来以实现进步。

这些崇高的天才,一旦生命结束、作品完成,便在死亡中和那神秘的一群结合,并且可能在永恒之中结成一个家族。

第二部分·第五卷

有才智的人与群众

一

80年来,创造出了好些值得纪念的东西。道路上满布着奇异的历史遗物。

已经创造出来的东西比起有待创造的东西来说,是微不足道的。

破坏,是一件苦差事;建设,则是一番大事业。进步通过左手来破坏,而通过右手来建设。

进步的左手被称为力量,而它的右手则被称为才智。

现在,已经进行了很多有益的破坏了,感谢我们的父辈,累赘的古老文明已完全被清除了。有才智的人,现在起来吧,大家投身到创作中去、投身到工作中去,忍受辛苦,完成职责!现在的问题就是要建设。

这里有三个问题。

建设什么?

在什么地方建设?

如何建设?

我们回答说：

建设人民。

在进步中建设。

用智慧来建设。

二

对人民做工作，这是最迫切的需要。

目前，我们要最先指出：人类的心灵需要理想甚于需要物质。

人有了物质才能生存，人有了理想才谈得上生活。你要了解生存与生活的不同吗？动物生存，而人则生活。

生活，就是理解。生活，就是面对现实微笑，就是越过障碍注视将来。生活，就是自己身上有一架天平，在那上面衡量善与恶。生活，就是有正义感，有真理，有理智，就是忠矢不渝、诚实不欺、表里如一、心智纯正，并且对权利与义务同等重视。生活，就是知道自己的价值、自己所能做到的与自己所应该做到的。生活，就是理智。加图在多莱墨面前不起身致敬。加图是在生活。

文学是从文明中分泌出来的，诗则是从理想中分泌出来的。这便是为什么文学是一种社会需要；这便是为什么诗是灵魂所渴求的东西。

因此，诗人是人民的启蒙导师。

因此，要在法国翻译莎士比亚。

因此，要在英国翻译莫里哀。

因此，要对他们作注解。

因此，需要一个广大的文学领域。

因此，要把一切诗人、哲学家、思想家、一切伟大心灵的产品，加以翻译、注解、印刷、出版、再版、铅印、零售、分卖、宣传、解释、转述、广泛传播、分发、廉价售卖，只收成本，甚至分文不取。

诗是从英雄主义中产生的。与我们相识的某某，有一天曾听见罗歇-哥拉尔①这位摆脱了旧习并对它抱嘲讽态度的朋友、这位从各方面来说都很敏锐而高尚的朋友这样说过:"斯巴达克斯②是一个诗人。"

可怕而又亲切的以赛亚这位预言进步的悲剧性的预言家,曾经写过好些有深刻感受的妙文,如:"那声音对我说:你用手掌把火红的木炭抓来,把它们撒在城里。"还有:"有只手向我伸来,它握着一卷东西,那是一本书。那声音对我说:'把它吃掉。'我把嘴张开,吃掉了这本书,它在我嘴里像蜂蜜一样甘美。"吃掉一本书,这奇怪而惊人的形象,是人类至善至美的图景,这种至善至美,上至科学下至知识。

我们刚才已说过:"文学是从文明中分泌出来的。"你怀疑这点吗?那么请你打开信手拈来的统计材料。

这里有一份落在我们手头的统计材料。是土伦监狱1862年的一份材料。材料表明,3010名囚犯中,有40人粗通文字,287人能写能读,904人写读不及格,1779名完全不能写读。这群可怜的人大都是从事机械性的职业,这可以从愈是从事智力职业的人数目愈少这事实中看出来,你最后便统计出这样的结果:在监狱中,金银匠和珠宝匠4人;传教者3人,文书2人,喜剧演员1人,音乐家1人,而文学家则一个也没有。

把群氓改造为人民,这是一件深刻的工作。最近40年来,人们称之为社会主义者的那些人,正是献身于这一工作。本书的作者虽然渺小,但也是其中最早的一员:1828年的《死囚末日记》和1834年的《克洛德·格》③便可为证。如果他要求在这些哲学家之中占有一个位置,那也是因为这是一个受迫害的位置。十五六年以来,某一种对社会主义的极其盲目然而却很普遍的仇恨,在那些有影响的阶级(那么的确存在着阶级?)中一直流行着,现在仍然如此,并且还在继续

---

① 罗歇-哥拉尔(Roger-Gollard,1763~1845),法国哲学家、政治活动家。
② 斯巴达克斯(Spartacus),罗马帝国时期奴隶起义的领袖,死于公元前71年。
③ 《死囚末日记》与《克洛德·格》是雨果两篇反对资本主义司法制度、宣扬人道主义思想的中篇小说。

蔓延。但愿人们不要忘记这点：真正的社会主义其目的在于教导群众具有公民的自尊，因而它主要关心的是道德和知识的教化。无知是最事关紧要的饥饿，那么，社会主义首先就要开通民智。这一点并没有使社会主义免遭毁谤、使社会主义者免于被人告发。对于目前掌握着公众舆论的那些愤怒的怯懦者来说，这些改革家都是公众的敌人。一切与罪恶有关的东西都被归在他们头上。戴尔菊连①曾经这样呼吁："罗马人啊，我们这些人为人正直、心地善良、喜爱思考、待人诚实。我们聚集在一起是为了祈求，我们爱你们，因为你们是我们的兄弟。我们像小孩一样柔顺、安静。我们希望人们都互相亲善。但是，罗马人啊，不论第伯尔河涨水也好，尼罗河涨水也好，你们都这样叫道：把所有的基督教徒都拿去喂狮子！"

三

民主思想这文明化的新桥梁，现在正承受超重的最可怕考验。当然，如果其他思想要担负加在它们身上的这种重负，它们就都会碎裂。唯独"民主"没有被堆在它上面的谬误所压倒，而恰恰表现出了它的坚强程度。它必须抵御人们随意加在它身上的一切，而现在，人们正想要它来承担专制主义这一重担。

人民不需要自由！这是某一个天真的误入迷途的学派的口号，这个学派的首领死去已经好几年了。这个老实可怜的梦想者真心相信，人们没有自由也可以获得进步。我们曾听见他也许并非有意地说过这样的格言：自由适合于有钱的人。这一类格言的坏处在于，它对于建立帝国并没有妨碍。

不，不，不，没有自由，就没有一切！

奴性，便是瞎了眼睛的灵魂。我们能想象有人自愿做瞎子吗？这

---

① 戴尔菊连（Tertullien，约155~220），罗马帝国时期基督教作家，曾在许多作品中反驳当时异教徒对基督教的诽谤和非难。

种可怕的事的确存在。有些人当了奴隶还逆来顺受。还有比锁链里的微笑更难看的吗？谁不自由便不是人，不自由的人没有眼睛，没有知识，不能分辨，不会成长，不会理解，没有愿望，没有信仰，没有爱情，没有妻子和儿女，只有一个属于他的雌体和他所繁殖出来的一些小东西，他不是在生活。Ab luce primcipum①. 自由是一个瞳孔。自由是进步的视觉器官。

因为自由有些麻烦，甚至有些危险，因为想要不通过自由而使文明普及，无异于不要太阳而去耕种农作物，所以这"自由"也成了一个可以任人非难的星球了。1829年盛夏的一个大热天，有一位批评家M.P.先生②（他今天被人遗忘是不应该的，因为他并非没有某些才能）觉得太酷热了，一边修削他的笔，一边说道："我简直要把太阳打一顿。"

某些和我们所理解、所希望的社会主义大有区别的社会学说都走入歧途了。让我们把那些与修道院、军营、隐舍和死规定有关的东西都抛开吧。巴拉圭在没有基督徒的时候仍然是巴拉圭。把邪恶的东西改头换面，这根本不是一桩有益的事情。恢复旧的奴役是愚蠢的。但愿欧洲各国人民都警惕那种改头换面的专制主义，也许他们自己就曾经为这专制主义提供了材料。这样一种东西，如果被一种特别的哲学支撑，那么就可能经久。我们刚才已经指出了这些理论家，他们之中特别有一些正直而诚实的人，由于害怕散漫行动、散漫意志和他们所谓的"无政府状态"而对绝对的社会集中有了一种几乎盲目的信仰。他们把他们自己安命容忍的态度发展成为一种学说。大家都去吃喝玩乐吧，那便是全部人生真谛。禽兽式的纵乐是个解决办法。但是，这种佚乐，别人会用另外的名字来加以称呼的。

我们为了一切民族而梦寐以求的东西，完全不是那种卑微屈从的幸福。那种幸福，对土耳其农民来说，就是权杖；对俄罗斯农奴来

---

① 拉丁文，意为开始就是光明。
② 所指不详。

说，就是鞭刑；而对英国士兵来说，就是鞭打。那些只沾上社会主义一点边的社会主义者和约瑟夫·德·麦斯特①以及安西龙②同出一辙而尚不自觉；这些天真的理论家盲从"既成事实"，怀有或自以为怀有的民主意图，并且还毅然决然地谈论"1789年的原则"。让这些对将要出现的专制主义大加宣传而犹不自觉的哲学家去想想吧，哄骗群众反对自由、在人们头脑中散布嗜欲和宿命论、当某种现状形成时便用唯物主义使人们安于这种现状、使人们接受这种现状所带来的后果。所有这些，其实都是按那种好好先生的方式去理解"进步"，这种人是为新发明的绞架而欢呼的，而且还这样叫道："来得正好！"以前我们还只有一种古老的木制绞架，现在，时代在前进，于是我们便有了结结实实的石头绞架，可供子子孙孙万代享用了！

四

填饱胃、塞满肠、饱食终日，这当然也算人生一事，因为这就是动物性。然而人可以把自己的希求提得更高一些。

当然，有一份可观的薪水，这的确不错。脚下有了这坚实的土地、可靠的依靠，这是令人高兴的乐事，聪明人都爱样样具备。有头脑的人总要保证他的位置。每年有1万银币薪俸的职位，的确是个美妙舒适的位子。优厚的薪俸使人容光焕发、身体健康，肥缺使人生活得顺顺当当，优裕的经济状况是一种使人身心愉快的处境，得到皇家恩惠，便能奠定家族的地位并且捞到一笔财产；但是我，我可不爱上面这些实惠可靠的东西，我宁要哥特余尔德多斯③主教带着微笑登上去的那只古老的大船。

---

① 约瑟夫·德·麦斯特（Joseph de Maisrre, 1753~1821），法国反动的教授派历史学家、作家。
② 安西龙（Ancillon, 1659~1715），法国血统的德国历史学家。
③ 哥特余尔德多斯（Quodvultdeus），这个名字是由拉丁文Quod vult deus所组成，意为"按上帝的意志"，但此人不知何所指。

除了饱食终日以外，还有另外一些更重要的事情。动物的目的，并不就是人类的目的。

把道德再提高一步很有必要。各个民族的生活就像每个人的生活一样，有其低沉的时候，这样的时候当然会过去，但它不应该留下旧的遗迹。人在这种时候，总是堕向口腹之欲，现在我们应该使人再回到心灵中去，回到头脑中去。头脑，这便是我们应该复兴的东西。社会问题在今天比以往任何时候都要求转向人类尊严的方面。

给人指出人类的目标，首先改造智慧状况然后再改造生理状况，当人们都忽视思想的时候对肉体表示轻蔑并且还以身作则，以上便是作家当前的直接而迫切的任务。

任何时代的天才都曾完成过这样的任务。

你问，诗人究竟以什么而有益于人群？这很简单，因为他们使人群得到文明光辉的照耀。

五

时至今日，已经有过一种文人文学了。特别在法国，我们已经说过，有了一种逐渐趋向特殊化的文学。做一个诗人，简直就像是在做官了。有些词汇在语言里根本得不到自己的地位，字典也许收录，也许不予收录。字典也有自己的意志。请你想象一下，植物学居然对某一种植物宣布它并不存在，大自然胆战心惊地呈上一种昆虫，动物学居然以它不合规格而加以拒绝。请你想象一下，天文学居然也刁难起星球来了。我们回想起以前曾听见一位已故的学士院院士在全学士院面前说过，法国是从17世纪才开始讲法语的，而且仅仅是在12年之间开始讲起来的；我们现在再也不知道是哪12年了。现在是时候了，让我们摆脱这一类想法吧。民主精神要求我们这样做。当前的发展要求新的东西。让我们走出中等学校、走出教皇选举会、走出狭小的框子、走出寒酸的趣味、琐细的艺术和小小的教堂。诗歌，不是一个小集团。现在,有一种力量还想恢复那些死去了的东西。我们要向这种倾向斗争。我们要坚持那些当前急需的真理。教科书所推荐的杰作、韵文的或散文的颂词、给国王当装饰品的悲剧、穿着大礼服的灵感、在诗歌中发号施令的要人、把拉封丹忘记了而把莫里哀看作一个"也许"的《诗的艺术》①、阉割了高乃依的布拉纳②之流、佶屈聱牙的语言、被刚第里盎③、龙冉、布瓦洛和拉·阿尔卜幽禁在四壁之中的思想,所有这一切都要成为过去,尽管它们现在仍然充塞在官方的公共教育之中。这个时代是一个伟大的世纪,并且堪称美好的世纪,但它在文学上却根本不过是一场重复的独白。一代文学竟然只是一场独白,这种奇事真是难以理解。人们在某种艺术的门楣上,似乎看到了"众人止步"的禁条。至于我们,我们只把诗歌想象为一些大大敞开着的门。现在是时候来树立"一切供大家享受"的原则了。现在,文明这个成熟的妇人,她所需要的正是一种人民的文学。

1830年揭开了一个论争④,它在外表上是文学的,而在内容上则是社会的和人类的。现在,作结论的时候已经到了,我们的结论是一种以人民为目的的文学。

本书的作者于31年前在《留克莱斯·波日雅》的序言中,说过一句从那时以来就经常被引用的话:"诗人担负着灵魂的责任。"如果还值得这样做的话,他在这里还要补充说,这句出自他的理智的话,过去一直是他生活的准则。

---

① 《诗的艺术》,17世纪法国古典主义理论家布瓦洛的著作。
② 布拉纳(Planat),不详。
③ 刚第里盎(Quintilien),公元1世纪的拉丁修辞学家。
④ 雨果著名的浪漫剧《欧那尼》上演于1830年,在剧场内外,引起了浪漫主义与伪古典主义的激烈斗争。

六

马基雅维利①向人民投射奇特的眼光。故意制造紧张、加重严重性、夸张国王所作所为的恐怖、夸大压榨的程度以激起被压迫者的反抗、使人厌恶地抛弃偶像、把群众推向极端，这些似乎就是他的政策。他的"是"就意味着"不"。他把专制主义加在暴君身上，为了使之垮台。专制君主在他手中成了要自我爆炸的丑恶的弹丸。马基雅维利耍弄阴谋，针对谁、为了谁呢？请你自己猜吧。他对君王的崇拜正好培养出一些弑君者。他在他的君王头上加上一顶沾满罪恶的冠冕、满载恶德的王冠，还绕上一圈猥亵的光圈，并且邀请你用等待仇人的态度去对他的这个怪物加以赞美；他眼睛斜视着黑暗而赞扬罪恶。在黑暗中正是阿尔莫狄厄斯②。马基雅维利这个君王丑行的导演、这个美第奇家族和波日雅家族③的仆人，在年轻的时候，曾因为赞美了布鲁图④和加西余斯⑤而遭过酷刑。他也许还和梭德利里⑥共谋过佛罗伦萨的解放。他还记得这事吗？他还继续这一事业吗？他的主意⑦就像闪电一样会引来密云层中一阵低沉的雷声，令人不安，连续不断。他究竟是要说什么？他究竟是要反对谁？他的劝告究竟是要维护还是要反对他所奉劝的对象？有一天，在佛罗伦萨的哥斯莫·许瑟那伊花园里，茫都⑧公爵与日后指挥过

---

① 马基雅维利（Machiavel，1469~1527），意大利文艺复兴时期资产阶级早期思想家、历史学家。
② 阿尔莫狄厄斯（Harmodius），雅典人，曾于公元前514年谋反雅典城邦的统治者。
③ 美第奇家族和波日雅家族，都是当时支配佛罗伦萨政治生活的大家族。
④ 布鲁图（Brutus，公元前85？~前42），罗马政治家，领导过反恺撒的阴谋。
⑤ 加西余斯（Cassius，公元前？~前42），罗马人，与布鲁图共同谋杀恺撒。
⑥ 梭德利里（Soderini，1450~1513），佛罗伦萨城邦的执政。
⑦ 马基雅维利的名著《君主论》是一本向当时佛罗伦萨统治者献策的书，他把夺取和维持政权本身当作目的，认为为了达到目的，可以不择手段欺骗群众、背叛同党和进行各种阴谋诡计，此书把损人利己的手段视为天经地义，由此产生马基雅维利主义一词。
⑧ 茫都公爵（Duc de Montoue），不详。

多斯加尔黑帮的约翰·德·美第奇①都在场，马基雅维利的敌人听见他对这两位王侯说："不要让人民阅读任何书籍，也不要让他们阅读我所写的书。"把这句话和伏尔泰向西瓦苏②所提的意见（即他对大臣的建议和对国王的暗示）作个对比是颇有意思的，他说："让那些贱民去读我们的那些废话吧。大人，读书根本没有危险。一个像法兰西国王这样伟大的君主有什么好怕的？人民都是最低贱的，而书本也不过是些儿戏之言。"根本不让阅读、又让人什么都读；人们简直不会相信这两个相反的意见其实是并不矛盾的。伏尔泰把爪子收敛起来，把整个身子都躺在君主的脚下。伏尔泰与马基雅维利是两个可怕的、不露声色的谋叛者，他们在各方面都不相像，唯独在把对君王的深刻仇恨假装为阿澳谄媚这一点上却是一样的。一个是狡猾的，另一个是阴险的。马基雅维利对于16世纪的君主来说，是一个指导他们恶行的理论家，是一个谜语般不可理解的臣子，表面热情而内心阴沉，得到斯芬克司③的抚摸，这是多么可怕的事情！这还不如像路易十五那样得到一只猫的澳谄。

在这里可以得出结论：让人民读马基雅维利，让人民读伏尔泰。

马基雅维利会引起人民对君王的罪行的嫌恶，而伏尔泰则会引起对这罪行的轻蔑。

但是，人心应该特别转向那些纯净透明的伟大诗人，不论他们是温柔优美得像维吉尔，还是严酷辛辣得有如余维纳尔。

七

人是通过智慧的提高才得以进步的，除此而外，就不能得救。去教育吧！去学习吧！未来的革命都要包括和融合在"免费义务教育"这句话里。

---

① 约翰·德·美第奇（Jesn de Médicis，1477～1521），即罗马教皇雷翁十世。
② 西瓦苏公爵（Duc de Choiseul，1719～1785），路易十五时期的大臣。
③ 斯芬克司，希腊传说中人面狮身的怪物。

这一规模巨大的文化教育，正是要通过第一流作品的宣传解释才能完成。而起着最大作用的，便是那天才作家。

什么地方有着聚集的人群，那里便应该有一个人在一定的地点说明解释那些伟大的思想家。

伟大杰出的思想家，也就是心怀慈善的思想家。

这些诗人的作品中所始终保持着的美，使他们居于这一教育事业的顶巅。

人民的心灵与天才作家的心灵相互沟通交流究竟能发出多少光明，那是任何人都预料不到的。人民的心与诗人的心互相结合，就会成为蓄存文明的伏特电池。

人民能够理解这一光辉灿烂的教育事业吗？当然能理解。我们还不知道有什么东西是过于高超而为人民所不能接受的。人民有一颗伟大的心灵。你有没有在假日到廉价的戏院去过？对于这群观众你会作何感想？你能知道还有谁比他们更直率自然、更富有见解呢？你在哪里见过这样深沉的颤动？即使是在大森林。凡尔赛宫进行赞美就像军队在机械地操练一样；而人民则狂热地投身于美。他们在戏院里聚集成堆、拥挤不堪、互相混杂，让自己在这里受到陶冶；他们是诗人即将加以揉捏的柔软的面团。莫里哀强有力的大拇指马上会印在上面；高乃依的爪子也将攫住这尚未成形的一团。他们是从哪里来的，是从哪里出生的？是从古第叶、从波尔须洪、从朱耐特①来的，他们赤着脚、光着臂、穿着破衣。肃静！人类的原始材料在此！

戏院里都满了，广大的观众注视着、倾听着、喜爱之情油然而生。所有激动的灵魂都迸射出内在的火花，所有的眼睛都灼灼发光，这只千头兽坐在那里，这是柏克②所谓的"暴民"、替图斯－李维斯③

---

① 古第叶、波尔须洪、朱耐特，均为地名。
② 柏克（Burke，1728或1730~1797），英国政治思想家，著有《论法国革命》，对法国大革命进行攻击。
③ 替图斯－李维斯（Tite-Live，公元前59~前19），罗马历史学家。

所说的"庶民"、西塞罗①所指的"Fex urbis"②,它抚摸着美,它对美作了一个风度妩媚的微笑,它对文学有着细致的感受,没有任何东西可与这怪物的雅致的口味相比。这一大群人感动得战栗、脸红,甚至跳了起来。它有高度的道德感,它是一个处女;它一点也不矫揉造作,这头野兽并不野;它不缺少任何一种同情,它身上有着各种感情,从热情到嘲弄,从讽刺到呜咽;它的怜悯胜过一般的怜悯,而是一种慈悲。在这种感情里,人们可以感到上帝的存在。有时,崇高的事物突然在它面前出现,于是,那看不见的电流便一下子触发了他们的心脏和肺腑,激情便开始了:是敌人兵临国境吗?是祖国在危难中?只要对这些群众振臂一呼,他们便能再一次创建温泉关的悲壮事例。谁使他们有这种变化?那便是诗。

群众的美德,就在于能够深刻地接受理想。一接近伟大的艺术,他们便感到愉快,甚至感动得战栗。他们从不遗漏一个细节。群众是一个易于波动、广大而充满活力的流体。人群就像一株感觉灵敏的含羞草。与美接触总使人类海洋的水面忘其所以地发生变化,这表明它的内部受到了感动。神秘的微风吹过,树叶便轻轻摆动,在深沉的东西神圣的鼓动下,人群便战栗起来。

而且,即使在人民并不成群的时候,每一个人民都是伟大事物的好听众。他有真正纯朴的心地,他有健康的好奇心,他的无知也能使他对事物增加兴趣。他接近自然本性,便能和真实的圣洁的热情投合。因此,在诗的面前,他身上便有了他自己也没有感觉到的可入之隙。一切教育都是为人民而有的。那火光愈是神圣,便愈是为人民而点起来的。我们愿意在乡村看到有向农民讲解荷马的讲坛。

---

① 西塞罗(Ciceron,公元前106~前43),古罗马演说家。
② 拉丁文,意为城邦的渣滓。

八

对物质过度热情,这是我们时代的罪恶。由此便产生某种堕落。

问题是要在人类的灵魂中再燃起理想。你到哪里去取得理想呢?到有理想的地方去取得。诗人、哲学家、思想家都是带着理想的孢子囊。理想就在埃斯库罗斯、以赛亚、余维纳尔、但丁、莎士比亚这些人的作品里。请把埃斯库罗斯、以赛亚、余维纳尔、但丁、莎士比亚播种到人类深沉的灵魂中去吧。

请把约伯、所罗门①、品达、以赛亚、索福克勒斯、欧里庇得斯、希罗多德、卢克莱修、戴阿克利特②、维吉尔、泰伦斯、贺拉斯、卡丢尔③、塔西德④、圣保罗⑤、圣奥古斯丁、戴尔菊利安、贝特拉克⑥、塞万提斯、阿格里帕·多比涅⑦、赫尼叶⑧、瑟克亥⑨、巴斯喀、弥尔顿、笛卡儿、高乃依、拉封丹、孟德斯鸠、狄德罗、卢梭、博马舍、瑟丹、安德烈·谢尼埃、康德、拜伦、雪莱全都倾倒出来,请把这些灵魂都倾倒在人的身上。

请把从伊索到莫里哀的所有才子、从柏拉图到牛顿的所有智者和从亚里士多德到伏尔泰的所有学者都倾倒出来吧。

这样,你便能医治好时弊,一劳永逸地缔造人类精神的健康。

你便会医治好资产阶级,而且会创造出人民。

正像我们刚才所指出的,在解放了世界的大破坏之后,你便着手

---

① 所罗门(Salomon,公元前974~前932),古代希伯来的贤明国王。
② 戴阿克利特(Théocrite,生卒年不详),公元前2世纪希腊诗人。
③ 卡丢尔(Catulle,公元前84~前47),拉丁诗人。
④ 塔西德(Tacite,55~120),拉丁历史学家。
⑤ 圣保罗(Saint Paul),公元1世纪的基督教先哲。
⑥ 贝特拉克(Pétrarque,1304~1374),意大利文艺复兴时期诗人。
⑦ 阿格里帕·多比涅(Aglippa d'Aubigné,1552~1630),法国作家。
⑧ 赫尼叶(Régnier,1573~1613),法国讽刺诗人。
⑨ 瑟克亥(Ségrais,1624~1701),法国诗人。

进行使得世界笑逐颜开的大建设。

创造人民，这是多么崇高的目的！

原则与科学相结合了，绝对愈来愈多地体现在事实之中，实现乌托邦理想的途径也被人以不同的方式加以探讨，政治经济学的、哲学的、物理学的、化学的、动力学的、逻辑学的，还有艺术的等等。联合渐渐代替对立，而统一又渐渐代替联合，宗教被上帝代替，牧师被父老代替，代替祈求的是美德，代替田亩的是土地，代替语言的是言词，代替法律的是权力，义务代替动力，工作代替卫生，和平代替经济，活的生命代替宣传，进步代替目标，自由代替权威，人，代替人民。简单说来，未来的图景便是如此。

而在顶巅，就是理想。

理想就是进步在不断前进中所追求的坚定不移的范本。

天才的作家如果不属于人民，那么又属于谁呢？他们是属于你的，人民，他们是你的儿子，也是你的父亲；你生育他们，而他们教导你。他们在你的混沌中开导光明。他们作为孩子，曾饮过你的乳汁。他们在那无所不包的母胎中躁动，这母胎便是人类。人民，你的每一步，都是一种突然的变化。应该在你身上加以探究的，是生活的深沉的作用。神秘的人群，你是伟大的母胎。天才们都从你这里产生出来。

因此，他们应该回到你的身边来。

人民啊，上帝缔造了这些天才，并把他们都献给了你！

美为真服务

一

啊，才智之士，做有用的人吧！对人生有点用处吧！当需要你成为有用的和善良的人的时候，你绝不要摆出不耐烦的嘴脸。为艺术而艺术固然美，但为进步而艺术则更加美。幻想空中楼阁当然好，但幻想乌托邦则更好。你需要想象吗？请你想象美好的人吧！你想要梦想吗？那么去梦想理想吧。先知追求孤独，而不是遁世独立。他把自己心灵中与人类维系着的纷乱交缠的线加以清理和引申；他并不切断它们，他来到荒野里思考，他想到谁呢？想到人群。他不是对荒林发言，而是对城市。他所注视的不是随风而倒的小草，而是人；他并不朝向狮子发出怒吼，而是朝向暴君。诅咒你，阿卡布①！诅咒你，奥瑟②！诅咒你们，君王们！诅咒你们，法老们！这便是伟大的孤独者的声音。接着，他哭了。

为什么哭泣？为永恒的"巴比伦囚禁"而哭。以色列、波兰、罗马尼亚、匈牙利和今天的威尼斯，都受过或正受着这样的囚禁。他这位善良但阴沉的思想家在观察，他侦察、窥测、探听、注视，在寂静中张着耳朵、在黑夜里睁着眼睛，对坏人准备好利爪。你去对这位信奉理想的隐士去谈谈为艺术而艺术吧。他有自己的目的，并且向它直奔而去，这目的，便是至善。他为这个目的而尽自己的力量。

他不属于他自己，他属于他作为使徒而应尽的职责。他负担着促进人类进步这伟大的责任。天才不是为天才而生，而是为人类而生。天才在大地上就是上帝的自我呈现。每一部杰作的出现，都是自我创造的上帝的一次显灵。杰作就是奇迹中的一种。由此，在一切宗教和一切民族那里，便产生了对圣者的信仰。如果有人以为我们否认基督的圣像，那便错了。

在社会问题目前所达到的阶段，一切都应该成为共同的行动。孤立的力量互相抵消，理想与现实休戚相关。艺术应该帮助科学。进步之车的这两个轮子应该同时转动。

新的有才能的一代，诗人与作家的高贵之群，青年人的队伍啊，

---

① 阿卡布（Achab，公元前875~前853），古以色列国王。
② 奥瑟（Osée），公元前730~前722年的古以色列国王。

我们国家活生生的未来,你们的长辈爱护你们,并且在向你们致敬。勇敢些!让我们来献身。献身给善,献身给真,献身给正义。这样做才是好的。

有一些纯粹热爱艺术的人,他们热衷于一种也还高贵也还有尊严的成见,他们撇开"为进步而艺术"这一公式,也就是离弃"有用之美",因为他们担心,实用便会破坏美。他们战战栗栗看到诗神的臂膀接上了女仆的双手。照他们看来,理想一与现实接触过多就会变样。如果崇高下降到人世,他们便要为它担忧。唉!他们真是弄错了。

实用不仅不会限制崇高,而且会加强它。崇高运用于人类的事物便会产生意想不到的杰作。实用,从其本身来考察以及把它视为一种与崇高相配合的因素,它也具有好几个种类,有温和的实用,也有愤怒的实用。如果它是温和的,便能抚慰不幸的人,并创造出社会的史诗;如果它是愤怒的,便能鞭挞恶者,而创造出神圣的讽刺诗。摩西把神杖递交给耶稣,而这同一支威严的神杖在使岩石里涌出了泉水以后,又把商人从圣殿里驱逐出去①。

什么!艺术由于扩大了自己难道反而会缩小吗!不。愈是多一种用处,艺术就愈增添一种美。

但是,人们会对此不同意。医治社会的创伤,修改法典,以权利的名义谴责法律,把监狱、狱吏、苦役犯、妓女都作为丑恶的字眼,对警察的登记本进行检查,和药房订立合同,调查人们的失业状况,尝尝穷人的黑面包,为女工寻找出路,把戴单眼镜的游手好闲人士和穿破衣的懒汉加以对比,排除无知的障碍,开设学校,提倡识字,对耻辱、丑行、过错、罪恶、丧尽天良加以鞭挞,宣扬文化的普及,宣告自然权力的平等,改善精神和心灵的营养,给人以饮食,为社会问题要求解决办法,为赤脚的穷人要求鞋子等等,所有这些都不是蔚蓝的天空上的东西,而艺术却是蔚蓝的天空。

---

① 摩西用神杖点出泉水的故事,见于《旧约》;耶稣把商人赶走的故事,见于《新约》。

是的，艺术是脱离尘嚣的蓝天，但是从高高的蓝天上投射下来的光，使小麦灌浆、使玉蜀黍发黄、使苹果长圆、使葡萄发甜、使橘子镀上金黄的颜色。我再重复一遍，愈是多一种用处，就愈增添一种美。无论如何，于艺术又有何损？使甜萝卜成熟、为马铃薯浇水、使苜蓿和干草长得更加茂盛，还有和农夫、葡萄种植者、蔬菜种植者互相合作，这都不会使天空失去一颗星星啊！广泛性并不排斥有用性，并且，它又会因此而失去什么呢？我们所称为磁力或电力的那种巨大的活流，是不是会因为它能使磁针总是指向北方、能指引航船的方向，因而就不会在密云层中发出那样强烈夺目的光芒呢？朝阳是否因为预料到了苍蝇的干渴，有意地把蜜蜂所需要的露珠藏在花朵里，因而就会不那么光辉灿烂，就会缺少紫红与澄碧，就会少一些庄严、风度和光彩呢？

我们坚持创作社会的诗、人类的诗、为人民的诗，这种诗赞成善而反对恶、表白公众的愤怒、辱骂暴君、使坏蛋绝望、使不自由的人解放、使灵魂前进、使黑暗退缩，它知道世界上有窃贼和暴君，它扫除囚笼、倒掉装公共垃圾的脏桶。波南里①，把你的双袖卷起来，来完成这些粗活吧，呸！这算什么。

为什么不愿意？

荷马是他那个时代的地理家和历史学家，摩西是他那个时代的立法者，余维纳尔是他那个时代的法官，但丁是他那个时代的神学家，莎士比亚是他那个时代的道德家，伏尔泰是他那个时代的哲学家。以事实而论或从推理而言，任何领域都不会对有才智的人关上大门。既然眼前有广阔的天地，身上又有一对翅膀，那么就有飞翔的权利。

对于某些高尚的人来说，飞翔就是服务。在沙漠里，一滴水也没有，干渴得可怕，朝圣者的行列艰难地向前行走，突然在沙丘起伏的地平线上出现了一头翱翔的老鹰，于是，这一队人都叫了起来："那里有水泉！"

---

① 波南里，抒情诗神。

埃斯库罗斯对"为艺术而艺术"有何感想？可以说，如果曾经有过一位真正称得上诗人的诗人，那便是埃斯库罗斯。请听听他的回答吧。那是在阿里斯托芬的剧本《蛙》里，第1039行。埃斯库罗斯说："从古以来，有名的诗人都为人群服务。奥尔菲向人指出谋杀之可怕，缪斯把神意与医学教给人，赫西俄德传授了农业，神圣的荷马则给人以英雄主义。而我追随荷马，我歌唱像狮子一样勇敢的巴托克勒和戴西，为了使每一个公民都努力效法伟人。"

正像整个大海都是盐一样，整部《圣经》都是诗。这部诗谈论当时的政治。请打开《撒母耳记》第八章。犹太人要一个国王。"……耶和华对撒母耳说，他们要一个国王，他们要把我抛弃，使我根本管不了他们。让他们去吧，不过，你要告诉他们国王将来会用什么办法来对付他们。于是，撒母耳以神的名义对这群要求一个国王的百姓说：将来，国王会把你们的儿子捉去，把他们套在自己的车上，把你们的女儿抢去，将她们变成奴婢；他会掠夺你们的田地、葡萄和好的橄榄树，而把它们赐给自己的家臣；你们收获农作物、收获葡萄，他都要收什一税，而把这些税分给他的官人；他还要把你们的仆役和驴子占去，用来替他去工作；有这样骑在你们头上的国王，你们将来会抢天呼地，但是，因为这是你们自己要求的，耶和华一点也不会可怜你们。你们将沦为奴隶。"①大家可以看出，神权是断送在撒母耳那里。《申命记》把祭坛毁了，应当说这是假祭坛；但是旁边另外那个祭坛难道不也是假的吗？"你们要把假神的祭坛破坏掉，而在上帝居住的地方寻找上帝。"②这简直就是泛神论了。这本书为了要参与人世间的事，为了有时主张民主，有时主张破坏偶像，因而就不够光辉、不够高超了吗？如果说，《圣经》里没有诗，那么，诗又在哪里呢？

你们说，诗神是为了歌唱、为了爱、为了信仰和祈求而生的。

---

① 雨果的引文与《圣经·撒母耳记》上卷第八章的原文有出入。
② 见《圣经·申命记》第十二章，雨果的引文与原文有一些出入。

这话也对，也不对。让我们来讲讲这个道理。歌唱什么？歌唱虚无吗？爱什么？爱自己吗？信仰什么？信仰教条吗？祈求什么？祈求偶像吗？这样说就不对。应该是这样的：歌唱理想，热爱人类，信仰进步，祈求永恒。

请注意，你们在诗人的周围画出一个个圈子，便会把他置于人群之外。是的，我们一方面要诗人置身于人群之中，并且具有翅膀能够上下飞翔，不时消失在远渺之中，这不仅是好事，而且也应该如此，但是，另一方面又必须以飞回来为条件。让他去吧，但要使他回来。让他张开翅膀飞到无限中去，但他必须又有双足好在地上行走。要使他从人群中走出以后又再回到人群中去。要使别人在把他当天神看待以后，又发现他像兄弟一样亲切。要这颗含在他眼里的星星流出一滴滴的眼泪，而这眼泪又是属于人类的。因此，诗人既是人，也是超人。但是，完全置身于人群之外，这就是取消了生存。天才，把你的脚伸过来，让我们瞧瞧你是不是和我一样，在脚踵上有着大地的尘土。

如果你没有这样的尘土，如果你从来没有走过我的道路，你便不会认识我，我也不会认识你。走开吧，你自以为是一个天使，其实只是一只小鸟。

强者扶助弱者，伟人帮助小人，自由的人解放被奴役的人，思想家教育无知者，孤高之士指导群众，这便是从以赛亚到伏尔泰的法则。不遵守这法则的人也可以成为一个天才，但只是作为奢侈品的天才。这种人完全不参与世事，自以为纯洁净化了，其实是自暴自弃。这种天才纤细、优雅、精美，但却不伟大。任何一个有用的粗人，只要他有用，在看到这种没有用处的天才的时候，都有权这样发问：这个游手好闲的家伙是什么？双耳壶不愿到水泉去盛水，便该遭到瓮子的轻蔑。

献身的人是伟大的！即使他处境艰困，但也能平静处之，并且，他的不幸也是幸福的。对于诗人来说，面向职责并不是一件坏事。职责与理想有一种严肃的相似之处。为了完成自己的职责而遇上险阻也是值得的。不，不要避免与加图手肘相撞。不，不，不，真理、正直、对人类的教导、人类的自由、有力的美德、良心，所有这些都是不可加以轻蔑的东西。愤怒与温情，是对于人类不自由状况两个方面的不同反应，并且，能够发怒的人就能够爱。把专制君主和奴隶平等加以看待，这是多么了不起！现在的社会，一方面是专制君主，另一方面全是奴隶。对此即将有一次可怕的清算，将来它一定会完成。一切思想家对这个目标都负有责任。他们在完成这职责的时候会成长起来。在进步的事业中做上帝的仆人、在人民群众里充当上帝的使徒，这便是天才成长的法则。

二

有两种诗人，一种是感情用事的诗人，一种是逻辑的诗人，此外，还有结合着以上两者特点的第三种诗人，这两种诗人以两种特点相互克制、互相补充，并且把它们概括在一种更高的本质中。这是用同一块材料塑成的双重塑像。这第三种诗人居于首位。他具有主观的偏情，他听从神灵的默启，他也有逻辑，他执行着自己的义务。第一种诗人写出了《雅歌》，第二种诗人写出了《利未记》，第三种诗人写出了《颂歌》和《预言》[①]。在罗马作家中，贺拉斯是第一种诗人，吕甘[②]是第二种诗人，余维纳尔是第三种诗人。而在希腊作家中，品达是第一种，爱西埃德是第二种，荷马是第三种。

任何美都不会因为"善"而遭损失。狮子因为有温良的特性就不及老虎美吗？这温良的动物因为从它所捕攫的小孩身边走开，让他回到自己母亲的怀抱，它的鬣毛就会因此而缺乏威严了吗？因为它舐了

[①] 《雅歌》《利未记》《颂歌》皆为《圣经》中的一卷。《预言》是对于《圣经》中诸先知所写的书的总称。
[②] 吕甘（Lucain，39~65），拉丁诗人。

昂托克勒斯①而从它嘴里发出的可怕的吼声就不存在吗？天才如果袖手旁观，即使他优美出众，也仍然是畸形的天才。没有爱的天才是种怪物。爱吧！让我们爱吧。

爱，从来也不会妨碍你使得人们高兴。你在哪儿见过一种善的形式排斥另一种善的形式？相反，一切善都是彼此相通的。让我们对此再作进一步的理解。一个人具有了某种特点，并不必然就具有另外一种，但是，认为在一种特点之上再加另一种特点就是损失，这倒的确使人奇怪。有用的，不过就是有用的，美的，不过就是美的；有用而又美，这就是崇高了。圣保罗在1世纪、塔西德和余维纳尔在2世纪、但丁在13世纪、莎士比亚在16世纪、弥尔顿和莫里哀在17世纪的情形便是如此。

我们刚才谈到一句很著名的口号：为艺术而艺术。让我们对此来做一番一劳永逸的说明。说老实话，如果相信了这个普遍为大家重复过多次的说法，那么本书的作者也许会写下"为艺术而艺术"这句话。但是，他却从来没有写过。大家可以从我发表过的作品的第一行读到最后一行，也根本不会发现这句话。在我的全部作品中，甚至在整个一生中，写得明明白白的，恰巧是与这句话完全相反的那种思想。但是这句话本身难道真的没有在本书作者的作品里出现过吗？我们同时代的有些人和我们一样，也许还会记得下面这样一件事。35年前的一天，在批评家与诗人争论伏尔泰的悲剧的时候，本书的作者曾经这样说过："这种悲剧根本不是悲剧。这不是人在生活，而是格言在喋喋不休。宁可一百次'为艺术而艺术'！"这种话语由于舌战的需要而被别人歪曲得违反他的原意了！它居然成了一句格言，就连说出它的人也没有料想到。这句针对《阿勒意尔》和《中国孤儿》②的

---

① 昂托克勒斯（Androclès），传说中的罗马奴隶。当时罗马奴隶主往往令奴隶与野兽相斗以取乐，昂托克勒斯能够与狮相处而不为其所伤。
② 这两个都是伏尔泰的悲剧作品，后者是以中国《赵氏孤儿》的故事为题材的。

话，严格运用于这两个剧本是完全恰如其分的，但有人竟把它宣告为原则和公式而写在艺术的大旗上。

澄清了这一点，我们再继续谈下去。

在我们面前是两种诗，一种是品达的，它神化一个车夫，或者颂扬一辆大车车轮上的铁钉；另一种是阿奚洛克①的，它写得很可怕，甚至杰弗莱②在读过以后就不再作恶了，并且走到他给良民准备的绞架上自缢。这两种诗同样都具有美，但我却偏爱阿奚洛克的。

在史前时期，那时的诗歌是寓言式的、传奇式的，它具有一种普罗米修斯式的伟大。这种伟大从何而来呢？从其有用而来。奥尔菲使野兽驯服，昂菲永③建造城池。这种使人驯服的诗人也是建筑师。李留斯④帮助爱尔克勒，缪斯救助代达罗斯⑤。诗具有感化的力量，这便是它之所以美的根由。传统总符合理智，在这一点上，人民的良知是不会弄错的。这种良知总是创造出一些有真理意义的故事。时间距离一遥远，一切便都显得伟大了。你所赞美的奥尔菲这种驯服野兽的诗人，同样也体现在余维纳尔身上。我们来谈谈余维纳尔。很少有诗人比他受过更多的侮辱、更为人所否认和污蔑。对余维纳尔的污蔑是如此无穷无尽，直到今天还有加无已。这种污蔑从一个文丐的笔下到另一个文丐的笔下，毫无止境。世上一切伟大的嫉恶如仇的人，总是被那些崇拜权力和羡慕荣光的人所憎恨。那群诡辩的家伙、脖子上套着颈圈的作家、粗暴的史官、受人雇佣和豢养的学者、宫廷里的显贵和

---

① 阿奚洛克（Archiloque），公元前7世纪的希腊诗人，他的讽刺诗尖锐有力。
② 杰弗莱（Jeffreys，1648～1689），英国大贵族，其刑法残酷。
③ 昂菲永（Anphion），希腊神话中朱庇特之子，诗人、音乐家，他的音乐感动了顽石，使它们自动堆建成一座城池。
④ 李留斯（Linua），希腊神话中的人物，赫古勒斯少年时，曾由他教授弹琴，有一次，赫古勒斯学得不好，李留斯加以惩罚，赫古勒斯便把琴扔在他头上打死了他。
⑤ 代达罗斯（Dédale），希腊神话中一个有名的建筑师，他为克里特的国王米罗斯设计和建造了克里特的著名的迷宫，后来失宠，连同他的儿子被国王投入监狱，他在狱中用蜡为自己和儿子粘上翅膀飞越出狱。雨果说他受缪斯的救助，纯系引申。

学派中的权威,都给一切伸张正义、嫉恶如仇的人设下种种障碍,防止他们获得光荣。这群家伙在这些雄鹰的周围聒噪不休。他们对于主持公道的人往往不愿意公平地对待。因为这些人既使主子不便,又使奴才生气。世上那些低劣庸俗之辈毕竟也有他们的激愤。

而且,这些小人不能不互相勾结,君王便不能不依靠暴君。村学究为了总督大人几乎把教鞭都打断了。干这种差事,一方面要颇有文才的官人,另一方面则要官方的学究。文学中可怜的恶习,都是那些开明的、了不起而又罪大恶极的王侯高价买来的,如卢凡①殿下、克洛德②陛下,还有可敬的墨莎里纳③夫人。她常举行豪华的宴会,从她的金库开支一笔又一笔年金,并经年累月地维持着这种派头,因而诗人们总给她加上冠冕。这些王侯还包括戴阿多拉④。此外,还有菲莱戴龚德⑤、阿叶斯⑥、布高涅的玛尔格利特⑦、巴伐利亚的伊萨波⑧、美第奇的喀德琳娜⑨、俄罗斯的喀德琳娜⑩、那不勒斯的卡罗里纳⑪。这些罪行累累的王公大人、丑闻成堆的贵妇,我们是否能使他们伤心地去赞同余维纳尔的成功呢?不可能。以王权的名义向鞭子宣战!以商店的名义向棍棒宣战!这都很好。侍臣、顾客、文丐,请便!明目张

---

① 卢凡(Rufin),公元4世纪罗马帝国的大臣。
② 克洛德(Claude),此处所指系克洛德一世(公元前10~54),罗马皇帝。
③ 墨莎里纳(Messaline,15~48),罗马皇帝克洛德一世的第一个皇后,以放纵而著名。
④ 戴阿多拉(Théodora,527~547),东罗马帝国王后,很有才干,在当时很有影响。
⑤ 菲莱戴龚德(Frédégonde,约545~597),东法兰克王国国王西尔贝里克一世的妻子,后来以其子的名义听政。
⑥ 阿叶斯(Agnès),路易七世的女儿,嫁给拜占庭皇帝安特洛利克一世(1171~1220)。
⑦ 玛尔格利特(Marguerite,1290~1315),法国国王路易十世的王后。
⑧ 伊萨波(Isabeau,1371~1435),法国王后,查理六世之妻,当查理六世生病时,曾数度代理执政。
⑨ 美第奇的喀德琳娜(Cathérine de Médicis,1519~1589),法国国王亨利二世的王后。
⑩ 俄罗斯的喀德琳娜(Cathérine de Russie),俄国历史上有喀德琳娜一世(1682~1727)与喀德琳娜女皇(1729~1796),此处所指不明确。
⑪ 卡罗里纳(Caroline,1782~1800),拿破仑的妹妹,与缪拉结婚后被封为那不勒斯王后。

胆的犯罪者与伪善者，请便！这不会使共和国不感谢余维纳尔，也不会使圣殿不赞同耶稣。

以赛亚、余维纳尔、但丁，这都是一些圣人。请你注意他们低垂的眼睛，从他们严厉的眉毛下发出一道道光彩。在他们以正义反对非正义的愤怒里，有一种神圣的感情。诅咒也可以像赞美歌一样圣洁，而愤怒，正当的愤怒也具有美德的纯洁。以洁白的程度而言，泡沫用不着羡慕白雪。

三

整个历史都证明了艺术与进步事业的合作。诗韵是一种力量。Dictus ob hoc lenire Tigres[①]. 中世纪对这种力量的认识和体验并不次于古代。第二时期中的野蛮，即封建时期中的野蛮，也害怕诗韵这种力量。那个时代的爵爷们什么都不怕，但在诗人面前却有所收敛。这位诗人怎样？他"唱出雄壮的歌曲"而使封建主害怕。并且这位面生的诗人总是和文明的精神同在。充满了屠杀的古城楼张开它野性的眼睛，监视黑暗中的动静。它们感到忧虑了。封建主在战栗，洞穴里也发生了混乱。龙和多头兽也不敢为所欲为了。这一切是因为什么原因呢？这是因为有一个看不见的神存在。

我们来看看诗的这种力量在最为野蛮的国家，特别是在英国这封建势力最为浓厚的国家中的作用，的确是很奇特的。Penitus toto divisos orbe britannos[②]. 如果我们相信传说——这种历史形式的真假程度和其他任何历史形式是相等的——的话，那么就会知道，哥尔格兰被布利东人围困在约克后得到他的兄弟撒克逊人巴尔多夫的援救，便是由于诗歌的作用。此外，阿洛夫深入阿戴勒斯坦的营帐、乐登布里亚王子魏尔布格被威尔士人解救出来（据说由此便有了王太子纹章上

---

① 拉丁文，据说老虎也因它而变得温驯了，见贺拉斯《诗艺》第393行。
② 拉丁文，意为与整个世界全然隔绝的不列颠人。维吉尔《牧歌》第一篇66行。

盖尔特式的警句：Ich dien①）、英国国王阿夫锐特战胜了丹麦人的国王日特洛、狮心王查理从罗生斯当监狱里逃脱出来、西斯特的公爵哈诺尔夫在他的何德兰城堡里遭到攻击但得到行吟诗人的解救，直到伊丽莎白②治下达尔东的贵族还赋予行吟诗人以特权等等，所有这一切都能证明诗歌的力量。

诗人有谴责人和威吓人的权利。在1316年庞各特节日，爱德华二世③与英国公卿们坐在威斯敏斯特大厅的席桌旁，一个女行吟诗人骑马而入，在大厅里绕行一周，向爱德华致敬后就高声向佞臣斯宾塞预言他将被刽子手吊在绞架上阉割，向国王预言他将被一块烧红的铁块刺入体内，说完，在国王桌前留下一封信便扬长而去了。而当时没有任何人对她加以呵斥。

在节日的时候，行吟诗人走在神父之前，并且得到更光荣的礼遇。在阿宾东④地方的圣十字架节日上，每个神父可以得到4个便士，而每个行吟诗人则能得到两个先令。在玛克斯多克⑤的修道院里，有着这样的惯例，人们把行吟诗人请到彩漆的房间里用餐，还给他们点上8支大蜡烛。

愈是往北，雾就愈来愈浓，而诗人也似乎愈来愈显得伟大。在苏格兰，诗人在人们眼里便到了无比伟大的程度。如果说有某种东西超越了古希腊行吟诗人的传说，那便是古斯堪的纳维亚诗人的传奇。当英王爱德华逼近的时候，诗人们保卫了斯第尔灵，像300勇士保卫斯巴达一样，并且，他们也有他们自己的温泉关之战，完全不下于李奥倪大所指挥的温泉关之战。奥西安⑥这位诗人的的确确是存在的，而

---

① 威尔士文，意为看准你的人。
② 伊丽莎白（Elisabeth，1553~1603），英国历史上著名的女王。
③ 爱德华二世（Edward Ⅱ，1284~1327），英国国王。
④ 英国地名。
⑤ 英国地名。
⑥ 奥西安（Ossian），传说中的一位古苏格兰诗人。

且还有人抄袭他的作品。抄袭算不了什么,但这位抄袭者做得比小偷更过分,他把奥西安偷得一干二净因而使之索然无味了。仅仅通过麦克菲逊①来认识《范卡尔》②,就像仅仅通过特莱桑③来认识《阿玛第斯》④一样。人们指出,在斯塔法岛⑤上的诗人之石,根据很多古物研究者的判断,早在司各特拜访爱布利德⑥之前就已经名为"Clacban an bairdh"⑦。这个诗人之石是一块巨大的空心岩石,它坐落在山洞的入口,使人产生当椅子坐的企望。在这座位的周围环绕着水波和云彩。在它的后面,多棱形的火山化石堆积成神奇的几何形,林立的廊柱竖在水波里,形成神秘的令人害怕的建筑。范卡尔⑧的走廊就延伸在诗人之石的旁侧,大海在流进这个可怕的地方的入口处汹涌澎湃。在夜间,玛基龙族的渔人好像看见在这座位上有一个屈肘而倚的影子。他们说,这是幽灵。而且,甚至在白天,也没有人敢爬上这个可怕的座位。因为石头的概念总是和坟墓的概念相连,而在这花岗石的座位之上,也只可能坐着幽灵。

四

思想就是力量。

一切力量都来自完成职责。在我们这个世纪,这种力量应该休息吗?这种职责应该闭上自己的眼睛吗?艺术解除武装的时候到了吗?现在尤其不能这样。由于1789年,人类的队伍来到了更高的境界,

---

① 麦克菲逊(Macpherson,1736~1796),苏格兰文学家,于1760年发表《奥西安诗集》,以此而著名,但根据1807年所发表的奥西安诗的原文来看,麦克菲逊只是奥西安的一个模仿者。
② 《范卡尔》,麦克菲逊的一部散文诗,据说是模仿奥西安的作品。
③ 特莱桑(Tressan,1705~1783),法国文学家,发现了很多中世纪的小说。
④ 《阿玛第斯》(Amadis),中世纪时期西班牙的一部骑士小说。
⑤ 斯塔法(Staffa),苏格兰一岛屿,爱布利德群岛中的一个。
⑥ 爱布利德(Hébrides),苏格兰东部的群岛。
⑦ "诗人之石"的原文名。
⑧ 范卡尔(Fingal),斯塔法岛上有名的洞穴。

天地也更为广阔了，艺术有更多的事可做，这便是实际的情形：地平线大大开阔了，理智也要大大地开拓。

我们还没有达到目的。亲善产生幸福，文明带来和谐，但我们离此还远着呢。在18世纪，这种幸福与和谐的梦想还是那么遥远，甚至看来是不应该加以梦想的。人们把圣皮埃尔①修道院院长从学士院驱逐出去，便是因为他居然作这样的梦想。在这样一个牧歌一直影响到封德奈尔②、而圣朗贝③也根据贵族的旧习写起田园诗的时代，驱逐，的确显得有点过于严厉。圣皮埃尔修道院院长身后留下了一句话和一个思想，这句话只对他自己适用：慈悲为怀；这个思想却对我们大家有用：相亲相爱。这个思想使得波里雅克大主教④激怒，而使伏尔泰发出微笑，它不再是那样渺远，像在未可知的浓雾里一样；它已经比较近了；不过我们还不能触及它。民众，这一些寻找自己母亲的孤儿，现在还没有抓到和平的衣襟。

在我们周围，还有相当多的不合理现象：奴役、谎言、战争和死亡，文明的精神还不能解决自己的任何武装。王权神授的思想还没有完全消失。斐迪南七世⑤在西班牙、斐迪南二世⑥在那不勒斯、乔治四世⑦在英国、尼古拉⑧在俄罗斯，所有这些都是。残余的幽灵仍然在游荡。从那不祥的云层里，灵感降落下来，正落在戴着桂冠、陷入阴沉的默想的人身上。

文明还没有同那些宪法的赐给者、民族的占有者、合法的正宗疯子算完账哩。他们这些人自以为领有上帝的特殊恩惠，自以为有任意

---

① 圣皮埃尔（Saint-Pierre，1658~1743），法国作家，著有《持久和平的计划》。
② 封德奈尔（Fontenelle，1657~1757），法国文学家。
③ 圣朗贝（Saint-Lambert，1716~1803），法国诗人，写有《四季诗》。
④ 波里雅克大主教（Le Cardinal de Polignac，1661~1742），法国政治家、作家。
⑤ 斐迪南七世（Ferdinand Ⅶ，1784~1833），西班牙国王。
⑥ 斐迪南二世（Ferdinand Ⅱ，1815~1859），那不勒斯国王。
⑦ 乔治四世（George Ⅳ，1762~1830），英国国王。
⑧ 尼古拉（Nicolas，1796~1855），俄国沙皇。

处置人类的权力。重要的是要给这些人造成一些阻力,揭发豪强称霸的过去,对以上那些人以及他们的教义、他们固执的妄想加以约束。智慧、思想、科学、严肃的艺术和哲学,都应该特别注意和防止人们的误解,不正当的权益能驱使真刀真枪的军队开上战场。于是,地平线上就有好些国家被扼杀了,像波兰那样。不久以前死去的一位当代诗人常这样说:"我全部的忧虑,就是我的雪茄所吐出来的轻烟。"我的忧虑也是一阵烟,但是,是燃烧着的城市所冒出来的烟。那么,让我们去使那些掌权者忧虑发愁吧,如果可能的话。

让我们尽最大的可能来重新创造正义与非正义的教训、正当权利和非法抢夺的教训、神圣誓言与背誓寒盟的教训、善与恶、fas 和 nefas[①]的教训;让我们把那些自古以来的对照都摆出来;让我们把应该那样的东西和已经如此的东西加以对比。在所有这些东西之上加上光明。有光明的人,你把光明带来吧。让我们以信条反对教条、以原则反对戒律、以坚毅反对固执、以真实反对虚伪、以理想反对梦想、以对将来的梦想反对过去的梦想、以自由反对专制。当有一天,国王的权威与普通人的自由两者平等的时候,那么,我们便可以把身子舒展一下、享受富有奇想的诗歌、对薄伽丘的《十日谈》发笑,而在我们头上则是蓝色的宁静的天空。但是,在这之前,是不能打瞌睡的。我已经想到了这一点。

请你在每个地方都设下岗哨。不要期待专制者赐给自由。一切被奴役的国家,你们自己解放自己吧。用你们自己的手去争取未来吧,不要妄想你们的锁链会自动变成自由的钥匙。前进,祖国的儿女们。啊,大草原上的收刈者,站起来吧,你们要拿起武器,这才是对正教沙皇的善心有了足够的认识。假仁假义与虚伪的颂扬都是陷阱,是危险之上加危险。

我们生活在这样一个时代,可以看到有些演说家在颂扬白熊的宽

---

① 拉丁文,意为"合法"与"非法"。

宏大量和虎豹的温柔敦厚。说什么大赦、仁慈、心灵的伟大呀，说什么一个幸福的时代开始了呀，说他们都像父亲一样慈爱呀，请看看现在所获得的成果吧。要相信谁都是随着时代在前进呀，强权的手臂不是敞开怀抱了吗？大家更紧密地聚集在帝国周围吧，莫斯科是仁慈的呀。请你看看农奴是多么幸福！牛奶变得像泉水一样丰富了，到处都是自由与繁荣，你们的王侯也像你们一样为过去而感到不安，他们都再好不过了。人们啊，来吧，来吧，什么也不要害怕！至于我们，我们对于鳄鱼的眼泪是不存任何希望的。

公众中普遍存在的丑恶，会给思想家、哲学家或诗人的理智添加一些艰巨的任务。腐化败坏一定要用纯洁清廉来加以抵制，现在比任何时候更需要向人们指出理想这一面镜子，这面反照出上帝面貌的镜子。

五

在文学和哲学中，有一些哭笑无常的人物、一些装扮成为德谟克里特的赫拉克利特，这些人往往都是很伟大的，就像伏尔泰一样。他们本身就是一种讽嘲，但他们仍保持着他们的严肃性，有时还带有悲剧性。

这些人在他们时代的强权和成见的压力下，常常言不由衷、指桑骂槐。其中最深沉的一个就是贝尔[①]，这个出生于鹿特丹地方的人，这个强有力的思想家。贝尔（请不要误写为拜尔）冷静地写下了"宁可不露思想的锋芒，也不要得罪暴君"这句格言，我读到它便微笑起来了，因为我知道他这个人，我知道他遭受过迫害，几乎还被人谋杀，我很清楚，他说这样一句反话，仅仅是为了使我产生与此相反的思想。但是，当一个诗人发言的时候，当一个完全自由、丰富、幸

[①] 贝尔（Bayle，1647~1706），法国作家，著有《历史词典》，被认为是伏尔泰和百科全书派的先驱。

运、坚强而不可触犯的诗人发言的时候，人们总要期待一课清晰、坦率、有益的教训。人们决不会相信诗人说话也会违背自己的良心的情形，因而，当人们读到以下这些文字时，双颊也会发红的："在世界上，和平时各人自扫门前雪，战争时败者必须向敌人投降"；"天真的热心肠人，在30岁就该都上十字架，因为他们一旦认清了这个世界，便会从被骗者变成骗子……"；"言论自由能带给你什么好处？你不是已经看到了它的后果：对公众舆论的极端轻蔑……"；"有些人专好非难一切伟大的事物，攻击神圣同盟的正是这种人，然而，世上没有什么比神圣同盟更威严、更对人类有益……"这些话是歌德写的，当然，它们使得这位作者变得渺小了。歌德写这些话的时候已经60岁。他的头脑对善与恶都抱中立旁观的态度，因此，就迷失了方向，而写出这样的东西。这是一个可悲的教训，是一种黯然的现象。在这里，才智之士也成为庸人。

也许，引用本身就意味着责备。在大庭广众之中举出这些不光彩的句子，这是我们的职责。这些话的确是歌德写下来的，但愿大家都引以为训，但愿诗人之中任何一个都不再重犯这种错误。

对于真、善和正义具有热情；在受苦的大众之中体验痛苦；灵魂感受刽子手加于人类肌体上的打击；和耶稣一同受难、和黑人一道挨鞭子；坚强振奋或悲伤痛苦、像巨人一样登上彼得①和恺撒在上而言归于好的山巅，gladium gladio copulemus②；为了便于攀登而把理想的阿萨③堆叠在真实的贝里翁④之上；广泛地传播希望；利用书籍的广泛存在而在同一时间内给不同地方的人们以慰藉的思想；把混杂的人群：男人、妇女、小孩、白人、黑人、各民族人民、刽子手、暴君、

---

① 彼得是耶稣的第一个门徒，掌管天国的钥匙，恺撒是罗马历史上有名的皇帝。雨果以彼得象征天国的权威，以恺撒象征尘世的权威。
② 拉丁文，意为让我们把宝剑和宝剑交搭起来。
③ 阿萨（Ossa），希腊神话中有名的大山。
④ 贝里翁（Pélion），希腊神话中有名的大山。

殉难者、骗子、无知的人、无产者、农奴、奴隶和主人,全都推向将来。这对于某些人来说是深渊,而对另一些人来说则是解放,向前进步、唤醒人民、催促人民前进、奔驰、思索、发挥意志力,所有这些都再好不过了。诗人做这样一些努力完全是值得的。请注意,你要发脾气了,是的,但我是产生了义愤。风暴啊,请你来鼓动我的翅膀吧!

在近几年里有一段时期,人们把超然物外当作圣洁化的条件而推荐给诗人。而无动于衷,被当作了奥林匹斯山上的神仙。我们在哪里见过这样的奥林匹斯神?奥林匹斯完全不像这样。请去读读荷马的作品。奥林匹斯的神都是充满了激情的。充满人性,这便是他们的神性。他们老是互相争斗。这个有弓,那个有矛,这个有剑,那个有棍棒,另外一个有雷电。他们之中的一个把虎豹降伏了,驱使它们拉车,另一位有智慧的神则把毒蛇遍地的黑夜截断,把它钉在自己的盾甲上。这便是奥林匹斯神的平静。他们的愤怒使得《伊利亚特》和《奥德赛》自始至终都响彻了雷声。

这些怒气,如果发泄得理所应当,便都是好的。有这种愤怒的诗人,便是真正的奥林匹斯神。余维纳尔、但丁、阿格里帕·多比涅和弥尔顿都有这种愤怒。莫里哀也是如此。阿尔赛斯特[①]的心灵到处发出"强烈的仇恨"的光辉。耶稣说:"我来到这里把战争带给你们",也正是指嫉恶如仇的意思。

我喜爱愤怒的斯第西须尔[②],他阻止希腊人与法拉利人结盟,并且用竖琴去和铁牛相斗。

当路易十四卧病的时候,他觉得有拉辛在他病房里陪伴着很有好处,于是便把这位诗人当作了他的第二医官,这可说是对文学的了不起的恩赐,但是,除此而外,他就不要那些才智之士做别的事了,他觉得他那病榻上的空间完全能够满足他们了。有一天,拉辛受到

---

① 阿尔赛斯特,莫里哀《愤世嫉俗》中的主人公。
② 斯第西须尔(Stésichore),公元前6世纪的希腊抒情诗人。

曼德农夫人①的怂恿，走出了国王的房间而去拜访人民的破屋子。由此，便产生了关于民众的不幸的记载。路易十四便对拉辛瞧了致命的一眼。诗人成为宫廷中的人物并按国王的情妇的要求办事总得倒霉。拉辛根据曼德农夫人的示意，冒险奏上一本，这一本使他被逐于宫廷之外，他便因此而死去。伏尔泰根据庞巴杜尔夫人的婉言建议写了一首情诗，这显然很不适宜，这诗便使他被赶出法兰西国土，不过，他并没有因此而死去。路易十五在读到这首情诗（《保住你这两个战利品》）的时候，叫了起来："这伏尔泰真是畜生！"

几年以前，"一个很有权威的作家"——且按学士院和官方的通用的术语这样来称呼——这样写道："诗人对我们所能尽的最大义务，便是对任何事物都没有益处。我们对他们别无其他要求。"请你注意"诗人"这个字所包括的范围，它包括李留斯、缪斯、奥尔菲、荷马、约伯②、赫西俄德、摩西③、但以理、阿摩司④、爱日雪尔、以赛亚、尼希米⑤、伊索、达维德⑥、所罗门、埃斯库罗斯、索福克勒斯、欧里庇得斯、品达、阿奚洛克、第尔戴⑦、斯第西须尔、米兰德⑧、柏拉图、阿斯克雷比亚德⑨、毕达哥拉斯、阿纳克翁⑩、戴阿克利特、卢克莱斯、普劳图斯、泰伦斯、维吉尔、贺拉斯、加菊尔、余维纳尔、阿普留

---

① 曼德农夫人（Mme Maintenon，1635～1719），法国国王路易十四的宠妇。
② 约伯在贫困和受灾的时候，仍然歌唱上帝，因此，雨果也把他算作诗人。
③ 《圣经·出埃及记》第十五章有摩西对上帝的著名的歌颂，也许是由于这一点，雨果把这个《圣经》中的人物也作为诗人看待。
④ 阿摩司（Amos），公元前9世纪的先哲，《圣经·阿摩司书》的作者。
⑤ 尼希米（Jérémie），公元前5世纪的先哲，《圣经·尼希米记》的作者。
⑥ 达维德（David），以色列国王，在位时期约为公元前1010～前975年，他也是一个诗人。
⑦ 第尔戴（Tyrtée），公元前7世纪的希腊诗人。
⑧ 米兰德（Ménandre，公元前342～前292），希腊喜剧诗人。
⑨ 阿斯克雷比亚德（Asclépiade，公元前124～前96），希腊名医，在文学上是否有过活动不详。
⑩ 阿纳克翁（Anacréon，公元前560～前478），希腊抒情诗人。

斯、吕甘、贝尔斯、第必尔、瑟莱克①、佩脱拉克、奥西安、萨蒂②、菲尔都西③、但丁、塞万提斯、卡尔德龙、洛普·德·维迦、乔叟、莎士比亚、卡姆安④、莫洛⑤、龙沙⑥、弥尔顿、高乃依、莫里哀、拉辛、布瓦洛、拉封丹、封德莱尔、勒·萨日⑦、斯威夫特、伏尔泰、狄德罗、博马舍、赛戴尔⑧、卢梭、安德烈·谢尼埃、克洛卜斯多克⑨、莱辛、魏兰⑩、席勒、歌德、霍夫曼⑪、阿尔菲埃利⑫、夏多布里昂、拜伦、雪莱、华兹华斯、彭斯⑬、司各特、巴尔扎克、缪塞、贝朗瑞、贝里奥⑭、维尼⑮、大仲马、乔治·桑、拉马丁⑯等等，所有这些诗人竟被神谕宣告为"对任何事物都没有用处"，而没有用处就意味着最为杰出。这句讲得"很成功"的话，看来已经广泛地被人加以引用了。我们也引用它。当一个白痴的假想有了这样大的影响时，也就值得登录记载了。有人向我们保证说，写这句格言的作家，是当代最为崇高的人物之一。我们对此不加任何反对。尊贵的地位毫不妨碍他长着一双驴耳朵。

---

① 瑟莱克（Sénèque，2~66），拉丁诗人、哲学家。
② 萨蒂（Saadi，1184~1291），波斯诗人。
③ 菲尔都西（Ferdonsi，933~1021或1025），波斯诗人。
④ 卡姆安（Camoëns，1525~1580），葡萄牙诗人。
⑤ 莫洛（Marot，1495~1544），法国诗人。
⑥ 龙沙（Ronsard，1524~1585），法国七星派诗人。
⑦ 勒·萨日（Le Sage，1668~1747），法国小说家。
⑧ 赛戴尔（Sedaine，1719~1797），法国戏剧诗人。
⑨ 克洛卜斯多克（Klopstock，1724~1803），德国诗人。
⑩ 魏兰（Weiland，1733~1813），德国文学家，被称为"德国的伏尔泰"。
⑪ 霍夫曼（Hoffmann，1776~1822），德国浪漫主义作家。
⑫ 阿尔菲埃利（Alfieri，1749~1803），意大利悲剧诗人。
⑬ 彭斯（Burns，1759~1796），苏格兰民间诗人。
⑭ 贝里奥（Pellio，1759~1796），意大利文学家。
⑮ 维尼（vigny，1797~1863），法国浪漫主义诗人、戏剧作家。
⑯ 拉马丁（Lamartine，1790~1869），法国浪漫主义诗人。

渥大维·奥古斯特①在阿克第昂战役的那天早晨,遇见一个赶驴者把自己的驴子叫做"胜利",这头驴子叫起来声音洪亮,这在渥大维看来是一个吉兆。他取得了战争的胜利,后来,他回想到这头"胜利",便命令把它塑成铜像,树立在卡比多②。这便是卡比多的驴子,但终归是一头驴子。

大家都能理解国王们为什么要对诗人说:"你应该超然无为。"但如果人民也对诗人这样说,大家就难以理解了。诗人本来就是为了人民而存在的。Pro populo poeta③. 阿格里帕·多比涅就这样写过。"一切归大家",圣保罗也这样呼喊过。一个有才智的人是什么?就是哺育众生的人。诗人生来既是为了威吓也是为了给予。他使压迫者产生恐惧心理,使被压迫者心情安稳、得到慰藉。使刽子手们在他们血红的床上坐卧不宁,这便是诗人的光荣。经常总是由于诗人,暴君才惊醒过来这样说:"我又做了一场噩梦。"所有的奴隶、被压迫者、受苦者、被骗者、不幸者、不得温饱者,都有权向诗人提出要求。诗人有一个债主,那便是人类。

成为一个伟大的仆人,这肯定不会对诗人有任何损害。因为他的职责便是要为人民发出呼声。在必要的时候,他内心里会充满人类的呜咽,而这又并不妨碍一切神秘奥妙的声音在他的心灵里歌唱。他讲起话来声调这样高,但这并不妨碍他也有声音低沉的时候,不妨碍他成为人们的知己,甚至成为听取他们忏悔的人,也不妨碍他在暗中把头伸到两个相亲相爱的灵魂之间,以第三者的身份和那些爱着、思考着、叹息着的人们同在。安德烈·谢尼埃的爱情诗和他愤怒的讽刺诗《哭吧,美德啊,如果我真的死去了》两者并立不悖。诗人是唯一既富有雷鸣也富有细语的人,就像大自然既有雷电轰隆,也有树叶颤

---

① 渥大维·奥古斯特(Octave Auguste,公元前63~14),罗马皇帝。阿克第昂是希腊的一个海岬,公元前31年,奥古斯特在这里击败了安东尼奥。
② 卡比多,罗马有名的山丘,上面有天神庙。
③ 拉丁文,意为诗人是为人民的。

动。他具有双重的职责,个人的职责和公众的职责,正是因为这个原因,他需要有两个灵魂。

昂尼尤斯[①]说过:"我有三个灵魂。一个是古意大利的,另一个是古希腊的,还有一个是拉丁的。"当然,他只不过以此指出他出生于何处、在哪里受的教育、是什么地方的公民,并且,昂尼尤斯只不过是一个处于雏形的诗人,虽然颇有气派,却尚未定型。

没有一个诗人不具有这种作为理性结果的灵魂活动。古老的道德法则要求证明,新的道德法则要求宣扬,要使这两者统一吻合起来不能不经过一些努力。而这努力便要诗人来完成。诗人每时每刻都要完成哲学家的职责。他要视受攻击者的情况时而捍卫人类的精神自由,时而捍卫人类的心灵自由。爱情,也和思想同样神圣。所有这一切都不是为艺术而艺术。

诗人来到大家名之为生灵的熙熙攘攘的人群之中,是为了像古代的奥尔菲一样驯服人身上为非作歹的本能和野性,是为了像传说中的昂菲永一样捣毁一切顽石、成见和迷信,并且,运来新的石头,打下地基,重新建造起城市,也就是说,建立新的社会。

因完成了与文明合作这一职责而居然会损害诗歌之美和诗的尊贵,我们谈到这种思想,不能不感到好笑。诗歌所有的风采、所有的动人之处和魅力,有用的艺术都保持了,并且还有所增加。事实上,埃斯库罗斯并没有因为替普罗米修斯这个被暴君缚在高加索山上、活活地被仇恨啃咬的进步形象辩护就降低了自己的身份。卢克莱修解开偶像崇拜对人的束缚,使人类的思想从加在它身上的宗教桎梏中解脱出来,这对他也没有丝毫的损失。用预言的红铁来给暴君烧下烙印也并没有损害以赛亚,而保卫祖国也丝毫没有败坏第尔戴。美并不因服务于广大人群的自由和进步而降低了自己。如果诗导致一个民族的解放,这绝不是诗的一个坏的终曲。不,有用于祖

---

① 昂尼尤斯(Ennius,公元前240~前169),拉丁诗人。

国或革命不会给诗歌带来任何损失。吕特利①的悬岩隐藏过三个农民的誓言（而自由的瑞士正是诞生于这震撼人心的誓言的），这件事并不妨碍这块庞然大石在黑夜降临的时候成为笼罩在宁静黑暗中的一块巨岩，它上面还遍布着羊群。在那里，人们可以听见无数看不见的小铃铛在黄昏时清朗的天空下发出悦耳的声响。

---

① 吕特利（Grütli），瑞士一地名，14世纪瑞士什维兹、乌里、林间三州人民反对奥地利公爵的统治而起义的三位领袖——梅尔西达尔（Melchthal）、史塔姆发赫（Stamffacher）、弗尔斯特（Furst）最初便是在这里宣誓起义的。

磨坊文札

〔法〕都德 著　　柳鸣九 译

都德的短篇创作

都德是法国文学史上在短篇小说创作上取得较高成就的作家之一。相对而言，他短篇小说的数量并不大，4个短篇集总共不到100篇，远不能与莫泊桑相比。在他4个结集中，较为重要的是《磨坊文札》(1869)与《月曜日故事集》(1873)。为读者所传诵的名作，几乎都收在这两个集子里，为数不过十余篇，但它们以风格、情韵与艺术性取胜，足以奠定都德在法国短篇小说创作中的显著地位。

都德的短篇小说中最值得重视的是一组以普法战争为题材的作品，这些短篇广泛流传，脍炙人口，早已成为世界短篇小说文库中的瑰宝。《最后的一课》堪称世界文学史上短篇小说中思想性与艺术性完美结合的典范，它在不到3000字的篇幅里，以法国在普法战争中失败后，将东部的阿尔萨斯与洛林两省割让给普鲁士的历史事件为背景，表现了阿尔萨斯省人民沦为异族奴隶的悲剧。作者利用短篇小说的特点，以小中见大的艺术方法，在尽可能精练的艺术形式里容纳了具有重大历史意义的社会题材。他选择了在普鲁士人规定阿尔萨斯省学校里不许再教法文的命令下，一个小学校里学生们上最后一堂法文课的场景，把这一堂课提升到向祖国告别的仪式的高度，使普法战争悲剧性的结果通过这一堂课表现得非常鲜明突出。作者采取的角度也十分别出心裁，最后一课庄严而令人心碎的情景是通过一个顽童的感受写出来的。他懵懂无知的状态在最后一课中所受到的极大震动,他带有稚气的叙述中所流露出来的丧失祖国的沉重与悲痛,都具有一种感人至深的力量,也加强了作品对异族侵略者的控诉。本篇中的人物形象不止一个,都是以高度传神的白描手法勾画出来的,着笔不多,但给人印象十分深刻,他们在上最后一课时的心理感受,集中地表现了阿尔萨斯人民深厚的爱国主义感情。《柏林之围》是与《最后的一课》齐名的佳作,同样也以感人的故事、新颖的构思反映了普法战争中法兰西民族的悲剧。儒弗上校原是拿破仑帝国时期的军人,充满了法兰西荣誉感与爱国观念。普法战争一失利,他就中风瘫痪。巴黎被围的困难时期,他在病床上一直生活在法军节节胜利、直捣柏林的幻想中。他的胜利幻想与眼前战败的悲惨现实形成强烈的对照,既表现了这个重病老人天真而热烈的爱国情感,也烘托出巴黎被围的悲剧气氛。在严酷的现实之前,他的幻想必然彻底破灭,而他幻想破灭、终于发现了可怕的现实之日,也就是他生命终止之时。这一不幸的结局使小说具有一种催人泪下的悲剧力量。《小间谍》通过普鲁士人引诱利用无知的小孩出卖消息与情报致使法军大败的故事,表现了多方面的思想内容。既揭露了敌军卑鄙、狡诈与残暴的面目,又描写出法军士兵淳朴的人情;既鞭挞了贪图私利的通敌者,又批判了失足者行为的危害。对不同对象区别对待的态度与对他们作不同描写的艺术效果,反映了作者鲜明的爱憎与通情达理的分寸感,而把无知的误入歧途的小孩斯泰纳的悔恨之情,与义勇军全军覆没联系起来加以描写,则表现了作者明确的道德告诫的意图。值得注意的是,与其说作者在小说里是着力描写斯泰纳误入歧途的经过,不如说是着力塑造他的父亲斯泰纳老爹这个人物。这是一个具有高度的爱国热情与强烈的责任感的法兰西公民的形象,也是一个慈祥的父亲的形象,还是一个恩怨分明的硬汉的形象。他为了报仇雪耻,对强大的敌军进行了决死的战斗。在作者笔下,这一对父子悲剧故事的感人程度亦不下于儒弗上校。与斯泰纳老爹相似的是另一个短篇《旗手》中的主人公，他同样也是一个文化不高、地位低下的"粗人"，在军队里待了整整20年，也不过得到了一个下级军官的职位，但他在战争失败、全军向普鲁士人缴旗投降的时候，却凭自己的爱国主义勇气与民族荣誉感，敢于面对战胜者进行杀身成仁的反抗。

都德所有这些以普法战争为题材的短篇共有的一个特点是巨大的悲怆性。在这些短篇里，都德都致力于表现各种人物身上的悲剧色彩：小学生失去学祖国语言的权利；老军人梦想昔日的民族荣誉而不可得；老父亲报仇雪耻失败；老旗手进行绝望斗争。这些人物悲剧性的感情与行为决定于法兰西民族的悲剧，是这一大悲剧的组成部分。从这个意义上来说，都德这一组短篇小说不仅丰富地蕴含着他自己深沉的爱国主义热情，而且构成了对普法战争这一民族灾难的悲剧意义的深刻发掘，他所达到的这一意境与高度，是法国文学史上其他任何一个作家都未曾达到的。与此同时，都德又怀着愤慨之情在《一局台球》中揭露了军队上层的腐败、妄自尊大与对战争失败应负的不可饶恕的罪责。士兵们已集合起来在战壕里待命，但司令部里台球游戏玩得正起劲，即使敌军已开始了攻击，元帅与将校们仍无动于衷，不下任何命令，致使全军坐以待毙，一局台球打完，全军也遭到了覆没之灾。

都德短篇小说的另一重要内容，是对他故乡普罗旺斯地区生活的描写。普罗旺斯题材在他短篇中占有的比重是显而易见的，著名文集《磨坊文札》中的短篇就是他的怀乡之作。正如莫泊桑在法国文学中以描写诺曼底景物著称一样，都德则以对南方风情出色的描写而闻名。对于都德来说，普罗旺斯的一切都具有迷人的魅力，如他一个名为《县长下乡》的短篇所描写的，南国乡野的景色是那么迷人，以致一个忙于事务的俗吏也情不自禁醉倒在山林里。都德满怀着亲切眷恋的柔情，用简约的笔触与清丽的色调描绘出一幅幅优美动人的普罗旺斯画面：南方烈日下幽静的山林、铺满了葡萄与橄榄的原野、吕贝龙山上迷人的星空、遍布小山冈的风磨、节日里麦场上的烟火、妇女身上的金十字架与花边衣裙、路上清脆的骡铃声，还有都德他自己那著名的像一只大蝴蝶停在绿油油小山上的磨坊……所有这些极富南方色彩的画面，在法国文学的地方风光画廊里，以其淡雅的风格与深长的韵味而永具艺术生命力。

在其南方描绘中，都德更主要地致力于对普罗旺斯性格的发掘与刻画。他欣赏普罗旺斯人身上重感情而不重功利的性格，在他笔下出现了不止一个感情炽烈、任凭感情行事不计后果的人物。在《阿莱城的姑娘》里，主人公让，一个身体健壮、性格开朗的普罗旺斯青年农民，爱上邻近阿莱城一个俏艳的姑娘，他的爱情是那么热烈执著，以至声称如果不娶到她，自己就活不下去，父母只得答应他的婚事。但婚前不久，有人向他家告发了那个姑娘原来是朝三暮四、水性杨花的人，让从此绝口不提她，心里的爱情却仍然炽烈，并为爱情上的创伤感到极大的痛苦。他抑郁寡欢，形单影只。为了不使父母难过，他强作欢颜，终于在过了圣埃洛瓦节狂欢之夜后跳楼自尽。在《波凯尔的驿车》里，那个在邮车上被人嘲笑的磨刀匠，看起来是一个软弱的屠头，实际上是一个极重感情的人物，他不幸娶了一个漂亮而放荡的女人为妻，这个女人几乎每过半年就要与情人私奔一次，不久后又回到他身边请求原谅与宽恕，如此反复，习以为常。磨刀匠为宠爱自己的妻子而长期忍辱负重，终于，他持久的爱被折磨成强烈的恨，这种恨最终导致他制造出一幕震撼人心的惨剧。虽然这类普罗旺斯人在精神上显得有些软弱，但其感情强烈的程度却与司汤达笔下的意大利性格、梅里美作品中的西班牙性格有某些相似之处。正是这种感情至上的性格投合了都德本人感情浓厚、气质热烈的倾向，成为他乐于描写的对象。

都德在发掘普罗旺斯性格的时候，以深深的感情注视着普罗旺斯性格中的淳厚、朴实与天真，并以短篇小说中堪称最佳的艺术形式加以表现，他的《繁星》就是展示这种优美人性的杰作。这个短篇通过一个普罗旺斯牧童的自白，讲述了一个动人的爱情故事：牧童爱慕着田庄主人的女儿斯苔法奈特，但他只能怀着这没有希望的恋情孤独地待在放牧的高山上。使人喜出望外的是，由于偶然的原因，斯苔法奈特来到高山上为他送粮食，并且因为下雨与山洪暴发而不得不在高山牧场上过夜。牧童怀着纯净的柔情，坐怀不乱，与自己心目中的仙女一起度过了一个富有诗意的夜晚，迎来了曙光与黎明。小说像是一首动人的牧歌，表现了优美大自然中的田园生活与爱情，特别是表现了普罗旺斯牧童那真挚的感情与纯净的情操，这种情操给短篇带来了清新的气息，使它在世界短篇小说的行列中以其高尚的格调而出类拔萃。另一个短篇《高尼勒师傅的秘密》，也是都德表现普罗旺斯朴实乡风的名篇。小说中的这个乡下磨坊业非常发达，山冈上布满了风磨，大路上驴子成群结队送来周围农村的麦子，磨坊主以葡萄酒款待来磨面粉的农民，完全是一派和平幸福的景象，充满了一种古老宁静的气氛。巴黎人在大路上开起了蒸汽磨面厂后，风磨坊就一家家被挤垮，纷纷倒闭，唯独高尼勒师傅磨坊的风磨仍然继续旋转，坚持与蒸汽磨面厂进行抗争。然而，高尼勒师傅的秘密终于被人发现，原来，他的磨坊里一片凄凉，风翼不停，磨盘却是空转，可怜的高尼勒为了保持磨坊业的荣誉，煞费苦心地制造了他的磨坊仍然兴旺的假象，企图维持人们在精神上对机器面粉厂的抵制，周围的农民有感于高尼勒的苦衷，为了照顾他的感情，又纷纷把麦子送到他的磨坊里来。高尼勒死后，普罗旺斯乡下这最后一家磨坊的风翼也就停止了转动。短篇表现了普罗旺斯农村人与人关系中前资本主义性的淳朴与和谐，也反映了资本主义关系侵入普罗旺斯地区时，传统的精神与习俗中所产生的一种无能为力的敌对状态。从这里，既可以看到普罗旺斯过去的人情习俗，也可以看到社会转型时期普罗旺斯性格的反应。整篇小说以缅怀的、哀而不伤的笔调写成，是一篇对普罗旺斯旧日淳朴风习的轻淡的挽歌。虽然普罗旺斯古朴的人情属于过去的时代，但都德却赋予它某种诗意，把它与巴黎文明对立起来，流露了他对资本主义关系的不满。

都德在短篇小说创作中，还从自己作为一个作家的职业、经验与感受中汲取灵感，写出了一批以作家文人生活为题材的小说。《赛甘先生的山羊》是一篇结合着诗情画意的描绘、机智绝妙的反讽与深刻隽永的意味的故事。赛甘先生多次豢养山羊，它们不甘于栏圈里安逸的生活而向往高山上的野趣、自由与新鲜空气，一个个脱逃上山，但每一个最终都成为野狼的食物。作者以貌似玩世不恭的态度与巧妙的反讽语调，用赛甘先生的山羊作为前车之鉴，指出诗人若单凭对阿波罗的忠诚，献身于美的追求与诗韵，而不着眼于现实利益，把才能奉献给资本主义商业文化，就会落得衣衫褴褛、饥肠辘辘的境地，实际上是以沉痛的情怀深深揭示了资本主义社会中文人的悲惨处境。另一个短篇《毕克休的文件包》则是文人悲惨处境的现实描绘。毕克休这位曾蜚声巴黎的大漫画家，双目失明后，生活无着，女儿被送进了孤儿院，自己只求在外省甚至偏僻山区经营小烟摊糊口，为了获得批准，长期奔走于衙门，始终达不到目的，最后落得向人求食。

都德的短篇小说中还有另一引人注意的题材，即对宗教的讽刺。他的《三遍小弥撒》以幽默的笔调细致地描写了圣诞节之夜一个乡间教堂里做弥撒的场面：神甫与贵族乡绅的善男信女们，为了赶快享用圣诞晚宴上的佳肴，急不可待草草了事做完了三遍小弥撒。庄严的宗教仪式、神圣的经书、虔诚的祷文与这些人物急切的贪馋丑态形成滑稽可笑的对照，表现出作者绝妙的讽刺才情。短篇《雅尔雅依来到天主的家里》更是诙谐之至。一个不信宗教、渎神无行的搬运夫死后来到天堂门口，被耶稣的大弟子、天堂的守门人圣彼得拒之门外，他略施小计居然就混入了天堂。小说里对圣者、对天堂的漫画式的描绘妙趣横生，搬运夫雅尔雅伊那种不信神的精神与粗俗但充满活力的神态跃然纸上，带有浓厚的民间气息。特别是他自己因想看热闹的斗牛又被圣者轻而易举骗出了天堂的情节，典型地表现了普罗旺斯性格的特色，是作者的绝妙之笔。

在艺术上，都德的短篇小说别具一格，他的风格淡雅柔和，带有浓郁的感情色彩与幽默的情趣，并充满了清新的诗意。

都德在自己的短篇小说中，较少地着力于表现生活的纵的发展与起伏，而经常注意描写若干生活横断面的场景。如《一局台球》《毕克休的文件包》等短篇中，构成小说主体部分的，都是被集中加以描写的生活画面，而且画面的线条简明，色彩清淡，结构灵活自由，这就使得作品具有一种散文化的特色，其中有的短篇往往更接近散文随笔。虽然他有一部分作品可称得上典型的"小说"、"故事"，但故事性并不强，情节大都平淡无奇，绝少戏剧性的效果，完全是属于平凡的生活现象。如《最后的一课》中的上课、《柏林之围》中儒弗上校的生病，等等，但是，由于这些情节是从日常生活中提炼出来的，并被作者深深地发掘出其中深蕴的含义，因而又具有较高的典型性与动人的情趣。

都德的短篇之不以故事情节而以韵味取胜，首先在于他是一个富有诗人气质的小说家，而不是一个以叙述见长的"讲故事的人"，在他身上最强有力的禀能并不是观察与想象，而是感受。他敏锐而细致，即使对普通的日常生活也有自己微妙的感受，在一片南国景色前他会产生欣喜如醉的情绪，由此写出一篇动人的故事（《县长下乡》）。即使是自己回到故乡安顿下来的生活细节，他也从中体会出某种意味而铺陈为一个短篇（《安居》）。正因为他所写出来的都是他亲身感受的，是从他那感情丰富的心灵里渗透出来的，所以他的每一个篇章字里行间都滴着他的感情。这一股股感情、一段段心绪、一种种情愫就成为贯穿于他作品中的气势，将散文化的部件与成分凝结为一个有机的整体，而且也使得作品具有一种诉之于心的力量，使读者感到格外亲切自然，这构成了都德短篇小说的一种重要的魅力。

与文学史上那些或热情奔放，或激昂慷慨，或忧愁抑郁的作家不同，都德在自己短篇中的浓郁感情的形态是柔和温存。他以亲切的眼光去看待现实与人生，因此，他所观察到的、他所表现出来的，就是温存与柔和的图景。在他的艺术视野里，较少有尖锐、激烈的生活与斗争，即使是涉及重大的冲突与矛盾，他往往也是从缓冲的方面去加以把握。如儒弗上校痛失祖国荣誉的悲剧是从小孙女照顾病人的角度表现出来的，法国割让阿尔萨斯省的巨大悲剧仅通过一堂课体现出来。都德以柔和温存的眼光去看待人物，因而，他的人物身上几乎都沐浴着他的温情，即使是对他有所贬责的人物，他也带有几分通情达理的宽厚。他的鞭挞是轻微的，他的讽刺也不辛辣，尽管他感情热烈，但他对人生中世俗的规范与是非标准有时又多少有点超然，因而，他的讽嘲中往往带有几分幽默与温和。毫无疑问，美与善的事物与他柔软的心灵是相投的，他敏锐、细致的感情善于从其中汲取美与善的精髓。这样，他的作品中又往往具有含英咀华的诗意，如《繁星》就是这样一篇杰作。

都德短篇小说的风格是他热烈的气质、温和的人生态度、敏锐的感受方式与自己特定的艺术方法所综合决定的产物。他这种散文化但充满了感情与诗意的小说风格，在文学发展过程中具有某种示范意义，它与莫泊桑式的短篇小说相对，提供了另一种小说类型的样本。

柳鸣九

前　言

兹由邦佩里古斯特的公证人奥诺哈·拉拉巴兹先生，出面公证以下事项：

"到场的当事人为：加斯巴尔·米第菲奥先生，维威特·哥利叶女士之夫，家住蝉林，乃当地业主；他本人在作出法律保证与经济担保的条件下，明确宣称并无任何债务、特殊权益以及抵押的情况，当众出售并转让下述产业，给当事的承受方阿尔封斯·都德先生，诗人家住巴黎，此产业为一座风力磨面粉的磨坊，地处罗纳河山谷，普罗旺斯省的中心地区，位于一个杉树成群、橡树四季常青的小山冈之上；该磨坊业已荒置20多年，不能再用来磨粉，现已布满了野葡萄藤、苔藓、迷迭香以及一直爬上了风翼的其他攀生植物。

"尽管该产业的状况如上所述，且其大转轮已经破损，平台的裂缝中已长满了青草，但都德先生声称，此磨坊正合他意，他可以以此作为他进行文学创作的地方，自愿承担一切后果，对卖方无任何要求，不言而喻，维修缮理概由他本人自行解决。

"此次交易由当事双方商定价格，诗人都德先生已经用通行的货币，将售款如数交付事务所，而米第菲奥先生则已立即领取提走此款，交易过程有公证人在场目睹，并由各有关人士签字，手续齐备。

"交易签约在邦佩里古斯特事务所举行，奥诺哈主持其事，在场的有吹短笛的老艺人法朗瑟·玛玛侬，有人称基克的持十字架的白衣修士路易塞。

"以上人士与买卖双方都已在协约上签字,并由公证人正式宣读……"

安　居

　　大为诧异惊恐的,是那一大群兔子！——很久以来,它们见磨坊的大门一直紧闭,墙上与平台上都荒草丛生,以为磨坊主已经断子绝孙,于是,就利用这块好地方当作它们的大本营,建立起它们的战略中心,整个磨坊成了兔子所向披靡、大获全胜的战场……我到达的那个夜晚,说真的,足足有20来只兔子在平台上围坐成一圈,正在靠月光暖和暖和它们的小爪子呢……我刚把天窗打开半扇,呼噜一声,这一支露营部队就东逃西散了,一个个露着白色的臀部,高高地翘着尾巴,溜进了矮树丛中。我却巴不得它们再回到磨坊里来。

　　另外有一个家伙见我来磨坊,也很诧异,这便是我楼上的那个房客,一头阴阳怪气、老奸巨猾的猫头鹰,它20多年以来一直栖居在磨坊里。我在楼上的房间里发现了它,它一动也不动,挺立在风磨的传动轴上,在一堆灰泥残片与破损瓦砾之中。它用圆圆的眼睛盯了我一会儿,因为不认识我而有些惊慌,发出了"呜呜呜"的叫声,同时吃力地抖动它那满是灰尘的翅膀。这个喜欢沉思冥想的家伙！它从来不清刷清刷自己的羽毛……这无关紧要,瞧它这副样子,映着眼睛,板着面孔,沉默无言,作为一个房客,倒也比别的房客更招我喜欢,于是,我立刻就跟它续签了房租契约。它一如既往占用磨坊的顶层,可以从房顶自由出入；而我呢,则住在下层的房间里,这一小间屋子,房顶低矮且呈拱形,墙上刷了石灰,好像修道院里的饭厅。

我就是在这个房间给您写信，房门大开，阳光灿烂。

一片郁郁葱葱、翠色悦目的松树林，从我的磨坊前一直伸展到山坡下。天际，阿尔比尔斯山峻峭的顶脊清晰可见……万籁俱寂……只是在远处，偶尔传来一声笛音，薰衣草丛中一声鸟叫，大路上骡子的一声铃铛声。如此优美的普罗旺斯景色，只有在天气晴和时才能见到。

现在，您要我怎么来对您那个嘈杂而昏暗的巴黎表示惋惜痛心呢？我住在这个磨坊里是何等的舒适自在啊！这是我长期以来孜孜以求的一个角落，一个充满芳香、和煦温暖的小天地，它远离报刊媒体、车马喧嚣与乌烟瘴气！……在我身边，有这么多美妙的东西！在这里才安居 8 天，我脑子里就已经联想翩翩，思如潮涌……您看，就在稍前的昨天傍晚，我亲眼看到羊群回到山脚下农庄时的情景，我向您发誓，我是绝不会用这幅景色来换取您这个星期之内在巴黎所观看的那些首场演出的。您且好好估量估量吧。

必须告诉你，在普罗旺斯有一个常规，那就是每当夏天来临，就要把牲畜赶进阿尔比尔斯山。牲畜群与牧人们要在山里过上五六个月，露宿于灿烂的星空之下，躺卧在齐腰的沃草之中。这样，一直要到秋风送爽的时候，牧人与畜群才下山回农庄，让牲口悠闲自在地在散发出迷迭香香气的山丘上啃嫩草……且说昨天傍晚羊群归来的情景吧。从清早起，羊圈就敞开了大门等候着，每一个羊舍都备好了新鲜的草料。每隔一个时辰，人们就这么估算着："现在，羊群该到伊居利叶尔了，此刻，该到巴拉杜了。"而后，到了黄昏，突然传来一声巨喊："瞧，羊群回来了！"我们朝远处眺望，但见尘土高扬，羊群潮涌而来，整个那条大路似乎也在随着它们而向前移动……公羊走在最前面，两角前伸，神气慓悍，紧随其后的是大绵羊，母羊则略显疲乏，拖带着幼羊往前走；——母骡头上系着红色丝球，背上驮着竹篮，里面装着刚产下来的绵羊崽子，它们摇摇摆摆地迈着步子；再后面就是一群牧羊犬，全身是汗，舌头伸得长长的，几乎垂到地面，还有两个牧羊人，他们一副调皮相，身披赭红色粗呢外衣，像是教士的道袍一直垂到脚跟。

这一大支队伍，欢天喜地从我们面前走过，发出暴风骤雨般的脚步声，拥进了大门……现在我们来看看农庄里是何等的欢腾热闹。几只长着羽冠的大孔雀，绿色的，金黄色的，高高站在栖架上，它们认出了回来的人，就像吹奏小喇叭似的，发出响亮的叫声表示欢迎。已经入睡的家禽也都蓦地惊醒，它们纷纷站立起来，鸽子、鸭子、火鸡、珠鸡……整个家禽饲养场就像发了狂似的；老母鸡也在唠叨个不停……大家都觉得，每一只绵羊在自己毛绒里，都带回了一点阿尔比尔斯山上野性的芬芳与自由活泼的气息，这使得整个农庄都醉醺醺的，欣喜若狂。

在这一片喧嚣哄闹之中，羊群各自找到了自己的栖身之处。它们在新家安顿下来，一个个都美滋滋的，心满意足。老公羊见到自己的秣槽，都喜不自禁。那些特别幼小的羊羔，都是在归途中生出来的，从未见过农庄，因此带着惊喜的目光东张西望。

但更令人感动的还是那些牧羊犬，它们是牧人忠实勇敢的伙伴，忙忙碌碌地跟着羊群，一心一意只盯着羊儿进入羊圈，它们要一直等到所有的牲口全都进圈去，那扇带窗的小门扣上了大插闩，而牧人们也已经在餐厅就座的时候。只要这些事还没有完，即使有看家的狗在窝里叫唤自己的同胞，即使有一桶清澈的井水在向它们招手，它们也听而不闻，视而不见。最后，诸事完毕，这些牧羊犬才心安理得去到自己的栖身之所，在那里，它们一边舔食自己盘子里的羹汤，一边向农庄上的同胞讲述山上的生活。据它们说，那是个可怕的地方，那里有好多狼，还有好些深红色的毛地黄，都长得高高大大的，盛满了露水。

波凯尔的驿车

事情发生在我到达本地的那一天。我是乘波凯尔的驿车来的,那是一辆又简陋又陈旧的公共马车,它每天收工回车房之前,并没有跑多少路,但它沿着大路摇摇晃晃,挨到黄昏时分,那副样子好像是从远方长途跋涉而来。那天,车上坐着我们5个人,不包括车夫在内。

首先是卡马尔克区的一个保安人员,他又矮又胖,身上长着浓毛,发散出野野的气息,他的两只大眼充满了血色,耳朵上戴着银耳环;再就是两个波凯尔地方的人,一个是面包坊主,一个是他手下的揉面工,此二人都红光满面,气喘吁吁,但侧面像都显得很有派头,就像古罗马奖章上维太琉斯①的头像。此外,在前座,靠近车夫旁边,还坐着一个人……不!那只是一顶大盖帽,一顶用兔皮做的大盖帽,此人很少开口说话,眼睛望着大路,神情很是忧郁。

这几个人彼此都认识,他们高声谈论自己的事,毫无拘束。卡马尔克人讲述他刚从尼姆回来,他因为用长柄叉戳伤了一个牧羊人,受到了预审法官的传讯。卡马尔克地方的人,都是血性热,火气大……那么,波凯尔地方的人呢,岂不也是一样!瞧,我们这两位波凯尔人不正因为争论童贞女圣母的问题而彼此都想扭断对方的喉咙?看来,面包坊主从来都属于信奉圣母玛利亚的教区,这个圣母怀里抱着小儿子耶稣,普罗旺斯乡下人称她为"大慈大悲的妈妈";那个揉面工则

---

① 维太琉斯(15~69),罗马皇帝。

相反，他是另一个新派教堂的唱诗班成员。这教堂供奉的是无玷而孕的童贞女，这圣像面带微笑，两臂下垂，手上毫光万道。争论即由此而来。这两位都是虔诚的天主教徒，且看他们对彼此的圣母是如何反唇相讥的：

"她长得俏呀，你那位没有男人就怀了孕的圣女！"

"你跟你那位大慈大悲的妈妈都给我滚开！"

"在巴勒斯坦，你的那位童贞女可脸上无光哟！"

"你的那个圣母呢，呸，是个丑婆娘！鬼知道她是怎么怀上孕的……你还是去问问圣约瑟夫吧。"

他们都自以为是在那不勒斯，差一点就兵刃相见。我敢说，如果车夫不出来进行调解，这场妙不可言的神学争论不知将会如何了结。

"关于你们两位的圣母问题，大家还是心平气和点吧。"车夫笑着对这两个波凯尔人说，"你们所讲的那类事，全是女人们玩的名堂，咱们大老爷们不必进去掺和。"

说着，他脸上微微带着怀疑的神情，挥响了他的鞭子，像是要大家都同意他的结论。

争论结束了。但是，面包坊主余兴未尽，不甘就此收场，于是，转向那个戴大盖帽的可怜虫。他一直神情忧郁、一声不吭地缩在一边，面包坊主用嘲笑的口吻对他说：

"喂，你的老婆呢？我问你，磨刀匠……她属于哪个教区？"

应该承认，这句话明显带有一种非常滑稽可笑的意味，它立刻引起全车人的哄堂大笑……磨刀匠，他可没笑。他就像没有听见似的。见此，面包坊主转向我这边说：

"先生，您不认识他的老婆吧？她是这个教区里的一个活宝，在波凯尔，像她这样的女人真没有第二个。"

车上的人笑得更厉害了。那磨刀匠仍一动也不动，他只是低声地

央求,头也没有抬起来:

"别说了吧,面包师傅。"

但一肚子坏水的面包师可不想罢休,他讲得更加起劲:

"我的天啦!一位老兄有个这样的妻子,是无需别人来怜悯的……跟她在一起,绝不会有片刻的烦闷……请您想想,一个漂亮女人,每半年就跟人私奔一次,她回家时,总会有一些见闻告诉你……尽管如此,这毕竟是小两口之家的怪事……先生,您寻思寻思,两口子结婚刚一年,叭的一声!老婆跟一个巧克力商人跑到西班牙去了。

"她丈夫一个人关在家里,又是哭又是酗酒……简直像个疯子。过了一些日子,漂亮的老婆回来了,穿着西班牙的服装,随身还佩戴着一只系有铃铛的小鼓。我们这些好心人都劝她说:你还是躲起来吧,你丈夫会把你杀了。

"嗨,说得真准,把她杀了……可他们却相安无事,又在一起过他们的小日子,她还教会他玩那种西班牙小鼓哩。"

面包师说到这里,车里又爆发出一阵笑声。磨刀匠缩在他那角落里,低着头,仍在央求说:

"别说了,面包师傅。"

面包坊主没有答理,他说得兴起:

"先生,您也许会以为,那俏婆娘从西班牙回来后,会安分守己吧……哦,不,不是那样的……丈夫把那桩事处理得那么稳妥周到,这使她产生了不妨再试一次的念头……于是,在西班牙人之后,是一个军官,再后,是罗纳河上的一个水手,再后,是一个音乐家,再后,还有谁……那我就说不太清楚了……不过,妙的是,每次重演的都是同样的喜剧。老婆私奔了,丈夫就哭;老婆私奔后回家,丈夫就心满意足。每一次,都是有人把她拐跑,然后,他又把她收回来……您看这个丈夫多有耐心!应该承认,这个磨刀匠娘子确实非常漂亮……她真像一只红雀,活泼,俊俏,体态优美;而且,皮肉白嫩,那一双浅褐色的眼睛,总是笑眯眯地盯着男人……我敢说!巴黎来的先生,要是您经过波凯尔的话……"

"唉!别说了,面包师傅,我求求你……"那可怜的磨刀匠又在央求了,那语调真叫人心碎。

这时,驿车到站了。这一站是昂格罗农庄。两个波凯尔人就在这里下车,我向您发誓,我巴不得他们一去不回……这个面包师真是个爱耍弄人的家伙!他走进农庄的院落,我还能听见他的笑声。

这两人一走,驿车显得空了许多。在阿尔勒斯一站,那个卡马尔克人也下了车,车夫走在马的旁边,领车前行……车上只有磨刀匠和我两个人,我们各自缩在自己的角落,一言不发。天气很热,皮制的车篷也给烤热了。有时,我觉得两眼发困,脑袋发沉,但又睡不着。我耳边总是缭绕着"别说了,我求求你"这句那么凄苦、那么柔弱的话……可怜的磨刀匠,他也睡不着,我从后面,看见他两个大肩膀在哆嗦,一只苍白而笨拙的手靠在椅背上直发抖,就像一个老年人的手那样。他在哭泣……

"巴黎来的先生,您到家啦!"突然,车夫向我嚷道。他还用鞭鞘指着我那个绿色的山丘和我那座伫立在山丘上像只大蝴蝶的磨坊。

我急急忙忙下了车……从磨刀匠旁边擦身而过时,我试着看清大盖帽下的那张脸。似乎早就料到了我的意图,这可怜虫猛然抬起头来,两眼直盯着我的两眼:

"请您把我看清楚,朋友,"他用低哑的声音对我说,"如果不久以后的某天,您听说波凯尔发生了一桩惨案,您就可以说您认识犯案的这个人。"

这是一张晦气而悲苦的脸,带有一双细小而黯淡无光的眼睛,眼眶里饱噙着泪水,但是,在他那声音里,却充满了仇恨。这仇恨,是被侮辱的弱者的愤怒!……如果我是磨刀匠的妻子,我得提防提防。

高尼勒师傅的秘密

法朗瑟·玛玛依是个上了年纪的短笛手，每隔一段时间，就要到我家来，跟我煮酒聊天，消磨长夜。有一次，他向我讲述了20年前村里发生的一个小故事，而我的磨坊正是这个故事的见证人。这个老汉讲的故事，深深感动了我。现在，我就按照我所听到的，原汁原味地转述给你们听。

亲爱的读者，请你想象一下，你是坐在一壶芳香四溢的温酒面前，由一个年老的短笛手来给你讲这个故事：

我的好好先生，我们这块地方，过去可不像现在这样死气沉沉，缺少欢乐。当年，这里经营着大规模的磨粉业，方圆十里之内，各个村庄的人都把他们的麦子送到这里来磨成面粉……咱们这个村子周围的小山坡上，布满了风磨，朝四周一望，只见在一片片小松树林顶上，风翼迎着北风旋转个不停，一队队小毛驴驮着成袋的麦子，沿着大路来来往往；每天，在山坡上，抽鞭子声、磨坊伙计吆喝声与风帆劈啪声响成一片，听起来可真叫人高兴……每逢礼拜天，我们成群结队来到磨坊。在这里，磨坊老板请大家喝麝香葡萄酒。老板娘披着花边头巾，佩着金十字项链，美丽得像王后。我呢，我总把我的短笛带来助兴，大家跳着法兰多拉舞，直跳到天黑。您瞧瞧，这些磨坊当年可真给我们这块地方带来过繁荣与欢乐。

倒霉的事情来了，巴黎的法国佬起了个念头，要在达拉斯贡的公路上开设一家蒸汽磨粉厂。什么东西时髦，什么东西就看好。大家都把麦子送到磨粉厂去加工，我们这地方的磨坊可怜巴巴，再也没有生意了。开始的一段时候，磨坊还努力挣扎了一阵子，但是，蒸汽的力量毕竟强大，磨坊一个接一个被迫关门倒闭……这块地方再也看不到小毛驴了，磨坊老板漂亮的妻子，也都把自己的金十字项链卖掉……再也喝不上麝香葡萄酒了！再也没有人跳法兰多拉舞了！北风白白地那么吹，磨坊的风翼再也不转动了……接下来，有一天，乡政府叫大家把这些破房子统统拆掉，在原地上种上葡萄和橄榄。

但是，在这场大崩溃中，有一个磨坊却坚持下来了，继续在山坡上勇敢地转动着风磨，硬要面对面跟那些磨粉厂拼个你死我活。这就是高尼勒师傅的磨坊。现在，我们也正是在这个磨坊里聊天消夜。

高尼勒师傅是个老磨坊工，60年来一直在面粉堆里过日子，对自己这个行当爱得着迷。蒸汽面粉厂的开设，叫他急得发疯。整整10来天，我们看见他在村子里到处奔跑，纠集了一些人，对他们使劲这么嚷道：有人要用蒸汽机磨出来的面粉，毒害整个普罗旺斯省区。"别上那些面粉厂去，那些强盗用蒸汽做面包，是魔鬼发明出来的破玩意儿，我呢，我是靠北风来磨面粉，北风，就是上帝的呼气……"他就这么找出了许许多多好听的话来吹捧风磨，但是，谁也不听他的。

因此，这个老磨坊工气极了，把自己关在磨坊里不出来，像一头野兽似的孤独地过日子。他甚至不愿意让他的小孙女维芙特待在身边。她才15岁，还是个孩子，自从她父母去世后，祖父是她在世上唯一的亲人。小女孩不得不自己外出谋生，到各个村庄去当雇工，替人收庄稼、养蚕，或采橄榄。不过，她的祖父看来还是很疼爱她的。他常常顶着烈日，徒步走上十几里路，到她干活的农庄去看她，在她身边，他一待就是好几个钟头，一边看着她，一边哭泣……

在我们这一带，大家都以为老磨坊工把维芙特打发走，是为了省钱。让自己的小孙女从一个农庄飘零到另一个农庄，使她免不了常要受到那些庄子上总管们粗野的对待，尝够这类打工青年都会碰见的各种各样的苦头，这对高尼勒师傅来说，确是一件有失体面的事。大家觉得，像他这样一个有头有脸、从来都自尊自爱的人，现在像个吉卜赛人，光着脚，戴一顶破帽，束一根破腰带，在路上跑来跑去，简直是很不像话……说实在的，到了礼拜天，看见他进教堂来望弥撒，我们这些上了年纪的人都替他害臊。高尼勒师傅也察觉到了这一点，因此，他再也不敢坐到体面人的坐席上。他总是坐在教堂的尽后头，靠近圣水缸，和穷人们在一起。

在高尼勒的生活里，却有那么一点叫人弄不明白的地方。很久以来，村子里没有人把麦子送到他那里去，但他磨坊的风翼还像以前那样转动个不停……傍晚时分，常常有人在路上碰见这位老磨坊工，他赶着小毛驴，驴背上还驮着大袋大袋的麦子。

"晚上好，高尼勒师傅，你的磨坊生意老是那么好？"村里的人大声问他。

"老是这个样子，我的孩子们。感谢上帝，我的活可不少。"老头子这么回答说，显得高高兴兴的。

这时，如果你还要问他从什么地方来的这么多活，他就会伸出一个手指头封住嘴唇，煞有介事地答道："别声张！我是在做出口生意……"话到此为止，再也多问不出一句。

至于要走进他的磨坊去瞧一眼，那更是休想，即使是他的小孙女维芙特也进不去……

你若打他磨坊前走过，只见大门紧闭，风翼不停地转动，一头老驴在平地上啃青草，一只大瘦猫在窗台上晒太阳，它用恶狠狠的眼光盯着你。

所有这一切都发散出神秘的气味，使大家不免议论纷纷，每个人对高尼勒师傅的秘密都有各不相同的猜想，但普遍认为，在他的磨坊里，成袋的金币肯定要比成袋的麦子多。

但是，日子一久，秘密就被发现，经过情形是这样的：

有一天，当我吹短笛为青年人的舞会伴奏时，我发现我家的大孩子与小维芙特相爱了。我心里并不觉得这事有什么不好，因为，高尼勒这个名字，在我们本地毕竟还是受人尊敬的，何况，要是维芙特这只美丽的小鸟，将来在我家前前后后蹦来蹦去，我看着也会高兴的。只不过，因为这一对恋人幽会的机会实在太多，我怕他们会弄出点什么事来，所以想赶快把他们的婚事先订下。于是，我就跑到磨坊去，想跟维芙特的爷爷谈一谈……啊！这个老巫师！该瞧瞧他是怎么接待我的！我怎么说也没法叫他开门。冲着门上的锁孔，我凑合着对他讲明了我的来意。在我说着的时候，那头无赖的瘦猫，像个魔鬼一样，直在我的头上方呼噜呼噜喘气。

这老头儿不容我把话讲完，就粗暴无礼地打断我，对我大声叫嚷，要我还是回家去吹我的短笛，还说，如果我急于要给儿子找个媳妇，那么可以去找磨面厂的姑娘……听了这些混账话，我火冒三丈。不过，我还算是冷静克制，我扔下这个疯老头儿不管，让他在那里守他的石磨，我回到家里把碰钉子的经过告诉两个孩子，这一对可怜的羔羊简直不相信，他们要求我恩准他们自己到磨坊去跟老祖父谈一谈……我实在没法拒绝，于是，这一对恋人就去了。

当他们来到磨坊的时候，正巧高尼勒师傅刚出门走了，大门紧紧地锁着，但是，这老头儿走的时候，把梯子忘在了磨坊外，两个孩子突然起了念头，想爬梯子从窗户口进去，看看这个名声赫赫的磨坊里面究竟是怎么回事……

怪得很！磨坊里面竟是空的……没有口袋，没有一颗麦粒；墙壁上、蜘蛛网上，没有半点面粉屑……通常磨坊里总弥漫着被碾碎的小麦那种热烘烘、香喷喷的气味，在这里可一点也闻不到……磨轴上积满了灰尘，那只大瘦猫在磨盘上睡觉……

他们眼下的这间房子，全是一片衰败破落的景象：一张破床，几件破衣服，楼梯的第一级台阶上放了一块面包，屋角里堆着三四只袋子，袋里露出一些石灰渣和白土。

这就是高尼勒师傅的秘密！为了挽救磨坊的声誉，使大家以为他的磨坊仍在磨面粉，他每天夜晚都在大路上来回鼓捣着这些石灰渣……可怜的磨坊！可怜的高尼勒师傅！蒸汽磨粉厂把他最后的一个顾客抢走，已经有好些日子了。他家磨坊的风翼虽仍然在转动，但磨盘却在空碾打磨。

两个孩子泪流满面地跑了回来，把他们见到的情形告诉我。我听他们说着，心都要碎了……我毫不犹疑，跑遍村里的每一家，三言两语把事情告诉他们，大家一齐商定，立即把各家所有的小麦扛到高尼勒师傅的磨坊去……说干就干，全村人拔腿上路，大家赶着一大串驴子来到山冈上的磨坊前，驴子都驮着小麦，这可是真正的小麦啊！

磨坊已经敞开大门……高尼勒师傅坐在一袋石灰渣上，两手蒙着脸，正在痛哭。他刚刚回家，发觉在他外出时，有人进了他的磨坊，摸清了他那可悲的秘密。

"我真惨啊，我现在只有去死……磨坊的名誉扫地了。"他一边哭，一边说。

他哭得叫大家都心酸极了，他用各种名字叫唤他的磨坊，向它哭诉，就像它是一个活人似的。

这时，驴队来到了磨坊前的平地，我们大家一同高声齐喊，跟当年磨坊开业时一样：

"喂，磨坊到了！喂，高尼勒师傅在呢！"

瞧，一袋袋麦子堆在门口，好看的金黄色的麦粒，洒在地上，到处都是。

高尼勒师傅的眼睛瞪得大大的，他抓了一把麦子放在枯衰的手心里，同时又哭又笑，说：

"这真是麦子！……天老爷啊！……好麦子！……让我好好瞧瞧！"

于是，他转身对我们说：

"唉！我知道你们会回到我这里来的，那些磨粉厂的家伙，是一群贼。"

我们要把他抬起来到村里去游行，庆祝他的胜利。他却嚷道：

"不要，不要，我的孩子们，我得先去喂喂我的磨盘，它已经好久没有吃东西了！"

只见这老头儿忙来忙去，一边解口袋，一边照管磨盘，麦粒纷纷被碾碎，麦粉阵阵飘扬起来，弥漫到磨坊的顶棚。我们看着这一切，眼眶里都是泪水。

说句公道话，从这一天起，我们大家就没有让老磨工断过活。后来，某天早晨，高尼勒师傅去世了，我们本地最后的这座磨坊，也就不再转动风翼。这一次，它可是永远也不转动了……高尼勒死后，没有人再干他这一行，你有什么办法呢？先生！在这个世界上，什么事都有完蛋的日子，应该相信，风力磨坊的时代已经一去不复返了，就像罗纳河上马拉的驳船、旧时代的御前议会、老款式的服装那样，早已过时了。

赛甘先生的山羊

——致巴黎的抒情诗人皮埃尔·格兰哥尔先生

你将来肯定还是现在这副老样子,没有出息!我可怜的格兰哥尔。

怎么!巴黎一家堂堂正正大报的专栏编辑,这么一份美差,人家给你送上门来,你竟然干脆拒绝……你还是照照镜子吧,你这个倒霉蛋!瞧你这件破了窟窿的上衣,这条褴褛不堪的裤子,这副饥肠辘辘、面黄肌瘦的尊容。你落到眼前这般地步,全是由于对诗歌太着迷了,你现在这副模样,就是你在阿波罗陛下那里忠心耿耿服务了10年之久所得到的报偿……到如今,你还不感到羞惭,幡然悔悟?

去接受这份美差吧,笨蛋!去当个编辑吧!你将挣得闪闪发亮的金币,那上面还铸有玫瑰花的花纹,你将在显贵的布雷邦府邸的宴会上有一席地位;你将在那些新剧首演式上抛头露面,戴着无檐软帽,上面饰着崭新的羽毛……

你不干?你不愿意?你还想这么自由自在、随心所欲地活下去……好吧,请你听听《赛甘先生的山羊》这个故事,你就会看到,谁要活得自由自在,最后会有什么下场。

赛甘先生养山羊,从来都没有好运气。

他每次丢失山羊,情形都是这样的:一清早,山羊咬断了绳子,跑到山里去了,在山上,这些羊都毫无例外给狼吃掉。主人的抚摸也好,对狼的恐惧也好,都留不住这些山羊。看来,这些独立不羁的山羊，似乎宁可不惜任何代价，也要得到广阔的天地与自由。

这位老实的赛甘先生，一直捉摸不出这些畜生的脾性，他垂头丧气，叹息道：

"完了！这些山羊一到我家就厌烦，看来，连一头羊，我也休想养得成。"

不过，他并没有气馁，在他以同样的方式丢失了6只山羊以后，他又买进了第7只。只不过，这次他存心挑了一只特别幼小的，为了让它更容易习惯于在他家待下去。

啊！格兰哥尔，赛甘先生这只小山羊是多么漂亮！它有温柔的眼睛，像士官那样的胡须，黑亮黑亮的蹄子，呈现条纹的直角，还有它当作长袍穿的那身又白又长的茸毛，所有这些是多么漂亮啊！它几乎像爱斯美拉达①的那只小灵羊一样可爱。你还记得那只羊吗，格兰哥尔？又过了些时候，它更出落得驯良、温顺，挤奶的时候，它丝毫不动，也不把蹄子伸进桶里。真是一只叫人疼爱的小山羊……

赛甘先生的屋后，有一个山楂树围成的园子，他把这位新来的客人安置在这里喂养。位于草地最茂盛地段的一根木桩上，拴着这只小山羊，赛甘先生给它留出了长长的绳子，还时不时地来看看它待得是否舒服。山羊感到心满意足，它美滋滋地啃着青草，赛甘先生见此也心花怒放。

"终于有了这么一只山羊，在我家不感到厌烦！"这个可怜的人这样想。

赛甘先生错矣，他的山羊已经开始厌烦了。

有一天，山羊望着高山，自言自语：

"生活在那上面该多好啊！要是没有这根该死的勒破了脖子的绳索，我可以在灌木丛中自由自在蹦蹦跳跳，那该是多么快活啊！圈在

---

① 雨果小说《巴黎圣母院》中的吉卜赛少女。

园子里吃草,这对驴子和牛倒还适合!咱们山羊,那可应该到广阔的天地里去。"

从这一天起,园子里的草,它吃起来无滋无味了。它开始烦躁了,消瘦了,奶汁也少了,它拴在那根绳子上,头老是转向山的那边,鼻孔张得大大的,悲惨地发出咩咩的叫声。看着它这副样子,真是叫人心里难受。

赛甘先生看出了他的山羊有些不对劲,但不知是什么原因……有天早晨,他挤完奶时,山羊转过头来,用自己的方言对他说:

"赛甘先生,请您听着,我在您家烦透了,请放我到山上去吧。"

"啊,我的天啦!……它也烦了!"赛甘先生大吃一惊,他嚷了起来,手里的奶盆一下子掉在了地上。于是,他在草地上坐下来,靠近山羊的旁边:

"怎么啦,布朗凯特,你也要离开我!"

布朗凯特回答说:

"是的,赛甘先生。"

"是不是因为我这里的草不够你吃?"

"噢,不是的。赛甘先生。"

"是不是因为拴你的绳子太短了,我把绳子放长一些,好吗?"

"不必啦,赛甘先生。"

"那你要我怎么办,你究竟想要什么?"

"我想到山里去,赛甘先生。"

"哎呀,不幸的家伙,你不知道山上有狼吗?……要是碰上了,你怎么办?"

"我会用角去顶它,赛甘先生。"

"狼才不在乎你的角呢。我过去的那些羊全像你一样有角,狼把它们都吃掉了……你要知道,去年在我这里的那只不幸的老羊蕾诺德,它要算是羊中的英雄了,又强壮又凶狠,像只公山羊。它跟狼搏斗了一整夜……终于，第二天早晨，狼吃掉了它。"

"哎呀，可怜的蕾诺德，这也不要紧，赛甘先生，还是放我到山里去吧！"

"仁慈的上帝！"赛甘先生说，"对这些山羊我该怎么办？现在，我这里又有一头羊会被狼吃掉啦……好吧，我不容许再有这种事……不管你自己愿不愿意，不安分的家伙，我可要对你采取挽救措施！免得你把绳子咬断逃走，我索性把你关进牲口棚，那你就会老老实实在我家待下去。"

说着，赛甘先生逮住山羊就把它塞进了漆黑的牲口棚，然后把门锁得严严实实的。不幸的是，他忘了把窗户关紧，因此，他刚一转身，那只小羊就越窗逃走了。

你在笑，格兰哥尔？当然啰，我很清楚，你是站在山羊一边，反对好心的赛甘先生的……咱们瞧瞧，再待一会儿你还笑不笑。

这只白色的山羊来到山上，引起了周围的一阵欢腾。老松树从未见过这么美的东西，把它当作小皇后一样来欢迎。栗树将枝干垂到地面，为的是能抚摸抚摸它。在小山羊途经的路上，金蝶花尽情怒放，吐出芬芳。满山都在为它欢庆。

格兰哥尔，你想想我们这只山羊该是多么幸福，没有绳子了，没有木桩了……再没有任何东西妨碍它欢蹦乱跳，随意吃草……在这里，有的是草，草长得比山羊角还高，我亲爱的！山上的草多好啊！味道好，又细又嫩，呈锯齿状，品种成百上千……与园子里的草相比，有天壤之别。而且，山上还有这么多的花！……大朵大朵的蓝色风铃花，带长萼的红色洋地黄，满山遍地的野花，都喷射出醉人的蜜汁！……

这只白色的山羊，已呈半醉状态。它四脚朝天，在地上打滚，直顺着斜坡滚下去，身上沾满了落叶与栗子……接着，它突然把脚一蹬，就站了起来。嗨！瞧，它又跑了，头直昂向前，穿过丛林与荆棘，时而跳上山峰，时而奔向涧底，上上下下，到处奔跑……就好像有 10 只赛甘先生的山羊到了山上。

它觉得山上没有任何可怕的东西,这个布朗凯特。

它使劲一跳,就跳过一道一道大瀑布,瀑布溅了它一身水珠与泡沫。于是,它全身湿淋淋的,躺在平整的岩石上,让太阳把它晒干……有一次,它走到高地的前沿,嘴里叼着一枝金雀花,向下方望去,下方平原上的一切,还有赛甘先生家的房屋以及屋后的那个园子,都历历在目。它看着这一切,不禁把眼泪都笑出来了。

"多么渺小啊!"它这么说,"我怎么能在那样一个地方待那么久?"

可怜的小家伙!看见自己站得这么高,就以为自己和整个世界一样伟大了……总而言之,对赛甘先生的这只山羊来说,这一天真是美好得很。四面八方都跑了一阵后,临近中午时分,它钻进了一群正在啃野葡萄藤的羚羊群中。我们的这位穿白袍的赛跑运动员,顿时就引起了轰动,大家都给它让出就近吃野葡萄的最佳位置,这些先生一个个都殷勤得很……而且,似乎有一只毛色纯黑的小羚羊,还交上了好运——此事,只有你我知道,不可外传——博得了布朗凯特的青睐。这一对情人,在树林里散步了一两个钟头之久。如果你想知道它们谈了一些什么,那你去问藏在苔藓下流淌的潺潺泉水好了。

顷刻间,凉风飒飒,山色变暗;已是黄昏时分……

"这么快就要天黑了!"小山羊这么说,它感到非常诧异,停步下来。

在山下,轻雾已淹没了原野。赛甘先生的园子也消失在雾霭之中,他那幢小屋,也只有冒出缕缕炊烟的屋顶还能看见。小山羊听见牛群放牧归去的铃声,心里顿生愁绪……一只还巢的老鹰从它头上擦飞而去,它打了一个寒战……接着,山里传来一阵狼嗥:

"呜!呜!"

小山羊意识到是狼。这个疯疯癫癫的家伙,整个一天都不曾想到这个克星……正在这时,山谷中远远响起了喇叭声,这是好心的赛甘先生在做他最后的努力。

"呜!呜!"狼又嗥了起来。

"回来吧!回来吧……"喇叭也在召唤。

布朗凯特产生了回家的念头,但是,一想起木桩、绳子、园子周围的篱笆,它便认定自己现在不能再去过那种生活了,它最好还是留在山上。

喇叭不再响了……

山羊猛听见自己背后有树叶的响声。它立即转过身来,在阴影之中,它看见两只竖得直直的短耳朵,还有一双凶光闪闪的眼睛……这是狼。

这个魔头身强体壮,一动也不动,用后腿支坐在那里,死盯着这只白色的小羊,正在那里预先品尝它的滋味。这匹狼知道眼前的猎获物肯定逃不出自己的掌心,它才不着急呢,只是当山羊转过身来时,它才恶毒地笑了笑:

"嗨!嗨!赛甘先生的小羊。"说着,它伸出一条又长又红的大舌头,挂在它那火绒般的嘴唇上。

布朗凯特顿时给吓蒙了……它想起那只老山羊蕾诺德跟狼斗了整整一夜最后在早晨被狼吃掉的故事,觉得还不如马上就被吃掉为好。即刻,它又改了主意,开始摆出抵抗的架势,低着头,挺着角,俨然就是赛甘先生的一只名副其实的勇敢山羊……它并不指望把狼杀死——山羊从来都杀不了狼,它只想看看,自己是否能像蕾诺德那样抵抗一整夜……

这时,那妖怪扑了过来,这一方的两只小角也就挥舞起来了。

啊!多么勇敢的小山羊!它顽强拼搏,毫不畏惧!甚至有十几次——格兰哥尔,我不撒谎——它迫使狼为了缓口气不得不往后退。每当有这么一分钟的空隙,这个贪吃的家伙,还要忙着去啃一口它心爱的青草,然后再转过身来继续战斗,嘴里塞得满满的……这样坚持了整整一夜,赛甘先生的山羊时不时看看清亮天空中的繁星,心想:

"但愿我能坚持到黎明……"

天上的星星,一个接着一个隐没。布朗凯特加强尖角的攻势,狼则加强利齿的攻势……地平线上终于露出了一丝微暗的晨曦,从一家农舍传来了一只哑嗓子雄鸡的叫声。

"算了!"可怜的畜生最后说了这么一句,它本来就只准备抵抗到天亮就死;它倒在地上,全身漂亮的白色皮毛鲜血淋淋……

于是,狼扑到小山羊身上,把它吃掉了。

再见,格兰哥尔!

你刚才听到的这个故事,并非我虚构杜撰出来的。如果你到普罗旺斯来,我们这里的农家人会常常对你讲:"赛甘先生的山羊跟狼拼了整整一夜,最后,在早晨被狼吃掉了。"

格兰哥尔,你好好给我听着:

"最后,在早晨被狼吃掉了。"

繁　星

在吕贝龙山上看守羊群的那些日子里，我常常一连好几个星期看不到一个人影，孤单单地和我的狗拉布里以及那些羔羊待在牧场里。有时，于尔山上那个隐士为了采集药草从这里经过；有时，我可以看到几张皮埃蒙山区煤矿工人黝黑的面孔。但是，他们都是一些淳朴的人，由于孤独的生活而沉默寡言，不再有兴趣和人交谈，何况他们对山下村子里、城镇里流传的消息也一无所知。因此，每隔15天，当我们田庄上的驴子给我驮来半个月的粮食的时候，只要我听到在山路上响起了那牲口的铃铛声，看见在山坡上慢慢露出田庄上那个小伙计活泼的脑袋，或者是诺拉德老婶那顶赭红色的小帽，我简直就快活到了极点。我总要他们给我讲山下的消息，洗礼啦，婚礼啦，等等，而我最关心的就是斯苔法奈特最近怎么样了。她是我们田庄主人的女儿，方圆十里以内最漂亮的姑娘。我并不显出对她特别感兴趣，装做不在意的样子打听她是不是经常参加节庆和晚会，是不是又新来了一些追求者。而如果有人要问我，像我这样一个山沟里的牧童打听这些事情有什么用，那我就会回答说，我已经20岁了，斯苔法奈特是我一生中所见过的最美的姑娘。

可是，有一次碰上礼拜日，那一天粮食来得特别迟。当天早晨，我就想："今天望弥撒，一定会耽误给我送粮来。"接着，将近中午的时候，下了一场暴雨，我猜测，路不好走，驴子一定还没有出发。最后，大约在下午 3 点钟的光景，天空洗涤得透净，满山的水珠映照着阳光闪闪发亮，在叶丛的滴水声和小溪的涨溢声之中，我突然听见驴子的铃铛在响，它响得那么欢腾，就像复活节的钟群齐鸣一样。但骑驴来的不是那个小伙计，也不是诺拉德老婶。而是……瞧清楚是谁！我的孩子们哟！是我们的姑娘！她亲自来了，她端端正正地坐在柳条筐之间，山上的空气和暴风雨后的清凉，使她脸色透红，就像一朵玫瑰。

小伙计病了，诺拉德婶婶到孩子家度假去了。漂亮的斯苔法奈特一边从驴背上跳下来，一边告诉我；还说，她到迟了，是因为在途中迷了路。但是，瞧她那一身节日打扮，花丝带、鲜艳的裙子和花边，哪里像刚在荆棘丛里迷过路，倒像是从舞会上回来得迟了。啊，这个娇小可爱的姑娘！我一双眼睛怎么也看她不厌。我从来没有离这么近地看过她。在冬天，有那么几回，当羊群下到了平原，我回田庄吃晚饭的时候，她很快地穿过厅堂，从不和下人说话，总是打扮得漂漂亮亮，显得有一点骄傲……而现在，她就在我的面前，完全为我而来。这怎么不叫我有些飘飘然？

她从篮筐里把粮食拿出来后，马上就好奇地观察她的周围，又轻轻地把漂亮的裙子往上提了提，免得把它弄脏。她走进栏圈，要看我睡觉的那个角落，稻草床、铺在上面的羊皮、挂在墙上的大斗篷、牧杖与火石枪，她看着这一切很开心。

"那么，你就住在这里啰，我可怜的牧童？你老是一个人待在这里该多烦呀！你干些什么？你想些什么？"

我真想回答说："想你，女主人。"而我又编不出别的谎话来。我窘得那么厉害，不知说什么好。我相信她一定是看出来了，而且这坏家伙还因此很开心，用她那股狡猾劲使我窘得更厉害：

"你的女朋友呢，牧童，她有时也上山来看你吗？……她一定就是金山羊，要不然就是只在山巅上飞来飞去的仙女埃丝泰蕾尔……"

而她自己，她在跟我说话的时候，仰着头，带着可爱的笑容和急于要走的神气,那才真像是埃丝泰蕾尔下了凡,仙姿一现哩。

"再见,牧童。"

"女主人,祝你一路平安。"

于是,她走了,带着她的空篮子。

当她在山坡的小路上消失的时候,我似乎觉得驴子蹄下滚动的小石子,正一颗一颗掉在我的心上。我好久好久听着它们的响声,直到太阳西沉,我还像在做梦一样待在那里,一动也不敢动,唯恐打破我的幻梦。傍晚时分,当山谷深处开始变成蓝色,羊群咩咩叫着回到栏圈的时候,我听见有人在山坡下叫我,接着就看见我们的姑娘又出现了,这回她可不像刚才那样欢欢喜喜,而是因为又冷又怕、身上又湿,正在打战。显然她在山下碰上了索尔格河暴雨之后涨水,在强渡的时候差一点被淹没了。可怕的是,这么晚了,她根本不可能回田庄了,因为抄近的小路,我们的姑娘是怎么也找不到的,而我,我又不能离开羊群。要在山上过夜这个念头使她非常懊恼,我尽量使她安心:

"在7月份,夜晚很短,女主人……这只是一小段不好的时光。"

我马上燃起了一大堆火,好让她烤干她的脚和她被索尔格河水湿透了的外衣。接着,我又把牛奶和羊奶酪端到她的面前。但是这个可怜的小姑娘既不想暖一暖,也不想吃东西,看着她流出了大颗大颗的泪珠,我自己也想哭了。

夜幕已经降临。只有一丝夕阳还残留在山巅之上。我请姑娘进到"栏圈"去休息。我把一张崭新漂亮的羊皮铺在新鲜的稻草上,向她道了晚安之后,就走了出来坐在门口……上帝可以作证,虽然爱情的烈火把我身上的血都烧沸腾了,可我并没有起半点邪念。我想着:东家的女儿就躺在这个"栏圈"的一角,靠近那些好奇地瞧着她熟睡的羊群,就像一只比它们更洁白更高贵的绵羊,而她睡在那里完全信赖我的守护,这么想着,我只感到无比的骄傲。我这时觉得,天空从来没有这么深沉,群星也从来没有这么明亮……突然,"栏圈"的栅门打开了,美丽的斯苔法奈特出来了。她睡不着。羊儿动来动去,使稻草沙沙作响,它们在梦里还发出叫声。她宁愿出来烤烤火。看她来了,我赶快把自己身上的羊皮披在她肩上,又把火拨得更旺些,我俩就这样靠在一起坐着,什么话也不讲。如果你有在迷人的星空下过夜的经验,你当然知道,正当人们熟睡的时候,在夜的一片寂静之中,一个神秘的世界就开始活动了。这时,溪流歌唱得更清脆,池塘也闪闪发出微光。山间的精灵来来往往,自由自在,微风轻轻,传来种种难以察觉的声音,似乎可以听见枝叶在吐芽,小草在生长。白天,是生物的天地;夜晚,就是无生物的天地了。要是一个人不经常在星空下过夜,夜就会使他感到害怕……所以,我们的小姐一听见轻微的声响,便战栗起来,紧紧靠在我身上。有一次,从下方闪闪发亮的池塘发出了一声凄凉的长啸,余音缭绕,直向我们传来。这时,一颗美丽的流星越过我们的头顶坠往啸声的方向,似乎我们刚才听见的那声音还携带着一道亮光。

"这是什么?"斯苔法奈特轻声问我。

"女主人,这是一个灵魂进入了天国。"我回答她,画了一个十字。

她也画了一个十字,抬着头,凝神片刻,对我说:

"这是真的吗?牧童,你懂巫术吗?你们这些人都懂吗?"

"没有的事!我的小姐。不过,我们住在这里,离星星比较近,所以对天上发生的事比山下的人知道得更清楚。"

她一直望着天空,用手支着脑袋,身上裹着羊皮,就像天国里的一个小牧童。

"瞧!那么美!我从来没有见过这么多星星……牧童,你知道这些星星的名字吗?"

"知道,小姐……你瞧,在我们头顶上的是'圣雅各之路'(银河)。它从法国直通西班牙。这是加里斯的圣雅各在正直的查理大帝与阿拉伯人打仗的时候,为了给他指路而标出来的。再远一点,你可以看见'灵魂之车'(大熊星座)和它4个明亮的车轴。走在前面的三颗星是三头牲口，对着第三颗的那一颗很小的星星，就是车夫。你看见周围那一大片散落的小星吗？那都是仁慈的上帝不愿意接纳进天国的灵魂……稍微低一点，那是'耙子'或者叫'三王'，这个星座可以给我们牧人们当时钟，我现在只要朝它一望，就知道已经过了午夜时分。再稍微低一点，老是朝着南方的是'米兰的约翰'（天狼星），它闪闪发亮，是群星的火炬。我给你讲讲我们牧人关于它的传说。有一天夜里，'米兰的约翰'和'三王'以及'北极星'（昴星），被邀请去参加它们朋友的婚礼。'北极星'急急忙忙从上面那条路先出发了。'三王'从下面那条路抄近赶上了它；但'米兰的约翰'这个懒家伙，它睡得很迟才起来，一直落在后头，它很恼火，为了阻拦它的同伴，就把自己的拐杖向它们扔去。所以，'三王'又叫作'米兰的约翰的拐杖'……不过，所有这些星星中最美的一颗，是我们自己的星，那就是'牧童的星'。每天清晨，当我们赶出羊群的时候，它照着我们，而到晚上，当我们驱回羊群的时候，它也照着我们。我们还把它叫作'玛格洛娜'，美丽的玛格洛娜追在'普罗旺斯的皮埃尔'（土星）的后面，每隔7年就跟它结一次婚。"

"怎么！牧童，星星之间也有结婚的事？"

"有的，小姐。"

正当我想向她解释星星结婚是怎么一回事的时候，我感到有件清凉而柔细的东西轻轻地压在我的肩上。原来是她的头因为瞌睡而垂了下来，那头上的丝带、花边和波浪似的头发还轻柔可爱地紧挨着我。她就这样一动也不动，直到天上的群星发白，在初升的阳光中消失的时候。而我，我瞧着她睡着了，心里的确有点激动，但是，这个皎洁的夜晚只使我产生美好的念头，我得到了它圣洁的守护。在我们周围，群星静静地继续它们的行程，柔顺得像羊群一样。我时而这样想象：星星中那最秀丽最灿烂的一颗，因为迷了路，而停落在我的肩上睡觉……

阿莱城的姑娘

从我的磨坊往村里去，要经过路边的一个农庄，庄内有个大院落，尽头种着几株榆树。这是普罗旺斯地区典型的农舍，红颜色屋顶，宽大的棕褐色的正门，上面不规则地开了窗眼，在高高的顶楼上，有一枝风向标，院子里有挂着石磨的滑车，还有几捆已经枯黄的干草……

为什么这幢农舍引起了我的注意？为什么这紧闭的大门使我心里难受？我说不出是什么原因，反正，这个宅子有一股凄冷的气息扑鼻而来，它四周寂寥得过分……当有人从这里路过时，狗都不叫，虽有那么几只珠鸡，也不声不响地全跑开了……在院子里，什么声音也没有！一片沉寂，甚至骡子的铃声也听不见……窗户上没有挂白色窗帘，屋顶上没有炊烟冒出，人们以为，这屋舍肯定是无人居住。

昨天，正午时分，我从村里回磨坊，为了躲开烈日，就沿着农庄的围墙，在榆树的阴影下行走……庄前的大路上，有几个不声不响的庄丁正在往一辆车上装干草……农庄的门正大大敞开，我从门前走过时往里面瞧了一眼，看见院子的深处，有一个满头白发、个子高大的老人，穿着一件又短又小的上衣，一条破破烂烂的裤子，肘臂支在一张石头桌子上，脑袋埋在双手里……我停下步来。旁边的一个人低声对我说：

"嘘，这就是农庄的主人……自从他儿子遭遇不幸后，他就一直是这个样子。"

这时,有一个女人和一个小男孩,从我身边走过,他们都穿着黑色丧服,手里捧着烫金的祈祷书,走进了农舍。

旁边这人又告诉我:

"……女主人和小儿子刚做完弥撒回来……自从大儿子自杀以后……他们每天都去做弥撒……唉,先生,多么悲惨的事!老爸至今还穿着死去的儿子的衣服,别人休想叫他换下来……"

"驾!吁!畜生!"一声吆喝,那辆装满了干草的车,摇摇晃晃出发了。我想进一步了解悲剧的详情,要求赶车人让我搭上他的车,坐在他旁边的草堆上,我听到了这个令人心酸的故事……

他的名字叫让,是个特别出色的20岁农民,文静得像个姑娘,身体强壮,眉目开朗。因为他长得很漂亮,许多女人都盯着他,但他却情有独钟。那是一个娇小的阿莱城的姑娘,她衣着华丽,打扮花哨,让是在阿莱的市集上认识她的。农庄上的人,起初都不赞成这门亲事,因为,这姑娘妖艳风骚,而她的双亲又都不是本地人。但是,让却主意已定,不肯回头,他甚至这么说:

"如果不让我跟她结婚,那我就去死。"

没有别的办法,只好满足他这个意愿。婚礼决定在收获之后举行。

稍后,一个星期天的晚上,全家人正在院子里用晚餐,气氛就跟结婚宴会差不多,虽然没有新娘子在场,但大家频频举杯为他祝贺……突然,大门口出现了一个汉子,他用颤抖的声音,要求与庄主埃斯代维单独说几句话。埃斯代维站起来,跟来人出了大门,这汉子对他说:

"庄主,您打算让您的儿子与一个女人结婚,但这个女人是个荡妇。这两年以来,她一直跟我相好,我已经先占有了她。我可以提供证据,瞧,这就是我跟她的情书!她的父母全知道真相,早就把她许配给我了。但是,自从您的儿子遇见她以后,她跟她的父母就对我不感兴趣了……然而,我相信,她既然干得出这种背信弃义的事来,将来就不可能给您儿子当一个安分守己的人妻。"

"很好!"埃斯代维庄主看了看那些信件说道,"请进去喝一杯葡萄酒。"

这汉子答道:

"谢谢,我心里难受,无心喝酒。"

说完,他就走了。

做父亲的不动声色回到院子里,他重新入席。晚餐在欢乐之中结束……

当天夜里,埃斯代维庄主与他的儿子一同到田野里遛弯儿,他们在外边待了很长时间。当他们回到家里时,做母亲的仍在等候。

"孩子的娘,"庄主一边对她说,一边把儿子领到她跟前,"你亲亲这孩子吧,他是个不幸的人……"

让从此绝口不谈阿莱姑娘。但是,他仍然一直爱着她,而且,自从有人告诉他这女人曾在另一个男人怀里躺过以后,他反倒更爱她了。只不过,他因为生性矜持所以沉默不语。这无异于自我折磨,害了他自己,这可怜的孩子!……他经常整天整天地独自待在一个角落里,一动也不动。另一些日子,他又跑到地里去拼命干活,他一个人干的活常超过 10 个零工……到了傍晚,他常沿着通向阿莱城的大路,一直走到在夕阳中可以看到城里尖形教堂林立的地方。到此,他就往回走,从来不走进城去。

农庄上的人眼见他如此痛苦,如此孤独,都感到束手无策,大家都担心会发生不幸的事……有一次,在吃饭的时候,他的母亲见他眼里噙满泪水,就对他说:"好吧,让,你听着,如果你还是要那个女人,我们就成全你吧……"

他的父亲羞愧得满脸通红，低下了头……

让做了一个拒绝的手势，就走出去了……

从这天起，让改变了生活方式，为了使父母宽心，他总装出快快活活的样子。人们看见他常去舞会、小酒馆、节日集会。在丰维叶尔的选举庆典上，他还领头跳起了法兰多拉舞。

他父亲说："孩子的病已经好了。"而母亲则不然，她仍然忧心忡忡，并且更加密切地关注着儿子……让跟他弟弟的卧室紧靠着养蚕房，可怜的母亲就在他们隔壁的房里支起一张床……说是蚕宝宝夜间可能需要她来照料。

圣埃洛瓦的节日到了，这是经营者们的守护神的节日。

整个农庄一片欢腾……大家都可以到新楼里去开怀畅饮，美酒丰盛，如大雨倾泻。接着，放鞭炮，看焰火，榆树上挂满了彩灯……圣埃洛瓦万岁！大家拼命跳法兰多拉舞，小弟烧坏了他的罩衫……让也显得兴高采烈；他还主动邀母亲共舞；这可怜的老太太感动得流下了眼泪。

午夜时分，大家都去睡觉。人人都困得厉害……让却不能入眠。小弟后来追述说，整个夜晚，他都哭个不停……唉，我告诉你们吧，他真是伤心极了，我的哥哥……

第二天一清早，他母亲听见有人跑出了房间，她顿时有一种不祥的预感：

"让，是你吗？"

儿子没有回答，他这时已跑上了楼梯。

快！赶快！母亲急忙起身。

"让，你怎么啦？"

让已经上了谷仓。他妈也跟着上去，她在后面叫道：

"我的儿子，看上帝的分上！"

他把谷仓的门一关,扣上了门闩。

"让,我的让,回答我,你要干什么?"

母亲摸索着,她老迈的双手直发抖,她在找门上的插闩……谷仓的一扇窗子打开了,猛然一声人体摔在院子里石板地上的巨响,事情就这么完了……

这可怜的孩子,过去常这样自言自语:"我太爱她了……我要一走了事……"啊,我们的心都要碎了,真是岂有此理,有的人为了爱情,竟然不在乎别人的轻蔑!

那天早晨,村里的人都在互相询问,在埃斯代维农庄那边,是谁在那里哀号……这就是在农庄的院子里,那位母亲坐在一张满是露水与鲜血的石头桌子前,抱着她死去的孩子,在放声痛哭。

教皇的母骡

我们的普罗旺斯农民常常用生动的措辞、谚语与格言,来修饰他们的谈吐,其中最为别致、最为独特的,要算我下面所举出的这一句了。在我磨坊周围方圆几十里以内,当人们提起某个爱怀恨记仇、报复心特强的人,就这么说:"这家伙,你可得当心!……他就像教皇的母骡,它憋了7年,才踢出一脚,进行报复。"

我曾经花了不少时间,去查询这个谚语的出处,即何谓教皇的骡子以及它憋了7年才踢出的那一脚。我这个村里,没有人能给我一个解答,甚至法朗瑟·玛玛侬这个上了岁数的短笛手也说不出所以然,虽然他对普罗旺斯的种种传说都了如指掌。法朗瑟与我有同感,认为这个谚语是与阿维尼翁地区某个古老传说有关,但除了谚语本身的提示外,他就别无所知了。

"看来,您只有到知了图书馆去查出处啦。"老笛手笑着对我说。

我觉得这个主意甚好,因为知了图书馆就在我的门外,于是,我欣然前往,沉浸在那里足有8天之久。

这是一个奇妙的图书馆,藏书丰富,令人赞叹,日夜都向私人开放,带着铙钹的小图书馆员负责经营管理,他们整日都为你奏乐。我在这里度过了几个美妙的日子,经过一个星期的探究,终于发现了我所要弄清楚的原由,即何谓教皇的母骡以及它憋了7年才踢出的那一脚。这个故事虽然平淡质朴,但也相当有趣。现在,我尽可能把我昨天早晨从蔚蓝色的稿本上所读到的故事讲给您听。这稿本发散着薰衣草的香气，还系有圣母的丝带作为书签。

谁要是没有见过罗马教皇时代的阿维尼翁城，谁就是没有见识。就其欢乐、活跃、繁华与节日的热闹而言，没有一个城市比得上它。且看这座城池，从早到晚，宗教游行不断，朝圣人流络绎不绝；街上撒满了花朵，处处飘扬着彩带；红衣主教们的船队沿罗纳河而来，旌旗招展，舸舫披彩；教皇的禁卫军在广场上唱着拉丁文赞美诗，化缘的修士则敲着木铃；高高矮矮的房屋簇拥在教皇巨大宫殿四周，就如蜂群闹哄哄地围绕着蜂房。市容熙熙攘攘，市声热热闹闹：织花边的滴答声，编金祭袍的穿梭声，金银首饰雕镂工的槌打声，弦乐器制造工的调琴声，整经女工的圣歌声，还有从高处传来的钟声以及从桥上响起的长鼓声，一片喧嚣，不绝于耳。若问桥上鼓声从何而来，因为在我们这里，人们高兴的时候，就非跳舞不可，不跳舞不行。那时，街道太窄，跳法兰多拉舞不方便，吹笛的敲鼓的乐师们只能坐在阿维尼翁的桥上。在罗纳河上的清风吹拂下，大家跳啊，跳啊，不分昼夜……啊，多么幸福的时代，多么幸福的城市！武器兵刃都束之高阁，国家监狱只用来乘凉饮酒，没有饥荒，没有战争……您瞧孔达时代的那些教皇多么善于治理国家，臣民是多么怀念那个时代！……

在那些教皇之中，有一位名叫博尼法斯的慈祥老人……哦，就是他，他去世的时候，阿维尼翁的老百姓个个都眼泪汪汪！这真是一个受人爱戴、讨人喜欢的君主！他坐在骡背上，总是笑眯眯地看着你，当你从他身旁走过，不论你是贫贱的染印工，还是城里的大法官，他都彬彬有礼地向你祝福！真像是伊弗多的教皇，不过是带普罗旺斯味的伊弗多教皇，因为他的微笑颇有点微妙，他的扁平软帽上插了一枝茉乔栾那，甚至连一个小小的金十字也没有挂……这位面慈心善的长老，人们知道他所拥有的唯一的金十字架，就是他的葡萄园，一个由他自己栽种的葡萄园，它离阿维尼翁约有3古里，在新宫的香桃木林里。

每逢星期日，这位德高望重的长老做完了晚祈祷之后，就去照料他心爱的葡萄园，他来到那里后，坐在无限好的夕阳下，骡子待在他身旁，四周，红衣主教们散立在葡萄树下。于是，他打开一小瓶本地产的葡萄酒，此酒甘美异常，色泽如红宝石，一向有教皇新宫琼浆玉液之美称。他一小杯一小杯地慢慢品尝，心醉神怡地环视着他的葡萄园。然后，酒瓶喝空了，太阳西沉下去，教皇也心满意足起驾回城，后面跟随着他教廷里的群臣，经过阿维尼翁桥的时候，他的骡子一走进敲鼓跳舞的人群，也被乐声感染了，居然也小步跳起舞来，而教皇本人则挥动他的软帽给舞步打起拍子。对此，红衣主教们怒目而视，深不以为然，但周围民众却齐声欢呼："啊，好样的君主！啊，好样的教皇！"

除了新宫葡萄园之外，教皇最垂爱的就是他的骡子。这位老好人对这头牲口的确关怀备至。每天夜晚，他临睡前，必定要去查看厩房的门是否关好了，槽里的饲料是否充足。每次用餐，他离席之前，都要亲眼监督下人按照法兰西调味法，在一大钵酒里放进许多糖与香料，并且亲自端给母骡去喝，完全不在乎红衣主教们众目睽睽……应该说，这头母骡确实值得如此悉心照料。这是一头漂亮的黑色骡子，身上长有红色的花斑，步子稳健，毛色油亮，臀部丰满肥大，瘦削的脑袋上佩戴着绒球、花饰、银铃铛与小丝绸结，显得特别亮丽；它天使般的温柔，天真的眼睛，长长的不断晃动的耳朵，使人觉得它像个善良老实的孩子。阿维尼翁全城的人都尊重它，当它来到街上时，从来没有人不对它表示友好。因为大家都知道，这是博取教廷好感的最佳方式，而且，以其天真善良的本性，它已经不止一次给人带来福气，狄斯特·韦代恩奇迹般的好运，就是一个例证。

这个狄斯特·韦代恩生性不良，是个厚颜无耻的小痞子，他的父亲居伊·韦代恩是雕刻金属的工匠，早已把这不肖之子逐出了家门，因为他好逸恶劳，游手好闲，还带坏了家里的其他学徒。6个月来，人们常看见他穿着那件夹克，在阿维尼翁城的下流街区出入，特别是更为频繁地在教皇宫殿的周围荡来荡去，因为这家伙早就在教皇的母骡身上打主意了，您马上就会看到他玩的是什么花招……有一天，教皇陛下牵着他那头牲口在城墙下散步，这个狄斯特就凑了上去，握着教皇的双手，装出一副不胜仰慕的样子，对他说：

"啊！我的上帝，伟大的圣父，您老人家有一匹多么了不起的母骡啊！……请您让我好好看看它……啊！我的教皇，这母骡多么漂亮啊！……德意志皇帝也没有这么漂亮的骡子呀。"

说着，他抚摸着这头牲口，柔声细语地对它说，就像对一位小姐：

"到我这里来，我的心肝，我的宝贝，我的掌上明珠。"

见此，教皇深为感动，心里想道：

"多么善良的一个小男孩！他对我的骡子这么温柔体贴！"

接着，第二天，您知道发生什么事了吗？狄斯特·韦代恩脱掉他那件旧的黄夹克，换上了一件漂亮的带花边的白袍，一领紫色绸披肩，一双带环的靴子，进了教皇的少年唱经训练班，而在过去，只有贵族子弟与红衣主教们的侄儿外甥才能进得去……瞧瞧，他这种手段！……但是，狄斯特并不到此为止。

有一次为教皇办事，这个家伙又重演他过去已经得手的故技。他对大家都傲慢无礼，唯独对教皇的母骡关照备至，殷勤得很，人们总看见他在宫廷的院子里，手上拿着一把燕麦或一束岩黄芪喂骡，同时望着圣父的阳台，手里优雅地挥动一串串玫瑰，似乎在说："嗨，这么做是为谁呀？……"如此之后又如此，不断故技重演，到头来，教皇感到自己日见衰老，于是就把照料厩房与端法兰西酒给母骡喝这两件事交给了狄斯特，此举倒并未引起大臣们的取笑。

同样，此事以后，骡子也不笑了……现在，到它喝酒的时候，它总看见有五六个唱经训练班的小修士跑进它的厩房里来，个个身穿带披肩、镶花边的衣袍，很快就钻进了饲草堆，待了一会儿，一股焦糖与香料的暖烘烘的气味弥漫在厩房里，狄斯特·韦代恩出现了，小心翼翼手捧一钵法兰西酒。于是，那可怜的牲口开始受罪了。

它最爱喝这种香喷喷的酒，一直靠它保持体温，增添耐力，自从新管事上任以来，他就只把酒端到食槽边让它闻香，等它的鼻子刚闻到香味，酒就全没有了。"我只不过让你这畜生瞧一眼！"那钵玫瑰色的美酒全部都灌进了狄斯特的那群狐朋狗友的喉咙里了……不仅是偷喝它的美酒而已，更有甚者，这群小修士喝了个痛快之后，个个像魔鬼一样恶作剧……这个扯它的耳朵，那个拽它的尾巴，基盖骑到它背上，贝吕盖要给它戴教士帽，这群小无赖居然没有一个人想到，这头了不起的牲口只需一抖腰、一踢腿，就能把他们个个送上西天，甚至更远……但是绝不会发生这种事！不要小看教皇的母骡，它可是一头宽宏大量、圣德广施的骡子……这些小鬼任意折腾，它也不恼不怒。它所怨恨的是狄斯特·韦代恩……有时，当它感到这个无赖就在它屁股后面时，它的蹄子就发痒，想踢他一脚，这种情况已经有很多次了。狄斯特这个流氓竟然用如此缺德的法子来捉弄它！有一次，他喝了酒后，曾对它使出特别残酷的手段！……

一天，他胆大妄为，竟然要骡子跟他一道攀登唱经班的钟楼，往上爬，再往上爬，直到宫殿的最高处！……我没有对您说谎话，有20万普罗旺斯人亲眼目睹了这件事。您可以想象出这头可怜的骡子惊恐到了何种程度，当它盲目地在螺旋形的楼梯上攀登了一个小时，不知爬了多少级之后，骤然来到了一个令人头晕眼花的平台上，在它面前几百尺的下面，整个阿维尼翁城就像是在梦幻中一样，市场上密集的木棚个个看去只有榛子那么大，教皇手下在营房前站岗的士兵小得像一只只红蚂蚁，在下方远处，一根银白色的细线上，有座小得几乎看不清的微型桥，在桥上，人群正在载歌载舞……啊，可怜的畜生！在这么高处，简直吓得丧魂落魄！它发出了一声惊叫，把整个宫廷的玻璃窗都震动得发响。

"发生什么事了？有人在怎么折腾它？"慈祥的教皇慌慌张张跑上阳台，大嚷了起来。

这时，狄斯特·韦代恩已经站在院子里，装出一副哭丧脸，揪着自己的头发，回禀说："啊，伟大的圣父，是这么回事！您老人家的母骡……我的天啦！我们该怎么办？您老人家的母骡爬到钟楼顶上去了……"

"它自个儿跑上去的？"

"是的，伟大的圣父，它自个儿跑上去的……嗨，瞧它高高在上，您看见了吗？是什么东西从它耳尖上飞过去了？像是两只燕子……"

"天哪！"教皇抬起眼来向上望去，"它简直是疯了！它会把自己给毁了……平平安安下来吧，不幸的畜生！"

可怜哪！这母骡求之不得要下来。但从哪里下？从楼梯？那是不可设想的：是的，它是从楼梯上来的，那毕竟是往上爬，但是，要往下去，它的腿恐怕就要摔断100次……这可怜的母骡方寸已乱，不知所措，只能在平台上待着发愁，两眼里一片茫然，这时，它想起了狄斯特·韦代恩。

"啊，这个恶棍，如果我真脱了险，明天早晨就要让你尝尝我蹄子的厉害！"

要踢一蹄子报仇这个想法，给它增添了勇气，否则它是坚持不下去的……最后，人们总算把它从钟楼顶上解救下来了。但这的确是一个大工程，必须动用一台起重机，好多根绳索，一副担架。您想想看，这对教皇的母骡来说，是多么出丑的一件事：整个身子悬在半空中，四个蹄子在空中乱划，就像一只金龟子被吊在一根线的末端上，最糟的是，阿维尼翁全城的人都看见了这丢人现眼的一幕。

当天夜里，这不幸的牲口彻夜未能入眠，它觉得自己似乎仍在那该死的平台上打转，下面是全城人一片嘲笑，而后，它又想到那个下流坯狄斯特·韦代恩，设想第二天早晨它要踢他的那一蹄子该是多么神气。哼！我的朋友，那可是惊天动地的一蹄哟，甚至在邦贝利古斯德也可以看到它扬起的尘土……但是，当它在厩房里准备好了这一蹄来迎候狄斯特·韦代恩时，您猜这家伙在干什么？他正在教皇的船上引吭高歌，沿罗纳河而下，接着又跟一大群贵族子弟来到那不勒斯宫，这帮小贵族是城里每年派遣到让娜皇后身边来学习外交与礼仪的。狄斯特并非贵族出身，但是，教皇一定要酬谢他对母骡的悉心照料，特别是营救行动那天他所作出的努力，就破格作此安排。

第二天，母骡真是大失所望。

"啊！这个恶棍！他一定是有所预感。"它这样想，一边使劲摇晃着脖子上的铃铛，"躲得过初一，躲不过十五，大坏蛋，你等着吧！你什么时候回来，你就得受用这一蹄子，我给你保留着哩！"

于是，母骡就一直保留着这一蹄。

自从狄斯特出差外出之后，教皇的母骡又恢复了它平静的生活与从前的状态。基盖与贝吕盖这一帮捣蛋鬼再也不到厩房来了。天天喝法兰西酒的美好日子又回来了，随之而来的，是平和与悠闲的心情，每天睡一个长长的午觉，走过阿维尼翁桥的时候，又小步跳起加沃特舞。不过，自从上次出事以来，城里人对它的态度有了一丝冷淡，它所到之处，总有人在窃窃私语；老人摇头叹息，小孩指着钟楼发笑；好心肠的教皇本人也不像从前那样信任他的这个伙伴了。星期天，在从葡萄园回宫的路上，当他想趴在骡背上打瞌睡时，便暗暗地告诫自己："要是我一醒来发觉到了钟楼的平台上怎么办！"母骡看出了教皇有此顾虑，它不便明说，只能默默难过，唯有别人在它面前提到狄斯特·韦代恩这个名字时，它长长的耳朵才颤抖起来，并且带有一丝冷笑在石板上磨它的铁蹄。

7年过去了；到了第7个年头的年底，狄斯特·韦代恩从那不勒斯宫廷回来了。他在那边的学习尚未完结，但他听说教皇的首席侍膳官刚刚在阿维尼翁去世，觉得这个空缺实在是太好了，因此，急急忙忙专程赶回来，要谋取这个职位。

当阴谋家韦代恩走进宫廷的大厅时，教皇几乎不认识他了，他已经长得又高又壮。其实是因为教皇又衰老了不少，不戴眼镜就两眼昏花，看不清这个家伙。

狄斯特厚着脸皮凑上去：

"怎么啦？伟大的圣父，您老人家认不出是我？我是狄斯特·韦代恩呀！"

"韦代恩？"

"是呀！您老人家认出来了……就是那个端法兰西酒给您的母骡喝的小家伙。"

"啊，对……对……我想起来了，就是狄斯特·韦代恩那个善良的小男孩……你现在到这里来有什么事吗？"

"哦！一点小事，伟大的圣父……我来求您老人家……对啦，您老人家还在使用那头骡子吗？它还壮实吗？啊！好极了！我来求您老人家把首席侍膳官的空缺赏给我，听说他刚刚去世。"

"首席侍膳官，你想担任这个职务！……但你太年轻啦，你今年多大岁数了？"

"20岁零两个月啦，圣名显赫的大人呀，正好比您老人家的母骡痴长5岁……啊！这么好的一匹牲口，真是上帝的杰作！您老人家是否知道，我是多么爱这头骡子！……我在意大利是怎么为它害相思病的！您老人家不让我去看看它吗？"

"我的孩子，你当然可以去看它，"好心的教皇非常激动地回答说，"既然你这么喜欢它，我不忍心让你再过远离它的日子，从今以后，我让你享受首席侍膳官的待遇……我手下那些红衣主教肯定又会大吵大闹,但不用去管它!我已经习惯他们那一套了……明天你到我这里来,做完晚祷后,我在教廷会议上当众宣布把爵位官阶封给你,然后……我领你去看我的骡子,你还可以跟我们一道去葡萄园……嗨!嗨!就这么着吧!你可以走了。"

狄斯特·韦代恩兴高采烈步出大厅,他等待次日的封官大典,分秒难挨,自是不在话下。与此同时,在教皇的宫殿里,还有一位更为兴高采烈,也更为分秒难挨,那就是教皇的母骡。自从韦代恩回来以后,直到第二天晚祷时分,这个可怕的畜生不停地嚼着燕麦,不停地用自己的后蹄狠踢墙壁。它也在为这大典做充分的准备……

且说到了第二天,当晚祷一结束,狄斯特·韦代恩就走进教皇宫殿的院子里。所有的高层教会人物均已到场,穿红袍的主教大人们,穿黑色天鹅绒服的教会督察们,头戴小冠的修道院长们,圣-阿格里哥教区的财务总管们,着紫色披肩的唱经班领队们,等等,济济一堂。此外还有:低级的教士,穿豪华制服的宫殿卫兵,三个苦修团体的修士,神情粗野的望都山隐修教士,执铃随从的小修士,祖胸露臂的鞭笞派教徒,身穿花袍的教堂圣器管理人,教会的全班人马都已出动,还包括送圣水的,点灯的,灭灯的……一个也不缺。啊!这真是一次盛况空前的任命典礼,钟声齐鸣,鞭炮轰响,阳光灿烂,鼓乐高奏,当然,总少不了远处阿维尼翁桥上载歌载舞的人群……

狄斯特·韦代恩出现在会议大厅的中心,他仪表堂堂,风度翩翩,立即引起了一片赞美的低语。他是一个高高大大、漂漂亮亮的普罗旺斯人,满头金黄色的头发,发梢卷曲,一撮上翘的胡须,就像从他金属雕刻匠的父亲刻刀下削出来的金属薄片。据传闻,让娜皇后还曾用手指抚玩过这撮金黄色的胡子。事实上,韦代恩那自命不凡的神气与满不在乎的目光,一看就是深得王妃宠爱的人才有的……这一天,为了给祖国增光,他脱掉了从意大利穿回来的那不勒斯宫廷服装,着一身用玫瑰色镶边的普罗旺斯式男礼服,戴一顶风帽,上面插着一根卡马克白鹩又粗又长的羽毛。

一进场,这位首席侍膳官就以优雅的姿态向大家致意,随即走上高高的台阶,在那上面,教皇正等着把爵位的徽章授给他,那是一柄黄杨木的勺子与一件橘黄色的上衣。教皇的母骡就站在台阶下,鞍辔装备停当,正准备驮教皇大人到葡萄园去……狄斯特·韦代恩走过它身边时,脸上堆出殷勤的笑容,停步下来,在它的背上友好地拍了两三下,眼睛却斜瞟着正在观察他的教皇。真是天赐良机,他站得正好到位……母骡猛然蹦了起来:"瞧好啦!狗强盗!这就是我给你保留了7年的礼品!"

它朝狄斯特狠狠踢出了一蹄,这一蹄非同寻常,可怕得很哟!甚至在邦贝利古斯德也能看到它扬起的尘土,只见一阵棕黄色的旋风过处,一片白鹩羽毛飘落了下来。这便是倒霉的狄斯特·韦代恩所残留下来的一切!……

在平常情况下,骡子的一蹄绝不至于这么令人震惊,但,您要知道这是教皇的骡子呀,而且,请您想想看,它这一蹄足足憋了7年……教会中记仇心理之强烈,实莫过于此例焉。

桑居奈尔的灯塔

这一夜我没有入睡,北风怒号,它巨大的声音轰鸣喧嚣,叫我彻夜辗转不眠。我的整个磨坊也在嘎嘎作响,残缺不全的风车沉重地摇晃,在狂风中瑟瑟有声,就像海船上的帆樯索具。屋顶被掀破,瓦片纷纷坠落。远处,覆盖着山冈丘陵的松树林在黑暗中如波涛起伏,呼啸喧闹,人们仿佛置身于惊涛骇浪的大海……

这夜的情境使我立即回想起三年前的许多不眠之夜,那时,我住在桑居奈尔灯塔上,此塔位于科西嘉海滨,在阿卡西奥海湾的入口处。

那正是我所能找到的一个好去处,既可以冥思遐想,又可以幽居求静。

请想象,这是一个土质呈淡红色的岛屿,荒凉空旷,灯塔就建在岛的一个尖端上,另一个尖端则有一座热那亚式的古箭楼,我在那里的时候,箭楼上正栖住着一只老鹰。在下面的海边上,有一个已废弃的检疫站,那里遍地荒草丛生;此外,就是沟壑、灌木丛、巨大的岩石,一些野山羊以及鬃毛迎风飘荡的科西嘉小马;最后,在那边高处,很高很高的地方,成群海鸟盘旋的中心,是灯塔那座建筑。它有白色的砖石平台,守塔人可以在上面来回走动,它还有绿色的拱门与小铁塔,上面则是多面体的巨型塔灯,它在阳光照射下闪闪发亮,即使在白天,它也灯光通明……这就是桑居奈尔岛。松涛怒号的那天夜里,我所见到的它就是这个景象。在我买下现在的这个磨坊之前,每当我需要呼吸新鲜空气、离群索居时,我就来到这个迷人的岛上,经常把自己关在屋子里。

在岛上,我干些什么呢?

比我现今在磨坊,更无所事事。每当西北风或北风刮得不那么厉害时,我就待在几乎与海面平齐的两堆岩石之间,与沙鸥、水鸟、海燕为伍,整天凝望着大海,无思无虑,脑海一片空白,全身悠然飘忽,身心状态妙不可言。这种美妙的灵魂陶醉,您一定是体验过的,是吗?此种时刻,你不进行思索,也不进行梦想。你的灵魂出了窍,它飞翔,它飘逸,你仿佛是潜水的海鸥,是阳光下两个海浪之间飞溅出来的水花,是渐渐驶远而去的巨轮的一缕白烟,是张着红帆的小小采珊瑚船,是一粒水珠,是一抹轻雾,唯独不是你自己……啊,在这个岛上,我就这样度过了好些似睡非睡、神思悠荡的美妙时刻!

碰上刮大风的日子,海边不能停留,我就待在检疫站的院子里,那是个凄凉的院落,弥漫着迷迭香与野苦艾的气味。我背靠老墙的一角,这里,荒凉而忧郁的暗香随着阳光浮动,我任其浸染,沁人心脾,周围一间间石砌小屋全都敞开着,像是一座座古墓。有时,门边发出一点响声,草丛处有东西在轻微一跳……原来是一只躲避大风的山羊在找草吃。它一见我,就惊愕得停步不前,直挺挺站在我跟前,神情灵敏,头角高昂,用一种天真幼稚的眼光注视着我……

将近 5 点钟的时候,守塔人用喇叭筒呼喊我回去用晚餐。于是我在灌木丛中沿小路而上,攀登耸立于海平面之上的悬岩,慢慢向灯塔走去。每走一步,我就回头望望那水天相接的广阔远景,随着我步步登高,它也就愈加显得寥廓。

那塔上,真是个好去处。漂亮的餐厅,地上铺着大石板,墙上镶着橡木,海鲜汤在餐厅中央热气腾腾,门大大敞开着,朝向白色的平台,外面的落晖长驱直入。所有这些我至今记忆犹新,历历在目,守塔人都到齐了,正在等我入席就座。他们是三个人,一个马赛人,两个科西嘉人。三人都是矮个子,都有胡须,面色棕褐,皮肤皲裂,都穿着羊皮做的带帽风衣,但三人的举止与习性却迥然不同。

在生活方式上,可以立即感觉得到两个民族的差异。马赛人灵巧而活泼,老是忙这忙那,不断在活动,从早到晚在岛上跑来跑去。种花、钓鱼、搜寻大海鸥产的蛋,躲在灌木丛里挤过路山羊的奶,兴致勃勃地捣蒜泥、做海鲜汤。

那两个科西嘉人,在做完他们本职工作之后,则绝不做任何其他的事。他们自以为是当官的,整天在厨房里玩牌,玩个没完没了。只是当他们用剪刀在手心里剪碎青绿色的烟叶,然后郑重其事装进烟斗里抽将起来的时候,才把牌局稍停片刻……

不过,马赛人与科西嘉人,他们三个都是善良、单纯、忠厚的人,对我这个客人都友善而热情,虽然他们心底里觉得这位先生有点特殊……

请您想想看,长年关在灯塔上是什么滋味!……在这里,他们度日如年,每当轮上回大陆度假时,该是何等的高兴……在风平浪静的季节,每个月都可以轮上这种幸福的日子,在塔上守满30天,就回大陆过10天假期,这已经成为规律。但是,到了冬季或碰上大风大浪的日子,那就无规律可言了。狂风怒号,波涛汹涌,整个桑居奈尔海面白浪滔天,值班的守塔人往往两三个月都不能脱身,有时还会遇上非常危急的情况。

"就说我吧,先生,我就遇上了这样一件事。"一天吃晚饭的时候,巴尔多里老头儿对我讲述说,"5年前,就发生在这一张餐桌上,那是一个冬天的夜晚,像现在一样,也是在用餐的时候。那晚,灯塔里只有两个人,我与一个名叫契戈的伙伴……其他的人都到大陆上去了,有的是生病回家,有的是在度假,其他我就不知道了……我们两人正要吃完晚饭,都很平静……突然,我的伙伴停了下来,用一种古怪的眼光盯了我一会儿，扑通一下，倒在桌子上，两臂朝前伸着！我赶紧跑过去，摇他，叫他：

"'嘿！契戈！……嘿！契戈！……'

"他毫无反应！他已经死了！……您可以想得出来，我就像挨了一个晴天霹雳，在尸体面前发呆发愣了足足一个多小时，猛然，我想起了：'还得照管灯塔！'急忙就登上塔顶把灯点亮。黑夜已经降临……先生，那是一个多么可怕的黑夜啊！大海咆哮，狂风怒号，一反平日常态。时时刻刻，我似乎都听见有人在楼下叫唤我。除了恐惧，我还全身发烧，口渴难耐！但我怎么也不敢走下楼去……我特害怕那个死人。总算挨到了天蒙蒙发亮，我才有了一点点勇气。我把伙伴的尸体安放在他的床上，给他盖上一个被单，替他念了一段祈祷文，然后，发出了报警的信号。

"真是倒霉透顶，大海汹涌狂号，我白白地呼救，呼救，没有人来援助……我就这样一个人在灯塔上与可怜的契戈待着，天知道还要等待多久……我打算守着他，直到有船来把他运走！但是，过了整整三天，已经是希望渺茫……怎么办？把他移出灯塔？把他埋掉？岩石是这么坚硬，岛上又有这么多乌鸦。把这个基督徒交给那群东西，实在叫人于心不忍。于是，我想出一个主意，把他弄下去，埋在检疫站的一间石屋里……这一桩悲惨的苦差事，费掉我整整一个下午，而且，我向您保证，干这种活还真需要有勇气。先生，直到今天，只要是刮大风的下午，我从这个楼梯下到岛上去的时候，似乎还觉得有一具死尸压在我肩上……"

可怜的巴尔多里老头儿！他一回想这件事，额头上就直冒汗珠。

我们一边用餐，一边聊个没完：灯塔、大海、船只遇难的经过、科西嘉海盗的故事，等等。不久，太阳西沉，值第一个夜班的人点燃他的小提灯，拿起他的烟斗、水壶与一大本红色封面的古代历史演义

（桑居奈尔灯塔上唯一的藏书），消失在走道的深处。过了一会儿，整个灯塔里都听得见链条碰撞声、滑轮转动声、大钟上弦后的滴答声。

这时，我走出餐厅，在外面的平台上坐下。太阳已经西沉得很低，愈来愈快地朝海水坠落，把整个地平线拖曳在它的后面。晚风强劲，整个岛屿变成了紫蓝色。在天空中，靠近我这个方向，有一只大鸟沉重地飞过，这是栖居在热那亚箭楼上的那只老鹰在还巢……浓雾渐渐从海上升起，顷刻间，只能看见岛屿周围那些海浪的白色波缘……突然，在我头的上方，射出了一大股柔和的亮光。塔上的照明灯亮了。它把整个的岛屿遗弃在阴暗之中，明亮的光波泼洒在广阔的海面上，它刚才正好从我头上掠过，现在却让夜色将我笼罩着。晚风愈吹愈强劲。应该回屋去了。在摸索中，我关上了大门，把铁闩插上，然后，又继续摸索，抓住了一个小铁梯，它在我脚下晃来晃去，嘎嘎作响，最后，我终于爬到了灯塔的顶层。在这里，总算有了亮光。

请想象一下塔上那盏巨大的卡尔瑟油灯，它有六排灯芯，灯芯周围有一个多面体的灯罩在慢慢旋转，灯罩有几面是装着大块水晶石的透镜，有几面则向一大块固定的玻璃敞开着，那玻璃使得里面的灯火不会被风吹灭……我一走进那间灯室，就感到一阵晕眩。这些铜制机械、锡制机械、白色发光的机械以及转个不停、形成了巨大蓝色光圈的凸形水晶镜，所有这一切闪闪发光的东西、发出噪声的东西，使得我感到一阵阵头昏眼花。

尽管如此，我的眼睛慢慢就适应了，我走过去坐在巨灯的下面，靠近守塔人的身边，他为了不打瞌睡，正在高声朗读那本历史故事……

灯塔外面，是黑夜，是深渊。在围绕着灯室的那一圈平台上，狂风怒刮，啸声尖厉。整个灯塔格格作响，大海则高声咆哮。在岛屿的顶端，浪涛扑向岩石，如大炮轰击发出巨响……时而，有某个看不清的什么东西碰撞在玻璃窗上，那准是被灯光吸引来的夜鸟撞破了自己的脑袋……在亮闪闪、暖烘烘的灯室，只听见灯芯的爆裂声，灯油的滴答声与链条的缠绞声；此外，还有一个单调的朗读声，它正在朗读德梅特里尤斯·德·法勒尔的生平故事……

到了午夜，看守者站起身来，查看了一下塔灯的灯芯，我们便一同走下楼来。在楼梯上，正好碰见值第二个夜班的人，他揉着眼睛在往上爬，值完头班的人把水壶与那本古代历史演义都移交给他……我们两人在爬上床铺倒头大睡之前，还得用一点时间到尽头的房间里去一趟，那里充塞着链条、钟锤、锡制的容器以及缆绳，下班的看守人借助自己小提灯微弱的光线，在一大本总是打开着的灯塔记事本上写下：

"午夜。海浪高。风暴。海上有船。"

塞米朗特号遇难记

既然前天夜里我们被西北风刮到了科西嘉的海岸,那么就让我给你们讲述一个发生在那里的可怕的海难。当地的渔夫经常在夜里说起那桩事件,由于偶然的机会,我得知了其中某些特别动人的情节。

我听到这个故事,距今已有两三年。

我在撒丁岛海上航行,同行的有七八个海关人员。对于我这样一个缺乏航海经验的人来说,这真是一次苦不堪言的旅行!整整一个三月份,我们没有碰上一个好天气,东风在我们背后狂吹猛赶,大海一直是浪涛汹涌。

有一天夜晚,为了躲避风暴,我们那只船开进博尼法西亚海峡的入口,停在一大群小岛之间。小岛的景观毫无起眼之处:一些光秃秃的岩石,上面停满了水鸟;地面长着几丛苦艾、几丛乳香黄连木;泥沼里,有一些正在腐烂的木块。但是,我确信无疑,在这些奇形怪状的岩石堆里过夜,要比在那只旧船的低矮船舱里来得强。在这里,风浪就像回家休歇了,我们也就得以安稳地睡上一夜。

刚一上岸,当水手们燃起火煮海鲜汤的时候,船长把我叫过去,用手指着海岛一端一小圈白色的围墙,说:

"您想去那块墓地看看吗?"

"这里有块墓地!利奥罗第船长,我们是到了什么地方?"

"这是拉维支列岛,先生,这里埋葬了塞米朗特号上 600 个遇难者。6年前,他们那艘三桅战舰就沉没在那里……那些不幸的死者!很少有人来这里悼念他们。既然我们已经到了这个岛上,至少应该去看看他们……"

"我非常同意您的意见,船长。"

塞米朗特号遇难者的墓地,真是凄凉之至!……我只见它有一道矮小的围墙,一扇生了锈、很难打开的铁门,祭坛冷冷清清,数以百计的黑色十字架淹没在荒草之中……没有一个哀思长驻的花圈,没有一件有纪念意义的东西!什么都没有……唉!这些被遗弃在远方的死者,他们躺在异乡的墓穴里,该会感到多么寒冷啊!

我们在墓地跪了片刻。船长高声祈祷,一群大海鸥——墓园仅有的一批守望者,在我们的上空盘旋,它们嘶哑的叫声与大海的哀叹互相应和。

祈祷完毕,我们朝停船的地方走回去,神色黯然,愁绪满怀。在我们去墓地的当日,水手们可没有白白地闲着。我们回来时,一大堆篝火已经在岩石的掩蔽处熊熊燃起,锅里正热气腾腾。大家朝着篝火围成一圈,席地而坐,然后,每个人的膝头都搁上一个土红色的碟子,里面盛着两块浇上了厚厚卤汁的黑面包。大家用餐时都一声不响,因为身上已经被海浪湿透,又都饥肠辘辘,何况还是在墓地的旁边……但是,当碟子都空空如也的时候,大家就点起烟斗,开始交谈起来了。自然而然,就谈起了塞米朗特号。

"事故到底是怎么发生的呢?"我向船长询问,他正两手捧着头,若有所思地盯着篝火。

"事故是怎么发生的?"善良的利奥罗第船长长叹了一口气,回答我说,"先生,世界上没有人说得清楚。我们只晓得,塞米朗特号满载着军队,开往克里米亚,前一天晚上,它从土伦港出发时,就遇上了坏天气,到了夜里,坏天气更变本加厉。狂风暴雨,惊涛骇浪,那险恶的程度是从未见过的……第二天早晨,风力稍微减弱了一点,但大海上仍是险情不断,再加上那可恶的漫天大雾,叫人连四五米外的航标都看不清……先生,那一场大雾,其危险性是毋庸置疑的……不过,它对塞米朗特号算不上什么,我一直认为,发生事故是因为从早晨起船舵就失灵了,因为没有一次海难是大雾造成的,任何船长绝不至于对付不了大雾。塞米朗特号上的船长又是一个非常出色的行家,我们都知道他。他在科西嘉航线上导航已有三年之久,像我一样,对这一带海岸非常熟悉,我所知道的就这些,别的什么原因我就不知道了。"

"那么,塞米朗特号是什么时辰遇难的呢?"

"应该是在中午,是的,先生,是正午时刻……当然啰,那时海上正有雾,中午并不比黑夜好多少,就像落在了狼的口中一样……岸边的一个海关人员告诉我说,那天将近11点半的时候,他从小屋里出来,打算去关百叶窗,一阵大风把他的帽子刮跑了,他冒着被海浪卷走的危险,沿着海边,拼命紧跟直追。您要知道,海关人员都不富有,一顶帽子是很珍贵的。可是,就是我们说到的这个人,他猛一抬头,就看见离他不远的地方,在浓雾中有一艘卷着风帆的大船,在大风的吹刮之下,急速地朝拉维支岛的方向驶去,这条船行驶得那么快,那么快,叫那位海关人员根本来不及看清楚。不过,完全可以断定,那就是塞米朗特号,因为,半个钟头之后,岛上的一个牧羊人听见了撞在岩石上的一声巨响……正好,先生,说起此人,此人就到,让他自己来跟您讲述那件事吧……你好,巴龙波……来这里烤烤火,不用害怕。"

一个戴着风帽的人,我见他已经在我们火堆周围转悠了好一会儿,原来我以为他是水手中的一个,因为我不知道岛上还有牧羊人,这时,他怯生生地向我们走近。

这是个患麻风病的人,几乎完全痴呆,不知道是哪种坏血病,使得他的嘴唇特别厚肿,看起来很可怕。我们费了好大的劲才使他明白了我们的要求,于是,这位老人用手指托着他那有病的嘴唇,向我们讲述了事情的经过:出事的那天,中午时分,他在自己的窝棚里听见岩石上一声可怕的巨响。因为当时岛上浸满了海水,不能出房屋,直到第二天,他打开房门,才看见沙滩上堆满了被海水冲上岸的木块与尸体。他被吓坏了,急忙朝他的小船跑去,为了赶到博尼法西亚去向大家报告。

说了好一阵子,牧羊人感到了疲倦,他坐了下来,船长便继续说道:

"是的,先生,就是这位可怜的老人跑来向我们报告的。他当时几乎已经被吓疯了。事实上,他的神经就是那次吓出了毛病。有前因,就有后果……请您想想看,海滩上堆着600具尸体,到处散乱着碎裂的船身与风帆的破片……可怜的塞米朗特号……大海一下就把它砸得稀烂,残骸支离破碎,牧羊人巴龙波好不容易才从破烂堆中找到一些可用的残片,在他的窝棚外搭起一圈栅栏……至于那些死者,几乎都是面目全非、肢体残缺,他们互相紧挽在一起,连成一串,令人惨不忍睹……我们找到了穿着正式制服的船长与颈上系着圣带的神甫;在岩石的一个角落,还找到了一个年轻的见习水手,他两眼大睁……我们以为他还活着,其实不然!这场灾难,无人能够幸免……"

说到这里,船长停了下来:

"拉尔第,留心点,篝火快熄灭啦。"他朝一个水手嚷道。

拉尔第将两三块涂了油脂的木块投进火堆,火势又旺了起来,利奥罗第船长又继续讲下去:

"在这个沉船事件中,特别惨的有这么一件事……在这之前三个星期,有一艘小型的巡航舰,也像塞米朗特号一样开赴克里米亚,几乎是在同一个海域,发生了相似的沉船事故。只不过那一次我们这条船及时赶到，救起了即将灭顶的 20 个辎重兵和他们的装备……您可想到，这一批大兵居然对他们的落难满不在乎！我们把他们带到博尼法西亚，在一个船舱里看护了他们两天，一等衣服晾干了，元气恢复了，他们就道别了，'晚安！祝你们走运'。他们就这么回土伦港去了，在那里，不久又搭上别的船，重新开赴克里米亚……您猜是哪只船？他们搭上了塞米朗特号，先生……我们又找到了他们，足足 20 个，一个也不少，全躺在死尸堆里，就在我们现在坐的这片沙滩上……他们之中有个长得挺俊、蓄着小胡子的队长，一头金黄色头发的巴黎小伙子，上次是我把他从海里救出来的，我还让他在我家里住过，他常给我们讲一些他自己的趣事，逗得我们哈哈大笑……见他躺在死人堆里，我心里难过极了……唉，天哪……"

讲到这里，心地善良的利奥罗第船长非常激动，他倒掉烟灰，把烟斗清理好，向我道了晚安，就钻进了他的窝棚……此后好一会儿，水手们仍在低声交谈……然后才一个接一个灭掉烟斗……没有人再出声了……那个老牧羊人也走了……周围的人都已经睡着了，只剩下我一个人还在沉思遐想。

刚才听到的这个悲惨的故事，使我思绪萦绕，我试着在想象中重新复活这艘不幸的船只当时仅有海鸥作证的沉没经过。其中有些细节特别使人感动，如穿上了正式制服的船长，系着圣带的神甫，20 个辎重兵，这一切都帮助我推想出这个悲剧的一些具体情景……我仿佛看见一艘三桅战船在夜色中驶出土伦港……海面浪涛汹涌，狂风大作；但掌舵的船长是一个久经风浪、无往不胜的行家，因此，船上的人都很放心……

第二天早晨，海上升起大雾，人们开始不安了。全体船员都坚守在舱面上，船长则寸步不离艉楼……几百名士兵全都关在统舱里，那里一团漆黑，空气闷热。有一些士兵已经病倒，躺在他们自己的行囊上。船身颠簸得很厉害,谁也无法站稳。人们成堆地坐在地面进行交谈,同时又紧紧抓着坐凳,说话时要高声大嚷,对方才能听清。有人开始感到害怕了……你们听我说,在这个海域,过去老发生翻船事故哟。大兵们在这么说着取笑,但笑谈并不能叫人安心。特别是他们的队长,那个老爱胡诌说笑的巴黎佬,他的说笑更是叫你不寒而栗:

"翻一次船!……翻船,这太有趣了。咱们不过是洗一次冷水澡罢了,然后,别人就会把咱们送到博尼法西亚去,大伙再来一次在利奥罗第船长家吃乌鸦肉的经历。"

他逗得大兵们都笑了……

突然,响起了一个巨大的爆裂声……怎么回事?发生了什么事?

"船舵毁了。"一个全身湿淋淋的水手跑过统舱时这么说。

"祝咱们一路平安!"那个队长高呼了一声,但这一次可没有人跟着笑。

舱面上一团混乱。大雾使人劈面难辨,水手们跑来跑去,惊恐万状,跌跌撞撞……船舵已经失灵!根本无法操纵……塞米朗特号在随风漂流,就像风一样急驶狂奔……这正是那个海关人员在岸边看见的情景。当时是11点半。从船头传来一声大炮般的巨响……触礁了!触礁了!……完蛋了,再也没有希望了,全船眼见就要遭殃……船长从舵舱走下来,到他的房间里待了一小会儿……他换上了正式制服,又走上舵舱,仍站在原来的驾驶台上……他要体体面面地去死。

在统舱里,士兵们焦急不安,相视无语……生病的士兵试图站立起来……那个小伙子队长也不笑了……正在此时,舱门打开,系着圣带的神甫出现在门口,他说:

"跪下,我的孩子们!"

大家都听从了他的命令,神甫开始用洪亮的声音,为即将死亡的人们做祈祷。

突然,响起一个可怕的碰撞声,同时有一个巨大的呼喊声,这呼喊只有那么一声，响亮震耳，此时，但见士兵们都把胳臂伸出，手挽着手，因为看见了死神幽灵像闪光一瞬而眼神里充满了惊愕……

愿主大发慈悲！……

我就这样幻想着度过了一夜，复活了 10 年前那条不幸船只的情景，它支离破碎的船身整夜都萦绕在我的脑海里……远处，在海峡中，狂风暴雨正肆虐逞凶；我们营地的篝火，在大风中飘摇欲灭；我听见我们的那只船在岩石脚下拍浪有声，链索也随之铿锵作响。

海关水手

从维西奥港到拉维支群岛,我乘坐的是爱米莉号。这是海关的一条又老又破的小船,只有半边甲板,它那间小小的涂着柏油的甲板室,里面只放得下一张桌子与两张小床。躲风避雨,逃离海浪的袭击,全靠这小块地方。乘这么一条船旅行可真是艰苦,不过,这就可以好好看看在风口浪尖上讨生活的水手们了。满脸汗水淋漓,湿透了的上衣在身上直冒热气,就像蒸气浴室里的浴巾,隆冬季节,这些穷汉也是这么一天天打发日子。甚至在夜晚,他们也是蹲在湿淋淋的凳子上,在有损健康的潮湿条件下全身发抖。因为在船上不能生火取暖,而要靠一次岸又很不容易……真难得哟,这些汉子没有一个人有怨言。遇上最恶劣的天气,我看见他们也总是沉着自若,心平气和。但是,这些海关水手实际上是过着多么艰苦的生活啊!

他们几乎都已经结婚成家,在岸上有妻子儿女,自己则成年累月在外奔波,在险情不断的海上战恶风、顶骇浪。他们只有发霉的面包与野葱头可以用来充饥。从来没酒,从来没有肉,因为酒与肉都很贵,而他们一年只能挣到500法郎!……一年只有500法郎!您可以想象得到,他们在海边的小窝棚是多么黑暗,他们的孩子都是怎么赤着双脚……一切都不在乎!这些好汉个个都显得乐呵呵的。在船尾甲板室的前面,放着一个盛满了雨水的大木桶,船员都来这里喝水解渴,我记得很清楚,当这些穷汉子喝足最后一口水时,每个人都摇一摇自己的杯子,心满意足地发出了一声"嗨"!那种舒服惬意的表情,既滑稽又令人感动。

他们之中最嘻嘻哈哈、最心满意足的,是一个博尼法西亚人。他身材矮壮,皮肤晒成了褐色,大家叫他巴龙波。他平时总是不断地哼着唱着,即使是在风急浪高的日子。每当波涛汹涌、阴暗低沉的天空弥漫着雨雪的时候,别的水手都昂着头,用手紧握着船索,观伺着大风即将袭来的方向,全船一片沉默,大家忧心忡忡。这时,巴龙波平静沉稳的歌声却唱起来了:

> 并非如此,主教大人,
> 在下实在受宠若惊,
> 丽赛特本来贤惠聪明,
> 她从小就生长在农村……

此时,任你狂风猛吹,帆上的索具格格作响,船身颠簸倾斜,这个水手仍然唱个不停,歌声在空中飘荡,就像海鸥在浪尖上翱翔。有时,狂风怒号,使人讲话的声音也听不清楚,可每当风浪掀起的瞬间,在海水的迸射之中,你总能听见他歌子中那短促的叠句:

> 丽赛特本来贤惠聪明,
> 她从小就生长在农村……

但是,有一天,风雨交加,急猛异常,我没有听见熟悉的歌声,这真有些异常,我把头伸出甲板室,问道:

"嘿,巴龙波,今天怎么不唱了?"

巴龙波没有答腔,他躺在凳子下面,一动也不动。我走近他。他的牙齿在打战,全身正烧得发抖。

"他得了一种叫庞肚拉的病。"他的一个同伴发愁地告诉我。

叫庞肚拉的这种病,是一种胸痛病,一种胸膜炎。这时,天空灰沉沉的,船已经淋得透湿,可怜的高烧病人,裹着一件被雨水淋湿、像海豹皮一样湿漉漉的橡胶大衣,滚来滚去,我从来没有见过这么痛苦难受的病人。不多久,寒冷、大风与海浪的颠簸,更加重了他的病情。他开始神志昏迷。船非靠岸不可了。

经过好长一段时间的努力,黄昏时分,我们的船才驶进一个荒凉而寂静的小海港,只有几只盘旋飞翔的海鸥才使得这个地方略有生气。海滩周围,高高兀立着陡峭的岩石,杂乱长着一些四季常绿的灌木丛。下边,靠近海岸,有一间带灰色窗子的白色房屋,那就是海关哨所。在这一片荒野之中,这个标着数字号码、形状像制服帽的官方建筑,显得有点阴森可怕。人们就是把巴龙波安置在这里。对于一个病人来说,这真是一个糟糕的避难所!我们一进去,就看见一个海关人员和妻子以及几个小孩,正在火炉旁边用餐。这一家人全都面黄肌瘦,眼睛突出,眼圈带有病容。那个妈妈还算年轻,怀里抱着一个待哺的婴孩,跟我们说话时直打哆嗦。

"这是个可怕的小哨所,"这个海关人员低声对我说,"这里的工作人员必须两年轮换一次。否则,疟疾病会把人吃掉……"

此刻,当务之急是找一个医生。在到达萨尔泰勒之前,也就是说,离此地 6~8 法里之内,是休想找得到的。怎么办呢?我们的水手都不能去,打发一个孩子去,路又太远。于是,那妇人转身向着门外,叫道:

"塞戈!……塞戈!……"

只见走进来一个高大健壮、身材匀称的小伙子,样子颇像偷猎者或绿林好汉,他头戴棕色毡帽,身披羊皮大衣。我上岸时,早就注意这个人了,他当时坐在门口,两腿之间夹着一杆枪,不知什么原因,见我们一走近,他就避开了。也许,他以为有警察跟我们一道来了。

此时，女主人一见他进来，脸上就泛出了些许红晕。

"这是我的表弟……"这女人说，"他即使丛林里迷了路，也不会有危险。"

接着，她悄声对他说了说，指着那个病人。那男子点头同意，他走出房间，打了个唿哨唤来他的狗，肩上扛着枪，迈开长腿，从这块岩石跳到那块岩石，就这么出发了。

在这一段时间里，孩子们由于父亲在场而有些胆怯，他们很快就吃完了淡奶酪煮栗子的晚餐。他们从来只能吃上汤汤水水，除了汤汤水水外，餐桌上什么都没有！但是，这就要算丰富的了，在孩子们看来，就像是喝了一杯美味的葡萄酒。唉！穷到了如此地步！接着妈妈把他们带到楼上去睡觉；爸爸呢，他点燃了手提灯，就到海边巡查去了。我们则待在火炉边守着病人，他在小床上翻来覆去，就像仍旧在海上，受着海浪颠簸的煎熬。为了减轻一点他的疼痛，我们把鹅卵石与砖头烤热，放在他胸肋上。有一两次，我靠近他床的时候，他认出是我，为了向我表示感谢，他费了好大的劲把手伸给我，那一双粗糙而滚烫的手，好像刚从火炉里取出来的一块砖头……

这天夜晚真是凄惨得很！在屋外，随着夜幕降临，坏天气又卷土重来了，海浪肆虐逞凶，发出一阵阵撞击声、轰隆声、飞溅声，海水正在跟岩石展开搏斗。有时，一阵狂风刮进海湾，吞没了我们这栋房子，风力使得炉子的火苗向上猛蹿，火光一闪一闪地照亮了水手们忧郁阴沉的面孔。他们围坐在火炉旁边，带着一种平静漠然的表情看着炉火，由于长期在海上面对一望无垠的空间与远方单调的前景，他们这种表情已经成为一种习惯。巴龙波偶尔也轻轻地呻吟几声。于是，我们的眼光就投向那个阴暗的角落，在那里，这个可怜的水手正在逐渐死去，远离他自己的亲人，得不到急救。他的胸部正在肿胀，可以听见他一声声长叹。此情此景，使得这些坚韧而驯良的海上工人，深深地感受到自己命运的悲惨。没有反抗，没有罢工。只有声声叹息，其他什么也没有！……但不，我估计错了。他们之中就有一个水手，当他到火炉前去添加树枝时，正从我面前走过，我听见他压低声音悲愤地对我说：

"先生，您瞧……在我们这个行当中，苦难真是一言难尽啊！……"

菊菊乡的神甫

每年过圣蜡节的时候，普罗旺斯省的诗人们总要出版一本欢快轻松的文集，里面充满了优美的诗歌与有趣的故事。今年的这一本我很快就收到了，其中有一篇令人喜爱的韵文故事。现在，我略加删节把它改写成散文……巴黎同胞们，请把你们的柳条筐拿来，这次供应给你们的，可是普罗旺斯特产的上等面粉哟……

马丁教士是个神甫，菊菊乡的本堂神甫。他性情善良得像面包，心地光明得像黄金，爱菊菊乡的百姓，就像是慈父爱子女。如果菊菊乡的居民都稍稍听他的话，使他略微满意一点，那么，在他看来，菊菊乡肯定会成为人间天堂。但是，事与愿违，令人悲叹！他听忏悔的课室久已无人问津，蛛网密布，即使是在复活节大庆的日子，圣体饼也原封不动，没人来领。好心的神甫深感心力交瘁，常常祈求上帝大发慈悲，让他在去世之前把他那迷散的羊群引回羊圈。

不过，您瞧，上帝果真听到了他的祈求。

有个星期天，念过福音之后，马丁先生走上讲道台，向听众讲述了自己如此这般的一番经历：

我的兄弟姐妹们，随便你们相不相信，有天夜里，我这个可怜的罪人，来到了天堂的门口。

我敲门喊道："圣彼得，请给我开门！"

"好哇！原来是您，善心的马丁先生，"圣彼得对我说，"是什么仙风把您吹到这里！……有什么事情需要我为您效劳？"

"高贵的圣彼得，您是掌管总名册与钥匙的，如果您不嫌我太好奇的话，能否告诉我，在您的天堂里，有多少个来自菊菊乡的人？"

"马丁先生，我没有理由拒绝您，请坐，咱们一起来查查名册。"

于是，圣彼得搬出了厚厚的总名册，将它打开，戴上自己的老花眼镜：

"咱们一起查查，菊菊乡，咱们一起念，菊……菊……菊菊乡，咱们查到啦，菊菊乡这一页……我好心的马丁先生，菊菊乡这一页全是空白，没有一个菊菊乡的灵魂升了天堂……这里找不出一个菊菊乡的人，千真万确，就像雌火鸡里找不出鱼刺。"

"怎么搞的！这里没有菊菊乡的人？一个也没有？这不可能！您再好好查查……"

"的确一个也没有，我的圣人，如果您以为我在开玩笑，请您自己来查。"

"我来查？可怜我吧！"我急得又是跺脚又是拱手，连叫大发慈悲。圣彼得见此，劝导我说：

"马丁先生，您别这样，犯急伤神会引起脑溢血的。说到底，这不是您的过错，您瞧，您那些菊菊乡的百姓，肯定都关在炼狱里受罚。"

"哦！伟大的圣彼得，您行行好，让我至少可以去探望探望他们，给他们一点安慰。"

"这个忙，我乐意帮，老朋友……得！赶快穿上这双草鞋，因为去那里的路实在不好走。这就行了。现在，您就直往前走。您瞧见了吗？那边尽头拐弯的地方，有一扇银色大门，上面布满了黑色十字架……您去敲右边的那一扇，有人会给您开门……再见啰，多多保重，别上火，别犯急。"

于是，我就往前走呀……往前走！真像鸭子被赶着上架！我现在只要一想起那段路程，身上就起鸡皮疙瘩。那是一条小路，遍地都是荆棘，都是灼灼发热的石子，还有咝咝作响的长虫，我沿着这条路一直走到银色的大门前。

砰！砰！砰！

"谁在敲门？"里边一个沙哑而阴沉的声音发问。

"菊菊乡的神甫。"

"什么乡的？"

"菊菊乡的。"

"喔！进来吧。"

我走进门去，只见一高大威武的天使，长着像黑夜一样漆黑的翅膀，穿着像太阳那样闪亮的袍子，腰间挂着一串镶有钻石的钥匙，正在一个比圣彼得那本还要大的名册上，嘎嘎作响地写着什么……

"直截了当说，你有什么事？有什么要我帮忙的？"天使这么对我说。

"上帝威武的天使，我想知道，您这里有没有我们菊菊乡的人，也许我是在多管闲事。"

"什么人？"

"菊菊乡的人，菊菊乡的老百姓，因为我是他们的修道院院长。"

"喔！马丁教士，是不是？"

"正是在下，天使先生。"

"您是问菊菊乡的人……"

于是，天使打开他那大部头的名册簿，翻阅起来，为了翻得更顺当，他用手指去蘸了一点口水。

"菊菊乡，"天使长叹了一声，"马丁先生，菊菊乡的人，我们炼狱里一个也没有。"

"耶稣基督，圣母玛利亚，圣父约瑟，炼狱里一个菊菊乡的人也没有！啊，我的老天！菊菊乡的人都到哪里去了？"

"嗨，圣人，他们在天堂里呗。您认为他们还能在什么鬼地方？"

"但是，我刚从天堂那边来的呀……"

"您从那边来！……到底怎么样？"

"怎么样，他们全不在那里，唉！天使们的圣母哟！"

"神甫先生，您要怎么样？如果他们既不在天堂，也不在炼狱，事情就不大妙，他们一定是在……"

"圣十字架呀！耶稣基督呀！大卫的圣子呀！哎哟，哎哟，这怎么可能呢？……是不是伟大的圣彼得没有跟我说实话？不过，我刚才并没有听错呀！……哎哟！我们真可怜哟！要是我那个菊菊乡的人都没有在天堂，将来我自己怎么能进去？"

"您听我说，可怜的马丁先生，既然您无论如何也要把事情弄得一清二楚，亲眼看看究竟是怎么回事，那就请您沿着这条小路快步跑下去，如果您能跑的话……您会在左手边看见一扇大门。在那儿，您就会把事情弄明白。愿天主帮您了却这个心愿！"

说完，天使就把门关上。

那是一条很长的羊肠小道，铺满了烧得通红的木炭，我就像喝醉了那样跟跟跄跄向前走，每走一步，就要摔一跤；我全身湿透了，每个毛孔都在冒汗，口渴难忍，连连喘气……但幸好圣彼得给了我一双草鞋，总算没有把脚烫坏。

我一瘸一拐走了好久，果然见左手边有一扇门……一扇大门，好大好大的大门，门是半开着的，就像一座大炉灶的门洞。啊！我的孩子们，这是怎么一个场面啊！在那儿，没有人问我姓甚名谁。那儿压根就没有登记簿，从洞口敞开的大门，可以自行入内，我的兄弟们哟，就像你们星期天自由进小酒店那样。那时，我全身直冒大汗，但同时又在发抖，在打寒战。我的毛发全部竖起来了。我闻到什么东西被烧焦的气味，似乎是肉被烤焦了，就像咱们菊菊乡的铁匠埃洛瓦给老驴上铁掌时烙出来的那种气味。在这股灼热难闻的臭气中，我憋得透不过气来。我听见一阵喧闹，其中有呻吟声，有哀叫声，有咒骂声。

"咳，你到底是进去还是不进去？我说你哪！"一个头上有角的魔鬼用铁叉戳了戳我说。

"我？我当然不进去，我是上帝的朋友。"

"你是上帝的朋友？……得啦！头上长疮的……你到这里来干什么？……"

"我来这里……请您对我讲话不要这么凶，我已经支撑不住啦……我是从……从老远的地方来……斗胆问您一声，您这里边……是不是碰巧也有……个把菊菊乡的人……"

"哈！上帝的灵光！你故意装傻，似乎你压根不知道你们菊菊乡的人全在这里。喏，臭教士，你仔细看看，就会看见你们那些臭名远扬的菊菊乡的人，在我们这里是怎么受整治的……"

于是，我定睛一瞧，在一大团熊熊烈火中，看见了我们的老乡：

有高个子戈克-加利，你们都认识他，兄弟们，这个戈克-加利以前老是喝得醉醺醺的，还老是狠狠打骂他可怜的老婆。

有加达莉莱，那个妓女……她老是把头昂得高高的……她一个人睡在谷仓里……你们都记得吧，由此，我这一乡种种稀奇古怪的事都出来了！……咱们还是打住吧，她的臭事我已讲得够多了。

有巴斯喀·杜瓦德普瓦，他偷了于连先生的橄榄去熬自己的油。

有拾麦穗的女人巴贝，她为了快一点凑齐一捆，一边拾穗，一边从大麦垛里大把大把地偷。

有克拉巴赛老板，他总把自己独轮车的轮子油漆得锃亮锃亮。

还有多菲纳，她出售自家的井水，要价那么高。

还有那个多尔第亚，每当他碰见我身挂天主的圣像，他就扬长而去，头戴三角帽，嘴上叼着烟斗……趾高气扬如同阿尔达邦，似乎他是碰见了一条狗。

此外，还有古洛和泽特这两口子，还有雅克，还有皮埃尔，还有多尼……

听了马丁教士以上这番叙述，听众不胜震惊，都吓得脸色煞白，个个唉声叹气，似乎看见在张开了大口的地狱里，哪是自己的父亲、母亲，哪是自己的祖母、自己的姐妹……

"我的兄弟们，你们一定已经意识到了，"马丁教士继续说下去，"一定意识到了情况不能这么继续下去。我对你们的灵魂负有责任，我愿意把你们从深渊中拯救出来，你们现在正争先恐后往深渊里滚哩。从明天起，我就要开始拯救工作，再也不能迟于明天。这件工作，绝不能出差错！现在我就要作出安排。为了把这件事做好，就必须有条不紊地进行。咱们要排个队，就像在戎基叶尔跳舞那样。

"明天星期一，我先替老头儿、老太太忏悔，这一点也不费事。

"星期二，我替小孩作忏悔，这事也可以很快完成。

"星期三，轮到少男少女，这事要费很多时间。

"星期四，是成年男子，我们可以很快搞完。

"星期五，是成年女子，我敢说，不会费事。

"星期六，是磨坊老板！……单为他一人，花一天的时间不算多……

"照这么进行，如果星期天能弄完，咱们就都会升天堂的。

"你们要明白，我的孩子们，麦子熟了，就该收割；酒酿好了，就该喝；衬衣脏了，就该洗，把它洗得干干净净。

"这就是我祝愿你们得到的主的恩赐，阿门！"

说干就干，菊菊乡的人纷纷把肥皂水浇在衣服上。

自从这个值得纪念的星期日以后，菊菊乡行善积德的美名，就在方圆几十里内传开了。

于是，这个慈悲为怀的马丁先生也就不胜欣慰。有一天夜晚，他梦见自己的羊群跟随在他的身后，排列成浩浩荡荡的队伍，周围点满了蜡烛，香火的烟霭聚成云彩，合唱队的儿童高唱感恩圣歌，他率领了这支队伍朝着通往上帝天国的光明大道进发。

这就是菊菊乡神甫的故事，这故事是在卢玛里叶的叙事诗中由一个大乞丐讲述出来的，我照我所听到的原汁原味再讲给您听，而那个乞丐则是从他的一个好心的老乡那里听来的。

一对老年夫妻

"有我一封信,阿桑老爹?"

"是的,先生……从巴黎来的。"

只要说是从巴黎来的,好心的阿桑老爹总是特别得意……我则不然,一大清早,这位来自让雅克大街邮政总局的巴黎客人,突然跑到我的桌子前,她给我叨唠的这事那事,肯定会搅掉我整整一天。果然不出我所料,您瞧:

我的朋友,你得给我帮个忙。请把你的磨坊暂时关闭一天,到伊居叶尔跑一趟……伊居叶尔是一个大的乡镇,距离你家只有三四里路,散散步就到了。到了那里后,你先打听孤儿修道院,修道院后面的第一幢房子,矮矮的,窗户是灰颜色,屋后有一个小花园。你不用敲门就可以进去,那门老是开着,你进去后,就大声叫道:"你们好哇,好心的主人家。我是莫里斯的朋友。"这时,你就会看见两个矮小的老人,啊,老得很哟,老得很哟,老得不能再老了,他们会从扶手椅上向你伸过双臂,请你代表我去拥抱他们,用你全部的爱心,就像他们是你自己的亲人一样。接下来,你们就可以交谈了。他们一定会跟你谈起我,而且只谈我,不会谈别的;他们会跟你讲些莫名其妙的话,请你不要发笑……你真能做到不发笑吗?……他们是我的祖父祖母,是我生活中仅有的两个亲人,他们已经有10年没有见到我了……10年，这真够长的啦！但我有什么办法呢，我呀，巴黎把我拴住了；而他们这么大的岁数了，老成这个样子，如果到巴黎来看我，肯定在路上就会病倒……幸好，有你在他们附近，我亲爱的磨坊老板，两个老人吻你的时候，一定会有点觉得是在吻我……我曾经常跟他们谈到你我以及我们之间美好的友谊……

这友谊见鬼去吧！我到那镇上跑一趟，实在是不值得，恰巧这天天气正好，阳光灿烂，凉风习习，是普罗旺斯的风和日丽天。如果没有这封讨厌的信，我本可以在两块岩石之间找个隐蔽处，在那里待上一整天，像只壁虎，饱餐阳光，静听松涛……结果来了这封信，有什么办法呢？我只得满腹牢骚，关了磨坊，把钥匙藏在猫洞下，拿着手杖，叼上烟头，就这样出发了。

我到达伊居叶尔已将近两点。村子里空荡荡的，人们都下地去了。大道两旁榆树丛丛，白色花絮如烟尘弥漫，知了高唱，像在开阔的平原上。村政府前的空地上，有头驴子在晒太阳，教堂的喷泉上空，一群鸽子飞来飞去，但我找不到人来指点孤儿院是在哪里。突然间，一个老仙女出现了，她正坐在自家门边纺线。我向她打听我所要找的地方，这仙女法力无边，她只举起自己的纺锤一指，孤儿院修道院立即魔术般地耸立在我眼前……这是一幢灰暗发黑的大建筑，在尖拱形的大门上端，庄严地竖立着一个红色沙石的古老十字架，上面铭刻着几句拉丁文。在这幢建筑旁边，我看见了一座较小的房屋。它的百叶窗是灰色的，屋后有个花园……我立刻就认出是我要找的地方，于是，没有敲门，我就走了进去。

我一生将永远忘不了那宁静而凉爽的走廊、涂成玫瑰色的墙壁、从透明的窗帘隐约可见的小花园以及壁板上的那些褪了色的花朵与提琴的图案。我觉得似乎是走进了上个世纪[①]某个老法官的家里……在走廊的尽头，靠左边有一扇半开着的门，从里面传出一座时钟的滴答

[①] 原文为"塞戴纳的时代"，塞戴纳为法国18世纪的戏剧作家。

滴答声,还有一个小孩的声音,好像是一个小学生正在逐字逐字念课文:"于……是……圣……伊……雷……内……喊……道……我……是……天……主……的……优……等……小……麦……我……应……该……被……这……些……牲……口……的……牙……齿……嚼……得……粉……碎……"

我悄悄走到门前,朝里一望,只见:

在宁静而昏暗的小房间里,一个面色红润、连指尖上都起了皱纹的小老头儿,正躺在安乐椅上大睡,嘴巴张着,双手放在膝上。在他的脚边,有个穿蓝衣服的小女孩,罩衣大,帽子小,正是孤儿院的衣着,她捧着一本比她的个头儿还要大的书,正在念圣伊雷内的传记……她令人称奇的朗诵声回荡在整个房间里。老人在躺椅上睡得正香,苍蝇一动也不动停在天花板上,金丝雀静静地伫立在窗子上的鸟笼里。大座钟发出滴答滴答声,就像是在打鼾,整个房间里,略略显出了一点动静的,只有那一大束从百叶窗直射进来的阳光,它闪烁发亮,在它的光束里,尘埃欢快飞舞……在这一片昏昏欲睡的氛围里,那女孩一本正经地继续朗读:"立刻……有……两只……狮子……猛扑……过来……把……他……吞……食……掉了……"她正念到这里,我走了进来——即使是吃圣伊雷内的那两头狮子这时扑进屋来,也不会像我的来临这样引起室内的一片惊恐。这真是一个戏剧性的场面:小女孩发出一声惊叫,大部头的书猝然落地,金丝雀惊恐不安,苍蝇吓得乱飞,大座钟也响了起来,老人给惊醒了,霍地站了起来,张皇不知所措,而我,也感到有点不安了,于是停在门口,大声招呼道:

"你们好哇,好心的主人家,我是莫里斯的朋友。"

啊!这一时刻,这可怜的老人,要是您当时在场看见准会很感动,您看,他张着双臂朝我走来,紧紧拥抱我,握我的手,狂喜地在房间里跑来跑去,喃喃自语:"我的上帝!我的上帝!"他脸上每一条皱纹都在笑,脸也涨红了,结结巴巴地说着:"啊!先生……啊!

先生……"接着,他走向房间的另一头,大声叫道:"玛美特。"

他打开一扇门,过道里响起一阵妇女的碎步声……玛美特进来了。再没有比这位矮小的老太太更漂亮的了,她头戴蝴蝶结小帽,身穿淡褐色袍子,手执一条绣花手绢,这显然是按照古老的风俗习惯向我表示敬意……多么感人的情景!他们的相貌相像,是天造的一对。如果老头儿也戴上假发与黄色的蝴蝶结,他干脆就是玛美特了。只不过,真的玛美特一生中哭得比他多,脸上的皱纹也就比他多了。与老头儿一样,玛美特身边也有一个孤儿院的小女孩,这个身穿蓝色罩衣的小护士,也寸步不离玛美特。看来,这两个老人就是由孤儿院的小孩照顾的,其中情景可想而知,想来是足以令人心酸的。

一进门,玛美特就要向我行屈膝礼,但老头儿一句话就打断了她行大礼:

"这是莫里斯的朋友……"

老妇人顿时全身发抖,哭了起来,手绢也掉在地上,她满脸涨得通红通红,比老头子的脸还要红……这些老人呀!他们血管里只有那么一点点血了,怎么一激动就全都涌到脸上了呢?

"快,快,快端把椅子过来。"老太太对她的小随从说。

"去把窗子打开……"老头子则吩咐他的小随从。

接着,他们每人牵着我的一只手,把我拽到已经打开的窗子前,为了好好瞧瞧我,小孩把椅子全搬过来了,我坐在老头儿老太太之间,两个蓝衣小孩则站在我们的椅后,于是,询问开始了:"莫里斯好吗?他在干些什么?为什么他不回来?他过得开心吗?"唠唠叨叨,啰啰唆唆,没完没了,整整弄掉了几个小时。

我呢,尽心尽力回答他们所有的提问,讲一些我所知道的莫里斯的生活细节,也大胆地编造一些我不知道的事情,特别肯定地告诉他们说,我一直注意莫里斯的窗子是否关好了,他糊墙壁的纸是什么颜色。

"至于他糊房间的纸嘛!是蓝颜色的,太太,是浅蓝色的,上面还有图案……"

"真的吗?"可怜的老太太有些激动,转身对她丈夫说:"他真是个好孩子!"

"啊,的的确确,是个好孩子!"她的老伴也兴高采烈地附和着说。

在我介绍情况的这段时间里,老两口时而点点头,时而露出微妙的一笑,时而眨眼睛,时而表示心领神会,还有的时候,老头子凑过身来对我说:

"请大声点……她的耳朵有点背。"

而有的时候,老太太则从她那边凑过来说:

"再大声点,我求您……他的耳朵不大灵。"我提高了嗓门,老两口就都向我笑笑表示感谢。在向我投送这些憔悴的微笑时,他们显然想从我的眼睛深处搜索到他们心疼的莫里斯的身影,而我则满腔热情地为他们重新塑造出他们所想见到的莫里斯的形象。其实,这是一个模糊、假造、几乎是虚无缥缈的形象,我重塑的时候,似乎看见我那位朋友,从非常遥远的地方,站在云端里向我微笑。

突然,老头儿从椅子上站起来:

"我想起来了,玛美特……他也许还没有吃早餐呢!"

玛美特也张皇失措,双臂伸向天空:

"还没有吃早餐!……我的老天爷呀!"

我以为他们是在说莫里斯,于是,正准备回答说,这个好孩子不迟于中午是不会上餐桌的。但我立即发现我领会错了,他们原来是在说我,我一承认自己的确还饿着肚子,您就看看他们那股忙乱劲吧:

"快把餐具摆好,小蓝衣,餐桌放在房间正中,铺上礼拜天的桌布,用带花的碟子。咱们不要光顾着笑了,我求求你们,动作要快一些……"

我认为她们的确是够快的了,刚听见有三个碟子打碎了的声音,早餐就端上来了。

"请用简单的早点!"玛美特把我领到桌边说,"委屈您,我们就不陪您啦,我们早上都已经用过了。"

玛美特的"简单的早点",共有一杯牛奶,几枚椰枣,一块小船形的蛋糕,还有几小块像饼干似的东西。这些食物足可以供她和她的两只金丝雀至少吃上七八天……而我,仅仅一个人就把它们一扫而光!……餐桌旁两个小蓝衣,简直是义愤填膺了,她们交头接耳,互相用臂肘去碰对方,而那边,笼子里的金丝雀也似乎在议论:"啊!这位先生,把整整一桌东西都吃掉了!"

我的确把这些东西都吃得精光,而且不知不觉就吃光了,因为我正在专心观察这间明亮而宁静的房间,这房间里似乎有种古色古香的气息……特别有两张小床,把我的视线吸引住了。这两张床就像两只摇篮,我想象出如此这般的情景:清早,天刚蒙蒙发亮,两个老人还躺在带流苏的大帐子里,座钟敲响了三点,他们总是在这个时分醒来:

"玛美特,你还睡着吗?"

"不,我醒啦,我的朋友。"

"莫里斯是不是个好孩子?"

"啊,当然,他是个好孩子。"

我之所以想象出这样一场对话,仅仅因为我看见,老两口的那两张小床正紧紧靠在一起。

此时,房间的另一端,大柜的前面,又发生了令人胆战心惊的一幕。那是由于要从最高一格上把一瓶樱桃酒取下来,那瓶酒已经为莫里斯保存了10年,而老两口想把它取下来款待我。尽管玛美特苦苦恳求,老头子仍要坚持由他自己去把那瓶酒取下来:他爬上一张椅子,试图去够那么高的地方,直吓得他的老伴心惊胆战……请您想象一下那种情景:老头子颤颤悠悠往上爬,两个小蓝衣紧紧扶着椅子,而在他后面,玛美特吓得直喘气,张开着她的两臂,好不容易,一阵柠檬的清香，从柜子的最高一格，从一大堆橙黄色的衬衣中，飘然而下，散发而出……这真是感人的一幕。

终于，经过一番艰苦的努力，那一瓶珍贵的酒，还有一个上面刻满浮雕的银杯，莫里斯小时候用的银杯，都给取下来了。他们给我满满斟了一杯樱桃酒，这樱桃酒可是莫里斯最爱喝的啊！在给我斟酒的时候，老头子带着一副馋猫的神情，在我耳旁说道：

"您真幸运，能喝上这玩意儿！这是我老伴亲自做的……您会品尝出这种味道有多好。"

嗨！他老伴亲自做的，但她却忘了放糖。有什么办法呢！人一老了，做起事来就稀里糊涂。我可怜的玛美特，您做的樱桃酒，味道冲得难以下咽……虽然如此，我还是把它一饮而尽，连眉毛也没有皱一皱。

用完了餐，我就起身告辞。主人却想留我多待一阵，再跟他们说说那个好孩子的事，但是，日头已开始偏西，我的磨坊离得又很远，我必须动身了。

老头子与我同时站了起来。

"玛美特，把我的外衣拿来！……我要一直送他到广场。"

玛美特心里一定明白，要把我送到广场，他是要费一把老劲的，但她脸上没有流露出任何神色，仅仅在帮他穿上一件棕褐色带螺钿纽的西班牙布衫时，这位亲密的伴侣温情脉脉地说了一句：

"你不会回来得太迟，是吧？"

而老头儿则带着一种诡秘的表情回答：

"嗨！嗨！……那可难说……也许……"

说着，他们相视而笑，两个小蓝衣看着老两口也笑了起来，笼子里的金丝雀似乎也在笑……我觉得，樱桃酒的香气已经使我们大家都有了一点醉意。

……暮色降临时分，老爷子与我一道跨出家门，有一个小蓝衣跟在我们后面，以便待会儿把老爷子领回家去，但是，他本人却并没有发觉小蓝衣,他挽着我的胳臂,神气十足地往前走,俨然像个壮年人。玛美特呢,她春风满面站在家门口,瞧着我们,优雅地摇着头,似乎在说:

"还是像原来一样,我可怜的人哪,他还挺能走哩!"

散文诗

这天早晨一打开门,只见我的磨坊周围已铺上了白色霜冻的地毯。小草闪闪发亮,像玻璃那样清脆作响;整个山冈都冻得哆哆嗦嗦的……我亲爱的普罗旺斯竟也变成了一派北国风光;在挂着流苏般冰凌的松树林中,在开出一束束水晶般花朵的薰衣草丛中,我写出了两首颇有日耳曼情调的散文诗,写诗的时候,冰霜向我闪耀着白色的晶光,天上一片晴空,雁群排成三角形,从海因利希·海涅的故乡飞来,向卡马尔格方向飞去,不断地高叫:"天冷了……天冷了……"

王太子之死

年幼的王太子身患重病,奄奄一息……王国之内,所有的教堂不分昼夜,都供奉着圣体,烛光通明,祈求着小王子早日康复。古老京城的街道上,凄凄惨惨,冷冷清清,钟声沉寂,车马缓行……在王宫的外面,好奇的老百姓眼光穿过栅栏,盯着那些身披金甲、带着严肃神情在院子里交谈的御前卫士。

整个宫廷都惶惶不安……内侍们、总管们在石阶上跑上跑下……条条走廊上都站满了侍从仆役与身着锦绣衣袍的朝臣,他们来回串堆,低声地探听消息。……在宽大的台阶上,王室贵妇们行着屈膝礼,用漂亮的绣花手绢拭擦眼泪。

在橘橙大厅里,有一大群穿长袍的御医,透过玻璃窗,可以看见他们挥动黑色的长袖,把戴着假发的脑袋,一本正经地凑在听诊器上……王子的太傅与马厩总管在门前踱来踱去,正等待御医的诊断。厨房小厮毫无礼貌地在他们身边来来往往……马厩总管像异教徒似的对神明骂骂咧咧,太傅则念诵贺拉斯的诗句……就在此时,从马厩那边传来一声凄厉的长嘶,这是王子的栗色御马因为被马夫遗忘了而在空空如也的马槽前悲鸣。

那么国王呢?国王现在在哪里?……国王正把自己单独关在宫殿深处的一个房间里……天下任何一个至尊天子,都不愿意让旁人看见自己哭泣落泪……而王后,那就不同了……她正坐在小王子的枕旁,美丽的脸上泪水纵横,她当着众人的面,嚎啕大哭,就像一个可怜的纺织姑娘。

躺在带花边的小床上,小王子的脸色比被褥更为苍白,他静卧不动,双目紧闭,旁人以为他睡着了,其实不然,小王子根本就没有睡着……他翻身朝向他的母亲,见她在哭泣,便问道:

"母后,您为什么哭?是不是您真的认为我要死了?"

王后想作回答,但她泣不成声。

"您别哭啦,母后。您忘了我是一国的太子,而太子是不会就这么死去的……"

王后哭泣得更厉害了,小太子不由得也害怕起来。

"嗨呀,我可不愿意死神把我抓走,"王子说,"我知道怎么阻止死神到我身边来……立即调来40名德国雇佣兵,守卫在我的床四周!……再调来100尊大炮,日夜值勤,炮弹上膛,架设在我的窗下!死神要是胆敢走近我,那就让他粉身碎骨……"

为了叫小王子安心,王后打了个手势。立即,大炮在院子里的滚动声隆隆可闻;40名雇佣兵手执长槊迅速布卫在房间的四周,他们都是蓄着灰色胡子的老卫士。小王子一见就鼓掌欢迎,他认出了其中的

一个,招呼道:

"罗朗!罗朗!"

那个卫兵朝床前跨出一步,王子说:

"我爱你,我的老罗朗……亮出你的大刀来……如果死神来抓我,你就把他砍死,是不是?"

罗朗答道:

"是的,阁下……"

说着,两行泪珠在他蜡黄的脸颊上滚流而下。

这时,牧师走近小王子,对他低声念念有词了好久,并且把耶稣受难十字架出示给他看。小王子带着十分惊讶的神情听着看,突然把他打断:

"您讲的这些话,我都很懂,神甫先生。但是,难道我的小朋友具波不能代替我来死吗?我可以给他好多好多的金钱……"

牧师继续对着他低声地讲道,小王子的神情愈来愈惊讶。

牧师讲道完毕,小王子叹了一大口气,回答说:

"神甫先生,您对我讲的这些话,确实叫人伤心。不过,有一点对我很有安慰,那就是到了那边,到了布满着星星的天堂里,我仍然是王太子……我知道仁慈的上帝是我的表哥,他不会忘记按我的身份来接待我。"

接着,他又转身对他母亲说:

"叫人把我那些最漂亮的衣服都拿过来,把我的白貂皮上衣、我的天鹅绒鞋子都拿过来,为了显示我的尊贵,我要穿着王太子的服装进入天堂。"

牧师第三次俯身向小王子,又低声对他讲了好久……正当他继续讲道时,小王子愤怒地打断他的话,朝他嚷道:

"照您这么说来,作为一个王太子,就跟平常人那样一钱不值?"

说着,小王太子什么话都不愿意再听,一翻身朝向墙壁,伤心地大哭起来。

县长下乡

县长先生外出巡回视察。车夫开路，仆役后拥，县政府的一辆四轮马车载着他威风凛凛朝仙女谷地区展览会奔去。为了这个很有纪念性的日子，县长先生穿上了他漂亮的绣花礼服，戴上了折叠式高顶大礼帽，着一条镶有银线的紧身裤，佩一把柄上嵌有珍珠的贵重宝剑……他的膝上，放着一个皮面刻有花纹的大公文包，瞧着它，他正在发愁。只要一瞧这公文包，县长大人准要愁眉不展，他在为即将在仙女谷乡民面前发表的演讲词打腹稿：

"先生们，乡亲们……"

但是，他把心爱礼服上的棕色丝线捻来搓去也无济于事，仍然憋不出下文，老是重复那个开头：

"先生们，乡亲们……"

下文老憋不出来……马车里又这么闷热！……往车外望去，去仙女谷的大道在烈日暴晒下尘土飞扬……空气像着了火一样灼热，道旁的那些小榆树蒙着白色的尘土，成百上千只知了在树丛中你唱我和……突然，县长大人全身欢喜得打战，在那边，山坡下，有一片绿色的小橡树林在向他招呼。

小橡树林似乎在向他发出邀请：

"到我这里来吧，县长大人，到我这里来写您的演讲稿，在树荫下又凉快又文思敏捷……"

县长先生大受诱惑。他跳下车来，叫他的随从们候着他，他要到绿色小橡树林里去写演讲稿。

在小小的橡树林里，鸟儿成群，紫罗兰到处盛开，浅草下泉水潺潺……当这些生灵一见到县太爷身着大礼服，手提大皮包，鸟儿就吓得不敢唱歌了,泉水也不敢再发出声响,紫罗兰则躲到草丛里去……这片僻静的小天地哪见过堂堂县太爷?它们纷纷低声打听,这位派头十足、穿着绣花礼服来到这里的大人先生,究竟是何许人也。

叶丛之下,低声悄语,纷纷询问,此人身穿礼服,究竟乃何等人物……这当儿,县长先生初尝林中的幽静与阴凉,已感到心醉神迷了,他撩起衣裾,把帽子放在草地上,就势坐在一株橡树下的青苔上;接着,他把皮面刻花的大公文包摊在膝上,从中抽出一大张公文用笺。

"这是个艺术家!"黄莺见此这么说。

"不是,"灰雀表示异议,"他肯定不是艺术家,既然他穿着绣了银线的裤子,更可能是一个王公贵族。"

"既不是艺术家,也不是王公贵族。"一只年老的夜莺打断上述的胡猜乱蒙,它整整一个春天都在县长公署的花园里歌唱,自有它的发言权,"我知道他是谁,他就是本县的县太爷!"

于是,整个林子都在交头接耳:

"这是县太爷!这是县太爷!"

"他的头秃得多厉害!"云雀有所发现地叫了起来,它头上长着漂亮的羽冠。

紫罗兰纷纷在打听:

"他是个坏蛋吗?"

"他是个坏蛋吗?"紫罗兰纷纷发问。

那只老夜莺断然予以否定:

"完全不是!"

听到这个确认,鸟儿又开始歌唱,泉水又奔流起来,紫罗兰又散发芬芳,就像这位不速之客并未来到……对周围这一切动人的热闹情景,县长毫无察觉,他正一门心思在乞灵于专管农事的女神,手里举着铅笔,开始用抑扬顿挫的声调朗读。就像在大会典礼上:

"先生们,乡亲们……"

"先生们，乡亲们。"县长用在大会典礼上那种声调在朗诵……

一阵大笑把他打断。他转过身来，只见一只啄木鸟站在他的礼帽上，瞧着他在发笑，县长懒得跟它计较，只耸了耸肩膀，他想继续他的演说，但这头啄木鸟还不收场，老远冲着他嚷道：

"讲这一套有什么用？"

"怎么！没有用？"县长喝道，他满脸通红；他做了个手势去驱赶那厚脸皮的畜生，更加起劲地又朗诵起来：

"先生们，乡亲们……"

"先生们，乡亲们……"县长朗诵得更起劲。

但正在此时，紫罗兰纷纷把花枝向他伸来，温情脉脉对他说：

"县长大人，请您闻闻我们的气息香不香？"

这时，泉水也在青苔下为他奏出了美妙的音乐；在他头顶上方的树枝上，一群黄莺为他唱出了最动人的歌子；整个小小树林都在发出声响，就为的是把他那篇破演讲词给搅掉。

整个小小树林都在窸窣作响，就为的是把他那篇破演讲词给搅掉……花草的芬芳使人醺醉，林中的音乐令人忘乎所以，县长先生再也无力抗拒花香鸟语的陶醉，他手肘支撑在草地上，脱下他漂亮的礼服，嘴里还结结巴巴嚷了两三遍：

"先生们，乡亲们……先生们，乡亲们……先生们，乡亲们……"

立即他就把"乡亲们"打发见鬼去了，他请来的农事女神也只得蒙上自己的面纱，悄然而退。

蒙上你的面纱吧，专管农事的女神！……个把钟头以后，县长大人的随从们担心主人的下落，就跑进树林里来，他们眼前的情景把他们吓得后退……县长先生俯卧在草地上，衣冠不整，像个流浪汉，上身脱得精光……嘴里嚼着紫罗兰，正在那里吟哦做诗哩。

毕克休的文件包

10月的某个早晨,我离开巴黎的前几天,正当我在用早餐的时候,有个老头儿走进了我的家,他一身衣服已磨损得破旧不堪,鞋上沾了不少泥浆,两条罗圈儿腿,一副罗锅腰,细长的腿支撑着哆哆嗦嗦的身子,就像一只拔光了羽毛的鹭鸶。来者乃毕克休也。是的,巴黎同胞们啊,就是你们的毕克休,那个又尖刻又可爱的毕克休,15年来,这位疯疯癫癫的讽刺家,用他的漫画与讽刺小品,常把你们逗得乐不可支……哎哟!这可怜的家伙,怎么潦倒成这个样子!要是他进门时没有做怪脸,我敢说怎么也不会认出是他。

他的头歪在肩膀上,嘴里咬着一根手杖,像叼着一支单簧管,这个昔日名扬巴黎、而今悲惨落魄的讽世者,一直走到我房间的中央,碰撞在一张桌子上,惨兮兮地说了声:

"可怜可怜一个倒霉的瞎子吧!……"

我觉得他在假装瞎子,竟装得那样逼真,不禁大笑了起来。但他冷冰冰地对我说:

"你以为我在闹着玩,你瞧瞧我的眼睛。"

他转过身来,让我看他两只无光的发白的眼珠:

"我已经瞎了,亲爱的朋友,这一辈子再也看不见东西了……你瞧,这就是用硝酸水写字的后果,我这个好行当硬是把我这双眼睛烧瞎了,一直烧穿了底。"他一边说,一边指着他的眼皮给我看,那上面早已烧得连一根睫毛的影子都没有了。

我很难过,不知道对他说什么才好。我的沉默使他有点不安:

"你在工作吗?"

"不,毕克休,我在吃早饭,你也跟我一道吃点?"

他不作回答,但从他那两扇翕动着的鼻翼,我知道他想吃得要命。我一把抓住他的手,让他坐在我的旁边。

当给他端早点的时候,这可怜的家伙在桌子上嗅来嗅去,脸上露出微笑,说:

"这些东西好像都很好吃。我要好好饱餐一顿。很久以来,我就从没有正式用过早餐了!我每天早晨老是带着一个铜子一块的面包,在各个衙门里奔走……因为,你知道,我现在老要跑衙门,这成了我唯一的职业。我想找门路开一家公卖烟草店……有什么办法呢?一家老小总得有饭吃。我不能画了,我也不能写了……我口授,叫别人记录?……但口授什么?……我脑子里早就是空空如也,现在也想不出任何东西来。我原来的职业,不过是观察巴黎的种种鬼脸丑态,然后把它们画下来,现在,我没有法子了……于是,我想到去开一家公卖烟草店。当然,不是在繁华热闹的街面上,我可没有资格得到那种优待,因为我既不是走红舞女的妈,又不是高级军官的遗孀。不,我只想弄一个外省的小公卖店,离巴黎远远的,不管在哪里,在伏日山区某个偏僻的角落也行。到那时,我嘴里叼着一个瓷制大烟斗,改名换姓叫汉斯或泽伯兑,就像艾克曼与夏特良①的小说中的人物,我会把同时代作家写的书,拿来当烟叶的包装纸,以此来缓解我自己不能再写作的妒怨。

"我全部的小算盘不过如此,要求不过分吧?但要达到这点目的,可难如上青天……说实在的,可以给我帮上忙的人并非没有,我

---

① 艾克曼(1822~1899)与夏特良(1826~1890),法国两个合写小说的搭档作家,有小说作品30余部,皆以阿尔萨斯省风土人情为题材。

过去曾红极一时，经常应邀到元帅、王公、部长的府上吃饭。这些人常邀请我，是因为我能叫他们开心，或者我叫他们有几分害怕。现今，谁都不怕我了。唉，我的眼睛哟，我可怜的眼睛！现在，再也没有任何人请我去吃饭了。饭桌上有一个双目失明的人，那是多么煞风景的事。请您把面包递给我，谢谢……啊！那些狗强盗，为了这个可怜的烟草公卖店，竟要叫我吃够苦头。这6个月来，我带着我的呈文跑遍了所有的衙门。每天早晨，当工友们生炉子、仆人们在院子里沙地上给部长遛马的时候，我就到了，直到天黑我才离开，那时，大盏大盏的灯都已经点亮，厨房里也飘出一阵阵香味来……

"我的日子就是这么在候见室里装劈柴的箱子上白白地度过的，那些门房也都认识我了！在圈子里他们都称呼我为'这位好好先生'！而我，为了得到他们的关照，常给他们讲些小笑话，或者，在他们的吸墨纸的一角上，用一笔勾画出各种大胡子形象，逗他们哈哈一笑……这就是我享有赫赫盛名20年之后的潦倒境地，这就是艺术家的可怜下场！……但是，眼下在法国，却有4万个青年人对我们这个职业行当馋得流口水！在外省，每天都有一个火车头开动起来，给巴黎送来一批批糊涂虫，他们爱好文学，爱好印成白纸黑字的流言蜚语，到了如痴如醉的地步！……唉，天真的外省人啊，但愿我毕克休的潦倒，能成为你们的前车之鉴！"

说到这里，他埋头在自己的盘子里，狼吞虎咽地吃起来，不再说话……他那副样子看起来真叫人可怜。每一分钟，他都重复着同样的动作：不是找不着面包或叉子，就是用手去摸索酒杯。这个可怜的人，他还没有养成盲人那一套习惯动作。

过了一会儿，他又说起话来：

"您知道吗，我还有一件更难受的事，那就是再也不能看报了，不干我这一行的人不可能理解这种痛苦……有时，晚上回家的路上，我总买上一份报纸，只是为了闻闻报纸油墨未干的香味与那上面新鲜消息的气息……多么好闻呀！但没有人把报纸念给我听！我的老婆完全识字，她却不愿意给我念，她说，在社会新闻栏里，总有一些不堪入耳的消息……这些娘们，过去都给人当过姘头情妇，一旦结了婚，再没有比她们更假正经的了。自从我把这个女人扶正为毕克休太太之后，她便自以为应该特别虔诚正经才是，但瞧，虔诚正经到了何等地步！……正是她逼我用沙莱特①那里的所谓圣水擦眼睛！此外，还有什么神祝福过的面包啦，给教堂捐款啦，读《耶稣降生记》啦，中国小瓷菩萨啦。虔诚的花样繁多，我说也说不全……总而言之，我跟她都埋在虔诚的善行义举之中了……给我念念报纸，这也总该是一种善行义举吧，但不，她偏不肯做这一件。要是我女儿在家，她是会念报给我听的，但是，自从我瞎了以后，为了家里少一口人吃喝，我把她送进艺术圣母修道院了……

"我总算还有一个叫我高兴的人，这就是我女儿！她到世上还不到10年，各种各样的病她都得过了……这孩子性格忧郁，又长得很丑，可能比我还要丑……简直就是个丑八怪！有什么办法呢！我从来就只会制造各种各样的丑角……唉，我太老实了，把我的家底都给你抖出来了，所有这些与你有何相干？……算了，不谈这个，请再给我一点烧酒。我需要再接再厉，从您这里出去，我要到公共教育部去。那里的门房可不容易逗笑，他们过去都是教书先生。"

我给他又斟了些烧酒，他小口小口地品尝起来，脸上流露出感激涕零的神情……忽然，不知他突生何种念头，他站了起来，手举酒杯，那颗像瞎眼蛇的脑袋环顾了周围一会儿，面带着一个即将致词的绅士所惯常有的微笑，然后，尖起嗓门，就像在一个有200人的宴会上，开始喊起来：

"为艺术干杯！为文学干杯！为新闻事业干杯！"

---

① 沙莱特，法国山区的一个小镇，传说圣母玛利亚曾在那里显圣，该地的泉水可以治百病。

接着，他来了一篇10分钟的致酒词，这是一篇狂热得令人赞叹的即席演说，是这位滑稽家从未有过的妙作。

请您想象一下，眼前有一篇标题为"一八六……年文学概况"的年终述评，上面是这么讲的：在文艺界，自吹自擂的文学集会此起彼伏，闲言碎语不绝于耳，争论吵架从未停歇。这个光怪陆离的世界里，种种怪事成堆，文字粪便不断排出，整个领域黑暗凄惨，像是地狱，但又缺少惊心动魄的气概。在这里，人们互相残杀、互相掠夺、互相坑害，文人才子们讨价还价、争财争利的嗓门，比小市民堆里的更高。尽管存在所有这一切，但文艺界里却到处有人饿死，比其他领域更多。虽然，这个领域里我们这批人都有种种卑劣污浊、软弱无能的毛病，虽然我们之中那位爱买彩票的T. 男爵老先生，穿着淡蓝色的衣服、手持木钵，跑到了杜伊勒里宫去求乞，而到年终我们当中有成批成批的人死掉时，虽然葬礼有广告大肆加以宣传，致悼词总有一位议员先生出面，悼词中也少不了"亲爱的令人怀念的，可怜的亲爱的"这些陈词老调，但死者的丧葬费却无人肯付！再说，每年还有一些自杀的，一些发疯的……这样一篇年终述评，由一个天才的滑稽大师指手画脚、绘声绘色地宣讲出来，这就构成了毕克休这篇即兴演说。

他致词完毕，酒杯也喝空了，他问了问时间，拍屁股就走，粗野无礼，连告辞的话都没有说一声……迪吕伊①部长先生的门房那个早晨是怎么接待他的，我不得而知，但我记得很清楚，这可怕的瞎子那天走出我的家门后，我感到从未有过的忧伤与难受。我的墨水瓶叫我恶心，我的笔叫我厌恶，我只想跑出去，跑得远远的，去看树木花草，去呼吸新鲜空气……老天啊，多么强的仇恨，多么大的怨气！有什么必要这样辱骂一切！把所有一切都抹得黑黑的！这个混账瞎子……

我怒气冲冲大步在屋里走来走去，毕克休跟我谈论他女儿时那冷

---

① 迪吕伊（1811~1894），曾任法国教育大臣。

嘲热讽的声音，似乎犹在我的耳边。

忽然，在瞎子刚才坐过的那张椅子旁边，我发觉有件东西在我脚下滑动。低头一看，原来是毕克休的文件包。这个包油亮油亮的，四角已被磨破，毕克休从不离身，他曾笑称是他专用来装毒液的。在我们这个圈子里，毕克休这个包与吉拉尔丹[①]先生的档案夹同样出名，据说，那里面装了好些可以使人名誉扫地的材料……机会难得，我不妨来证实证实。这老掉牙的文件包装得太满，掉在地上时，已经散开了，里面的文件撒满一地，我只得一张一张把它们拾起来……

其中有一束信件，是用印花纸写的，每封信的开头都是："我亲爱的爸爸"，末尾都署着："瑟丽娜·毕克休，于玛利亚孤儿院"。

文件里还有一些医小儿疾病的旧药方，什么病都有：支气管炎、抽风、猩红热、麻疹……那可怜的小姑娘，任何一种病她都没有躲过！

最后，一个封了口的大信封，从那里面露出两三根鬈曲的黄头发，就像从小女孩的软帽下露出来的一样，信封上歪歪斜斜写着一行大字，一看就是出自瞎眼人之手：

"瑟丽娜的头发，剪于5月13日，她进那儿去的那天。"

看！这就是毕克休的文件包里装着的东西。

算了吧。巴黎人啊，你们跟毕克休是一个样。对一切都憎恶反感，凡事无不冷嘲热讽，冷笑起来恶毒得很，嬉笑怒骂起来，凌厉刻薄之至，但是到头来，下场也是如此：

"瑟丽娜的头发，剪于5月13日。"

---

① 吉拉尔丹（1806~1881），法国当时著名的报人。

金脑人的传奇

——致一位要听快乐故事的夫人

接读惠书,鄙人心感内疚,我写的那些小故事,色彩过于阴暗,对此,我也有点后悔,既已有改弦更张之意,现在就献给您一篇轻松欢快的故事,特别轻松欢快的故事。

再说,我又何必伤时忧世,郁郁不乐?我远离巴黎尘嚣有千里之遥,在琴瑟鼓乐、美酒佳醇俱备的普罗旺斯省,落户于一个光明灿烂的山丘,周围全是阳光与音乐。白尾鸟组成了乐队,山雀则组成了合唱团。清晨,杓鹬发出"咕勒哩,咕勒哩"的叫声,中午蝉鸣不绝于耳,还有牧童在吹笛,有秀丽的棕肤色农家女在葡萄园里欢笑……的确,要到这里来黯然神伤、斯人憔悴,那可是选错了地方。我还是应该写些玫瑰色的诗歌与一篇又一篇的风流故事,给夫人太太们送去。

但不!我离巴黎还是太近,每天,即使我躲进松林,巴黎还是把它一个个悲讯愁闻传到我耳里……正当我写此信的时候,我听到了可怜的查理·巴尔巴拉悲惨逝世的噩耗,我的磨坊因此笼罩着悲戚的愁云,再见了,杓鹬与鸣蝉!我再也没有心思去弄轻松欢快的东西……本来,我准备给您写一篇好看的游戏之作,但现在,您能看到的仍然只是一篇凄惨的故事,其原因就在这里。

从前有个人,他长着一个金脑子。是的,夫人,一个纯金的脑子。当他出生时,医生们就认定这孩子活不长,因为他的头如此沉重,脑壳如此巨大。然而,他居然活下来了,而且在阳光下茁壮成长，就像一棵美丽的橄榄树。只不过，他那硕大的脑袋很拖累他，他走起路来磕磕碰碰，实在叫人可怜……他经常摔倒在地，有一天，他从台阶上滚下来，额头撞在一级石阶上，撞得脑壳像块金条一样发响。别人以为他撞死了，但把他抬起时，发现他只受了一处轻伤，金黄色的头发上还沾着两三滴金液。从这时起，他的父母发现了这孩子有一个金脑子。

家人严守秘密，孩子则懵然不知真情，日子一久，他常问父母，为什么不再让他到门外去和街上的儿童一道玩耍。

"你一出去，人家就会把你偷走，我的好宝贝。"母亲这样回答说。

从此，这孩子特别害怕被人偷走，自己待在家里玩耍，孤孤单单一言不发，从这个房间到那个房间，吃力地走来走去……

一直到了18岁，他的父母才告诉他，命运之神给了他金脑子这么一份非比寻常的礼物；既然他们好不容易把他养育成人，他们也就提出了要求，要他用金子来报恩。这孩子毫不犹豫，立刻照办——怎么做的？用什么法子？那则传说没有讲清楚——他从脑袋里抓出一块核桃大的金子，得意扬扬地扔给他的母亲……而后，他因为脑袋里有这么多财富而飘飘然起来。种种欲望搅得他魂不守舍，而自身的力量则使他兴奋欲狂，于是，他离别自己的祖屋，到世上去挥霍他的财宝。

他所到之处，挥金如土，生活极为奢华，从那股架势来看，似乎他的金脑子是用之不尽的。但是，这金脑子实际上在不断枯竭，渐渐地，大家眼见他的目光变得黯然失神，他的脸颊愈来愈瘦。终于有一天早晨，前一夜的穷奢极欲、纵情享乐之后，只剩下他孤零零一个人在杯盘狼藉、灯盏熄灭之中，对自己给金脑子所造成的巨大亏缺不胜惊恐：现在是悬崖勒马的时候了。

从此，他开始过一种新的生活。这个有金脑子的人离群索居，在一个偏僻的地方靠自己双手劳动为生，他像个吝啬鬼一样疑虑重重，处处防范，逃离一切诱惑，竭力要忘掉自己天生的那一大笔财富，不愿意再去碰它……不幸，他原来的一个狐朋狗友尾随他来到他隐居的地方，而这个家伙对他的秘密是了如指掌的。

一天夜里，这个可怜的人睡梦中脑袋一阵剧痛，他突然惊醒，张皇失措站了起来，在一丝月光之中，他看见那个朋友一边逃跑，一边往他的外衣里揣藏什么东西……

他的脑汁又被人夺走了一部分！……

又过了不久，金脑人堕入了爱河，这一下，他可全完了……他神魂颠倒地爱上了一个娇俏的金发女人，这女子也爱他，但更爱衣帽上的丝球、白色羽毛和在靴子上飘拂的金褐色流苏。

这个小娇娘一半像小鸟，一半像玩具娃娃，在她的手里，金脑人的一片片金子不断化为乌有，他对此心甘情愿，引以为乐。太太娇惯任性，金脑人从不知道对她说不，甚至因为怕她难过，一直没有把自己何以有钱的这个凄惨的秘密告诉她。

"我们是很有钱吗？"太太这么问他。

"哦，是的，很有钱。"可怜的金脑人回答说。

他对自己的太太总是情意绵绵地面带微笑，这只小青鸟却一直不知真情而不断在啄食他的脑子。对此，有时他也感到可怕，想要节省开支，吝惜一些，但每当这娇滴滴的女人一蹦一跳来到他的面前，对他说：

"我的丈夫，你这么富有，给我买些贵重的东西吧！"

他总是完全照办。

他们这样过了两年。突然，有一天早晨，他娇小的妻子像只小鸟那样死去了，不知死因是什么。金脑人的财富也快消耗殆尽。这鳏夫用剩下来的金子给他亲爱的亡妻办了一场豪华的葬礼。钟声奏鸣，不绝于耳，厚重的灵车披满黑纱，拉车的马身上装饰着羽毛，丝绒上缀着像金色泪珠般的饰物。所有这一切，他都觉得并不过分。现在，他要金子有什么用？……他向教堂、向杠夫、向卖礼花的女贩，大把散发金钱，所到之处，他随意开销，从不讨价还价……这样，从墓地里出来的时候，他那神奇的金脑子已经消耗得精光了，只剩下残存的一星半点黏附在他的脑颅上。

事到如今，人们看见他在街头闲荡，一副丧魂落魄的样子，两手垂在身前，跟跄而行，像个醉汉。入夜，街头灯火通明之时，他停步在一个商店的橱窗之前，那里面，大堆的衣料与装饰品在灯光下闪闪发亮，他在那跟前站了好久，两眼盯着一双镶着天鹅绒的蓝色缎子鞋。他微笑着喃喃自语："我知道这双鞋准会叫谁高兴！"他忘了自己的娇妻已经不在人世，竟跑进店里去购买。

女店主在店堂深处听见一声喊叫。她赶紧跑了出来，眼前的景象把她吓得直往后退，她看见一个男子靠柜台站着，两眼呆滞、表情痛苦地看着她，一手拿着那双镶着天鹅绒的蓝色缎鞋，一手鲜血淋淋，把指甲尖刮下来的一点金屑递给她。

夫人，这就是金脑人的传奇故事。

这个故事尽管带有荒诞不经的色彩，但从头到尾不失真实……世上有些可怜的家伙，他们不由自主地靠花销自己的脑子过日子，为生活中种种鸡毛蒜皮的小事，绞脑汁、耗精神，支付出自己的纯金。对这种人来说，每天的生活都是痛苦，终于有一天，当他们不堪其苦的时候……

诗人米斯塔尔①

上个星期天,我起床的时候,还以为自己是在巴黎的寓所呢。当时,正在下雨,天空灰暗,周围一片凄清。我害怕在自己家里过这样一个阴冷的下雨天,顿生妙想:到菲雷德利克·米斯塔尔家去取取暖吧,这位大诗人就住在离我的松林只有3英里②叫梅雅拉的一个小村子里。

说办就办,想走就走:执一根香桃木棍,带一本蒙田文选,披一件雨衣,就这么上路了!

田野里没有人影……咱们美好的普罗旺斯省很有浓郁的天主教色彩,每逢礼拜天就让田地休养生息……农舍门窗紧闭,狗待在自己的窝里……远处,一辆运货车驶来,篷布上正淋着大雨,驱车的老妇头戴风帽,身上裹着褐色的斗篷,拉车的骡子却是节日的装扮:蓝白两色相间的草鞍,红色的绒球,银色的铃铛,它们用小跑的步伐拉着一车庄稼人去望弥撒。而在路下方,透过薄雾望去,河上有一只小船,船头有一个渔夫正在把网撒下去……

这种鬼天气,根本无法一边走路一边看。大雨滂沱,北风猛吹,把倾盆的雨水直泼到你的脸上……我一口气直往前赶路,足足走了3个

---

① 米斯塔尔(1830~1914),法国诗人,以普罗旺斯语写作,后于1904年获诺贝尔文学奖。
② 此处为古法里,每古法里相当于4公里。

小时，才看见一个小柏树林子，梅雅拉村正在那林子里避风躲雨哩。

村里的路上，连猫也见不着一只，全村人都去望弥撒了，我经过教堂时，曲状的喇叭正在吹响，透过彩色玻璃窗，可看见里面有无数支蜡烛在闪闪发光。

诗人之家坐落在村子的尽头，是圣雷米大道靠左手边最后的一幢房子，房子不大，只有一层楼，前面有一个花园……我悄悄走进去……屋里没有人！通向客厅的门是关着的，但那里面有人在走动，在高声说话，那脚步声和说话声都是我熟悉的……我在粉刷得白亮白亮的过道里停了一下，手握着门柄，颇为激动，心跳得厉害。他在那里面。他正在工作……是不是该等他写完这节诗再进去？……当然理应如此！不管这一套，活该！进去再说。

啊，巴黎同胞们呀，如果这位出生在梅雅拉村的诗人，来到你们那里，在他的诗集《米海叶》中将巴黎描绘一番；如果你们看见他这个夏克塔斯式的异乡人，出现在你们的沙龙里，一身城市人的装束，衣领挺括，戴一顶与其盛名相称、但却使他备感局促的大礼帽，你们一定会觉得米斯塔尔就应该是这副样子……不，米斯塔尔绝不是你们想象的这样，世界上只有一个米斯塔尔，他就是我上个礼拜天突如其来在他村子里逮着时的那个样子，一顶毛毡兜帽斜戴在耳朵旁，没有披坎肩，穿着礼服，围着一条西班牙的红色腰带，眼睛炯炯有神，脸颊上透露出灵性的光辉，神态庄严，面带和善的微笑，风雅脱俗像一个希腊牧人，他正大步在室内走来走去，两手插在衣袋里，推敲着他的诗句……

"怎么！是你呀！"米斯塔尔跳过来搂住我的脖子，"是什么风把你吹到我这里来的！……恰好今天是梅雅拉全村过节的日子，我们可以听到阿维尼翁的音乐，看到斗牛与迎神会，还有法兰多拉舞，场面肯定会热闹非凡……我母亲很快就去望弥撒，不一会儿就会回来，我们一道吃中饭，然后，就使劲大玩一通，可以去看那些漂亮姑娘跳舞……"

他对我说话的时候，我兴致勃勃地环视这个挂着漂亮帷幔的小小客厅，我已经很久没有到这里来了，过去我曾在这里度过不少美好的时光。屋里的陈设没有丝毫改变，还是这么一张带黄色方格的沙发，两把藤椅，壁炉上有断臂的维纳斯与阿尔勒斯的维纳斯两个雕像，还有画家埃贝尔为米斯塔尔作的肖像画以及爱第安·加尔雅为他拍摄的照片，在靠近窗子的一个角落，有一张书桌，一张像税务员用的小书桌，那上面堆满了一些旧书与辞典。在书桌中央，我看见一大本诗稿……这就是《迦楠达尔》，菲雷德利克·米斯塔尔即将在年底圣诞节那天出版的一部新的诗集。这一部诗，米斯塔尔花了7年的工夫，最近6个月，他还在写最后的诗章，但是，直到最后，他还不敢完全撒手。您知道，总会有某一节还需要润色，总会有某一处押韵还有待推敲……米斯塔尔用普罗旺斯方言写出这部诗集，真可谓是白费了力气。他这么做，似乎全世界都应该读得懂这种方言，都应该尊重他这一番苦吟的辛劳……啊！这个天真敬业的诗人米斯塔尔，正如先哲蒙田所说："您知道他这么个人吗，有人问他为什么费这么大的劲去研习一种极少数人才懂的艺术。他就答道：'只要有少数人懂得就够了，甚至只要有一个人懂得就够了，即使一个人也没有，我也不在乎。'"

我手里拿着《迦楠达尔》这部诗稿翻阅着，心里很是激动……突然，靠窗口的街上响起笛声与鼓声，瞧，我的这位米斯塔尔赶紧跑到柜子跟前，从里面取出一些杯子和几瓶酒，把桌子拉到客厅中央，打开大门去迎那些奏乐人，同时对我说：

"你别取笑……他们是来给我凑热闹的……我是这个市镇的参议员。"

小小的房间里挤满了人。乐手们把鼓放在椅子上，把一面旧旗靠在墙角里，热乎乎的酒传递给了每一个人。大家为菲雷德利克的健康干杯，喝光了好几瓶酒之后，还一本正经地对迎神会议论了一番：拉手舞跳得是不是会像去年那么好，斗牛是不是能搞得成功，等等，很快，这些乐手就都告退了，他们还要到别的参议员家里去热闹热闹。就在这个时候，米斯塔尔的妈回来了。

举手之间，餐桌就摆好了：一块漂亮的白色餐巾，还有两副餐具。我熟悉他家的习惯，知道只要米斯塔尔有客人，他的母亲就不上餐桌……这位可怜的老太太只懂她家乡的普罗旺斯方言，跟讲法语的人谈话颇为困难……而且，厨房里的事也离不开她。

天哪，这天早上，我享用了一顿多么丰盛的早餐啊，有烤羊肉、山区特产的干酪、苹果酱、无花果与麝香葡萄。所有这些食物都浇上了本地上等的卤汁，它在玻璃盘碟中焕发出漂亮的玫瑰色……

主食之后，用甜点水果的时候，我起身取来那部诗稿，摊在米斯塔尔前的桌面上。

"咱们已经讲好，饭后要出去散步。"诗人微笑着对我说。

"不！不！……还是要《迦楠达尔》！《迦楠达尔》！"

米斯塔尔让步了，他一边用手按照诗的韵律打着节拍，一边用他那柔和悦耳的声音，朗诵诗稿的第一章：

> 一个为爱情而痴迷的少女，
> 我曾经讲述过她凄惨的遭遇，
> 如果上帝允许，我且改弦更调，
> 歌唱加西的一个穷苦少年渔夫……

屋子外面，晚祷时分，教堂的钟声敲响了，广场上响起了一阵鞭炮，短笛与长鼓在街上来回地奏乐，加马尔克的公牛被人们引着向前奔跑，不断发出吼叫。

而我，臂肘倚在桌子上，眼里噙着泪水，听着普罗旺斯年轻渔夫的故事。

迦楠达尔只不过是一个渔夫，但爱情却使他成了英雄……为了赢得他的情人——美丽的爱丝戴列尔的芳心，他干出了好些奇迹般的业绩，和他相比，希腊神话中海格力斯的12件大事，简直就微不足道了。

有一次，迦楠达尔带头发家致富，他发明了一个奇大无比的捕鱼机械，一下子就把海里的鱼全都捕获上岸。另一次，在奥利乌尔狭谷有一帮凶狠的强人占山为王，为首的是塞韦朗伯爵，迦楠达尔深入虎穴，打进他那帮匪徒与他身边那些婊子之中……迦楠达尔这小伙子多么坚强可畏！还有一天，在圣·波姆地方，有成群结伙的两帮人来到那里，为了解决他们之间的争端，准备在雅克大师的坟上，互相杀戮，迦楠达尔干预了这场恶斗[①]，通过讲道理使他们平息下来，避免了一场屠杀……

还有好些超人的业绩！……据说，在高山里，吕尔悬岩上，有一片高不可攀的雪松林子，从没有一个樵夫敢攀登上去。但迦楠达尔上去了，他一个人在那里待了30天。在这30天里，人们听见他用斧子砍树的声音响个不停。整个树林在呼号，参天的树干一根接一根相继倒下来，滚到山谷里，当迦楠达尔从悬岩上下来的时候，山上的雪松一棵也没有剩下了……

最后，完成了这么多伟绩之后，这个专逮鲲鱼的渔夫终于赢得了爱丝戴列尔的芳心，并且，他还被加西地区的人民拥戴为执政官。这就是迦楠达尔的故事……迦楠达尔这个名字无关紧要，在这部诗里，重要的是普罗旺斯，属于大海的普罗旺斯，属于高山的普罗旺斯，是普罗旺斯的历史，是它的风俗，是它的传说，是它的自然风光，是整个纯朴而自由的普罗旺斯民族，一个在它泯灭之前得到了自己伟大诗人的民族……而现在，你们这些时髦人在这片土地上铺设了一条又一

[①] 他是一个普罗旺斯人，他建造了莎乐蒙神庙的屋架，但愿您相信这个传说。——原注。

条铁路,架起无数根电线杆,还要在学校里取消普罗旺斯语!但是普罗旺斯将会在《米海叶》与《迦楠达尔》中长存不朽。

"诗谈得够多了!"米斯塔尔把稿本合上说,"该出去看看庆祝会啦。"

我们走出屋子,整个村落的人都到街上来了。一阵强劲的北风,把天空清扫得一干二净,刚才被雨水冲刷过的红色屋顶,在晴空映照下欢乐地闪耀着。我们到街上时,正赶上仪式行列往回走,这个行列其长无比,足足过了一个钟头,其中有风帽苦修士,白衣苦修士,蓝衣苦修士,灰衣苦修士与蒙面女的宗教社团。在烛光与阳光的照耀下,在赞美歌、祈祷诗与使劲敲响的钟声伴奏下,游行队伍里那些绣着金花的玫瑰色旗帜,由4人扛着的一个个褪了色的木制大圣像、一个个手执花束的彩陶圣女像、装在白色丝柜里的耶稣受难像,以及行宗教仪式时专用的斗篷披风、圣体供显台、绿绒华盖,所有这一切如波如潮,此起彼伏。

宗教游行完毕,那些圣像一一被送回原来的教堂,我们就去看斗牛,接着,又一一去看打麦场上表演的杂耍、摔跤、三级跳、掐猫、扔羊皮袋等等普罗旺斯节庆时的一整套游戏。我们回到梅雅拉村时,夜幕已经垂下。广场上,人们在一个小咖啡店前燃起了熊熊的节庆之火,这天晚上,米斯塔尔正要在这咖啡店与他的朋友吉多尔一聚……跳法兰多拉舞的队形已经站好,剪纸做成的灯笼照亮了广场各个角落,年轻人站好了位置;不一会儿,长鼓齐奏,围绕着那一堆节庆之火,狂热而喧闹的人群跳起舞来,他们将跳个通宵达旦。

吃过晚餐,我们都感疲倦,再也不能出去逛了,就上楼到米斯塔尔的卧房。这是一间乡下人简朴的居室,放了两张大床。墙上没有糊壁纸,天花板上还露着横梁……4年前,法兰西学士院颁发给《米海叶》的作者3000法郎奖金,米斯塔尔的母亲有了一个想法,她对儿子说：

"咱们把你的房间裱糊一下，再把天花板装修装修，怎么样？"

"不用！不用！"米斯塔尔回答说，"这笔钱是属于我们诗人大家的，咱家自己不要去动用。"

于是，他的房间仍然是四壁光秃秃的，但是只要这笔钱还存在，总有一些人来敲米斯塔尔家的门，他们人人都发现这笔钱总是向他们敞开的……

我把《迦楠达尔》的稿本拿到卧室里来，我想在就寝之前让米斯塔尔再给我念一段，他选了关于陶器的一段。大意是这样的：

不知是在何处的一次盛宴中，桌上摆了一套产自莫斯杰的豪华彩陶餐具，每个盘碟的底部，都用蓝釉绘制出一个普罗旺斯的故事，合在一起就构成了整个这地区的历史。应该特别注意，这些美丽的图画是以多么大的热情绘制出来的，每个盘碟上还配有一节诗，这些短诗都是朴实无华而又充满智慧的，就像希腊诗人泰奥克利特的妙作。

米斯塔尔用优美的普罗旺斯语给我朗诵，这种语言中，拉丁成分约有四分之三强，古时候是王妃贵妇们讲的语言，而今，只有我们的牧人才听得懂了。我由衷地赞美米斯塔尔，我一想到他从废墟堆里发掘出自己的母语并把它用于诗歌创作，我就似乎看到了一座波克斯王公的古老宫殿，就像人们常在阿尔比尔山看的那一种：屋顶没有了，台阶上的栏杆没有了，窗户上的玻璃也没有了，尖形穹隆上的三叶状装饰已经破裂，门上的纹章长满了青苔，母鸡在旧时的庭院中啄食，猪在长廊里那些精致的廊柱下打滚，骡子在长满了青草的祭坛上咀嚼，一群鸽子飞到大圣水缸前就饮，缸里满是雨天的积水。在此一片残垣断壁的衰颓景象之中，有三两家农户搭建起自家的窝棚，紧靠着破旧的宫殿。

后来，终于有一天时来运转，这些农家中出了一个子弟，他对这一伟大的古迹情有独钟，见它如此衰败泯没，不禁愤然不平，抢救！

抢救！他把牲畜从庭院里赶走，仙女们也前来暗助他一臂之力，于是，他以一人之功重新修建起高大的楼梯，在墙上装上护壁板，给窗户安上玻璃，再筑起了塔楼，把御座大厅装饰得金碧辉煌，他使这座旧时宏伟的宫殿再焕光彩，可供任何教皇、任何皇后进驻。

这座重新光大的宫殿，就是普罗旺斯语。

这个农家子弟，就是米斯塔尔。

三遍小弥撒

——圣诞故事

一

"有两只香菇烧火鸡吗,加里古?……"

"是的,尊敬的神甫,有两只塞满了香菇的火鸡,烧得又香又油亮。我知道调料很讲究,因为是我把香菇灌进去的,他们都说,一经烧烤,皮肉又酥又脆,整个火鸡还可以膨胀出一些……"

"耶稣——玛利亚!我就最爱吃香菇!……加里古,你赶快把我的白色道袍拿来……除了火鸡,你在厨房里还见着了什么?……"

"哎哟!各色各样好吃的东西……从中午开始,我们就不停地把野鸡啦、戴胜鸟啦、榛鸡啦、大松鸡啦的毛全都拔了,羽毛飞得到处都是,后来,又从池塘里捕捞了鳗鱼、金色鲤鱼、鳟鱼,还有……"

"那些鳟鱼,一条有多大?加里古。"

"一条有这么大,我尊敬的神甫……大得很啰!……"

"哎哟,天哪,我简直就像是亲眼见到了……你把酒装进瓶子里没有?"

"是的,尊敬的神甫,我已经把酒装好了……当然啰,您半夜做完弥撒之后刚出来,只喝这点酒是不够的。您会看见在宫堡的餐厅中有好多长颈大肚的酒瓶,里面装着各种颜色的美酒闪闪发光……还有银制餐具、雕花瓷器、鲜花与枝叶状大烛台!……侯爵大人把邻近所有的达官贵人都邀请来了。您至少可以看见有 40 位嘉宾,还不包括大法官与公证人……您也在被邀请之列,真够荣幸的,我尊敬的神甫!……只要闻一下这些美味的火鸡,我走到哪里,香菇的气味就跟到哪里……真神啦!……"

"别说了,别说了,我的孩子。我们要小心别犯贪吃罪,特别是在圣诞之夜……你快把蜡烛点起来,把做弥撒的第一声钟敲响;午夜快到了,我们可不能耽误工夫……"

以上这一场谈话是公元 1600 多年一个圣诞节晚上,在巴拉盖尔长老与小修士之间进行的,长老从前是巴尔拉比特的修道院院长,现在被特兰盖拉吉的爵爷们请来主持当地的小教堂,那个小修士,至少据长老亲眼所见,就是加里古小修士,但也很难说,因为在圣诞之夜,魔鬼常摇身一变,变成教堂杂役人员胖乎乎、圆咕隆咚的样子,好来勾起神甫长老的馋劲,引诱他犯下可怕的贪吃罪。因此,当那位自称加里古的家伙,正抡起双臂在侯爷的教堂里敲响钟声时,神甫在宫堡的小更衣室里,换上了他的祭袍,但他的心绪已被刚才那一番关于盛宴的描绘扰乱了,他一边穿袍戴帽,一边喃喃自语:"烧烤的火鸡……金黄色的鲤鱼,那么肥肥大大的鳟鱼!……"

在宫堡外,晚风吹拂,将悠扬的钟声传向远处,望都山腰亮起了万家灯火,在那山上,耸立着特兰盖拉吉一片古老的塔楼,爵爷们的佃户纷纷扶老携幼全家出动,前来宫堡观瞻午夜弥撒的盛典,他们三五成群,唱着歌爬山越岭而来,当家的手提灯笼,走在前头,妇女们穿着宽大的褐色斗篷,里面紧紧裹着她们的孩子。尽管夜已深、天又冷,这一大群淳朴的乡民仍兴高采烈地往前走,因为他们知道,一做完弥撒,像往年一样,厨房下面会有一顿酒饭等着他们。有时,在崎岖的坡道上,驶过一辆爵爷的马车,前面有仆役开道,他们手持火把,在月光下,照得车上的玻璃闪闪发亮;有时,一头骡子踢踏踢踏地跑过,身上的铃铛响得很欢,在蒙蒙夜雾中,借助提灯的微光,佃

农们认出是他们的法官,在他经过时纷纷向他致敬:

"晚安,晚安,阿尔洛东老爷!"

"晚安,晚安,我的孩子们!"

夜空爽朗,星星在寒冽之中显得晶莹清亮,北风刺骨,微细的雪霰飘打在身上并未湿了衣服,正像老谚语所说的,圣诞夜,下雪粒。在山坡的最高处,宫堡由于有一大群箭楼与山墙而格外显眼,教堂的钟楼耸入蓝黑的夜空,宫堡所有的窗口里,都有一束束密集的小光点闪烁不定,来回晃动,在建筑物黑沉沉的背景下,就像纸张已经燃烧完后的灰烬上,仍闪耀着一些小火星……通过吊桥与暗道之后,要到教堂去,还得经过第一个大院,这里停满了马车与轿子,随从仆役成堆,被火把与厨房的炉火照得通亮。烤肉铁叉的叮当声、菜锅的爆炒声、水晶杯与银餐具在备席中的碰撞声,响成了一片。在热气腾腾之中,烧烤肉食与烹调菜蔬的美味扑鼻而来,这等于通知所有的人,佃户、教堂管理人员以及法院执吏,等等,告诉大家:

"做完弥撒,我们就会享用一顿美餐!"

二

嘚儿叮当,当!……嘚儿叮当,当!……

铃铛一响,午夜弥撒开始了。在这宫堡的教堂里,有一个精致小巧的主教座堂,纵横交错的窗拱与橡木的护壁板,一直伸展到四面墙的顶端,地毯已经铺开,蜡烛全都点燃了。来客嘉宾济济一堂,华服盛装满目皆是!围绕祭坛的一圈雕花单椅上,特兰盖拉吉的大爵爷坐在首席,他身穿橙红色塔夫绸袍子,在他旁边坐着所有应邀前来的高等贵族老爷。对面,在天鹅绒的跪凳上就座的,有身着火红色锦缎袍子、继承了亡夫遗产的老侯爵夫人,有戴着法国宫廷时兴绣花塔形帽的特兰盖拉吉爵爷年轻的夫人。稍后一点,就可以看到身穿黑衣,头戴一大束尖顶假发，面孔刮得干干净净的法官托马斯·阿尔洛东与公证处文书安布洛瓦，他们在一片耀眼的绫罗绸缎、华服盛装之中，就像两个低音符。再往后，是肥肥胖胖的总管们，随员跟班们，牧场马厩的勤杂工们，各司其职的管理员们，还有巴尔比太太，她的腰间有一个精致的银链条，上面挂着一大串钥匙。在教堂尽头，板凳上坐着低级职员、女仆以及带着全家老小的佃户。最后，在紧靠大门处，是一些厨师与跑堂，他们蹑手蹑脚，把门推开半扇，又轻轻关上，利用烹调的空当，进来见识见识午夜弥撒的盛况，同时也就把圣诞晚餐的香味，带进了这个充满了节日气氛、被无数支蜡烛照得暖洋洋的厅堂。

是不是因为看见了那些戴白色帽子的厨师进进出出，主持弥撒的神甫先生就心不在焉了呢？看来还是加里古的敲铃声更使得他分了心，这个小铃铛在祭坛下面发了狂似的响个不停，好像在不断地提醒神甫：

"我们快些进行，快些进行……快把弥撒做完，好早一点入席用餐。"

因此，这魔鬼的铃铛每响一声，神甫就从弥撒中走一次神，就一心想着午夜的大餐，他想象出厨房里忙成一团，炉灶里红火正旺，蒸气把锅盖都冲得半开，在一片热腾腾的蒸气中，可以看见两只肥美的火鸡，因塞满了香菇而格外硕大，皮肉紧绷，表面还呈现出大理石般的纹路……

更叫他心动的是，看见一列仆役端着热气腾腾、令人发馋的盘子，走进已准备开宴的大厅。啊，美味佳肴，真是妙极了！瞧，大张的桌子上琳琅满目，有仍披着羽毛的孔雀，有伸展着金褐色翅膀的野鸡，有一瓶瓶红宝石颜色的美酒，有垒成金字塔形的水果，它们在青枝绿叶衬托下显得特别鲜亮，还有加里古所讲的各种珍奇鱼类（嗳！正是那个加里古）！它们平躺在一层茴香上，鳞片闪闪发光，就像刚从水里捞上来的，在它们张大的鼻孔里，还插着一束香草。这些奇妙的幻象栩栩如生,使巴拉盖尔神甫觉得那些菜盘似乎都已摆在自己面前祭坛的那块绣花桌布上。因此,有那么两三次他念的不是弥撒经,而不知不觉念出了就餐前的祷词,除此微不足道的差错外,这个严肃负责的长老行他的法事还是行得蛮认真的。每一行祷词,每一次行礼跪拜,他都没有偷工减料,一切都进行得相当好,总算把第一遍弥撒做完了,不过,在圣诞之夜,一个长老得连续主持三遍弥撒啊。

"做完一遍啦!"这位教堂主持如释重负地舒了一口气。立刻,一分钟也不耽误,对手下的年轻教士,也许是自以为对年轻教士,做了个再接再厉的手势,于是……

嘟儿叮当,当!……嘟儿叮当,当!

铃铛一响,第二遍弥撒开始了,与此同时,巴拉盖尔神甫也开始邪乎起来了。

"快点,快点,我们赶紧进行。"他听见加里古那铃铛悄悄而又尖刻的声音,于是这一回,这个可怜的主持人就完全被贪食的魔鬼俘虏了。他念起弥撒经来就像狂奔乱跑,在亢奋食欲的驱使下,他把经文狼吞虎咽下去。他像发狂似的,一躬身,一起立,马马虎虎地画画十字,敷衍了事地做个跪拜姿势,把所有的法事程序都进行得很潦草,就为了早早打发了事。他刚伸手去摸《福音书》,心里就嘀咕悔罪经。在他与年轻的修士之间,就看谁念经念得更快,领唱的与应唱的也在你追我赶,磕磕碰碰。祷词的一个个字发音都不全,嘴全没有张开,为了少费时间,咕噜咕噜念了一通,谁都听不懂。

Oremus...ps...ps...

Mea Culpa...pa...pa...

法事主持者与其助手,两人在拉丁文的弥撒经上狂奔乱跳,就像采葡萄的工人急于收场,不顾一切把葡萄往桶里硬塞,弄得果汁四溅。

"Dom,Scum!..."巴拉盖尔神甫咕噜咕噜。

"...Studio..."加里古咕噜咕噜应声附和。该死的小铃一刻不停地在他们耳边作响，就像颈上系着铃铛的驿马以最快的速度奔跑时所弄出来的响声一样。请您想一想，按此种速度进行下去，一遍小弥撒当然就草草收场。

"做完两遍了！"主持神甫气喘吁吁地说。立即，他也不歇一口气，就涨红着脸，满头大汗，又冲下祭坛，于是……

嘚儿叮当，当！……嘚儿叮当，当！……

铃铛一响，第三遍弥撒开始了。此时，离进大厅就餐，就只有一步之遥了，但是，天哪！午夜大餐愈是临近，可怜的巴拉盖尔神甫愈是按捺不住食欲，馋得快要发疯了。他眼前的幻象愈来愈清晰真切，一条条金黄色的鲤鱼，一只只烧烤的火鸡，全都历历在目……他伸手去抓……他把这些美食……啊，天哪！盘子热气腾腾，各种美酒香味扑鼻。铃铛疯狂地摇个不停，铃声向他直嚷嚷：

"快点，快点，还得更快一点！……"

但是，怎么做才能更快一点？神甫的嘴唇已经疲乏不堪，吐词不清了……至少他已经在对善良的上帝弄虚作假，把他老人家的弥撒大大地打了折扣……这个可怜的家伙，他竟然敢这么干！……邪乎得愈来愈厉害了，他开始跳过一大段经文，接着又跳过两大段。他嫌"使徒书信"太长，就没有把它念完，到了"福音"那一节，他只蜻蜓点水点了一下，"信经"那一章，他一翻而过，然后，他又跳过了"天主经"，对"序祷"只简单地示了一点意，他就这么连蹦带跳犯下了该死的罪过。加里古那卑劣的家伙始终紧跟着他，乖巧诡谲地与他串通一气，帮他撩起祭披，三页两页地把经文快快翻了过去，把经文架搞得乱七八糟，把洒水壶一个个都撞倒，还不停地摇晃那个小铃铛，愈摇愈猛，愈摇愈快。

您真该见识见识所有在场者脸上那惊慌失措的神情，弥撒的经文叫人一句也听不懂，他们就只好模仿神甫的动作，于是，参差不齐，七零八落，一些人起立，另一些人则下跪，一些人坐下，另一些人则仍然站着，这一遍千奇百怪弥撒中的经文祷词，又使得板凳席上的一大群人丑态百出。圣诞大仙驾云从天空经过，见下方这群芸芸众生一片混乱，犹如一个牲畜棚，即乃大惊失色……

"神甫搞得太快了……大家都跟不上。"那位孀居的老贵族夫人神经质地摆弄着她的帽子，这样咕噜咕噜说。

阿尔洛东法官鼻子上架着一副金属宽边眼镜，正在祷告书上寻找神甫念到了什么地方。但是，在教堂尽头，那些图实惠的老百姓却同神甫一样，也一心惦记着那顿午夜圣餐，并不对弥撒如此迅速收场有所不满。因此，当巴拉盖尔神甫兴高采烈转过身来，使劲向听众大声宣布："走吧，弥撒圆满结束。"这时，教堂里只听见一个齐声的回答："感谢上帝！"它如此兴奋、如此感人，简直就像大家已经入席就座，开始为圣诞晚餐举杯祝酒。

三

5分钟后，一大群显贵要人在大厅里纷纷入席，主持神甫也跻身于他们之中，整个宫堡从上到下，灯火通明，歌声、欢呼声、笑声、喧闹声，响成一片。这位年高德劭的巴拉盖尔神甫将他的餐叉直插火鸡的翅膀，让美酒与佳肴把他对偷工减料而产生的不安淹没得一干二净。他大吃大喝，毫不节制，唉，这么一个可怜的圣人，竟在这个夜里一下就给胀死了，甚至没有来得及表示忏悔。于是，一清早，他的灵魂来到了天堂，在这里，仍可以听到昨夜欢庆的喧闹声，我且让你们想想，他在天堂该受到什么样的接待。

"你快从我眼前滚开，基督徒中的败类。"我们的救世主、人世的最高审判官朝他呵斥道，"你昨夜的罪过十分严重，足以把你一辈子的行善积德一笔勾销……哼，你偷掉了我一夜的弥撒……你必须再补做300遍弥撒来还我，你得在你原来的教堂里，当着昨夜那些因为你的罪过而犯了错误的人的面,做完 300 遍弥撒之后,才能进天堂……"

……以上就是在橄榄乡流传的关于巴拉盖尔神甫的故事。而今,特兰盖拉吉宫堡已不复存在,但当年的那个教堂仍挺立在望都山上,掩映在一片绿葱葱的橡树林之中。破损不堪的大门被风扇来扇去,门口长满了荒草,祭坛的各个角落以及有色玻璃早已荡然无存的窗子的洞眼里,都筑起了鸟巢。但是,每年的圣诞之夜,似乎都有一股幽幽的光线在断垣残壁之中晃动,老乡们去做弥撒、去参加午夜圣餐时,还能看到天空里有好多无形的蜡烛把教堂照得通明透亮的奇观幻境,即使在刮风下雪天也是如此。如果你不相信这一传说,满可以一笑置之。但是,这乡里有个种植葡萄的人名叫加里古,无疑就是过去那个加里古的后裔,他非常肯定地向我证实,有一个圣诞节的晚上,他有一点儿喝醉了,在特兰盖拉吉一侧的山里迷了路,他亲眼看见了以下的情景:直到夜里 11 点钟,什么事都没有发生。周围万籁俱寂,毫无动静,死气沉沉。突然,临近子夜时分,在钟楼上响起了一阵钟声,一阵古老古老的钟声,它像是在 10 里之外响起。不一会儿,在上坡的路上,这个加里古看见有火光闪动,还有一些模糊不清的人影晃来晃去,教堂的门廊下,有人在走动,他们低声悄语,互致问候:

"晚安,阿尔洛东老爷!"

"晚安,晚安,我的孩子们……"

那些人都进了教堂之后,我的这位葡萄种植者胆大包天,悄悄地走过去,通过破门的隙缝向里面窥视,看到了一场奇特的景观。但见那些人围着祭坛,坐在殿中的瓦砾堆上,就像当年那些坐椅板凳依然存在。其中有一些身穿绫罗绸缎、头戴花边小帽的漂亮妇女,一些从头到脚装束华丽的贵族老爷,还有一些乡下老百姓,他们就如同我们的祖辈那样,穿着花里胡哨的礼服。整个气氛老套陈腐,晦暗凋萎,尘埃蒙蒙,没有一点生气。有时,常年栖居在教堂里的蝙蝠,被烛光惊醒,飞起来在蜡烛四周盘旋,蜡烛的光焰燃得笔直,但又朦朦胧胧，就像隔着一层薄纱似的，特别使加里古看着有趣的是，有一位先生戴着金属宽边眼镜，在不停地摆弄着头上的黑色假发，那上面正牢牢地站着一只蝙蝠在静静地拍动着翅膀……

在教堂的尽头，有一个身材矮小如儿童的老头子，跪在祭坛的中央，使劲地在摇铃，这铃，既无铃铛也不发出声响，与此同时，一个身穿老式金线衣袍的神甫，在祭坛前走来走去，口中念念有词，进行祈祷，但一个字也听不见……毫无疑问，他就是巴拉盖尔神甫，他正在补做第三遍小弥撒。

橘 子

——即兴之作

在巴黎，橘子满脸愁容，就像是从树上洒落而下、堆积在地、一文不值的果子。当它上市的时候，正当寒冷多雨的隆冬季节，它们的皮质鲜亮，芳香四溢，在此品味淡雅的城区，颇有落落寡合之态，略似流浪汉漂泊者。每当华灯初上，雾气迷蒙，橘子堆在小小的流动车上，凄凄惨惨布满了人行大道，依稀隐约在红纸灯笼暗淡光线的映照之下。小车辚辚，大车隆隆，一片喧嚣市声中，伴随着橘子的是一声声单调而尖细的叫卖：

"瓦朗斯蜜橘，两个苏一个！"

这种圆圆的普通水果，从外地采集而来，还残留着绿绿的果柄，但有四分之三的巴黎人都以为是从制糖厂或糖果店出品的。之所以有此印象，是因为它都用像丝绸一样的纸包裹着，而上市之后又正赶上一连串的节日。特别是临近岁末年初，成千上万的橘子遍撒街头[①]，橘皮乱扔在阴沟的污泥里，使人觉得似乎有一株巨大无比的圣诞树，正在巴黎上空晃动着它的枝条，把上面无数人工仿造的橘子震落而下。巴黎之大，竟无处不见此果。在商店的玻璃橱窗里，是经过挑选与精心包装的橘子；在监狱与收容所的大门口，是放在饼干袋里的，或者是与苹果堆在一起的；在假日跳舞所与剧场的入口处，它当然也

---

① 在那个时代，每逢圣诞节与新年，人们以橘子为赠礼，常置于儿童的鞋里或挂在圣诞树上。

不少见。它那独特的清香，与煤气灯的瓦斯气、蹩脚的小提琴声以及剧院楼座上飞扬的尘土，混杂在一起。人们总是忘了橘子是从橘树上长出来的，因为，当橘子整箱整箱地从南方运到巴黎时，橘树已经过剪枝、修饰，改头换面，从它过冬的温室里移植出来，在果园的露天下只过那么一个短暂的时期。

为了更好地了解橘子，应该到产它的老家去看看，到巴莱阿尔群岛，到撒丁岛，到科西嘉岛，到阿尔及利亚，到天空湛蓝、气候温和的地中海地区去看看。我回想起，在靠近布利达港的地方，见过一片小小的橘树林，那景致真是其美无比！浓绿的叶丛，光泽油亮，像上了一层清釉，累累的果实，呈出有色玻璃似的光辉，其耀眼的光轮给四周的氛围赋予了金黄的色彩，并烘托出橘花的鲜丽夺目。从枝叶的空隙处，可以望见远处小城的雉堞、清真寺的尖塔、回教隐士墓的圆顶；再远一些，在天边，则是高大的阿特拉斯山脉，它的山麓一片葱绿，山顶覆盖着白雪，好像披了一层白色的羊皮，其势如白浪起伏，构成絮片从天而降的朦胧景观。

在我小住布利达期间，有一天夜晚，不知道是什么三十年未遇的反常气候在作怪，一股霜冻寒流突袭了这个沉睡的城市，一觉醒来，它银装素裹，整个变了样。在阿尔及利亚如此清纯的天空里，雪花就像是飘落的珍珠粉末，反射出一种白孔雀羽毛般的光泽。更美的是橘树林。坚实的叶片承托着未融化的冰雪，像是墨绿色的漆盘里端端正正盛着果汁冰糕。蒙着白霜的果实，带有一种柔和的光辉，似乎是一层白色透明的纱布下隐隐约约透露出金黄色的光芒。此情此景，使人觉得是在教堂里过节，绣边的法衣下露出红色的道袍，金色的祭坛上铺盖着镂花的针织品……

不过，我对橘子最美好的回忆，还是来自巴尔比加里亚，那是在阿雅西奥附近的一个公园，大热天我常去那里睡午觉。那儿的橘树比布利达的长得更高、更繁茂，枝条一直低垂到路面。这条路与公园仅隔一道绿篱与一条小沟。而在小沟的外边，就是海，蓝色的大海……在这个公园里，我度过了多少美好的时光啊！在我头顶上，那些正在开花结果的橘树发散出浓郁的香气。时不时，有个把熟透的橘子，由于暑热而分量有增，从树上闷声落地，正巧在我的身旁，只要一伸手，我就可以拾到。这种果子光润似玉，黄亮如金，内瓣则绯红鲜艳。橘树固然美不待言，远处的景观亦极为赏心悦目！从叶丛望过去，大海铺展，一片片碧蓝，波光耀眼，如同无数块玻璃碎片在薄雾中闪闪发亮。有时，波涛翻滚，在辽阔的空间发出轰响，有时碧波荡漾，似乎你是在一只无形的小船里摇晃，热风薰薰，橘香阵阵……啊，躺在巴尔比加里亚公园里睡午觉，何其美哉！

但是，有几次，我午睡正酣的时候，一阵阵鼓声突然把我惊醒。那是些穷苦的鼓手到下边的路上来做练习。从绿篱的空隙望去，可以看见镶在鼓上的铜皮与罩在红色长裤上的白色围裙。为了稍稍避开那强烈刺眼的日光与大路上沸沸扬扬的尘土，这些穷小子才可怜兮兮地来到公园边上，躲在低矮绿篱的阴凉处。他们不停地敲鼓！热得满头是汗！我竭力从困劲儿中挣扎出来，就近抓起几个金黄色的橘子，闹着玩地朝他们扔去。初击的鼓手立即停敲，他迟疑了一下，朝四周望望，想搞清楚这么好的橘子是从哪里扔过来朝小沟里滚过去的。说时迟，那时快，他迅速把它抓在手里，连皮也不剥就大口大口地吃了起来。

我还回想起，在巴尔比加里亚公园的旁边，仅隔一堵矮小的墙，有一个相当奇特的小花园，从我躺着的地方可以俯视它的全景。这是格局老式的土园子，小径上铺着黄沙，两旁种着绿油油的黄杨，小园子的进口有两株柏树，所有这一切，使它看起来像马赛地区的一个农舍。园子里，没有一丝阴凉，在尽头，是一幢用白色石料砌成的小屋，小屋的齐地面处，露出了地窖的采光孔。起初，我以为那是乡下人的住宅，但经仔细观察，看见那上面竖着一个十字架，有块石头上还刻着碑文，只不过从远处辨识不出碑文写的是什么，我这才搞清楚那小屋原来是科西嘉人的祖茔。在阿雅西奥的附近,四处都有这种纪念死者的小型祭屋,建筑在各家的私人花园里,每当星期天,全家的人都来这里吊念死者。这样,死者就不会像躺在公共墓地的乱岗荒冢中那么凄凉,只偶尔有二三知己的脚步来打破墓地的寂寥。

  从我待着的地方,我还可以看见一个慈祥的老人在小径上不声不响地忙来忙去。整天,他不断修剪树枝,锄地,浇水,小心翼翼地摘掉已经凋谢的花朵;而后,夕阳西下时,他就走进那间长眠着他家人的小祭屋,把锄头、耙子与大喷水壶收藏好,他像墓地园丁那样从容而静悄悄地在进行劳作。这善良的老头儿对什么都不在意,他专心致志地做着这一切,不声不响,每次开关墓园的门,也毫无声息,似乎生怕惊醒了什么人。在这一片阳光灿烂的静穆之中,花园里的万籁之声不曾惊动过一只小鸟,而长眠在这里的人也不会感到半点悲寂。不过相形之下,大海显得更浩瀚无垠,天空显得更高远辽阔,在纷纷攘攘的大自然中,不堪承受尘世生活的重负,老躺在这块地方睡午觉,倒使人颇有一种安宁永息之感⋯⋯

两家旅店

7月的一个下午,我刚从尼姆回来。天气热得令人难以忍受。在一片橄榄林与一大片小橡树之间,一条白晃晃、滚烫灼热的大路,在银灰色烈日的逼射下,尘土飞扬,伸向远方,一望无际。没有一点阴凉,没有一丝风。只有热浪滚滚而来,伴随着尖锐刺耳的蝉鸣,在这令人透不过气来的时刻,这狂躁、震耳欲聋的蝉声,似乎是烈日强光广阔无际的回响……我在荒野的路上走了两个钟头,突然,在大路尘土飞扬的前方,出现了一排白色的房屋。这便是人们所说的圣一万桑驿站:那里有五六户人家,一幢红色屋顶的粮仓,在一丛枯萎的无花果树之中有一个干涸的水池。这块地方的尽头,是两家相当大的旅店,它们各占大路的一边,劈面相对。

这两家旅店相邻,形成了强烈的对照。这边,是一幢高大的新房子,充满了活力,生意兴旺,所有的门都大大敞开,门前停着驿车,卸了套的马匹仍在气喘吁吁,从车里下来的旅客,急忙走到墙角阴凉处去喝饮料;院子里挤满了骡子与车辆,车夫们躺在草棚下,企望着得到点凉快。旅店里,叫喊声、咒骂声、拳头敲击桌子声、酒杯碰撞声、台球滚动声、开汽水瓶塞声,响成一片,而在这一片喧嚣之上,却是一个占压倒优势的歌声,它欢快而嘹亮,使玻璃窗也发生共振:

美丽的玛尔戈东,

> 一清早就起了床，
> 提起她银制的水壶，
> 来到了泉水旁……

对面的那一家旅店则相反，寂静无声，好像已被荒弃。大门口长着青草，百叶窗都已破损，一枝枯黄的枸骨叶冬青悬在门上，像一串陈旧的羽毛。门前的台阶已被路上的石子填平……这家店子如此残败破旧，可怜兮兮，谁要是进去喝上一杯，那可真是对它大发慈悲了。

我一跨进这家旅店，就看见长长的大厅空空荡荡，死气沉沉，阳光从三个没有帘子的窗口照射进来，使得大厅更显空寂荒凉，几张缺腿少脚的桌子上，摆着一些蒙着灰尘的酒杯，一张发黄的沙发，一个破旧的柜台，昏睡在沉闷恶浊的热气之中。嗨，苍蝇啊，苍蝇啊！我从没有见过这么多苍蝇：天花板上，玻璃窗上，酒杯上，全是成群成堆的苍蝇……当我打开门走进去的时候，就响起了一阵嗡嗡声与一阵翅膀振动声，仿佛我闯进了一个蜂巢。

厅堂的深处，在一个十字形窗口前，站着一个女人，正专心一意地盯着窗外，我叫了她两次：

"喂！老板娘！"

她慢吞吞地转过身来，于是，我就看见了她那张乡村女人可怜的面孔，满布皱纹，皮肤干裂，呈赭土色，像我们家乡的老妇一样，帽子四周垂着带花边的红棕色饰带。不过，这个女人并不老，而是因为经常流泪伤心以致未老先衰了。

"您要什么？"她擦干眼泪，问我。

"我想坐一会儿，喝点东西……"

她诧异地瞧着我，站在那里没有挪动，似乎没有听懂我的意思。

"难道这里不是一家旅店？"

那女人叹了一口气：

"是……是倒是一家旅店，如果您愿意这么说的话……但您为什么不像其他旅客那样，到对面那一家去呢？在那里会更见快活……"

"我觉得那边快活得过分了……我宁愿在您这边待一会儿。"

不等她作答，我就在一张桌子前坐下。

当她确信我是在认真地这么说时，才开始忙着张罗起来，打开抽屉，取出酒瓶，擦拭杯子，赶走苍蝇……她把侍候这个客人当作了一件天大的事。有时，这个可怜的女人突然停下来，抬起头好像在想有什么地方招待不周。

接着，她走进内堂，我听见她用特大的钥匙去开锁，在面包箱里找东西，用嘴吹拂，掸去尘土，清洗盘碟，不时，发出一声长叹，传来一阵抽泣哽咽……

经过足足一刻钟的收拾料理，我面前总算有了一碟葡萄干、一块硬得像砂岩的波凯尔面包与一瓶带酸味的劣等酒。

"请您用餐。"这个怪里怪气的女人说，说完就很快地转过身去，又站在窗前的老地方。

我喝酒时，试图挑引她说点什么：

"您这里总没有客人，是吗？可怜的老板娘。"

"哦，不是的，先生，并不是从来没有客人……从前这块地方只有我们这一家旅店时，情况可不像现在这样：我们的店就是驿站，在打海番鸭的季节，猎人们都到我们这里用餐，一年到头，门前都是车水马龙……但自从邻近又开了一家店以后，我们这一家就全完了……大家都喜欢上对面的那家去。在我们店里，他们觉得太沉闷了……实际上，我们的店的确不招人喜爱，我长得不漂亮，经常病病恹恹，我两个女儿又都死了……而对面那家完全相反，整天欢声笑语。经营旅店的是一个阿莱城的女人，她长得漂亮，衣裙上镶有花边，脖子上戴着三圈金项链。赶车夫是她的情人，总是把驿车赶到她那边去，此外，还有一批招蜂引蝶的女招待……因此，顾客全到她那边去了，她接待所有来自贝祖斯、雷德桑、容基叶尔这些地区的青年人。其他好些车夫，也特别绕路到她店里来歇脚……而我，整天待在这边，没有一个客人来光顾。"

她用一种心不在焉、无动于衷的语气，诉说着这一切，额头一直贴靠在玻璃窗上，显而易见，对面的那家旅店里有点什么叫她特别揪心……

突然，大路的那边，一阵喧哗骚动，有辆驿车驶出客栈而去，路上扬起一片尘土。在这边的旅店里，可以听见马鞭甩打声、车夫喧嚷声、女招待站在门口嚷嚷"再见再见"声，而在这一片闹声之上，刚才那嘹亮的歌声唱得更为高亢了：

  提起她银制的水壶，
  来到了泉水旁，
  只见过来三个骑士，
  个个是全副武装……

……一听见这歌声，旅店老板娘整个身子都颤抖起来，她转过脸来低声对我说：

"您听见了吗？这是我丈夫在唱……他不是唱得很棒吗？"

我惊呆了，瞧着她。

"怎么啦？是您的丈夫！……他怎么也跑到那边去了？"

她这才显得有些伤心，但却非常温存地说：

"您有什么办法呢？先生，世上的男人都是如此，他们都不喜欢看见别人哭哭啼啼。而我，自从两个女儿死了以后，我就经常哭泣……接着，我们这店又没人光顾……于是就落到今天这种凄凄惨惨的地步……因此，他特别烦闷的时候，我可怜的约瑟就跑到对面去喝酒，他生来有一副好嗓子，阿莱城的女人就支使他唱歌。别做声……他又开始唱了。"

她全身发抖，双手伸向前方，流下大颗大颗的眼泪，这使得她更加丑陋难看，她精神恍惚，站在窗前，听着她的约瑟在为阿莱城的女人唱歌：

第一个骑士对她讲：
"漂亮的小妞，早安！"

到米利亚纳去

——旅行随笔

　　这一次，我带您到阿尔及利亚一个风光秀美的小城去游览一天，它距离我的磨坊大约有两三百里……这样，我们就可以变换一下充满了鼓声与蝉鸣的环境……

　　……快要下雨了，天空阴暗，扎卡山的群峰被浓雾裹着。这是一个令人神思黯然的星期天。……在我下榻的旅店小房间里，窗子朝向阿拉伯的城墙敞开着，我不断地点燃一支又一支香烟，试图让自己散散心……旅店的书刊室任我浏览，在一部记述繁详的历史书与几本保罗·德·科克①的小说之间，我发现了一卷不齐全的《蒙田随笔集》②……随手把它翻开，重读了他议论拉·波埃第③之死的那篇令人赞叹的书简……此时的我，比过去任何时候都充满幻想、都更为忧郁……零星的雨点已经落下，每一滴雨落在窗台上时，就在去年多次雨之后积存在那里的尘埃之中，汇聚成了大颗的水珠……书从我手里滑落下来，我好久好久地凝视着这令人伤感的雨珠……

　　市镇所的大钟敲响了两点，从窗口，可以看到一个古代回教隐士墓外延绵的白色围墙……隐士墓中可怜的亡魂！有谁会告诉他呢，30年前某一天，在陵园的中心，建起了市镇的大钟，而且每个星期天，

---

① 保罗·德·科克（1794~1871），法国小说家。
② 《蒙田随笔集》，16世纪法国大散文家、思想家蒙田（1533~1592）的散文总集。
③ 拉·波埃第（1530~1563），法国作家，蒙田的好友。

大钟一敲响两点,就是在宣告基督教的晚祷开始了……当!当!那边的钟声响了……这钟声悠悠扬扬,至今犹如响在耳畔……这房间确实叫人愁闷,早晨的大蜘蛛在房间的每个角落都布下它们的罗网,就像哲学思维那样绵延铺展,无孔不入……我们还是赶快到外面去吧!

我来到了广场,第三团队刚刚集合起来,不顾毛毛细雨,正在奏乐。军区官邸的一个窗口,出现了一位将军,由一些姑娘簇拥着;广场上,县长挽着调解法官的手在四处转悠。六个身子半光着的阿拉伯小孩在一个角落里玩弹子,大喊大叫。在另一边,有个衣服褴褛的犹太老人在寻找一片阳光,昨天他离开的时候,阳光还照射在那里,怎么今天就不见了呢?真叫他纳闷……"一,二,三,奏乐!"乐队奏起了一支达来克西的玛祖卡曲。去年冬天,有一批巴尔巴利的管风琴手在我窗下演奏的就是这支曲子……过去,我听到这支曲子就讨厌,而今,它却使我怆然而泪下。

啊,第三团队的这些乐手们是多么幸福!眼睛盯着十六分音符,陶醉在旋律与嘈杂声之中,他们全神贯注,踩着节拍,<u>丝丝入扣</u>。他们的心灵,他们每一个人的心灵,都扑在一张巴掌大的乐谱上,这乐谱夹在乐器末端的两颗铜齿之间而不停地颤动着。"一,二,三,奏乐!"对这些敬业的人来说,这就是他们全部的生活,他们演奏民族歌曲的时候,从不犯乡思离愁……唉,可惜我不是他们乐队中人,这乐曲使我难过,于是,我就离开了广场……

但我到什么地方去消磨这个星期天愁闷的下午呢?西多玛尔的咖啡店正在营业……于是,我就走进了西多玛尔的店子。

西多玛尔虽然开了一家店铺,但他根本不是个生意人。他在血统上是个真正的亲王,是从前阿尔及利亚的统治者的儿子,他的父亲是被土耳其近卫军的士兵绞死的……父亲死后,西多玛尔随着他敬爱的母亲来到米利亚纳，在这里生活了好几年，就像一个乐天知命的王侯，置身于猎狗、鹰隼、骏马与美女之中，在凉爽宜人、橘树成荫、喷泉水涌的美丽宫殿里自得其乐。后来，法国殖民者来了。开始的时候，西多玛尔与我们法国人为敌，而跟阿伯德·埃尔·卡德尔结盟，继而又与阿拉伯的酋长闹翻了，归顺法国。酋长为了报复泄恨，趁西多玛尔不在的时候，冲进米利亚纳，洗劫了他的宫殿，铲毁掉他的橘树，抢走了他的马匹和女人，用一口大箱子的顶盖压断了他母亲的脖子……西多玛尔愤恨到了极点，他立即开始为法国效力，在我们反对阿拉伯酋长的战争中，再没有比他更英勇善战、凶猛凌厉的战士了。战争结束后，西多玛尔又回到了米利亚纳，但是，时至今日，只要有人在他面前提起阿伯德·埃尔·卡德尔酋长，他就会脸色煞白，两眼燃起怒火。

西多玛尔今年60岁了，虽然上了年纪，脸上还有小麻子，他的容貌仍然漂亮：修长的睫毛，柔和的目光，动人的微笑，真个是一派王侯气质。战祸使他破了产，原先偌大一笔财富如今只剩下谢里夫平原上的一个农场与米利亚纳的一栋房子，在这栋房子里，他精打细算地过日子，看着自己的三个儿子长大成人，当地的头头脑脑对他都十分敬重。每当发生纠纷诉讼之类的事，人们都乐意找他来当裁判，而他的评议往往能起到法律的作用。他很少出门，人们每天下午都可以在他家隔壁的店子里找到他。室内的陈设很简朴：白色的墙壁刷了石灰，一张木制的环形长凳，几个坐垫，几支旱烟枪，两个西班牙式的火盆……这就是西多玛尔开庭并进行判决的地方。他就是个开店子的所罗门国王。

这天是星期日，列席的人很多。约有12个头目披着袍子蹲在所堂的四周，他们每个人身旁都有一根旱烟枪与一个金银丝精制的小杯，里面盛着咖啡。我走了进去，没有一个人动一下……西多玛尔在他的坐位上以亲切的微笑向我表示欢迎，摆了摆手邀请我坐在他身边一个黄色绸缎的坐垫上,然后竖起一根指头放在嘴唇上,示意我安静旁听。

案情是这样的:贝里-米米人的头目与米利亚纳的一个犹太人因为一小块土地发生争执,双方都同意把争议提交西多玛尔,由他来裁决。约会定在今天,证人也都邀请了。但是事到临头,我的那位犹太人突然变了卦,他单独一人前来而没有带证人,并且声称,比起西多玛尔,他更信赖法国籍的调解法官……我进来的时候,事情正发展到这一步。

那犹太人是个老头儿,有土灰色的胡子,穿栗色上装,蓝色袜子,戴一顶绒帽。他鼻孔朝天,转动着哀求的眼珠,亲吻着西多玛尔的鞋子,低着头,双膝跪下,两手合掌……我听不懂阿拉伯语,但从他的手势,从他不断重复的"调解化观"、"调解化观"这个词来猜测,他是在发表这么一番乖巧动听的辞令:

"我们绝不是不信赖西多玛尔,西多玛尔通情达理,主持公道,那是没说的……不过,我们眼前的这件事,还是由调解法官来处理更好。"

在场的人甚为愤怒,但都不动声色,就像阿拉伯人惯常的那样……西多玛尔端坐在椅垫上,眼睛湿润,嘴上叼着琥珀口哨,他像是个面带嘲讽意味的神,微笑着倾听对方的陈述。正当犹太老头儿讲得起劲的时候,突然,一阵粗暴的咒骂声打断了他,说时迟,那时快,一个西班牙移民从坐位上走出来,逼近犹太人伊斯卡里阿特,劈头就是一顿痛骂,这人是诉讼方的一个证人,他骂起来什么难听的话都有,各种语言夹杂着出口,其中有的法语脏话实在太不堪入耳,我在这里就不重复了……西多玛尔的少爷听得懂法语,在自己父亲面前听到此种脏话,不禁面红耳赤,赶快回避,走出了所堂——请注意,这就是阿拉伯教育所培养出来的品行——列席者仍然不动声色,西多玛尔则老是面带微笑。那犹太人站起来,倒退着向门外走去,被吓得浑身发抖，但更加不停地念叨着"调解化观"、"调解化观"。他走出了门外，那西班牙人怒气冲冲紧追其后，在街上一把揪住他——劈啪就是两记耳光，连扇了两次……犹太人跌跪在地上，两臂交叉成十字……西班牙人有点不好意思，又回到了店子里……他一走开，那犹太人站起身来，用阴沉的眼光环视周围杂七杂八的人群，人群里有各种肤色——马耳他人、马翁人、黑人、阿拉伯人，他们在仇视犹太人这一点上是完全一致的，都乐于看见一个犹太人挨打受气，这老头儿犹疑了一下，就抓住一个阿拉伯人袍子的下摆，说：

"这事你看见了，阿希麦，你亲眼看见了，你在场，你看见那基督徒打了我……你会替我作证……嗯……嗯……你会替我作证。"

那阿拉伯人扯开他的下摆，把犹太人推开……他什么也不知道，他什么都没有看见：刚才他正好把头转过去了……

"可是你，卡达尔，你是看见了的……你看见了那个基督徒打了我……"可怜的伊斯卡里阿特老头朝一个大个子黑人哀号，那人正在剥一个仙人掌的果实。

黑人轻蔑地吐了一口痰，便扬长而去；另一位小个子马耳他人，他一双贼黑的眼睛在帽子下闪出恶狠狠的神色，他什么都没有看见……他也是什么都没有看见；还有一个脸色发红的马翁妇女，头上顶着一篮石榴，她笑了笑回避开，她什么都没有看见……

犹太老头白白地哀号、祈求、呼吁支援……但没有证人！谁都没有看见……幸好，这时有两个跟他同教的人从街上经过，他们低着头，贴着墙根走，犹太老头儿一发现他们，就嚷：

"快，快，我的好兄弟，快去报案！快去找调解法官！你们两位都看见了，其他各位也都看见了……你们大家都看见了那汉子刚才打了老人！"

即使他们都看见了，也不会有人出来作证的！……我对此确信不疑。

在西多玛尔的店子里,一片欢天喜地……咖啡店老板斟满一杯杯咖啡,点燃一支支旱烟枪。大家议论纷纷,开怀大笑。看见一个犹太人挨揍,真是一件开心的事!……在人声嘈杂、烟雾腾腾之中,我轻轻地向门口走去。我想到以色列人那边去走动走动,以便了解伊斯卡里阿特老头的教友同胞准备怎样来支援他们的兄弟……

"今晚请来舍下吃饭,先生。"和善的西多玛尔朝我叫喊……

我表示接受邀请,并且致谢。于是,我走出了店子。

在犹太人街区,所有的人都站着,刚才发生的那件事已引起了一片哗然。没有人待在店铺里,刺绣工、成衣匠、马具商,等等。所有的以色列人都来到街上,男人们——戴绒帽的、穿蓝色羊毛袜的——三五成群,指手画脚,吵吵嚷嚷……女人们面色苍白,虚胖浮肿,身材僵硬得像木偶,裹在带金色胸围的长袍里,脸上则围着黑色的头带,她们从这一堆人窜到那一堆,不断发出刺耳的叫声……我刚走近,人群中发生了一大阵骚动,人们你推我拥,挤成一团……由于得到了证人的支持,伊斯卡里阿特老头儿成了英雄,他在两列头戴鸭舌帽的人行之间通过,周围报以阵雨般的掌声:

"你要报仇,兄弟,咱们要报仇,为犹太人报仇。你什么都不用害怕,你完全占理合法。"一个矮得出奇、身上发散树脂气与陈旧皮革气的人,带着一副可怜相走近我,重重地叹了一口气,对我说:

"你瞧!犹太人多可怜,别人是怎么欺侮我们的!这是一个老人呀!请你看看吧,他们差一点就把他杀了。"

的确,伊斯卡里阿特那样子,已经不像活人,而像死人了,他从我面前走过,两眼晦暗无光,脸色苍白难看。他不是在走,而像是在爬行……只有一笔巨额的赔款才能医治好他的创伤,因此,他的同教兄弟不是领他去看医生,而是领他到代诉人那里去。

在阿尔及利亚有很多很多代诉人,几乎多如蝗虫。看来,这是一个好行当。不管怎样，它有这么一个优越性，那就是进入这个行当毫不费劲，不需考试，不需交保证金，不需通过培训。如同在巴黎我们都可以当作家一样，在阿尔及利亚谁都可以当代诉人。要干这个行当，只需懂一点法语、西班牙语、阿拉伯语，随身带一本法律手册，当然，最为重要的是要掌握这个行当的特性。

代诉人的职能是变化多端的：有时是律师，有时是诉讼代理人，有时是掮客，有时是鉴定人，有时是译员，有时是簿记员，有时是经纪人，有时是书信代笔者。这是殖民地的雅克师傅[①]，只不过，阿巴贡跟前只有一个雅克，而在殖民地，雅克却到处都有，多如牛毛。单是在米利亚纳，这样的雅克就可以数出一打。通常，为了省掉事务所办公室的开支，干这个行当的先生们总是在广场旁的咖啡馆里约见委托人，一边喝苦艾酒与掺酒咖啡，一边向自己的委托人提供咨询——天知道能提供什么咨询。

在两位证人的陪同下，这位可敬的伊斯卡里阿特老头儿朝广场边上的一家咖啡馆走去。我们就不必跟着他们进去了吧。

出了犹太街区，我从阿拉伯事务所的门前走过，从外面看去，它有石板屋顶，上面还飘扬着法国国旗，人们很可能以为它是村公所。我认识那里面的译员，何不进去跟他抽抽烟。一支又一支烟这么抽下去，我就可以消磨掉这个阴沉沉的星期天了！

事务所前面的院子里，挤满了衣衫褴褛的阿拉伯人。大约有50来个人在等着接见，他们裹着长袍，沿着墙根蹲在地上。这个贝督因人的候见室虽然是露天的，但发散出一股强烈的人体肌肤的气味。咱们赶紧走过去吧……在办公室里，我发现译员正在与两个高个子打交道，那两人赤身露体，披着脏兮兮的长袍，正愤愤然地指手画脚，在

[①] 雅克师傅，莫里哀喜剧《吝啬鬼》中阿巴贡的仆人，他一人兼多种差事，既是厨师，又是车夫。

讲述一桩我闹不清楚的念珠被窃案。我坐在一个角落的一张编席上，从旁观察打量……真是一身漂亮的服装！译员制服，它穿在米利亚纳这位译员身上是多么相称啊！人与服装两者相得益彰，完美无缺，衣服是天蓝色的，带有黑色的肋形胸饰与闪闪发光的金色纽扣。那译员有一头金黄色的鬈发，肤色红润，他像是一个充满幽默感与情趣的蓝衣轻骑兵；他有点饶舌，要知道，他会讲好多种语言呀！他还有点像怀疑论者，要知道他曾在东方学院结识过勒南[①]呀！他又是体育运动的热烈爱好者，特别喜爱阿拉伯的野营活动，就像喜爱参加县长夫人的晚会一样，玛祖卡舞他跳得比谁都好，调制北非食品古斯古斯的本事没有人能超过他。总而言之一句话，他是个巴黎人。如果您听见说，太太们都追求他，那大可不必感到惊奇。在讲究衣着、追求时髦上，他只有一个敌手，那就是阿拉伯事务所的一个低级士官，此人身穿细呢面料的制服，腿戴钉着螺钿纽扣的护套，使得所有驻防所的人员望尘莫及，心生妒羡。他是被遣到阿拉伯事务所来的，免服任何劳役，他经常在街上转悠，戴着白手套，一头刚加工过的鬈发，臂下挟着一个大记事本。大家都赞赏他，也都害怕他。他就是当地的权威。

显而易见，这桩念珠失窃案要谈个没完没了。晚安！恕我不等到它的结尾了。

我走到候见室，发现那里一片乱哄哄。一大群人挤在一个高个子土著人的周围，那人面色苍白，一副自以为了不起的样子，披着一件黑袍。8天前，他在扎卡尔与一只豹子搏斗了一场，豹子被他打死，但他的一只胳臂被咬掉了一半。每天早晨和晚上，他都要来阿拉伯事务所敷药，而每一次，人们都会在院子里截住他，听他讲述打豹子的经历。他慢慢地讲着，用他那悦耳的喉音，有时，他还敞开袍子，露出吊在胸前、用血迹斑斑的衬衣包着的左臂给大家看。

---

① 勒南（1823～1892），法国思想家、作家、历史学家，尤精通东方语言。

我刚走到街上，一阵急风骤雨来势凶猛，大雨、雷鸣、闪电、狂风……快快！找个地方躲躲。碰巧有个门洞，我一走进去，就落在一群吉卜赛小孩之中。他们挤在一个摩尔式庭院的一排拱门之下。这庭院属于米利亚纳的清真寺，这里平时是赤贫的伊斯兰教徒的栖身处，被人称为"穷人的院子"。

几条身躯高大而瘦骨嶙峋、长满了虱子的猎狗，恶狠狠地在我身边转悠，我背靠在长廊的一根石柱上，竭力装出若无其事的样子，没有跟人搭话，凝视着雨点洒溅在院子的彩色石板上。那些吉卜赛人成堆地躺在地上。靠近我的地方，有一个相当漂亮的年轻女子，脖颈与两腿都裸露着，手腕与脚踝上都戴着大铁镯，她在唱一支稀奇古怪的歌子，忧郁而带有鼻音。一边唱，一边给一个光着身子、皮肤呈红铜色的婴儿喂奶，还用闲着的那只手在石臼中捣大麦粒。雨点随着狂风的吹拂，时而洒湿了她的两腿与婴儿的身体。这吉卜赛女人却毫不在意，仍然在阵阵狂风下继续唱着，一手喂奶，一手捣麦。

暴风骤雨逐渐减弱了，我趁着间隙的晴朗，赶紧离开了这奇特的院落，到西多玛尔家去吃饭。这正是晚餐时分……在通过那个大广场时，我又遇见了那位犹太老头，他的代诉人搀扶着他，他的两个证人则兴高采烈跟随其后，一群犹太小鬼欢蹦乱跳地簇拥着他们，这批人个个喜形于色，容光焕发。代诉人承办了这个案子，他要向法院提出对方赔偿 2000 法郎的要求。

在西多玛尔家，晚餐丰盛奢华。餐所面向一个优雅的摩尔式的院子，那里有两三道喷泉在歌唱……这是一顿特别美味可口的土耳其式的晚餐，是向布里斯男爵推荐的餐式。在那些盘美味佳肴中，我特别注意一盘果料烧鸡，一盘香草拌麦粉团，一盘甲鱼炖肉——虽然不好消化，但味道好极了——还有蜜汁干点，它被称为"伊斯兰法官酥点"。……至于酒嘛，只有香槟。虽然伊斯兰教的法规禁止饮酒，但西多玛尔时而还要小酌小饮——他饮酒的时候，仆役们转过身去装没看见就行了——用完晚餐，我们进入东道主的房间，在那里，仆役又送来果酱、烟枪与咖啡……室内的陈设都甚为简朴：有一张沙发与几个坐席；房间的尽头，有一张高高大大的床，床上随意放着几个绣着金边的红色小靠垫……墙上挂着一幅土耳其的旧画，画的是哈马提海军上将的战绩。从这幅画来看，土耳其的画家在画布上似乎只用一种单色：此画就是只用绿色。大海、天空、舰船以及哈马提海军上将本人，全都是绿色，而且绿得出奇！……

　　阿拉伯的习俗是，做客者要知趣得体、及时告辞。喝了咖啡，抽完烟，我祝主人晚安，就告别了他和他的妻妾。

　　我到哪里去消磨这个夜晚呢？回去上床就寝为时过早，土耳其骑兵归营的号角声尚未吹响。而且，西多玛尔床上那些绣了金边的垫褥，正在我脑海里翩翩起舞，我又怎能心静入眠呢？……我一下走到了剧院前面，那就进去玩一会儿吧。

　　米利亚纳的剧院原来是一个饲料堆栈，凑凑合合改建成为演出场所，没有漂亮的分枝吊灯，权且用大盏大盏的油灯充数，幕间休息时，就往油灯里灌油。剧场里的观众都得站着，乐池里的乐队则可坐在板凳上。回廊上的观众倒能洋洋自得，因为他们可以坐在草垫上……在戏所的周围，有条长长的通道，阴暗，没有铺地板……在那通道上，就像到了街道上一样，街道上乌七八糟的东西，这里什么都不缺……我到剧院的时候，戏已经开演了。使我大感惊奇的是，男演员个个表现不俗，他们演得生气勃勃，栩栩如生……这些演员几乎都是来自第三团队的业余戏剧爱好者，这个团队以他们为骄傲，每天晚上都要来为他们捧场喝彩。

　　至于那些女演员，天哪！……她们都是外省小剧院舞台上常见的那一流货色，矫揉造作，夸张炫耀，虚伪失真……但在这些女演员中，有两个颇引起我的兴趣，那是米利亚纳的两个犹太少女，年纪很轻，都是初次登台……她们的父母都在剧场里观看演出，显然都兴高采烈，得意扬扬。他们深信，自己的女儿在这个行当即将挣到成千上万的银币。拥有万贯家财的以色列喜剧女演员拉舍尔的传奇故事，早就在东方地区的犹太人中传开了。

舞台上，再没有比那两个犹太女孩表演得更富有喜剧性与感染力的了……演出结束，她们怯生生地站在舞台的一角，满脸脂粉，袒胸露臂，直挺挺地站在那里，她们感到冷，感到羞怯。她们含糊不清地说了几句谢幕的话，自己也不知所云，她们说的时候，睁着希伯来式的大眼睛，瞧着剧场里的观众，充满了惊惶失措的神情。

我从剧场里出来……在我周围一片浓黑的夜色之中，我听见从广场的一个角落发出几声叫喊声……毫无疑问，是一些马耳他人在用亮刀子的方式，在争个是非曲直。

我慢慢悠悠地沿着城墙回到旅舍。橘树与崖柏沁人心脾的清香从平原上飘来。空气温和，天空净朗……那边，在路的尽头，幽灵般地矗立着一堵古墙，那是某个古寺的残垣遗迹。这堵墙是神圣灵验的，因此，每天都有一些阿拉伯妇女来到这里，挂上她们用来还愿的东西，有白罩袍与衣料的布片，有用金线束着的红色头发的辫子，有婴儿衣服的一角……所有这些，在月亮清辉的映照下，在晚风柔和的吹拂下，飘荡着，飞扬着……

蝗 虫

还讲一段关于阿尔及利亚的回忆,然后我们再回到磨坊来……

我到达沙厄尔农庄的那天夜晚,彻夜不能入眠。异国他乡的陌生感,旅途的劳顿,旷野中豺狼的嚎叫,以及令人难以忍受的炎热,叫人透不过气来的窒闷,犹如在蚊帐之中,所有的网眼都透不进一丝空气……我打开窗户,此时天已蒙蒙发亮,一团夏天的浓雾在缓缓移动,边缘镶着黑色与玫瑰色,它在空中飘忽,就像战场上空的硝烟。树上的叶片纹丝不动,在我尽收眼底的那些美丽的园子里,葡萄成行成行地排列在斜坡上,灿烂的阳光正在帮它们酿制甜美的汁液。躲藏在阴凉角落的各种欧洲果树,躯干矮小的橙子树,枝条细长的橘子树,都显得有些暗淡沉郁,纹丝不动的树叶,正在等待着一场暴风雨的来到。甚至那些像淡绿色高大芦苇的香蕉树,平时在微风吹拂下,总是散乱地飘荡着细柔的发丝,现在却笔直地挺立着,肃穆无声,像是一队戴着羽饰头盔的士兵。

我定睛片刻,观察眼前这令人赞叹的种植园,世界各地的果树汇集于此,每一种树均按各自的时令开花结果。在一大片麦地与一丛丛木栓之间,有一道闪闪发亮的清泉,在此闷热的早晨,一见这清澈的溪水,就顿生凉意。我赞赏着这一片繁茂而秩序井然的植被,赞赏着这带有摩尔式拱廊的农庄建筑以及它乳白色的平台、它那些簇拥在周围的牲畜棚与仓库,这时,我就想起了这地方勤劳的人们20年前来沙厄尔山谷定居的历史,他们当时只找到了养路工人住的一个破木棚,一块长满了矮小棕榈树和乳香黄连木的荒地。一切有待开拓,一切有待建设。时时还有当地阿拉伯人的来袭,经常就得放下耕具进行战斗。此外,还有瘟疫、眼病、疟疾、歉收以及因经验缺乏而反复摸索,与褊狭成性、反复无常的政府机构进行争执,等等。多么艰苦的奋斗!多么沉重的辛劳!多么无穷无尽的担心与不安!

即使到了今天,虽然艰难时期已经度过,靠辛勤劳动终于致富,这农庄的男女主人仍然是家里起身最早的人。这天清晨时分,我就听见他俩在底层的大厨房里来来回回,为工人们准备咖啡。不久,钟声响了,过了一会儿,工人们鱼贯而行,络绎上路。有勃艮第的采葡萄工人,有衣衫褴褛、头戴红色伊斯兰小圆帽的卡比尔农夫,有赤脚光腿的马翁挖土工,还有马耳他人、吕克戈人。这么一支杂牌军,要进行领导可不是件容易的事,农庄主站在大门口,给每个工人分配当天的任务,语气短促,态度有点严厉。他布置完毕,抬起头来,仔细观察天空,略带不安的神情,见我站在窗前,就对我说:

"这天气对农活不利……瞧,热焚风快来了。"

果然,随着太阳升高,一阵阵炙热的、令人窒息的大风,从南方向我们吹来,像是从火炉一开一关的炉门里冲出来的一样。人们不知何处藏身为好,也不知该怎么办。整个早晨就这么过去了。我们坐在走廊的席子上喝咖啡,连说句话与动一动的勇气也没有。那些狗伸开四肢躺在石板上,想藉此得到一点清凉。早餐使我们恢复了一点元气,这真是一顿丰盛而奇妙的早餐,有鲤鱼、鳟鱼、野猪肉、刺猬肉、斯达乌埃利的奶油、克勒西亚的美酒、番石榴、香蕉,简直就像是把我们周围五彩缤纷的大自然全端上了餐桌……我们用罢正准备离桌时,突然,在为了阻挡花园那边灼热空气而关闭着的落地窗外边,爆发出一大阵狂呼声:

"蝗虫!蝗虫!"

农庄主人一听,脸色顿时煞白,像是听见宣布死刑一样,我们立刻就冲出门外。不过10分钟,刚才还安安静静的整个院宅里,急急匆匆的脚步声、闹哄哄的谈话声与翻身起床的动作声,就响成了一片。从人们睡觉的阴凉所堂里,用人们一拥而出,手执棍棒、叉子、连枷等所有顺手抄来的工具,敲打铜锅、盆子、炒锅,发出巨响。牧人们也吹起了他们放牧时用的喇叭。别的一些人,有的吹海螺,有的吹猎号。这样就组成了一片可怕的、难听的喧闹声,而占压倒优势的,则是从邻近村庄赶来的阿拉伯妇女发出的一片尖叫声:"伊乌!伊乌!伊乌!"往常,据说只要制造出巨大的声响,使空气产生强烈的震动,就足以赶走蝗虫,阻止它们降落下来。

但是,这些可怕的昆虫是在什么地方呢?在热气腾腾的天空中。只见有一朵云从天边向这里移动,呈黄褐色,稠稠密密的,就像是由冰雹凝成的一朵云,还夹带着暴风骤雨击打着千万枝桠叶片的那种呼呼声。这就是蝗虫。它们靠干硬的翅膀彼此支撑,傍依在一起,成群结队地飞翔,尽管我们大声喧喊,做出种种努力,这块云仍然继续前进,在地面投下了一大片阴影。不久,它就飞临我们的上空,只见一瞬间,它的边缘散成丝缕,出现了一道裂缝。如同一阵骤雨初降,其中有一些已经分散下落,个个呈橙黄色;紧接着,整块云爆裂开来,蝗虫如一阵冰雹密密麻麻地倾盆而下。一望无际的田野顿时布满了蝗虫,粗壮粗壮的,大小犹如手指。

于是,扑杀开始了。响起了一片难听的断肢碎体的吱吱声。人们用钉齿耙、鹤嘴镐、耕地犁,搅打在地面攒动的蝗虫。人们扑杀得愈厉害,蝗虫愈多,它们一层盖一层在乱攒乱动,长长的腿纠缠在一起,上面一层的蝗虫拼命蹦跳,一直跳到马的鼻子上,这些马都套着犁,正要进行特殊的扑杀式的耕翻。农庄上的狗群,也奔向田野,朝蝗虫扑去,疯狂地进行残杀,这时,开来了两队阿尔及利亚步兵,他们把军号捆在头上,前来支援这些不幸的移民,于是,扑杀又别出花招。

这些士兵不是去扑杀，而是喷射火药去焚烧。

我扑杀得有些累了，难闻的气味也叫人恶心，便回到了屋里。在农庄里面，蝗虫几乎同外面一样多。它们是从开着的门窗与烟囱中蹿进来的。在护壁板的边缘，在已经破损的窗帘上，它们爬来爬去，跌下来，又飞上去，爬行在白色的墙上，拖着一条长长的阴影，显得特别丑陋难看。而且，老有那种特别难闻的气味。用午餐时，我们只好不喝水。蓄水池、池塘、水井、养鱼塘，所有的水源都被污染了。到了夜晚，在我的寝室里，虽然白天已经扑灭了一大批，但我仍听见家具下有跳动的响声，有翅膀的鼓动声，就像豆荚在高温下的爆裂声那样。这天夜晚，我又无法入眠。农场周围上下，所有的人都没有睡觉，从平原的这一端到另一端，火光继续在地面上焚烧，士兵们一直在进行大规模的屠杀。

第二天早晨，我像前一天那样打开窗子，蝗虫都已飞走了。但是它们留下了一片什么样的灾难啊！不见有一朵花了，不见有一株草了。所有一切都是黑黑的，都被啃光了，都被烧掉了。香蕉树、杏树、桃树、橘树皆已面目全非，只能从光秃秃的树枝去加以辨认，不再有多彩的风姿，不再有叶片的飘动，而叶片正是树木的生命。人们在清除水池与水塘。农人们在深翻田地，为了消灭蝗虫留下来的虫卵。每一块泥土都要翻过来，都要细细地敲碎。看着千丝万缕的白色须根，满含着生命的汁液，却从肥沃的土壤中被翻腾出来，谁的心都会破碎……

可敬的戈谢神甫的药酒

"您喝喝这酒,我的邻居,请给我聊聊最近的逸闻趣事!"

格拉维松的本堂神甫,一滴一滴地斟着酒,就像珠宝商数珍珠那样分厘不差,终于给我斟出可以吮两小口的那么一点酒,这酒带有酸味,颜色金黄,鲜亮夺目,热乎乎的,味道好极了……喝下之后,我觉得整个胃部都暖烘烘的。

"这是戈谢神甫的药酒,象征我们普罗旺斯的欢乐与健康,"这位实心实意的主人洋洋得意地对我这么说,"它是在普赖蒙特莱修道院酿制的,那儿离您的磨坊只有两英里路……这酒难道不比所有的查尔特勒甜酒更好吗?……您是否知道,这药酒的故事是多么有趣!您就好好听着吧!……"

于是,就在本堂神甫住宅的饭厅里,主人满怀着童趣给我讲起这故事来了。这厅堂非常简朴,非常静谧,挂着一套耶稣受难图与浆洗得像白色法衣一样洁净漂亮的窗帘。主人用埃拉斯姆或阿苏西式的故事体,讲述了一个稍嫌渎神、不甚严肃的故事,但他讲的时候,一本正经,并无嘲讽之意。

20年前,普赖蒙特莱修会的教士们,也就是我们普罗旺斯人称之为白衣神甫的那些人,陷入了极端的贫困,如果您见过他们那时居住的房子,您会感到很难过的。

高大的围墙,巴科姆钟楼,都日渐衰败,已成为断壁残垣。隐修院的周围，杂草丛生，小廊柱已断裂，石雕圣像倾倒在神龛里。没有一扇彩色玻璃窗完整如初，没有一扇门仍然挺立。在院子中，在小教堂里，从罗纳河上吹来的风长驱直入，如同在卡马尔格平地上空通行无阻，吹灭了蜡烛，吹断了玻璃窗的框架，吹干了圣水缸里的水。比这一切更惨的是修道院的钟楼，它已破败得像一个空荡荡的鸽笼，哑然无声，神甫们没钱购置一口钟，只得用杏木做成响板，敲它来宣告早祷！……

可怜的白衣神甫！他们的样子至今仍历历在目：一个个排在圣体瞻礼的行列里，可怜巴巴地裹着满是补丁的斗篷，面色苍白，脸颊瘦削，全靠瓜菜充饥，在行列中殿后的是修道院院长，他垂着头，羞于在光天化日之下露出他那身褪了色的法衣与那顶已被虫子蛀破的白色羊绒道帽。在瞻礼行列里，慈善会的妇女们为这些神甫洒下了同情的眼泪，扛旗的那些大个子则对他们指指点点，窃窃私语加以讥笑：

"当这些白斑鸟成群飞过去的时候，它们又会瘦下去。"

实际上，这些不幸的白衣神甫已经不得不自己开始考虑，他们飞出这片天地，到别处去谋出路，也许会更好。

然而，当这个重大的问题在修道院院务会议上提出来进行讨论的时候，有人来向院长通报，戈谢修士要求向会议提出建议……根据可靠的资料，这位戈谢修士原来是修道院的放牛人，也就是说，他的职责乃是每天赶着两头骨瘦如柴的母牛，让它们从石板路的隙缝里找草吃，而自己则在隐修院的拱廊里逛来逛去消磨时光。先前，他被波克斯乡一个名叫贝贡大婶的疯老婆子抚养到12岁，后来，又被一些教士收留。这个不幸的放牛人除了会驱赶牲畜与背诵天主经外，从没有学会别的什么，当然，他还会讲普罗旺斯方言。他的低能是因为他笨头笨脑，他仅有的一点智慧就像一把钝刀。虽然在清苦的生活中难免有时想入非非，他毕竟是个虔诚的基督徒，凭着他坚定的信仰与浑身的力气把自己贡献给上帝！……

但见他走进了院务会议厅,一副缺心少肺、呆头愣脑的样子,先屈膝向大家行了一个礼,院长、议事司铎、财务主任见此,全都笑了起来。再说戈谢修士这副尊容,老实巴交的脸孔,带着一撮山羊胡子,两只略显痴呆的眼睛,那是走到哪里,就会在哪里引起哄笑的。但他对此全不在意。

"尊敬的神甫们,"他开腔说话了,语气憨厚诚恳,手里捻动着橄榄核串成的念珠,"俗话说得好,空桶敲起来最好听,请诸位相信,我使尽了力气,挖空了我这个木头脑袋,总算找到了能使咱们脱贫的法子。

"是这么回事,诸位都知道贝贡大婶,她是个心肠好的女人,把我从小抚养大(愿上帝保佑她的灵魂,这个老淫妇一喝醉酒,就唱些下流的小曲),我想告诉你们,诸位神甫,贝贡大婶在世的时候,对山上那些草药的味道性质全都在行,比科西嘉的老山雀更在行。的的确确,她晚年曾经配制过一种无与伦比的药酒,用的就是我跟她一道在阿尔皮莱斯山上采集到的五六种草药。这是好多年前的事了,靠圣奥古斯汀的保佑与院长大人的恩准,我如果去找,或许能找到酿制这种神妙药酒的配方。咱们只要把这酒分瓶装起来,按稍高一点的价钱出售,这样就可以使咱们大伙慢慢富裕起来,就像咱们的兄弟特拉卜修士和格南德教士那样……"

他的话还没有讲完,院长就急不可待地站起来,跑去搂住他的脖子。议事司铎们也上来拉着他的手。财务主任煞是激动,满怀敬意地不停吻他开了缝的风帽的帽檐……然后,大家各就各位又继续进行商议。最后,院务会议决定,那些母牛改交特拉斯比尔修士去放养,好让戈谢修士全力以赴去酿制药酒。

这位热心公益的修士是怎么找到贝贡大婶的配方的?他费了多大的劲?经历过多少个不眠之夜?这些细节,故事都略而未提,反正唯一确实可靠的是,6个月以后,白衣教士特制的药酒已经广为行销。

在整个孔达省，在整个阿莱地区，没有一家农庄，没有一个谷仓、食品贮藏室不备有此酒，在烧酒瓶与腌橄榄的坛子之间，一个个陶制的棕色小瓶，上面盖着普罗旺斯的印记，银色的标签上还印有一个眉开眼笑的修士，即为此酒也。全靠药酒的畅销，普赖蒙特莱修会很快就富了起来。他们把巴科姆钟楼修缮一新。院长也戴上新帽子，教堂里也重新装上了精工细作的彩色玻璃窗。在钟楼精致的雕花边上，从前快要掉落的那一大串小钟小铃铛，在一个美好的复活节早晨，又在高空中齐声奏鸣了起来。

至于戈谢修士，这个可怜的其貌不扬的仁兄，过去总因其土里土气、举止粗俗而在院务会上成为笑料，现今不再是修道院里众人说三道四的对象了。人们只知道值得尊敬的戈谢神甫是一个有头脑、学识渊博的人，他完全从修道院里繁杂琐细的事务中摆脱出来，整天把自己关在配酒室里，而修道院的30个修士则上山搜索，为他采集草药……他那间制酒室，谁也无权进入，修道院院长亦不例外，那是一间古老的小教堂，在议事司铎的花园尽头，已经废置多年未用。那些老老实实的修士头脑简单，都以为那制酒室里一定有什么神秘可怕的东西。偶尔，也有个把胆大妄为的好事之徒，抓住葡萄藤往上攀到正门之上的圆花形窗口，但很快就摔滚下来，因为，他一看里边的情景吓了一跳，戈谢神甫挂着巫师的胡子，俯身在火炉上，手里拿着比重计，而在他周围，还有一些玫瑰红粗陶坛罐，高大巨型的蒸馏器，弯弯曲曲像蛇一样的玻璃管，以及好些稀奇古怪的东西在玻璃窗红色映光中闪闪发亮……

每当太阳西沉，最后一次祈祷的钟声敲响之时，这个神秘处所的门才悄悄地打开，可尊敬的戈谢神甫也要去礼拜堂做晚祷。您真该瞧瞧他经过礼拜堂时多么受人尊敬，他所到之处，修士们都列队成行，总会有人提醒大家注意：

"肃静！……他可有神秘大法！……"

财务主管跟随在他身后,俯首帖耳地跟他说话……在这一片逢迎奉承的氛围中,戈谢神甫一边走,一边揩自己额上的汗,他那顶宽边的三角帽挂在后脑勺上,就像一圈光环,他用一种满意眼光环视他周围那个种满了橘树的院落,上面旋转着新风信旗的蓝色屋顶,以及置身在自得耀眼的修道院里,列队于一些雕花精美的小圆柱之间的那两行教士,他们两两排成一组,个个容光焕发,穿戴一新。

"全靠我,他们才有今天!"这位可尊敬的神甫这么自言自语。此一念头每转动一次,他便洋洋自得,喜不自禁……

但正因为他的药酒,这个可怜人受到了很厉害的惩罚,您马上就可见分晓了……

有一天傍晚,正当晚祷进行之际,他摇摇晃晃闯进了教堂,满脸通红,气喘吁吁,风帽歪戴在头上,手脚不听使唤,用手指蘸圣水的时候,竟把双肘也浸到水里,两只袖子弄得透湿。开头大家以为他手脚失措是因为迟到了而心慌意乱,但是,在众目睽睽之下,他却不向主祭坛行礼,反倒对着管风琴台与讲坛行了几个屈膝大礼,还像一阵风那样穿过礼拜堂,在合唱队里蹿来蹿去足有5分钟,为了找寻自己的座位。他刚一落座,就东歪西倒起来,还装出一个微笑,故示镇静,众人见此,大惊失色,一大阵窃窃私语在整整三个殿堂中传开了,大家就像念经一样悄声问道:

"咱们的戈谢神甫怎么啦?咱们的戈谢神甫怎么啦?"

院长先生难以容忍,两次用权杖使劲敲打地面的石板,叫他放规矩点……那边,在祭坛尽头,赞美歌仍照唱不误,但应和的声音却寥寥无几……

突然,正唱到圣母颂时,我们的戈谢神甫一下仰面倒在自己的座位上,用响亮的嗓子唱了起来:

在巴黎，有那么一个白衣教士郎
巴达旦，巴达当，达拉班，达拉邦……

在场的人惊得目瞪口呆，都纷纷站了起来，有人大声嚷道："把他弄出去……他是着了魔！"

教士们都画着十字。院长大人挥动着他的权杖……但是，戈谢神甫视而不见，充耳不闻。两个身强力壮的教士听命把他从祭坛的旁门拖出去，他像中了邪一样使劲挣扎，而且，唱他的"巴达旦、达拉邦"唱得更欢。

第二天，天刚发亮，这个不幸的家伙就已经跪在院长的祈祷室里，检讨他的罪过，哭得泪如泉涌：

"这是药酒把我害苦了，院长大人呀，药酒害我乱了性。"他一边哭诉，一边捶胸顿足。

见他如此懊悔、如此悲痛，仁慈的院长也深受感动了。

"算了，算了，戈谢神甫，请您平静下来，这事会过去的，就像太阳下的露珠……何况，这件丑事也不像您所想的那么严重。您唱的歌子是有那么一点出格……嗯！嗯！……不过，我希望没有让那些刚入教的修士听见……现在，我们好好谈谈，请告诉我，您昨天是中了什么邪……试药酒试出来的，是吗？您也许是手重了一些……是的，是的，我理解……这就像发明了火药的施瓦茨神甫那样，您也成了您所发明的东西的牺牲品……请告诉我，诚实的朋友，您亲自去尝试药酒，有此必要吗？这药酒确实可怕呀！"

"是的，院长大人，我真倒霉……我从试验管确能测定这酒的度数与力量，但为了尽善尽美，总得香醇可口吧，这我就只好靠我的舌头去尝尝了……"

"哦呀！说得对……但请您再听我唠叨几句，当您由于酿制的需要，非得尝尝这药酒的时候，您是不是觉得味道好极了？是不是觉得这是一种乐趣？……"

"哎哟！您正说到了点子上，院长大人，"可怜的戈谢神甫答道，面孔涨得通红……"最近两个夜晚，我才真正领教了这酒的美味与芳香！……可以肯定，魔鬼给我来了一个恶作剧……因此，从今以后，我只用试管测定，不再亲自品尝了，如果酒味不够醇美，泡沫不够丰富，那就活该……"

"您要特别注意，"院长先生急忙打断他的话，说道，"千万不要叫顾客不满意……您现在当务之急就是在您的岗位上要克制自己……我俩合计合计，您要掌握酒的味道得品尝多少？15滴至20滴，够吗？就规定为20滴吧……如果魔鬼用20滴就叫您中邪，那它就太狡猾了……此外，为了防止一切意外事故，我特许您今后不必上礼拜堂来了，您就在您的配酒室里做晚祷好了……现在，您安心回去吧，我尊敬的神甫，不过，要特别注意……要数准您的酒滴。"

唉！可怜的神甫去数准他的酒滴又有何用？魔鬼已经把他牢牢掌握在手，再也不放过他了。

从此，在这间配酒室里，就可以听见好些稀奇古怪的祈祷词！

白天，这里的一切都很正常。戈谢神甫平平静静，潜心敬业：他准备他的火炉与蒸馏器，仔细挑选他的药草，这些药草都是普罗旺斯的特产，有细长的，有灰白色的，有锯齿形的，都发散出香味与阳光的气息……但是，一到晚上，当这些原料经过炮制，而药酒在一大口一大口红铜盆里逐渐加热升温之时，这位可怜的酿制者就开始受苦受难了。

……17滴……18滴……19滴……20滴！……

酒，一滴滴从麦秆管滴到镀金的平底大口杯里。就这么20滴，戈谢神甫一饮而尽，几乎像什么也没有喝一样。现在，他最希望的就是喝第21滴！啊！多么叫人心动的第21滴呀！……为了逃避它的诱惑，他跑到配酒室的尽头，跪了下来，拼命把天主经念个不停。但是，酿好的酒仍在热气腾腾，蒸汽夹带着芳香，飘荡在他的周围，不管他愿意也罢，不愿意也罢，硬是又把他拽回到那一盆盆酒的跟前……那酒光泽艳丽，呈金绿色……戈谢神甫俯下身来，鼻孔张得大大的，用麦秆管慢慢地搅动着它，在荡起的碧波上，滚动着鲜艳灿烂的细珠，从这里，戈谢神甫似乎看见了贝贡大婶的眼睛，充满笑意、炯炯有神地望着他……

"放勇敢些！再喝一滴！"

于是，一滴又一滴，这倒霉蛋直到满满装了一大杯为止。如此一来，他便浑身瘫软，一头倒在大沙发上，懒洋洋地躺着，醉眼蒙眬，正在那里细细品尝已经下肚的一滴又一滴的罪恶，同时，带着一种酣畅甜美的内疚之情，低声喃喃自语：

"唉！我在下地狱，我在下地狱……"

最可怕的是，在饮下这魔鬼似的药酒之后，我不知道他用什么歪门邪道又把贝贡大婶过去唱过的那些下流的歌子搜索了出来，大唱特唱：什么"有三个长舌的小妇人，在商量举行一次大酒宴……"，什么"安德烈老板的牧羊姑娘，溜进了僻静的树林里……"，还有那首著名的白衣教士歌"巴达旦、巴达当"。

请想想看，第二天他是多么羞愧难当，无地自容，当他那间房子的邻居们这么嘲笑他的时候：

"嘿！嘿！戈谢神甫，您昨夜睡在床上，一定有好些蝉子在您头上使劲叫。"

于是乎，他泪如泉涌，痛悔万分，要戒酒，要改过自新，要接受鞭笞，但所有这一切都抵抗不了药酒这个魔鬼，每天一到晚上，在同样的时刻，他又开始着魔入邪了。

正当这个时期，订单像雨点一样落到修道院，这真是一件值得庆贺的事。订单来自尼姆，来自埃克斯，来自阿维尼翁，来自马赛……日复一日，这个修道院颇有点像是一家酿酒厂了。这里，有负责包装的修士，有专门贴标签的修士，另外一些人，有的登记账目，有的开车运货，因此，做祈祷时忘了敲钟这种事时有发生。但我敢说，这个地区的穷苦人那是不会忘记的……

终于有一个晴朗的星期天早晨，正当财务主管大声宣读满满一大篇年终结算表，而老老实实的教士们正听得眉开眼笑的时候，戈谢神甫冲进了会议室，大声嚷道：

"算了吧……我不再酿酒了……还是让我去看牛吧。"

"怎么回事？戈谢神甫。"院长问道，他料想其中必定有什么原因。

"院长大人，要问原因吗？原因就是我正在给自己招来一场万劫不复的火刑，还有在地狱里上刀山之苦……因为我喝酒，像个混蛋一样喝酒……"

"可是我早就要你数着滴喝呀。"

"唉，您确是这么吩咐的，数着滴喝，可我现在早就一杯一杯地喝了……是的，尊敬的先生们，我已经走到这一步了。每天晚上，我要喝整整三瓶……诸位知道，这样下去是不行的……因此，请你们另派一个合意的人去酿酒吧……如果我再干这份差事，上帝的天火就会把我烧掉！"

院务会上没有一个人笑得出来。

"但是，真倒霉，您这么一来，就把我们全毁了！"财务主管一边嚷嚷，一边挥动着他的账本。

"诸位真的愿意我下地狱？"

在此节骨眼上，院长大人站了起来发话：

"我尊敬的同事们，"说着，他伸出白白净净的手，那上面戴着的主教戒指闪闪发亮，"倒是有一个妥善的办法可以解决这个难题……我亲爱的孩子，只有夜晚魔鬼才来引诱你，是吗？……"

"是的,院长先生,每天晚上魔鬼必到无疑……所以,直到现在,请您不要见怪,我一见夜幕降临,就全身冒汗,就像卡比都的骡子见到鞍子来了一样。"

"这好办!请放心好了……从今以后,每天傍晚,我们做晚课的时候,一定按照您的意愿,为您念一课圣·奥古斯都的祷词,这祷词一念,凡事都可以得到主的特赦……有了这种待遇,不论发生了什么,您都可以受到庇护……这就叫犯罪豁免权。"

"哎呀,太好了,谢谢您,院长大人!"

话一落音,戈谢神甫一句也不再多问,转身就往他的配酒室跑去,轻捷欢快像一只云雀。

说到做到,自从院长发话之后,每天晚上,晚课结束之际,主持仪式的神甫从来都不忘记加上这么一段:

"让我们为可怜的戈谢神甫祈祷吧,他为了公共利益不惜牺牲自己的灵魂……愿上帝保佑……"

正当祷告声从俯伏在教堂阴影中的一片白色风帽之上飘过,就像一阵北风嗖嗖地吹过一片雪地时,在那边,修道院的尽头,制酒室的玻璃窗红光闪亮,可以听见戈谢神甫在里面声嘶力竭地在高唱:

> 在巴黎,有那么一个白衣教士郎,
> 巴达旦,巴达当,达拉班,达拉邦;
> 在巴黎,有那么一个白衣教士郎,
> 他找了些小修女来跳舞狂欢,
> 三位一体,三位一体,搂在花园里;
> 他找了些人来跳舞狂欢……

……唱到此处,这位老实本分的神甫极度惊恐,戛然打住:

"我的天哪!但愿我这个教区的信友没有听见我唱这支小曲!"

在卡玛尔克

出发

城堡中一片嘈杂,好不热闹。刚从猎区看守人那里来的信使,送来了一个半是法文、半是普罗旺斯文的通知,说那里已经有了两三种像苍鹭与黑尾鹬之类的美丽候鸟,其他一些早春季节所特有的鸟类也不少。

"你是我们这一伙的!"我那些可爱的猎友们写信给我这么说:出发那天早晨,5点来钟,天蒙蒙发亮,他们驾着四轮大马车,满载枪支弹药、猎狗与食品干粮,来接我同行。我们随即奔驰在阿莱的大道上,路面稍显干燥,略有坑洼不平,由于12月份寒春初暖,橄榄树刚绽出的嫩绿,方依稀可见,而胭脂虫栎树四季常青的枝叶,则仍过多存留着严冬时的色调而显得不自然。牲畜棚里已闹腾起来了,在一些农舍的玻璃窗里,不等天亮就起床的人纷纷点亮了灯火,在蒙特玛茹修道院遗址的乱石堆里,一些仍然睡眼蒙眬的白尾海雕在废墟上拍打着翅膀。我们沿着水渠前进时,正好迎面碰见一些年老的农妇,她们骑着小驴快步去赶集。她们来自横梁城堡附近,要走完足足6法里的路程,才能坐在圣·特洛菲姆教堂的台阶上休息个把小时,并趁此出售她们从山上采集到的一束束草药……

现在,我们抵达阿莱城的城墙下,城墙不高但上面建有雉堞,就像在古代木版画上所见到的那样,似乎是一个个手执长矛的士兵,挺立在比他们稍矮一点的斜坡上。我们快步穿过这个美好的城市,它在法国要算是最为风景如画的一个城市了。它那些圆形雕花阳台与阿拉伯式的遮窗格栅,一直伸展到狭窄街区的腹地,那些黑色的带摩尔式小门的旧式房屋,十分矮小,屋顶呈尖形,使人回想起短鼻子纪约姆与沙拉森的时代①。我们穿过城区时,街上还没有行人。只有罗纳河的码头上闹哄哄一片。能提供卡玛尔克式早餐的汽船,正在生火,准备出发。几个穿着红色卡迪斯粗斜纹呢上衣的农庄主,几个前往农庄干零活的洛盖特地区的姑娘,与我们一道走上甲板,他们嘻嘻哈哈,谈笑风生。由于早晨有凉风吹拂,姑娘们把棕色的斗篷扣上,露出俊俏的、略带风骚的脸蛋,还有高高耸起的阿莱城式的发髻,那股子风韵,足以使她们的笑声远扬、魅力更胜……钟声敲响了,我们的船启程了。罗纳河的流速、螺旋桨的动力与密史脱拉风的推动,三力合一,使得河的两岸迅速向后退去。河岸的一边是克罗,是一大片干燥多石的平地;河岸的另一边则是卡玛尔克,它一片葱绿,地上浅草铺盖,沼泽里芦苇丛生,一直伸延到海边。

时不时,汽船要在左岸或右岸的码头上停靠,按照中世纪阿莱王国时代人们的说法以及如今罗纳河上那些老水手的说法,那就是在帝国停靠或者在王国停靠②。每个码头,附近都有一个白色的农庄与一片树林。停靠的时候,工匠携带着工具走下船去,妇女们手挎着竹篮站立在跳板上。乘客有的在帝国下,有的在王国下,一次一次,汽船慢慢就空了,当船在我们要下的玛・德・吉罗码头靠岸时,船上几乎再没有乘客了。

玛・德・吉罗是巴尔邦达勒世家贵族的古老田庄,我们要在这里

---

① 短鼻子纪约姆(?~812),法国中世纪时期一公爵,史诗中的英雄。沙拉森是中世纪时期的阿拉伯帝国。

② 罗纳河左岸属德意志帝国,右岸属法兰西王国。

歇脚，等待猎区看守人来领我们。在高大宽敞的厨房里，田庄上的男子汉，耕种者、葡萄工、牧童与牧羊人都通通入座就餐，他们表情严肃，一声不响，慢吞吞地用饭，由那些后就餐的妇女们侍候。没有多久，猎区看守人推着一辆小车露面了。他真像库柏①小说中的人物，既是个打猎捕鱼的老手，又是渔业警察、猎场看守人，这个地方的老乡们把他称为"鲁·罗德伊路"，意为东游西荡的人，因为人们老看见他不是在黎明的薄雾中就是在落日的余晖下，隐藏在芦苇中进行窥伺，或者不动声色地躺在自己的小船上，死盯着他埋设在池塘或水渠的捕鱼篓。也许由于长期从事这种埋伏守候的工作，人变得特别沉默寡言，全神贯注。可是，当他推着装载了猎枪与竹篮子的小车，来到我们面前时，他就滔滔不绝向我们讲述狩猎的消息、各种候鸟的数量以及过路鸟群降落的地区。他这么说着说着，我们就进入了狩猎区的腹地了。

越过耕种地带，我们就到了卡玛尔克荒野的平地。放眼远眺，一望无际的牧场上，有一些沼泽与灌溉渠，在盐角草草地中闪闪发亮。一丛丛柽柳与芦苇兀立着，好像平静海面上的小岛。没有一株高大的树木。一望无际的草原尽管显得单调，但并不凌乱。牲畜棚的屋顶鳞次栉比，由近而远，愈来愈低，看上去最后像是与地面平齐。牲口三五成群，零零落落，有的躺在盐角草中，有的在披着红色短斗篷的牧人身边漫步，但都没有挣脱那根粗大的绳索，天苍苍，野茫茫，相映之下，它们何其小矣。草原如大海，海上虽然波浪起伏，但毕竟单调，给人以寂寥空旷之感，加以朔风也大，吹个不停，以其强劲的风力，似乎要把平原刮得更加坦荡，更见辽阔。一切都在它面前匍匐低头，即使是那些低矮的灌木，身上也有风君逞威的痕迹，它们弯腰臣服，像永恒的溃败者那样逃遁，向南倾倒……

---

① 库柏（1789～1851），美国著名小说家，他的系列小说塑造了一个森林猎手"皮袜子"的形象。

草屋

　　用芦苇作屋顶，用枯干的苇秆作墙，这就是草屋。我们就这样称呼打猎时聚集的地方。这是典型的卡玛尔克房屋式样，只有一个单间，高大而宽敞，没有窗子，白天靠一扇玻璃门取光，夜晚则套上严整的门板。沿着高大的、糊了泥巴与白色石灰的四壁，摆着一些木架，供我们放置猎枪、猎袋与统靴。在房间尽头，有五六张小床排列在一根木桅的周围，这木桅竖立在地上，直撑屋顶，成为它的支柱。夜里，一刮北风，整个草屋就格格作响，随着远处的海涛声与近处的风声不断加强，草屋响得更变本加厉，使人以为是躺在海船的舱房里。

　　但是一到中午，这草屋就招人喜爱了。在此地中海冬季的晴和日子里，我喜欢一个人待在燃着柽柳木的火炉旁。在北风的吹打下，房门在扇动，芦苇在呼号，而所有这些东西的颤抖摇动，只不过是我周围大自然大震撼所引起的小反响而已。冬天的阳光，在劲风的冲击下，零碎洒落，时合时分，游移不定。湛蓝奇美的天空中，一大朵一大朵浮云飞驰而过。光影瞬息万变，万籁纷至沓来。不一会儿，突然响起了畜群的铃铛声，而后又迅速消失在风声之中，再过一会儿，铃铛声又在颤动着的房门外响起来了，响个不停，像悦耳的重奏……最美好的时刻是黄昏，此时，猎人即将回营，风也停息下来了。我走出屋外，溜达片刻。一轮红日冉冉下沉，像是一团燃烧的火焰，只是已没有热力。夜幕降临，用它潮湿的黑色翅膀，在你身旁一掠而过。在远处的地平面上，一道开枪的火光一闪，紧接着是红色流星般的光芒，在周围的夜空中格外耀眼。白天剩余的这点时光，万物都在分秒必争。一大群野鸭排列成三角形，从低空飞过，好像要找栖息的地方，但是，草棚里突然亮起了灯火，这群野鸭就被吓跑了：领头的那一只伸长了脖子，腾空而起，跟在它后面的那一大群，发出一阵惊叫，腾飞得更高。

不久，传来了一大阵踢踏声，声势浩大，如漫天骤雨，成千上万只绵羊，由牧人吆喝着，猎狗护卫着，惊恐而无序地朝羊圈拥去，纷乱的脚步声与紧促的喘气声闹成一片。这一股卷毛与咩叫的潮流，淹没了我，在我旁边擦身而过，这真可谓是如潮如涌，如浪如涛。牧人与他们的身影，则凌波其上……紧跟在羊群之后，是我所熟悉的脚步声与欢笑声。顿时，草屋充满了欢声笑语，生机盎然，一片热闹。枝叶藤蔓燃起了熊熊大火。大家愈是劳累，愈是欢笑得起劲。这是辛苦之后感到惬意时的陶醉，猎枪搁在一边，长筒靴扔得七零八落，猎袋已倒得空空如也；而在另一边，被猎取的飞禽摊成一堆，赭红色的、金黄色的、绿色的、银白色的，全都血迹斑斑。餐桌已经摆好，味道鲜美的鳗鱼汤热气腾腾，鸦雀无声，这些食欲旺盛、吃得正香的人都一言不发，只有在门前舔着盘子的猎犬，不时发出恶狠狠的抱怨声，才打破屋里的寂静……

晚上闲聊的时间不长。在火苗闪烁的炉子旁，只剩下我与猎区看守人。我们俩还在闲谈，也就是说，时不时像乡下人那样彼此咕哝两句，近乎印第安人的语言，短促而飞快，就像燃尽了的柴火最后的火星，一闪而过。最后，看守人站起身，点燃他的提灯，他沉重的脚步声很快就消失在黑夜中……

指望（狩猎）

"指望"！一个多么妙不可言的字眼，用它来表示埋伏着的猎人那种伺捕与等候，也用它来形容猎人在白日与黑夜之间进行等待、抱有希望而又犹疑不决的那种心神不定的时刻。狩猎：早上，是选在太阳即将出来之前；午后，则是选在太阳落山的时候。我比较喜欢后一种时间的狩猎，特别是在那些沼泽地带。此时此地，明亮的水面能使白日的光线经久不暗……

有时,我们藏在小船里狩猎,这种船极为狭小,没有龙骨,轻轻一动就会摇晃起来。靠芦苇的掩护,猎人躲在船舱里窥伺着野鸭,只露出小帽子的帽舌,猎枪的枪管以及猎狗那嗅嗅空气、驱赶蚊虫的脑袋,要是那畜生的长腿乱伸乱动,小船就会向一边倾斜,灌进水来。对于我这样的缺少经验的人来说,这种狩猎方式实在是太难了。因此,我经常采用步行的方式来狩猎,也就是说,穿上用整块兽皮做成的长筒靴,在池沼地里蹚来蹚去。我小心翼翼,慢慢地走动,唯恐陷进泥沼,竭力避开那些气味难闻、又有青蛙跳来跳去的芦苇丛……

走了好一会儿,我终于来到一个长着柽柳的小岛,我在一块干燥的地上坐下。为了照顾我,看守殷勤地把他的猎狗让给我,这狗产自比利牛斯山区,身材高大,长着白色的长毛,狩猎捕鱼都很能干,但有它在跟前,我倒颇感拘束。当一只水鸭进入我的射程时,它带着嘲笑的神情看着我,身子往后一退,像艺术家一样冲动起来,两只软软的耳朵耷拉在眼前,摆出要捕捉什么东西的架势,还不断地摇着尾巴,一副不耐烦的样子,似乎在催促我:"开枪……赶快开枪!"

我开了一枪,没有打中。见此,它把全身舒展放松一下,打了个呵欠,带着一副疲倦、失望、瞧不起人的神气,躺下了……

嗨!是的,我承认,我的确是一个笨拙的猎人。我来狩猎的时候,正当太阳落山之际,渐渐微弱的阳光投射在水中,池塘闪闪发亮,映照在水里的暗淡天空,也从灰色变成了纯银色。我喜爱这种水的气息,喜爱芦苇丛中那些昆虫的神秘窸窣声,那些细长叶片摇曳时的簌簌声。有时,传来一声悲鸣,就像有人在空中吹响了海螺。这是大麻鳽把它捕鱼的长嘴伸进水里在吹气……由此发出呼噜呜呜的叫声!成群的白鹤在我头顶上空飞过。我听见它们羽翼的瑟瑟声,绒毛在劲风中的飒飒声,以至小翎骨过于劳累而发出的咯吱声。而后,万籁俱寂。黑夜来临,夜色浓郁,只有水面还残存一点点余光……

突然,我打了一阵寒战,就像我背后有什么东西引起了神经的不舒服。我转过身来,看见了月亮这静夜之侣,它浑圆盈满,正冉冉升起。开始时,上升的速度显而易见,随着它升离地平线愈远,速度就愈加放慢。

第一缕月光清晰地照射在我身旁,然后,一缕缕又渐次远照……此时,整个池泽地带已如同白昼。细小的草束也身影绰约。狩猎结束,各种鸟类都瞧着我们,似乎在说:你们总该撤了吧。猎人们在一片如烟如纱的清辉中踏步而归,在池沼与水沟中每走一步,就把落在水里的群星与深透水底的月光,搅得七零八落。

红党与白党

在我们住地的近旁,距草屋约一箭之遥,还有另一间与此相类似的房子,只不过更简陋而已。在那个草屋里,住着猎区看守与他的妻子以及两个年龄不小的儿女,女儿的职务是料理大家的膳食,修补渔网,儿子则是帮助父亲去回收捕鱼篓子,查看各个水潭的闸门。另外两个较小的孩子,住在阿莱城他们的祖母家,他们在那里一直要住到学会读书识字和初领圣体的年龄。因为营地这里离学校、离教堂都比较远,而且,卡玛尔克的气候对年幼的孩子很不利。实际上,每到夏天,沼泽就全都干涸,水沟中白色的淤泥在大热天被晒得裂痕累累,这时,岛上的确不能住人。

此种景象,我也曾见过一次,时间是在8月,我来这里打野鸭,我永远也忘不了当时所见到的炎炎赤地、寸草不生的悲惨景象。所到之处,池塘都在烈日之下冒烟,就像一个大炉子,塘底还有一些苟延残喘的生物在蠕动,成群的壁虎、蜘蛛与水蝇,都在找潮湿的角落。在那一带地方,充满了一种闹瘟疫的气味,飘浮着一种叫人窒息的瘴气,里面还飞舞着无数的蚊虫。在看守人家中,个个都在发高烧,打寒战,面色蜡黄,两眼深陷。眼看这种情景,着实令人难受,更为可怕的是，这些无法逃离的不幸者，整整三个月之内，都要在烈日的烤晒下备受煎熬，而得不到半点缓解……在卡玛尔克做一个猎场看守人，生活是多么艰苦、多么悲惨啊！而且，跟在他身边一同受苦受罪的，还有妻子儿女。但是，在离这里仅两古法里远的沼泽区，却住着另一个看马人，他一年到头都单独过日子，过着一种真正的鲁滨逊式的生活。他的草屋，是自己搭建起来的，屋内没有哪一样用具不是自己制作的，从柳条编成的吊床、三块黑石砌成的炉灶、柽柳树根锯成的凳子，一直到用来锁房门的白木锁与钥匙。

此人至少与他的住房一样古怪。他是那种遁世独立、淡泊恬适的哲人式的人物，在他两道乱蓬蓬的浓眉之下，深藏着乡下人那种怀疑一切的精神。当他不在牧场的时候，准能见他坐在自家门前，带着天真无邪、令人感动的专心致志，在慢慢细读某一本小册子，这种小册子不止一本，红色的，蓝色的，黄色的，都搁在他那些马药瓶子的旁边。这个可怜的家伙除了阅读，别无其他消遣，除了这些小册子，别无其他的书籍。

虽说这两家草屋相隔不远，但我们的猎区看守人与邻居互不来往。他们甚至避免撞面。有一天，我问看守人他们为什么彼此没有好感，他以一种严正的态度回答说：

"因为我们的政治观点不同……他是红党，而我，我是白党。"

事情就是如此。在这个荒凉偏僻的地区，孤独艰苦的生活本应把他们连结在一起，但是，这两个化外之民，虽然同样愚昧无知、同样憨厚单纯，他们都像库柏笔下的牧人，一年难得进一次城，然而，阿莱城里的小咖啡店以及那里的糕点与冰淇淋，却像托勒密宫一样，使得他们晕头转向，竟然找出了法子，以政治观点不同为名而互相憎恶！

瓦卡雷斯湖

在卡玛尔克,有个风景最优美的地方,就是瓦卡雷斯湖。我经常放弃打猎,来到这个咸水湖边坐下,它是个小小的海,像大海的一部分被圈禁在陆地之中。这里不像一般山地那样干涸,那般荒凉,地势略高的湖滨,绿草如茵,有天鹅绒那般柔软,遍地还长着各种奇异可爱的花草,矢车菊、睡菜、龙胆草,以及特别美丽的莎娜黛草。这种草冬季是天蓝色,夏季是红色,它随着气候的变化而改变颜色,在四季不断的花期中,以不同的色彩标志着不同的季节。

傍晚,5点来钟,斜阳西下,10多里的湖面上,没有一只船、没有一片帆阻挡视野,极目远眺,一望无际,寥廓的景象,真是令人赞赏不已。这不像沼泽与沟渠的景色那样平易近人,沼泽与沟渠总是每隔一段距离出现在泥灰石地面的坑洼褶缝处,在这地面下,似乎到处都有水渗透而出,只要地面稍有坑洼,潴水也就形成了。但面对着瓦卡雷斯湖,却另是一番宽广寥廓的气象。

湖面波光粼粼,从远处招来了一群群海番鸭、鹭鸶、麻鸦与红翅膀白肚子的红鹳,它们排列在湖边正在捕鱼,形成了一个长队显示各自不同的色彩;还有白鹮,真正埃及产的白鹮,它们在这里的灿烂阳光与宁静风光之中,犹如在自己的家乡一般惬意自在。从我伫立的地方,只听见湖水拍岸的声音以及牧人召唤散落在湖边各处的马匹的呼喊声,这些牲口各自都有一个响亮的名字:西菲、卢西菲、艾斯特洛、艾斯杜尔勒洛,等等。每匹牲口一听见叫唤自己的名字,就飞跑过来,鬣毛迎风飘荡,跑来吃牧人手里的燕麦……

稍远一点,同样是在湖边,还有一大群牛正在吃草,它们也像马匹那样自由自在。可以看见它们的背脊与交叉竖立的小角,在柽柳树丛里时隐时现。这些卡玛尔克的雄牛,大部分都是为了在火印节上竞技而豢养的,其中有几头已经在普罗旺斯和朗格多克那些乡村节日的竞技场上颇有名气。例如，邻近有一头名叫罗曼的雄牛，它在自己的同类中要算是一个可怕的杀手，曾经在阿莱、尼姆、达拉斯贡等地的竞技场上，不知道捅破了多少人的肚子。因此，它的同伴们都把它当作领袖。要知道，这些奇特的牛群，都是自己分群而治，它们都聚集在某一头老资格的公牛周围，尊它为头领。每当暴风雨席卷卡玛尔克时，整个这一大片平原上，没有任何东西可以遮拦它、阻挡它，唯有牛群紧紧地挤靠在头领的身后，它们都低着巨大的额头，把群体的力量凝聚在一起，朝暴风刮来的方向奋勇抵抗。普罗旺斯的牧人把这种行为称为 Vira La bano au giscle，意即：硬着头皮顶狂风。不会采取这种办法的牛群可就惨了，它们的眼睛被暴雨眯住，身子被狂风推来推去，整个牛群七零八落，溃不成军，惊慌失措，四处逃窜，有些就掉进罗纳河，有些就落入瓦卡雷斯湖，甚至被冲进了大海。

思 念

这天一清早，晨曦初露之时，一阵吓人的擂鼓声猛然把我从梦中惊醒……朗－普朗普朗！朗－普朗普朗！……

此时此刻在我的松林中竟会有敲鼓声！……咄咄怪事，真乃咄咄怪事。

快，快，快，我赶忙跳下床，跑去把大门打开。

门外没有人！鼓声也停了……只有两三只鸸鹋拍着翅膀，从沾满了露水的野生葡萄丛中飞了出来……微风在树林里吟唱……朝东望去，在阿尔比尔山的峰脊上，堆聚着一团金色的尘烟，太阳正从那里冉冉升起……一缕初阳已经掠上磨坊的屋顶。这时，那面看不见的鼓又在田野里的树荫下响了起来……朗－普朗普朗……朗－普朗普朗！

用驴皮做的鼓，这鬼玩意儿！我早已经把它忘得一干二净了。但是，是哪个不讲规矩的家伙，一清早就带着鼓来到林子里，迎着晨曦大敲特敲呢？我东张西望进行搜索，一无所获，什么也没有发现……除了几丝薰衣草与一直延伸到大路边的松树林子外，什么也没有……也许就在那边树丛里，正藏着一个调皮鬼在窃窃取笑我呢……一定是阿里埃尔这小子，要不然就是皮克师傅，这家伙从我磨坊前经过的时候，可能这么想：这个巴黎佬在里面太清静了，咱们奏个小曲给他听听。于是，他就搬来一面大鼓，敲将起来：朗－普朗普朗！……朗－普朗普朗！……"别敲了！别敲了！皮克你这个无赖，你会把我的蝉子都吵醒!"

但不是皮克师傅。

是古盖·法朗斯瓦,人称比斯多莱,是第三十一联队的鼓手,正好值勤期满回乡休假。在乡下他颇感无聊,思念起他的驻地,有人愿意把市镇所的乐器借给他消遣,于是他便弄来一面鼓,跑到树林里,伤感地敲打起来,寄托他对欧仁亲王营地的怀念。

今天,他来到我这个葱绿的小山冈上来抒发怀念之情……且看他在那里,背靠着一棵松树,把鼓夹在两腿之间,在尽情地敲个痛快……被惊吓的山鹑纷纷从他脚旁飞过,他竟毫不察觉,菲丽姑花在他周围吐露清香,他也没有闻到。

在阳光照射下,树枝间细密的蜘蛛网在轻轻颤抖,松树针叶的影子在鼓面上跳动,这些他都视而不见。他完全沉浸在自己的梦想中,陶醉在自己的鼓声里,他满怀激情地看着那鼓槌上下挥舞,每敲响一声,他那张憨直而傻乎乎的大脸盘上,就笑逐颜开。

朗-普朗普朗!朗-普朗普朗!……

"多么美啊,那个大兵营,它铺着大石板的院落,它一排排整整齐齐的窗子,人人都戴着橄榄帽,在低矮的拱廊下,到处都有军用饭盒的响声!……"

朗-普朗普朗!朗-普朗普朗!……

"啊,发出响声的楼梯,刷上了白灰的过道,发散出体味的同室伙伴,擦得锃亮的腰皮带,切面包的垫板,存鞋油的罐子,铺着灰色被单的小铁床,在架子上闪闪发亮的枪支!"

朗-普朗普朗!朗-普朗普朗!

"啊,在哨所里那些快活的日子,黏手的纸牌,头戴羽毛装饰、面目可憎的黑桃皇后,乱扔在军营床上破旧的皮哥、勒布朗[①]作品集!……"

---

① 勒布朗(1753~1835),法国通俗小说家。

朗－普朗普朗！朗－普朗普朗！

"啊，在那些部长官邸门外站岗的漫漫长夜，岗亭破旧，风雨潲进，两脚冻僵……赴宴的马车驶过时溅你一身泥浆！……啊！额外追加的值勤任务，被关禁闭的日子，发臭的便桶，硬木板的枕头，雨季早上冷酷无情的起床号，掌灯时分浓雾之中的回营号，夜里有人气喘吁吁赶来发布的集合令！"

朗－普朗普朗！朗－普朗普朗！

"啊，万森的树林，白色的大棉布手套，在巴黎旧城墙遗址上的溜达……啊！军事学校的栅栏，为大兵们服务的姑娘，春季美术展览会上的吹奏，低级咖啡馆里的苦艾酒，一边打嗝，一边倾吐心里话，怒火中烧，就拔刀相对，唱感伤歌子的时候，还把手放在心口上！……"

思念吧，思念吧，可怜的人啊！我绝不会来打扰你，你尽情地敲你的鼓吧，你使劲地敲吧，我没有任何权利来说你可怜可笑。

你思念你的军营，那么，我呢，难道我就不思念我的旧营吗？

我的巴黎，一直到这里还缠绕着我，就像你的军营一样。你在松树下敲鼓，而我则在磨坊里抄写文稿……我们两个都是多愁善感的普罗旺斯人！那边，在巴黎的营房中，我们都思念蓝色的阿尔比尔山与薰衣草浓烈的香气；而现在，在这里，在普罗旺斯平原上，见不着旧营房了，但旧营房的回忆却使我们倍感亲切！……

村子里钟声响了8下。比斯多莱一面继续敲着鼓，一面走回家去……我听见他穿过树林的深处，鼓声仍然响个不停……至于我，这时躺在草地上，也染上了相思病，随着鼓声渐渐远去，我似乎看见我的整个巴黎正在松树林子中若隐若现……

唉！巴黎！……巴黎！……永远忘不了巴黎！……